Uma certa DAMA

SPIN - OFF DE AS INCONVENIÊNCIAS DE UM CASAMENTO

CHIARA CIODAROT

2ª EDIÇÃO

EDITORA FREYA

Uma certa DAMA

"ELE NÃO É UM DIAMANTE BRUTO — UMA OSTRA CONTENDO UMA PÉROLA; ELE É UM HOMEM DESTEMIDO, IMPIEDOSO E VORAZ."

Emily Brontë,
O Morro dos Ventos Uivantes

Copyright © Chiara Ciodarot, 2020

Todos os direitos reservados. É proibido o armazenamento, cópia e/ou reprodução de qualquer parte dessa obra — física ou eletrônica —, sem a prévia autorização do autor.

Esta é uma obra de ficção, qualquer semelhança com nomes, pessoas, fatos ou situações da vida real terá sido mera coincidência.

PREPARAÇÃO: *Lygia Camelo*
REVISÃO: *Fabiano de Queiroz Jucá*
CAPA E DIAGRAMAÇÃO: *Amorim Editorial*
IMAGEM DE CAPA E DIAGRAMAÇÃO: *Freepik/ rawpixel.com, Period Images, Depositphotos.*

Esta obra segue as regras do Novo Acordo Ortográfico da Língua Portuguesa.

DADOS INTERNACIONAIS DE CATALOGAÇÃO NA PUBLICAÇÃO (CIP)

C576c Ciodarot, Chiara
Uma certa dama / Chiara Ciodarot -
Piracicaba, SP: Freya Editora, 2020.
(Spin-off de Inconveniências de um casamento) 2ª Edição
294p. 23cm.

ISBN: 978-65-87321-04-2

1. Ficção Brasileira I. Título II. Autor

CDD: 869.3
CDU: 821.134.3(81) - 3

[2020]
Todos os direitos desta edição reservados à
FREYA EDITORA.
www.freyaeditora.com.br

Dedicado à Giovanna Zago

A casa-grande vai ficando para trás. A sombra de um gigante encurvado em dor, impressa contra o horizonte acinzentado. Nuvens e trovoadas se assomam na sua voz tempestuosa, que grita por mim.

Não quero, não devo olhar para trás.

Mantenho os passos altos e firmes, apesar do lamaçal que dificulta a minha caminhada. Não paro. Não posso parar, por mais difícil que seja seguir em frente. Tenho meus pés enfiados até os tornozelos naquela lama ainda mole pela chuva da noite. Vou enfiando-me, forçando-me a passar, sem me preocupar com a barra do meu vestido.

Encolho-me sobre o meu próprio peso. Tento me esconder dentro da capa que não serve para disfarçar, nem para me aquecer do vento frio da manhã. O que escondo está dentro de mim. Força os meus passos. Obriga-me a não desistir, a não cair por terra, vencida pela desesperança de que a minha felicidade está ali.

A cabeça gira com os gritos **dele** — ou seria a tempestade que se anuncia novamente?

Não viro para trás, comida pelo silêncio que engoli.

Nada mais importa, desde que não precise olhar para trás. Desde que nunca mais tenha que voltar para A Fazenda da Beira, o lugar onde morri.

PRÓLOGO

Vale do Paraíba, 1798

A Fazenda da Beira ficava às margens do rio Paraíba do Sul, próxima à Barra do Piraí. Pertencia à família Ferraz Duarte desde o fim do século XVIII, quando o português Francisco Lisboa perdera parte da sua sesmaria num jogo de "arrenegada" ao então mascate Nuno Duarte.

Muito se perguntava quem era o tal mascate alto, corpo bem feito e pequenos olhos negros. Ameaçador, tinha um olhar que perfurava o interlocutor, inibindo qualquer contrariedade.

Havia quem dizia que Nuno Duarte era, na verdade, um capitão do mato que fizera fortuna atrás de escravos foragidos. A maioria tinha certeza que era o chefe do bando que estava assaltando os carregamentos de mulas, repletas de ouro das Gerais, que iam rumo a Parati.

Tanta história se fazia porque os moradores do povoado precisavam de uma razão para explicar como um mascate havia conseguido dois sacos abarrotados do precioso metal.

Em dois dias, Nuno atraíra mais curiosos do que o pretendido, porém, nenhuma moça de boa família que se prezasse.

Os corajosos que iam lhe perguntar o motivo daquela passagem recebiam um olhar cortante, junto a um sorriso frio e a mesma frase puída de significado:

— Vim ter terra para me assentar e esposa para procriar.

E maior fora a surpresa quando colocara sobre a mesa de jogo os dois sacos e os ofertara a quem quisesse jogar com ele por um pedaço de terra.

Alguns entusiastas ofereceram animais, joias e, até mesmo, mais ouro, mas Nuno se mantinha inflexível:

— Ouro tenho. Preciso de chão e teto.

Muitos queriam, muitos desconfiavam, mas ninguém era capaz de aceitar — tinham certeza de que havia um engano aí.

Nuno Duarte todo dia ia à estalagem. Colocava os seus dois sacos de ouro sobre a mesa. Acomodava os pés sobre a mesa e cruzava os braços. Aguardava quem aceitasse a aposta.

Passara uma semana e o dono da estalagem, coçando-se com todo aquele ouro sob o seu teto, oferecera-lhe vender o estabelecimento e um sítio que tinha ali perto. Nuno nem se mexia para responder. Era uma aposta, não uma compra.

Todo ouro que reluz, atrai. A mariposa atraída era Francisco Lisboa, conhecido por seus dois vícios — a jogatina e a aguardente.

O resto também se fez história contada — muita história contada.

O jogo durara diversas horas, atraindo o povoado em torno da mesa. Os jogadores comiam e bebiam sem poder se afastar das cartas, e faziam as suas necessidades num vasilhame. Estavam impedidos de levantar até o término.

Outras apostas surgiram em torno dos dois e o pacato povoado foi ganhando alvoroço de livro, o que captara a atenção de Maria de Lurdes Souza Ferraz. Ela era a filha de um comerciante da região, que havia feito uma pequena fortuna vendendo mantimentos para os tropeiros das Minas. Filha única, havia sido educada pelo pai para aprender a ler, escrever e fazer contas; assim, quando ele morresse, ela herdaria a fonte de renda da família e não seria enganada por nenhum espertalhão — fosse guarda-livros ou marido.

Alegando ir para a missa, a moça também havia sido atraída por aquele embate. Abraçada ao seu breviário, assistira o desafio com a mesma emoção que via as brigas entre os escravos. Os olhos de Nuno Duarte eram como os luzidios corpos negros seminus; prendiam o adversário e o atiravam ao chão num golpe mortal.

— Quanto basta! — gritara Nuno, atirando o As de Bastão diante de um incrédulo Francisco Lisboa.

Demorara para que Lisboa entendesse que havia perdido um pedaço de terra. Um dos mais férteis. Ideal para o plantio de café, que começava a se espraiar pelos morros das redondezas.

Algumas pessoas se afastavam achando que Lisboa sacaria uma arma. Outros se animavam em recolher a aposta ganha em nome de Nuno. E Maria de Lurdes não conseguia parar de admirar aquele homem grande, que mal cabia na casaca simples e sem botões.

Foi quando os pequenos olhos dele a aprisionaram.

Maria de Lurdes havia se esquecido de respirar. Sentia as suas bochechas esquentarem. Agarrara-se ao seu breviário, rezando a Deus que não caísse em tentação. Era certo, Nuno Duarte era o demo — ou o enviado dele — que vinha desvirtuar mocinhas feito ela.

Lisboa levantara-se num golpe, deixando a cadeira cair no chão. Estava pálido, trêmulo, apontava Nuno, acusava-o de algo, mas a sua voz não saía.

O mascate erguera-se da mesa, provando-se mais alto e forte do que contavam. Com a voz profunda, avisara que pela manhã iria buscar os papéis do terreno. E fora embora, carregando os seus sacos ainda repletos de ouro.

Assim que conseguira se mexer novamente, Maria de Lurdes fugira da estalagem, refugiando-se na igreja. Atirara-se diante do altar, ainda à cata de fôlego. À beira das lágrimas, rezava para que Deus não a permitisse cair em pecado. Havia prometido à sua falecida mãe que iria se manter pura até o casamento. Só não havia entrado num convento para poder cuidar do pai e ajudá-lo nos negócios.

Oh, Céus, é a curiosidade a fonte do veneno, a serpente que tenta! Ao pensar no forasteiro, Maria de Lurdes podia sentir aquela tentação serpenteando por suas pernas, subindo-lhe o umbigo, esquentando-a a ponto de ebulir em mais lágrimas. Estava perdida! Irremediavelmente perdida. Não havia prece ou penitência que a fizesse se esquecer do estranho, do seu olhar perfurador, do vasto peitoral que estreitava a camisa de algodão. Ele a perseguia, noite e dia, nos sonhos, nos pensamentos. Capturava a sua imaginação, tirando-lhe o ar, fazendo-a estremecer, a querer e desejar que aqueles afiados olhos a encarassem, desta vez, desnuda.

Demoraram alguns dias para ser capaz de sair de casa e ir à venda do pai, sem olhar para os lados à procura do forasteiro. E quase uma semana para ter coragem e se confessar ao padre Berni.

A penitência veio, não através de arrependimento e, muito menos, das "Ave-marias" e dos "Pai-nossos". O padre Berni, que a tinha em alta estima, recolhera o relato e levara-o ao pai da moça. A salvação de sua alma estava acima do sigilo de confissão. Era preciso impedi-la de cruzar com o tal mascate, pois estava à beira de ser desvirtuada e, consequentemente, a caminho do Inferno.

O pai escutara o padre em silêncio, de cabeça abaixada, vagueando os pensamentos.

— Melhor seria colocá-la num convento. Protegeríamos assim a sua alma — resumia o sacerdote, que há algum tempo queria-a na vida clerical.

— Proteger a alma? Pois o senhor padre não sabe do que ocorre nos conventos? Do túnel entre o Convento da Nossa Senhora da Ajuda e o Seminário São José, e o do Hospício dos Barbonos?

Fora a vez do padre abaixar a cabeça e se calar.

O Sr. Ferraz continuou:

— Sou a prova viva dos túneis. Tenha, minha filha nunca irá para um convento. Se ela for desvirtuada, o rapaz terá que arcar com as consequências, ou morrerá. Não há outro a se fazer.

Da mesma forma que o padre não duvidava da pureza de Maria de Lurdes, não duvidava que o pai dela era um homem de palavra. E não foi com surpresa que fora convidado para jantar na casa dos Ferraz e na companhia do mascate.

O convite que chegara a Nuno Duarte fizera-o desconfiar. A que vinha aquilo? Fazia pouco mais de um mês que iniciara as fundações da sede da sua fazenda e não se fazia aparecer no povoado. Havia comprado um mutirão de escravos e com eles se retirara para as suas terras ganhas. Nem mesmo na venda do Sr. Ferraz ele ia. Deixava que um escravo fizesse todas as compras e pagasse em ouro, sem deixar conta em aberto. Alegava não gostar de dever nada a ninguém.

De onde vinham suas economias é que não se sabia. Despejava os sacos e mais sacos de ouro na sua fazenda. Quando este acabava, novas mulas se davam por perdidas e tropeiros eram encontrados com as gargantas cortadas no meio das pedras da velha trilha dos índios guaianazes. E a construção do casarão continuava, diziam, escondendo por entre as paredes de taipa de pilão, debaixo do cal, o sangue derramado pela cobiça de Nuno Duarte.

Por não ser benquisto, Nuno muito estranhara aquele jantar na casa do dono da venda. Não tinha dívidas, nem conhecia a cara do homem, nem se lembrava de filha, ou do que fosse. Sua maior preocupação era terminar a sede e construir um terreiro. Havia decidido plantar café ao invés de cana-de-açúcar, transformando-se em chacota nas rodas políticas dos fazendeiros. Nuno não se fazia ouvir e nem queria. Preferia atitude. Plantara os seus pés de café enquanto ia construindo o seu palacete, surdo e cego para o que não fosse a própria ambição.

O convite vinha, então, como surpresa. Algo que ele não esperava de ninguém naquele povoado, muito menos de gente decente.

Diferente do que poderiam supor pela sua aparência de homem rude, de quem dividia o trabalho braçal com os próprios escravos, ele era educado e mandara um escravo levar uma resposta positiva.

Diante daquela afirmativa, recebida por Maria de Lurdes, ela se vira em perpétuo suplício. Havia conseguido finalmente amansar os pensamentos, segurar o furor que lhe subia o corpo e aquecia as noites, e esquecer Nuno. Agora, ele lhe ressurgia feito fênix renascida a lhe chupar as sensações para fora do coração. Dele só se fazia lembrar durante as ladainhas, quando ia às reuniões das senhoras de família para rezar o rosário. Sempre havia alguma história que vinha da Fazenda da Beira, algum relato de Nuno trabalhando junto dos escravos, seminu como se um fosse, carregando pedras e toras de um lado ou outro, usando apenas uma apertada calça de algodão. Falavam também das visitas de uma afamada mulher que, temida nas casas de família, fazia o seu dinheiro na indecência. Maria de Lurdes havia se sentido insultada, traída. Aqueles mesmos olhos escuros que a aprisionavam em meio às labaredas do Inferno que comiam o âmago, tinham o foco numa meretriz. Chorara de raiva e de vergonha. Ao secar as lágrimas, decidira esquecer daquele olhar. Havia sido quando recebera o escravo, anunciando que ele jantaria com a sua família aquela noite.

Não se aguentando, correra para a alcova, ordenando a uma escrava que enchesse a tina com água. Iria tomar banho.

— Mas a sinhazinha tomou banho anteontem, pra missa!

Arrancando as vestes, ignorara o comentário. A pressa na ponta dos dedos nervosos fez com que tirasse o vestido pela costura. Agarrara os laços do espartilho e tentara abri-lo pela frente. Sem conseguir, pedira que a escrava lhe soltasse as costuras das costas.

Largando um balde ao lado da banheira de flandres, a mucama se postara atrás. A sinhazinha tinha a pele tão macia, tão clarinha, que parecia leite. Não havia marca de trabalho, apenas nos dedos, por causa da tinta da pena que usava para anotar alguma coisa, ou fazer as contas da venda.

Os dedos grossos e pesados da escrava iam dançando nas costas de Maria de Lurdes. Era inevitável que sua mente voasse para Nuno. Pousara nos braços imaginários dele — grandes e fortes toras. Podia sentir o bafo quente em sua nuca, arrepiando os braços nus e as pernas.

O espartilho caíra e os seios livres se eriçaram. Pulsando o corpo, ela mesma tirara a anágua, ficando apenas de meiões e *chemise*. A mucama havia se abaixado para lhe descalçar as meias. Os dedos que desamarravam as fitas, que seguravam as meias no meio das coxas, resvalaram a sua pele. A respiração de Maria de Lurdes caíra feito pedra. Nuno beijava-lhe as pernas, de leve. Mantinha o olhar duro e voraz sobre o seu corpo, parcialmente coberto pela roupa quase transparente. Aquelas mãos pesadas e quentes subiram pelas suas pernas. Desabrochava ao toque. Pendendo a cabeça para trás, soltara um gemido. Um calafrio se concentrava entre as suas pernas, irradiando pelo quadril. Mordia os lábios. Pintava o seu desejo nos tons de Nuno. A respiração aumentara, marcada debaixo da roupa íntima que ia caindo dos ombros.

A escrava podia vê-la corada, revirando os olhos debaixo das pálpebras, com a pequena boca aberta, gemendo baixinho. Afastara-se dela, abaixando os olhos.

Desperta daquele sonho vivaz, Maria de Lurdes corara. Enfiara-se na banheira de *chemise* — como ditavam as regras para mulheres de família, que não poderiam ver os próprios corpos nus.

Não vira que a mucama havia se acercado dela.

A leve roupa de Maria de Lurdes voava pela água, revelando as curvas que deveria esconder, num aceno convidativo.

— Tá fria, sinhazinha. Não quer que eu esquente?

— Não. Pode ir. Preciso me preparar. Hoje teremos convidados.

Por causa dos olhos fechados, Maria de Lurdes não pudera ver a careta de contrariedade da mucama. Ouvira a porta se fechar e a voz do pai, no corredor, perguntar à escrava se já estava vestida para receber o convidado.

Da alcova, Maria de Lurdes avisara que faltava pouco — muito pouco.

Ao abrir os olhos, deparara-se com uma outra escrava a lhe segurar a toalha.

— Onde está Cassandra? É sempre ela quem me veste.

— Aquela lá foi ajudar a preparar a sala para a visita. Sinhô seu pai pediu que fosse comprar mais velas para iluminar e flores para enfeitar.

Sem dar intento, Maria de Lurdes enrolara-se na toalha. Com uma outra, a escrava ia secando as suas pernas e braços, esfregando com tanta força que a deixara vermelha — completamente diferente de Cassandra, que a acariciava com o tecido macio.

Retirara a *chemise* molhada, secara os seios e a barriga e as partes baixas — sem se olhar —, e erguera os braços para que a escrava a vestisse com uma seca. Optara por uma com delicado bordado de borboletas e flores, que se escondia debaixo do apertado espartilho. Calçara as meias e as prendera com fitas de cetim cor-de-rosa — no mesmo tom da que envolveria os seus cabelos. Amarrara a almofada para dar volume à saia, vestira as anáguas, um lenço para esconder o decote e, por cima de tudo, um belo vestido listrado azul-acinzentado e rosa.

Era a própria noiva — ou assim se sentia. Nuno, soubesse ou não, quisesse ou não, ela era dele.

Não demorara muito para que escutasse baterem à porta da casa. Aquelas batidas reverberavam feito seu coração, atravessando o corredor e atingindo-a em cheio. Ainda em seu quarto, aprumara a roupa, os cabelos, ajeitara o lenço branco no colo, e fora para a sala, onde o pai recebia o convidado. Vestia um imenso sorriso, desfeito ao ver que era o padre Berni que cumprimentava o seu pai. Refez-se do desânimo rapidamente, tomando a mão do padre e beijando-a, pedindo a benção.

— Que Deus a abençoe. — Ele fizera o sinal da cruz no ar.

Da mesma forma que Maria de Lurdes evitava olhar para o padre, certa da sua perdição, ele a encarava sem parar, punindo-a e aos seus pensamentos.

— Boas noites.

A voz profunda, advinda do fundo de uma caverna, reverberava nela, arrepiando o seu corpo de dentro para fora. Um pedregulho que atinge a superfície de um lago, gerando imensas ondas que cobrem as margens. Uma enchente de sentimentos a impediram de responder.

Nuno Duarte era alto. Tão alto que ela nem deveria chegar no seu ombro. Também era largo, mas não era largo para frente — como o padre Berni. Era para os lados, extenso de músculo — e não de gordura feito a maioria dos rapazes que conhecia. Tinha o rosto grande, quadrado, coisa de homem, com o nariz bem-feito e a boca fina. Não se recordava de uma cicatriz que lhe cortava uma das sobrancelhas — marca que o tornava mais selvagem, mais misterioso, mais próprio de si mesmo. Porém, eram o seus pequenos olhos negros que a atiçavam.

Por sorte, ele não a fitara por muito tempo, indo cumprimentar o anfitrião e o padre.

Maria de Lurdes pôde reparar nele com mais detalhe, nas suas roupas limpas, nas botas quase novas, no aspecto asseado de quem se arrumara para estar ali. Os cabelos escuros estavam mais compridos e amarrados com uma fita de cetim negra. Havia mudado também o seu aspecto. Estava mais corado, provavelmente pelo trabalho ao sol — cor que adentrava as mangas e o colarinho da alva camisa quando se mexia, confirmando as más línguas que afirmavam que trabalhava de peito nu. Fora inevitável que a jovem corasse ao imaginar como deveria ser ele debaixo da casaca, do colete e da camisa. Era muita roupa para se tirar, mesmo para alguém com uma imaginação tão avançada como ela. A rameira, no entanto, não deveria ter tido tanto problema em lhe arrancar as vestes. Talvez nem as tirasse. Fizessem o que tivesse que ser feito de pé, encostados em alguma árvore, por detrás de algum arbusto.

— Espero que passe bem — ele lhe dirigia a palavra.

Ela balançara a cabeça, menos nervosa e mais enciumada. Colocara a mão nas bochechas. Estavam muito quentes. Deveria estar muito corada, pois tanto o pai quanto o padre a encaravam como se a repreendendo.

O imponente mascate havia visto muita coisa na sua caminhada pela vida — eram pouco mais de trinta anos vivendo de lá para cá, até conseguir juntar o suficiente para poder se assentar. Contudo, ele nunca havia visto moça como aquela, pequena e frágil, de grandes olhos vivazes, porém doces, semblante gentil e cabelos sedosos que refletiam a cútis perfeita. Só conhecia mulher vivida, mulher forte, mulher que lhe fazia o sangue ferver, fosse na cama ou na língua. Muita mulher da vida também, sendo a sua mãe uma meretriz que o havia vendido a um mascate em troca de um vestido de seda. Mas disso ele não fazia caso, nem nunca fez, aceitando que o seu valor era maior e que não seria qualquer uma que iria fazê-lo perder a cabeça. Na vida havia aqueles que pagavam pela língua e talvez fosse por isso que Nuno pouco falava, guardando a maioria das suas impressões para si mesmo.

O jantar transcorrera numa intranquilidade que desafiava as leis da convivência. Era o Sr. Ferraz tentando lançar um assunto ou tema para Nuno e este cortando com uma ou duas frases que pouco diziam de si. Era Maria de Lurdes deixando se levar pelos olhos negros, onde eles pousassem. Era o padre Berni amaldiçoando os sodomitas e as mulheres por serem filhas de Eva. Era a escrava Cassandra servindo a mesa e deixando derramar vinho sobre o padre Berni quando este condenara as afirmações de Maria de Lurdes de que as mulheres deveriam gerir negócios. Era Nuno prendendo Maria de Lurdes no seu olhar quando ela ressaltara ao padre que tomasse cuidado, pois o Apocalipse era uma mulher montada numa besta:

— Somos o início como também somos o fim.

Pela primeira vez, Maria de Lurdes sentira que Nuno a havia enxergado e gostara do que havia visto. Isso ficara marcado no pequeno sorriso que ele dera a ela, intensificando o brilho no seu olhar.

Após o jantar, foram para a sala de estar, onde Maria de Lurdes se prontificara a pegar o seu bordado e mostrar o quanto era prendada. Nuno não tinha interesse em bordado, linhas ou alfinetes. Queria apenas observá-la nas suas costuras, feito um intruso que se esconde atrás de uma porta para entrever a intimidade da família.

O Sr. Ferraz o servia de licor e histórias sobre a região e as pessoas que ali viviam. O padre Berni amuava-se, dormitando na cadeira ao fim do segundo cálice de licor. O carrilhão tocava no vestíbulo de entrada. Era dez horas da noite. Hora de se recolher. O clérigo dera um pulo e, nas pontas do calcanhar, partia, dando as devidas boas noites e carregando consigo uma marmita com parte das sobras do jantar.

Quando Nuno se dera por satisfeito, abrira um sorriso imperceptível, levantara-se da marquesa e agradecera a recepção do anfitrião.

— Fique. Pernoite aqui — insistia o dono da venda. — O caminho até a Beira é longo, tortuoso, perigoso a esta hora da noite. Nem lua cheia tem para marcar a estrada.

O homenzarrão mirava Maria de Lurdes, enfiada no seu bordado, como se os dois ali não estivessem.

Aceitara num gesto de cabeça.

Ela, que havia parado a agulha para ouvir a resposta, quase se espetara ao escutar o pai:

— Fico contente em tê-lo como hóspede esta noite! Poderemos continuar nossa prosa, então.

A conversa não andara tanto quanto o Sr. Ferraz gostaria. Depois de alguns minutos, Maria de Lurdes retirara-se. Não conseguiria ficar muito mais tempo no mesmo ambiente, correndo atrás daqueles olhos e evitando-os quando a encarassem. Após beijar o pai na testa, estendera a mão para o convidado:

— Boa noite, Sr. Nuno.

Ele a segurou. Apertava os seus dedos. As mãos dele eram ásperas, calejadas e quentes. Mãos grandes que cobriam a sua com facilidade. Mas a sua voz grossa, somada ao olhar penetrante, era de lhe girar a cabeça.

— Bons sonhos, D. Lurdes.

Em seu quarto, Maria de Lurdes tocara a própria mão como se dele fosse. Cheirava-a. Havia notas de madeira, de terra, de vinho e um leve perfume masculino. Acariciava a mão com o rosto. Passava-a pelo queixo, pelo pescoço. Beijava-a. Lambia os dedos, desfazendo-se dela. Aquela mão agora era a dele, pesada, calejada, a lhe acariciar o rosto, os lábios, a descer pelo vestido e a subir pelas pernas. Um gemido. Arfava no compasso do coração acelerado. Todo o corpo pulsava de vontade.

Um barulho de tábua rangendo a fizera saltar da cama. Aplainava a saia do vestido ao se deparar com a sua mucama Cassandra, parada no meio do quarto feito sonâmbula.

— O que foi, criatura? Estava com uma coceirinha que estava insuportável. Passou a defumação das ervas? Deve ter algum mosquitinho por aqui me picando a toda hora. — Coçava o pescoço e o braço.

A escrava levantara uma das sobrancelhas, desconfiada:

— A defumação não livra ninguém desse tipo de praga.

— E o que livra?

— O remédio não é para sinhazinha de família. Tem uns atenuantes que podem resolver, por enquanto.

— Não sei o que poderia atenuar essa praga... Ah! Venha, deixe de moleza! Tire-me deste vestido. Não estava conseguindo me despir e acabei escorregando e caindo na cama. Aí, me deu aquela coceira desagradável.

— Virava-se de costas para a mucama lhe afrouxar os laços e ilhoses.

Somente de *chemise*, Maria de Lurdes enfiara-se debaixo dos lençóis, cobrindo-se até as orelhas. Ficara a observar a mucama recolher as suas roupas, atiradas sobre um baú ao pé da cama, e a dobrá-las com cuidado, para guardá-las no mesmo. Apagara a vela sobre uma cômoda, ao lado de uma moringa d'água, antes de lhe sussurrar:

— Sonhe com os anjos.

Cassandra envergara-se para lhe beijar os lábios — como o de costume, todas as noites, nos últimos dois anos. Dessa vez, Maria de Lurdes virara o rosto, negando-a. Seus lábios estavam reservados a Nuno Duarte. Sem nada acrescentar àquela recusa, Cassandra puxara a sua esteira de debaixo da cama. Estendera-a ao lado da sinhazinha, entre ela e a janela. Era coisa do Sr. Ferraz, de quando Maria de Lurdes fizera quinze anos e começava a atrair os moços. O pai temia que invadissem o seu quarto, por isso a escrava dormia ali, dando sinal a qualquer movimento intruso.

A mucama acomodara-se, virando-se de costas para a porta e apoiando a cabeça no próprio braço. Em pouco, Maria de Lurdes podia escutar o seu ronco sobre os estalos da madeira da casa que se assentava na noite.

Os grilos cingiam as estrelas em sinfonia, regidos pelos cachorros da vizinhança e sustenidos pelos gatos acoitados. Já a casa ressonava por debaixo do relógio carrilhão, que contava os segundos e batia as horas.

Revirando-se na cama, Maria de Lurdes não conseguia dormir. Não havia posição que a levasse a sonhar, vivendo o pesadelo da insônia. O teto, as paredes, nada poderia lhe contentar, acalmar em relação ao fato de saber que Nuno dormia ali, apenas alguns quartos de distância. Bastava cruzar o corredor e estaria na cama dele.

Uma nova quentura a fez saltar e ir atrás de um gole d'água. Servia-se da moringa e tomara tudo de uma vez, deixando escorrer pela *chemise*. A madrugada estava fria, não fazia entendimento daquele calor todo. Pela penumbra, reparara que Cassandra se abraçava, com frio. Na ponta dos pés, Maria de Lurdes cobrira-a com uma manta que estava na sua cama. Não iria precisar. Havia outra coisa para lhe aquecer.

Estava determinada a ir atrás do remédio para os seus males.

Bailarina, volitava pelas tábuas, evitando o rangido o quanto podia. Alcançara a porta do quarto e a abrira com toda a delicadeza. Fechando-a atrás de si com as duas mãos — a fim de obter o controle e evitar qualquer som —, fora devagar, passo por passo, em direção ao quarto dele. À medida que se aproximava da porta, o seu coração pulsava até a boca, reverberando por todo corpo.

Pensara em bater na porta, mas temia que o pai a escutasse. Teria que entrar sem se anunciar. Pôs o ouvido contra a madeira gelada. Era preciso saber se tinha companhia, ou se dormia. Nada se ouvia.

Ela estremecera, sentindo o coração entre as pernas. Tinha que entrar. Resolver aquilo. A maçaneta não girava. Havia um cadeado. Seu pai o havia trancado por fora! Aquele quarto era uma alcova transformada para receber os mascates que vinham fazer negócios com ele. Não tinha janelas e podia ser fechada a cadeado, à prova de escapulidas ou de invasões.

Não iria se dar por vencida. Teria toda a madrugada para achar a chave, se preciso. Tentava se lembrar onde o pai a havia guardado. No quarto? No escritório? Não! Ficava debaixo da Nossa Senhora, no altar no fim do corredor. Bendita, Mãe! Seria sua devota por toda a vida!

A pressa a fez girar e dar uma cotovelada na parede. Um eco se fez. Maria de Lurdes segurava a respiração, no aguardo de alguém aparecer no corredor.

Nada.

Soltando o ar, foi até o altarzinho. Fizera o sinal da cruz antes de pegar a chave, escondida debaixo do manto azul. Não se dando por ingrata, rezara, rápido, pedindo apenas que Nossa Senhora fosse testemunha de que o que fazia era para o Bem de todos. E retornara à porta do quarto. Girara a chave na fechadura, devagar. Uma volta. O barulho do ferro se fez alto.

Uma tosse veio do quarto do pai. Ela paralisara, fixa na porta do quarto dele. Nem sinal de ter acordado, confirmada por outra tosse e um resmungo de sono.

Tentando abafar o som com a *chemise*, envolvera o cadeado na barra da vestimenta. Deu mais uma volta. A porta se abrira. Enfiara-se para dentro da alcova antes que a encontrassem no corredor. Fechara a porta atrás de si e, com a mesma delicadeza, ia para cama dele.

Por causa da falta de uma janela, não entrava qualquer réstia de luz. Era breu puro. Aguardara os olhos se acostumarem para que pudesse vislumbrar o caminho até ele. Sabia que o cômodo não era grande, permitia apenas uma cama de casal, um criado-mudo de um lado e uma cômoda do outro, sobre a qual havia uma bacia e uma jarra d'água para se lavar.

Achara a cama e um revoltão de lençóis. Ele estava lá, no meio do tecido. Ou deveria estar. Um passo e um longo rangido. Maria de Lurdes segurara a respiração. Ele ia acordar com o barulho!

Pelas costas surgira uma mão. Prendera-a pela cintura. Uma outra abafara a sua boca, impedindo-a de gritar. Tinha contra si um corpo duro e grande que lhe tomava toda.

Em seu ouvido, assopraram:

— *Tava* esperando *vosmicê*.

Ela abaixara a mão dele, que segurava não só os seus lábios como metade do seu rosto.

— Como sabia que eu vinha? — Descia a mão dele por seu corpo, permitindo que ele sentisse o pulsar do seu coração sob a pele.

— Não sabia. Eu tinha certeza. A mesma certeza do que *vosmicê* quer.

A outra mão dele, que estava na cintura dela, também ia descendo pela *chemise* até debaixo do umbigo. Arfando, Maria de Lurdes tentava controlar o tom de voz:

— E... o que eu... quero?

— O mesmo que eu.

A mão dele a tomava e quando ele dera-lhe um apertão, Maria de Lurdes não pôde evitar um gemido. Nuno a virara para si. Trombaram os corpos. O dela estava mole, quente, molhado. Era uma marionete que ele poderia fazer o que fosse. Já o dele era firme, rijo, extenso. Maria de Lurdes tateava o seu peitoral nu, os músculos bem-postos de quem fazia trabalho braçal. Passeava as mãos por uma leve camada de pelos. Iam descendo pelo tórax até a cintura e descobriram que não havia calças. Era pele e calor. Era umidade que ela encontrava contra si, pressionando-a. Uma mão tomava os seus seios por cima da *chemise*. A boca dele grudara no seu pescoço. A cabeça de Maria de Lurdes virava. Os gemidos cresceram. Os dedos dele, longos e grossos, buscavam algo, queriam algo. Uma das mãos dele enfiara-se por entre os seus cabelos, puxava a sua cabeça para trás, liberando o seu pescoço ao toque do beijo. Ela vibrava. Ele detinha o seu controle. Ela era sua.

— Quero enxergá-la — ele sussurrara em seu ouvido.

Maria de Lurdes estava sozinha, de pé, no meio do cômodo. Tentava recompor a respiração, colocando as mãos sobre as bochechas quentes. Lembrara-se de arrumar a *chemise* que caía dos ombros. Aplainava os cabelos que escorriam pelo corpo.

Uma luz se fez. Brilhante. Ofuscando a sua visão.

Entrevia Nuno, a sombra de um gigante contra a luz.

Ele a estudava, parada no meio do quarto, com os cabelos soltos correndo pela *chemise*. A vestimenta ia até o meio das coxas, mas nada escondia por causa da transparência do fino tecido. Tinha as mãos na frente do corpo, numa pose de proteção, e os olhos claros estavam abaixados, tímidos, e o rosto muito vermelho.

Parado, diante dela, ele estava em toda a sua perfeição. Apenas uma vez Maria de Lurdes havia visto um homem desnudo. Ela tinha catorze anos e havia ido com Cassandra tomar banho no rio. Ao chegarem nas margens, depararam-se com um grupo de rapazes. Eles se banhavam e brincavam entre si, afogando um ao outro, pulando dos galhos das árvores próximas. Eram tão diferentes que Maria de Lurdes entendera que nem todo mundo era igual, não só por cima das roupas como por debaixo delas também. Cassandra lhe explicara, pela primeira vez, que aquela diferença entre homens e mulheres era especial e que quando ela fosse casada, iria entender.

Mas Maria de Lurdes não queria esperar o casamento para descobrir. Não mais. Levantara a *chemise* na altura da barriga. Queria que ele a visse, que aqueles pequenos olhos escuros a comessem de desejo.

E ele não tirava os olhos dela, imóvel:

— *Vosmicê* é linda!

Num passo, Nuno cruzara o cômodo até ela, tomara-a pela cintura, beijara-lhe na boca. Num braço, levantara-a no ar. A cabeça de Maria de Lurdes dera um novo giro com aquela perda de chão. Seu seio foi chupado com tanta vontade, que achava que iria ficar marca. Seu corpo marcava com muita facilidade — era o que dizia Cassandra. Ela soltara um novo gemido que a impulsionara para a cama.

Maria de Lurdes entendera que poderia usar a sua boca para brincar com ele, chamá-lo de outra maneira. Ia ao seu alcance quando Nuno a segurara pelos braços e a afastara de si. Seus olhos negros brilhavam, mas ao invés de desejo havia submissão, havia carinho, havia qualquer coisa que ela lia como Amor.

— Nunca tive nada correto, nada honrado em minha vida — falava ele. — Dessa vez, eu terei. *Vosmicê* será minha esposa. Irá me servir de todas as maneiras que uma esposa deve servir ao seu marido. E prometo que nada faltará a *vosmicê*.

— Quer que me case consigo?
— Ordeno que se case comigo.

O resto se fez história, contada e recontada pelos seus filhos aos seus netos — sem os adendos da intimidade do casal, guardado por entre os reposteiros do quarto na sede da Fazenda da Beira. A felicidade marital duraria por exatos vinte e sete anos e onze filhos vivos — e três falecidos na infância de doença.

Acabaria no dia 24 de dezembro de 1825, véspera de Natal.

Toda manhã Nuno Duarte tomava o seu desjejum ao raiar do sol e ia cavalgar pelos cafezais, verificar o trabalho dos escravos. Depois ia até o terreiro e por ali ficava até a hora do almoço, quando Maria de Lurdes tocava um sino, avisando a mesa posta. Naquele dia, ela estava mais devagar, enjoando anormalmente por causa do filho que esperava. Faltavam apenas dois meses para o nascimento e aquele se mostrava, ainda na barriga da mãe, trabalhoso. Mexia-se, lutava para sair antes da hora.

— Deve ser menino! — deduzia Cassandra. — Menino amaldiçoado.

A mucama havia se mudado para a Beira havia alguns meses, quando o pai de Maria de Lurdes falecera de repente. Enchia a sua senhora de mimos e cuidados. Esfregava-lhe os pés inchados com ervas e dava banhos para preparar o corpo para o parto. O conhecimento de Cassandra para as plantas era sem igual. Contava ter aprendido com seus antepassados vindos da África. Maria de Lurdes não sabia onde ficava o continente africano e nem como os antepassados de Cassandra aportaram no Brasil, nem em que condições, aceitando aquelas histórias com um fascínio de quem ouvia um conto da carochinha. Nos dias em que a barriga pesava mais, Maria de Lurdes se deitava na rede da varanda, na frente da casa, e ficava escutando sobre os reis de Matamba, sobre a briga entre Ogum e Xangô pelo amor de Iansã, o vasto conhecimento de Ossaim e o poder de Ifá.

Mas naquela véspera de Natal nada a aquietava. Despedira-se de Nuno ainda na cama. Estava muito cansada. Não quis tomar o chá que Cassandra lhe preparava todas as manhãs e foi diretamente para a varanda. De lá ordenava a costura das escravas, que terminavam os presentes de Natal que seriam dados aos escravos da Beira. Havia algo estranho. Podia sentir em si um peso, uma angústia, a mesma sentida no dia que seus anjinhos caíram doentes.

Maria de Lurdes segurou a sua medalhinha de ouro de Nossa Senhora — presente de Nuno no dia do nascimento do primeiro filho, mandada buscar em Roma e, segundo ele, abençoada pelo próprio Papa Pio VII. Foi até o pequeno oratório, na ponta da varanda. Ajoelhada, rezava com a medalha entre as mãos.

Ao ver sua senhora pálida, respirando com dificuldade, Cassandra largara os seus afazeres para socorrê-la.

Levantando-se com dificuldade do genuflexório, Maria de Lurdes agarrava-se às roupas da mucama. Por entre lágrimas o desespero ia aflorando. Implorava que fosse ver se estava tudo bem com o seu marido. Pressentia o pior. Era preciso salvá-lo.

— Sinhá precisa descansar. O bebê tá pra sair...

— Nuno! Vá buscar Nuno! Deve estar no terreiro a esta hora. Minha cabeça está girando. Não consigo respirar. Algo aconteceu! Chame Nuno para mim!

— Deve ser o calor. Hoje está muito abafado.

Puxando a escrava pela camisa, Maria de Lurdes implorava que fosse buscar o seu marido. Precisava saber se ele estava bem.

Cassandra não resistira àqueles olhos suplicantes, envolvidos em terror — o que os deixava mais doces ainda. Prometera que o traria. E se foi na direção do terreiro. Ia sem pressa, cantarolando, mexendo na saia. Dava passos curtos, rindo-se diante de uma estranha movimentação que se fazia por entre os escravos. Haviam largado as pás que reviravam o café para a secagem e se aboletavam em torno do cavalo do sinhô. O animal relinchava, selvagem, e sem sinhô.

Nuno estava caído no chão do terreiro. Tremia, contorcendo-se, miúdo feito criança assustada. Buscava por ar, roxo, tossindo, engasgado, chorando sangue.

Ao ver Cassandra, no meio dos escravos, erguera a mão para ela. Pedia ajuda.

A mucama analisava as unhas. Ao notá-las sujas das plantas com as quais mexia, limpara-as na barra da blusa. Não queria desconfianças.

Os escravos, no entorno dele, estavam sem reação diante da queda do gigante. O sinhô era forte, era destemido, um guerreiro. O feitor, que vinha da checagem de víveres no paiol, ao ver a comoção, correra estalando o chicote para dispersá-la. Deparara-se com Nuno ao centro da balbúrdia, imóvel, azul. Gritara para que buscassem o médico. Agachado ao lado do sinhô, verificava se ainda respirava. Não auscultara o coração batendo. Os olhos negros, abertos para o céu, estavam marcados pelo sangue que escorrera — lágrimas de suplício.

Cassandra continuava parada, sem saber se faria bem à sua senhora ver o marido naquele estado. Não fora preciso discutir o assunto. Maria de Lurdes descia correndo as escadas que a levariam ao terreiro. Segurava a barriga pesada. Ao chegar diante do marido, soltara um grito. Caída de joelhos, cobria o corpo dele com o seu. Suas mãos tateavam o rosto ensanguentado, esfriado pela morte. Ela pedia que ele vivesse, beijando-o, soprando ar em sua boca.

— Não me deixe! Não me deixe! *Vosmicê* prometeu que nunca me faltaria. Nuno! Nuno! Acorda!

Mesmo com a orelha deitada sobre o peito imóvel dele, a esposa alegava que poderia escutar o seu coração bater. E assim ficou até que alguém teve a coragem de pegar a sinhá no colo e levá-la para o seu quarto.

Desconfiaram que Francisco Lisboa tivesse mandado matar Nuno Duarte. Desde que havia perdido o pedaço da sesmaria, ficava num canto da estalagem, bebendo e rogando praga a quem passasse por ele, acusando todos de estarem tramando roubar as suas terras, e a dizer que se vingaria de cada um. Contudo, quem conhecesse bem Nuno Duarte, sabia que ele era desconfiado de tudo e todos, cercando-se de poucas pessoas de sua confiança. Aquele envenenamento era coisa de quem era de casa, quem tinha acesso a ele e que nunca seria pego.

E nunca foi.

Com a morte do sogro, Nuno havia mandado fazer um pequeno cemitério ao lado de uma ermida, dentro da fazenda. Dedicada a Nossa Senhora, a ermida ficava no alto de um morro, com vista para todo o vale da Fazenda da Beira. Era lá que esperava descansar quando a velhice lhe pegasse, mas acabara antes por lá restar.

O enterro fora no dia do nascimento de seu último filho: 25 de dezembro.

Abraçada a Cassandra, Maria de Lurdes mal se aguentava de pé, envolvida pelo pranto e por uma febre que lhe ardia as bochechas. Mal dormira à noite, pranteando o marido. Acordara com muitas dores no corpo, porém nada a faria faltar ao enterro. Por debaixo do vestido negro, sentia cair pelas pernas um líquido quente. A mistura de água e sangue ia escorrendo até a terra virada da cova.

Ligava-se vida e morte.

Desabara nos braços de Cassandra. Uma pequena comoção se fez. O padre Berni pedia que a levassem para dentro da ermida. Devia ser o calor e a emoção.

O feitor pegara-a no colo e notara a roupa úmida. Ao colocá-la deitada num banco, reparara que seus braços e mãos estavam ensanguentados.

— Um médico! Um médico! — gritava.

Cassandra, parada na porta da ermida, não conseguia entrar. Seus olhos, rasos de lágrimas, não podiam acreditar no que viam. Sua sinhá morria, diante da imagem de Nossa Senhora, de mãos erguidas aos Céus e olhos suplicantes a Deus. Pálida pela perda de sangue, Maria de Lurdes delirava em febre. Era preciso tirar a criança antes. A mucama ordenara ao feitor que lhe passasse o facão. Iria abrir a barriga ali mesmo. O feitor e o padre protestaram. Ela iria morrer se fizesse isso.

— Ela vai morrer de qualquer jeito. Vou salvar a criança!

O sacerdote se interpusera:

— Eu a proíbo! Deus a proíbe!

— Cuspo em Deus!

— Herege! Infame! Irás ao Inferno!

— Vou e te mando buscar!

O padre Berni, arregalado na ponta dos olhos, abraçara-se à sua Bíblia e saíra correndo da ermida. Aquela terra era amaldiçoada e nunca mais pretendia lá pisar. Nunca gostara de Nuno Duarte, em vida ou em morte, e o mesmo sentiria pelos seus descendentes.

Sozinha com o feitor e mais um par de escravos que assistiam ao enterro, representando os amigos que o morto não tinha, Cassandra dera as ordens. Mandara os escravos segurarem os braços e pernas de Maria de Lurdes. E que o feitor jogasse aguardente na lâmina da faca e a passasse na vela acesa no altar.

— Não bebo.

— Sei que bebe, que leva aguardente no cantil. De que adianta se fingir de santo? Acha que vai salvar a sua alma o fato de beber ou não? Deveria era se preocupar na maneira como trata os escravos. Isso sim pode fazer o Diabo puxar o seu pé.

O feitor fizera o sinal da cruz. Tirara o cantil da cintura e banhara a faca. Na chama da vela passara os dois lados da lâmina. Erguendo os olhos para a Santa, fizera uma rápida prece.

— Ande, homem! Senão morre ela e o bebê!

Hábil como poucos, Cassandra foi rasgando com as mãos o fino tecido do vestido e das roupas de baixo. Por causa da gravidez avançada, Maria de Lurdes não usava mais espartilho, o que facilitaria a operação.

O sangue manchava o chão de pedra branca da ermida. Choro e grito se faziam num só. Era a vida e a morte se ligando, de novo.

O bebê chorava a todos os pulmões. Era um grito de dor. Um grito de quem estava vivo. Era um menino, maior do que qualquer outro bebê que Cassandra havia visto. Uma réplica do pai.

— É o demônio — murmurava ela, apertando a criança no colo.

Envolvendo o menino com um retalho do vestido negro da mãe, levara-o para fora da ermida. Atrás de si, escutara o feitor perguntar o que deveriam fazer. O bebê havia parado de chorar, aninhando-se em seus braços. Aquele seria o seu futuro dali por diante. Incapaz de olhar para trás, a mucama avisara:

— Hoje enterramos os mortos. Amanhã celebramos a vida.

O feitor ficara no meio da ermida. Um calafrio o percorrera e achava melhor rezar pela falecida. Não queria espírito no seu pé implorando missa. Retirara o chapéu e, de joelhos ao lado do corpo, postara-se para uma prece por sua sofrida alma. Fora então que notara que Maria de Lurdes ainda respirava. Num rasgo de esperança, tomara a sua mão, chamando-a:

— Sinhá... sinhá...

Ela tinha os olhos voltados para a porta da ermida, de onde uma forte claridade vinha, indicando o dia que se firmava. Achava ter visto a gigantesca sombra de Nuno Duarte, parado, à sua espera. Antes que pudesse ir até ele, o vulto desaparecera com um sopro de vento quente de verão que invadia o local.

Maria de Lurdes acreditava que as suas almas ainda iriam se encontrar, fosse no Céu, no Inferno, ou em outra vida — tal Cassandra alegava existir —, porque amor daquele tamanho não se contenta com uma vida só.

Barra do Piraí, 1874

O véu negro que saía do chapeuzinho de palha preto era espesso o suficiente para que fosse impossível identificar quem o usava. Pela elegante capa de viagem escura, com detalhes de franjas e bordados, e pela pequena bolsa que carregava, presumia-se se tratar de uma dama. O que se tornou uma certeza quando saltou do trem, cuidadosa para que não aparecesse mais do que parte da botina ao levantar a barra da saia.

Em apressadas passadas, cruzou a pequena estação, seguindo o Sr. Ajani. Por mais que temesse, não seria possível perdê-lo de vista. Era um homem muito alto, talvez o mais alto que havia visto — e não exagerava ao suspeitar que tivesse dois metros de altura. Ela, que baixa também não era, deveria bater no peitoral dele. Além de alto, tinha os ombros largos e dava a impressão que mal cabia dentro da própria sobrecasaca escura — havia tirado o guarda-pó ao sair do trem.

Sem muita paciência, o Sr. Ajani tomara a sua bolsa de viagem para que pudesse se locomover mais rápido. Segurando a barra da saia, a dama tentava acompanhar o gigante:

— Sr. Ajani! Sr. Ajani! Espere! E quanto à Dorotéia? Temos que esperá-la.

— Precisamos nos apressar, senão, não chegaremos hoje à fazenda.

E seguiu para o coche que os aguardava, parado na frente da estação.

Sem perder o aprumo, a dama de negro aceitou a imensa mão estendida para que se apoiasse ao subir no veículo, e se acomodou. Poderia respirar fundo, mas ainda esperou que os outros passageiros tomassem os seus lugares e a carruagem desse partida para conseguir se aquietar.

A viagem de trem da Corte-Barra do Piraí não havia sido tão incômoda quanto imaginava que seria. Passara grande parte do tempo observando o comportamento dos viajantes do vagão da primeira classe e, de vez em quando, dava-se o prazer de dirigir uma ou outra palavra ao seu acompanhante, o Sr. Ajani. Não era adequado viajar sozinha com um estranho, contudo, o Sr. Ajani vinha como procurador de seu tio, o que lhe trazia algum *status* de seriedade. Ainda assim, para não gerar mexericos, havia sido enviada uma escrava para acompanhá-los e garantir que a moça não ficasse mal-afamada — ao menos, foi o que deduziu ao ver a velha criada. Chamava-se Dorotéia e, pelo andar curto e pelos cabelos que fugiam do turbante branco, deveria ter mais de cinquenta anos. A dama suspeitou que a escrava havia sido proibida de ir com eles na primeira classe, pois não a vira por toda a viagem, só a reencontrando no coche.

Dorotéia, com a expressão exausta, soltou um ar de descanso:

— Ah, chegamos à metade do caminho!

A dama de negro voltou-se a ela, assustada:

— Metade do caminho? Achei que a fazenda ficava em Barra do Piraí?!

— Fica perto. Tá anoitecendo e a estrada para a fazenda é perigosa por demais. Melhor é pernoitarmos na vila.

O Sr. Ajani — que tomava todo o espaço do assento na frente delas — ergueu a cabeça de uns papéis que trazia numa pasta a tiracolo. Ficara toda a viagem lendo e relendo-os e fazendo algumas anotações, sem dar muita atenção a quem fosse. A dama pôde, pela primeira vez, reparar que ele tinha o rosto duro e forte, assemelhando-se a algum guerreiro grego. Seu tom de pele era dourado, de quem ficava exposto ao sol, o que casava com perfeição com os cabelos escuros — presos num rabo — e os pequenos olhos negros que agora a encaravam como se retirados de algum vazio. Não poderia precisar a idade dele — desacostumada ao convívio com homens —, mas deveria ter uns quarenta anos.

— Acredito que meu tio não ficará satisfeito se nos atrasarmos mais — repetiu a dama, por detrás do véu negro.

— Satisfeito? — O Sr. Ajani sorriu e a sua expressão tornou-se jocosa. — Seu tio não fica satisfeito com nada. Nem se ganhasse milhares de contos de réis ele viria a ficar satisfeito. Conheço-o o suficiente para saber que nada o satisfaz; nada e nem ninguém. — E retornou aos seus papéis, demonstrando serem muito mais interessantes do que conversar com ela.

— Achei que ele havia me mandado chamar porque estaria satisfeito em rever a sobrinha?!

— Claro que ficará! — adendou Dorotéia.

Sobre isso nada mais se comentou. A dama pouco sabia quem era aquele tio, ou o que poderia esperar, o que a deixava mais nervosa do que seria recomendável. As mãos enluvadas contorciam a bolsinha que trazia no colo. Parou quando a escrava lhe segurou os dedos:

— Seu tio é bom. Preocupa não. É exagero o que falam dele. Conheço-o de menino.

No sacolejo, a dama notou um pequeno sorriso irônico no Sr. Ajani perpassando-a. O que a teria irritado mais se não estivesse tão apreensiva em conhecer alguém que "não se satisfazia com nada e com ninguém".

Havia uma estalagem não muito longe da estação, distante o suficiente para que tomassem algum tempo para chegar nela. O local — datado do século anterior — possuía a atmosfera da época colonial, quando Barra do Piraí era paragem para os tropeiros a caminho do ouro. No primeiro andar ficava um balcão onde o dono atendia os hóspedes. Algumas mesas de madeira simples e cadeiras faziam o serviço de acomodar os passantes que iam somente comer e beber. No segundo e terceiro andares ficavam quartos e alcovas, e havia ainda um quarto de banhos para quem quisesse tirar o pó da viagem — a um preço módico. Poucas portas e janelas permitiam que a luz do fim do dia entrasse, obrigando a usar candeeiros e velas em quase todas as mesas para que se pudesse enxergar o ambiente sem trombar em nada.

Ainda de véu cobrindo a face, a dama se viu obrigada a retirá-lo para que conseguisse andar no local sem derrubar o que fosse. Revelou-se um rosto comum, de feições e proporções dentro do ordinário e sem qualquer realce, contra ou a favor da figura. Nada como Bento Ajani poderia esperar diante de tanto segredo debaixo daquele véu escuro. Entendeu se tratar mais de timidez do que para esconder alguma beleza rara, ou algum defeito na face. Ainda assim, a moça não era feia. Era bem agradável, mas nenhuma beldade a se ter aos pés.

Ao encontrar a mirada dos olhos pequenos e negros de Bento, a jovem de vinte anos corou. Não estava acostumada a ser analisada por quem fosse. Abaixando os olhos castanhos, ficou alguns passos atrás dele, esperando que fizesse toda a negociação com o estalajadeiro. Com a voz forte e presente, ela e as poucas pessoas ao redor ouviram-no pedir os dois melhores quartos. Diante de tanto tamanho e presença, não havia como discordar, mesmo que todos os quartos fossem iguais. O estalajadeiro chamou pela esposa — que ficava na cozinha — e pediu que ela cuidasse do balcão enquanto ele mesmo levaria os hóspedes aos seus aposentos.

O homem, da altura da cintura de Bento, ia na frente, rodando o molho de chaves à procura de algo. Deveria estar considerando quais seriam os seus melhores quartos. Ninguém gostaria de se indispor com aquele senhor que, apesar de bem-vestido, tinha a voz e a pose de quem era mais bruto do que gostaria de se saber.

O corredor estalava ao passo dos três viajantes, reverberando numa escuridão inquietante. A jovem dama agarrou-se à sua bolsa. Não se sentia confortável em lugares apertados e na penumbra. Traumas que preferia guardar para si. A respiração foi ficando rala e a cabeça ganhou leveza. A visão turvava e achou que cairia se não fosse chegar logo à porta que seria a do seu quarto. Respirou fundo e seus pulmões se abriram diante do ar que entrava pela janela do cômodo. Não era muito grande, o que gerou um muxoxo por parte de Bento — sob o qual o estalajadeiro estremeceu.

Dando uma volta em torno da cama, revestida com uma simples colcha de renda, a dama virou-se aos dois, parados à porta:

— Para mim está de bom tamanho.

O estalajadeiro atirou um longo olhar de curiosidade sobre ela, o que a fez envergar-se em si mesma. Evitou também Bento, que a analisava com algum sarcasmo.

Satisfeito — e aliviado —, o estalajadeiro deu continuidade para o quarto de Bento.

E quanto a Dorotéia?, perguntou-se a jovem. Foi ao alcance deles no corredor, mas tanto Bento quanto o dono da estalagem já haviam entrado por outra porta e ela não soube qual. Ao retornar ao seu quarto, deparou-se com a escrava a lhe sorrir:

— Posso dormir no chão. Sempre tem uma esteira de palha debaixo da cama.

A moça ergueu o nariz:

— Não acho correto.

Dorotéia, sem dar muito caso, ria-se:

— Ih, sinhazinha, se preocupe não com essa velha negra aqui... Tô acostumada.

A jovem tentou firmar a voz e convencer que falava sério:

— Não deveria. Falarei com meu tio ao chegar na fazenda.

— Não, não vamos encher a cabeça de seu tio com bobagem, iaiá.

— Bobagem? Se trata do seu bem-estar...

— Do meu ou o da iaiá? — E mordeu as bochechas num sorriso acanhado, disfarçado de pergunta.

A moça fechou-se em si mesma. Não seria a primeira vez, nem a última, que ela se pegaria defendendo algum escravo mais por sentir-se mal ou culpada em relação à escravidão do que pelo bem-estar do escravizado. E aquilo era terrível, sobretudo para alguém como ela, que... Era melhor se esquecer, por enquanto.

Dorotéia, vendo-a sem saber como reagir, deu-lhe um tapinha no ombro, ainda sorrindo:

— Ah, deixe disso. Vamos descansar. Amanhã teremos ainda muito chão e o Sr. Ajani parece do tipo que madruga.

— Esse homem me dá arrepios. Quem é ele?
— Ele faz alguns trabalhos para o seu tio.
— Que tipo de trabalho?
— Papelada, negócios, sei não. Ah, mas isso não importa. Não vai comer nada antes de se deitar?
— Não estou com fome.

A escrava soltou um muxoxo e começou a ajudá-la a se despir.

A noite se enrolava tanto que não parecia passar. A revirar-se na cama, buscando uma posição que lhe trouxesse o sono, a moça não a encontrava. Nem de barriga para cima, para os lados ou para baixo, nem com os braços paralelos ao corpo e nem com eles debaixo do travesseiro, nem de olhos fechados e nem abertos, analisando os parcos móveis que faziam sombra na escuridão do quarto. Com cuidado, esticou o pescoço para o chão. Dorotéia, envolta num pano da Costa, murmurava sonhos em outra língua — quiçá a língua de seus antepassados. Voltou a encarar o forro do teto. Podia escutar as risadas que vinham do andar de baixo, o tilintar de copos e talheres, um canto bêbado, passos e alguns cochichos nos quartos adjacentes. Foi se enchendo da sensação de que não fazia parte daquela vida, de que não era ela.

Georgiana!

Ergueu a cabeça num susto. Achou ter ouvido alguém. A voz vinha do fundo do quarto, do meio da penumbra.

A sombra da noite entrava pelo cômodo, permitindo entrever, ao pé da cama, uma velha cômoda com uma bacia em cima e nada mais.

Devo estar ficando louca, comentou consigo, enfiando os braços debaixo do travesseiro e fechando os olhos tão apertado, que não os abriria mesmo que gritassem em seu ouvido.

Georgiana!

A jovem abriu os olhos num susto.

Estava em frente à estalagem.

O céu trovejava, mais cinza do que no dia anterior. Era o trovão que gritava, ou era alguém?

Deu-se por acordada. Era como se estivesse vagando, desde que Dorotéia a despertara com café e pão quentinhos. Não se recordava de como fora parar ali, de pé, vestida, no meio da rua de terra batida. Lembrava apenas de uma voz que zumbia no seu ouvido, chamando-a feito um canto de sereia. Procurou nos arredores de onde vinha aquela voz. Insistente. Fixou a vista do outro lado da rua.

Perto de uma banca de frutas, por entre os poucos pedestres, havia uma sombra. Branca. Parada. Disforme. Ela lhe queria, podia sentir ao pé da espinha. Tal um marinheiro embriagado, seu corpo foi tomando direção da voz que a encantava. Apesar de não poder ver qualquer feição, como se uma névoa cobrisse a pessoa, o seu espírito sabia quem era. Poderia pronunciar o seu nome.

— EUGÊNIA! — gritaram.

Vinha na sua direção um cavalo negro. Em disparada.

Demorou que se seguisse uma reação.

Uma mão a puxou do meio da rua, atirando-a contra algo duro. As pernas bambas nem haviam se refeito, e a jovem dama se deparou pressionada contra o corpo de Bento. Os braços dele a envolviam, cobrindo-a feito uma manta quente e protetora. Podia escutar o coração dele batendo apressado e a respiração ansiosa. Achou que cairia se ele não a estivesse escorando.

Ainda se localizando, ela o sentiu se afastar — talvez, mais certo da impropriedade daquela aproximação impulsiva do que ela:

— Se quiser se matar, me avisa — ele falava sem qualquer tom de repreensão. — Posso aconselhar algumas maneiras menos dolorosas do que ser pisoteada por um cavalo.

— Eu... — A boca estava tão mole quanto o corpo. Precisou que Dorotéia fosse até ela e a ajudasse a voltar à estalagem, onde lhe serviriam um copo de água com açúcar.

Todo o corpo da jovem vibrava, galvanizado pelo susto. Não se sabia sonâmbula. Foram alguns minutos até tomar consciência de que algo muito estranho havia acontecido e demorariam alguns dias até que entendesse que aquela terra devia ser encantada — ou era ela amaldiçoada.

O tempo não melhorava e a chuva da noite passada piorara o estado da estrada para a fazenda. Era impossível enxergar onde estavam. A névoa caía, branqueando a visão feito uma cortina que sedutoramente escondia algum pecado. Por entre uma passagem ou outra, desvelava-se um galho de árvore. Chicoteavam a carruagem e depois eram tragados pelo espesso véu. Alguns pedregulhos surgiram, altos e próximos à janela, e desapareceram na superfície leitosa do ar. Mais algum trotar e abriu-se um abismo, tão rente à roda, que a moça se afastou da janela, assustada que seu peso fizesse o coche tombar. A fumaça fechou-se de novo e a jovem dama se sentiu mais tranquila em não conseguir enxergar nada.

Passaram por um trecho em que a irregularidade do terreno, repleto de poças e buracos, fez com que os viajantes se sacolejassem dentro do coche. A dama segurava o chapéu e tentava se manter no assento. Numa lombada, voou para frente. Bateu a cabeça em algo, amortizada pelo chapéu de palha. Seu corpo havia sido amparado pelo de Bento. Os longos braços dele a envolviam para que não caísse. Se não fosse pelo som do vidro da janela batendo contra a madeira do carro, acreditava que poderia ouvir o coração dele. Ainda contra o seu peitoral, pediu desculpas e tentou retornar ao seu lugar com a ajuda de Dorotéia.

Balançavam, tremiam, estalavam. Se houvesse mais algum precipício, cairiam. A jovem não era a única que se preocupava com isso. Dorotéia, de olhos fechados, murmurava alguma prece que era impossível escutar ao som de todo o coche vibrando feito uma caixa acústica. Já Bento mantinha-se tranquilo — apesar de não tirar os olhos da dama. Havia algo estranho naquele olhar; era de quem não a enxergava. Num piscar, os pequenos olhos escuros de Bento se fixaram nela e um frio correu a espinha da moça.

— Seu tio ficará contente em saber que está melhor de saúde.

Ela abaixou a cabeça. Colocou a mão na frente da boca e tossiu. Não notou o pequeno sorriso dele. Voltou-se para fora e a névoa ainda envolvia o transporte. Haviam mergulhado num leite e pela superfície boiavam alguns galhos de árvore, umas pedras, um pedaço de chão, um rosto, uma raiz. Ela estremecia. Tinha certeza que havia visto alguém. Ou era a sua imaginação que a entregava à loucura? Não sacolejavam mais. Deslizavam pelo branco ar, um barco em sereno mar. Ainda assim, estava ansiosa, beirando ao enjoo. Agarrou-se à sua bolsinha. Precisava acalmar a si e a cabeça, senão, iria vomitar ali mesmo, o que seria extremamente desagradável.

— Nervosa em encontrar o seu tio? Não fique, apesar do que dizem.

Se o Sr. Ajani a queria deixar ainda mais nervosa, havia conseguido:

— O que dizem?

Foi obrigada a buscar uma resposta na expressão enigmática de Bento Ajani. Podia ver todo um sorriso espraiado pelas linhas retas e duras de seu rosto. Era um homem bonito. Talvez fosse bem mais velho do que ela — certamente, vivido era. Guardou para si os próprios pensamentos, pressionando-os nas pontas dos finos lábios.

Um baque. Outro baque. Um terceiro baque. Vários baques. Milhares de baques como se dedos estivessem batendo no teto do coche. Chovia. A névoa ia se recolhendo, fugindo daquela chuva forte que os saudavam, e a paisagem ia ganhando espaço. Brotaram grama verde, pingada por algumas árvores, ladeando a estrada de terra batida. Mais ao longe, via-se montes de vários tamanhos, alguns ainda encobertos pela névoa. Alguns eram desenhados pelas fileiras dos pés de café, numa mistura de verdes, cinzas e azuis que se propagavam no céu chuvoso. Não havia moradia perto, nenhum casebre e nem animais. Era o inóspito verde que ia se avultando com o marrom acinzentado dos morros, monotonia que não segurava as suas pálpebras. Acalentada pelo leve gingado do coche, a dama ia se ninando, até fechar os olhos por completo.

Um solavanco!

Eugênia abriu os olhos e se agarrou à porta, a fim de evitar outro encontrão com Bento. O coche havia parado e pendia para o seu lado. Escutou o cocheiro xingando. Bento desfez a gravata, desvestiu a casaca, retirou o relógio de bolso preso ao colete e pediu licença para abrir a porta. O carro balançou quando saiu.

Seria melhor criar um equilíbrio, sentando na frente de Dorotéia — o que de nada adiantou.

Pela chuva que ia se acalmando, a jovem dama via uma longa planície esverdeada que findava nos cafezais. Ao menos não havia nenhum sinal de precipício.

— Logo estaremos na Beira, comendo bolo de fubá e bebendo um café recém-moído. Você ainda gosta de bolo de fubá, não é mesmo? Quando menina, vivia a me puxar as saias, pedindo que lhe fizesse uma fornada.

A moça balançou a cabeça na positiva e mordeu o sorriso ansioso.

Um movimento do coche para cima. Ela e Dorotéia se seguraram. Mais um empurrão como se algo estivesse içando o veículo. Um palavrão e o coche voltou à posição desequilibrada. Com cuidado, Eugênia escorregou pelo assento de couro até a janela e chamou por Bento, que não demorou para aparecer. Havia aberto o colete e parte da camisa e arregaçado as mangas até os cotovelos. As roupas, respingadas de lama, estavam molhadas contra o corpanzil bem-definido. O rosto, também molhado e sujo de lama, estava vermelho de quem fazia força para mexer o coche.

— O que aconteceu? — perguntou ela, ignorando a descompostura.

— A roda traseira quebrou ao passar por uma pedra.

Cansado do esforço, ele se apoiou na janela. Foi quando ela notou que a sua mão pingava sangue.

— O senhor se machucou?!

Bento olhou para a própria mão e não deu muita atenção:

— Isso não é nada. Estávamos tentando levantar o coche para livrar a roda, mas não conseguimos.

Eugênia entregou-lhe seu lenço. O gesto havia sido tão repentino que ele se mostrou surpreso. Agradeceu e enrolou a mão — pelo tamanho dos dedos, deu apenas para uma volta e não mais.

— E se saltarmos? Haverá menos peso e...

— Leve como é, não fará qualquer diferença. Precisamos de um suporte para levantar o coche. Estamos bem perto da fazenda. Terei que ir pedir ajuda. Hei! — ele se afastou, gritando pelo cocheiro. — Me ajude a desatrelar um cavalo. Vou até a casa-grande pedir ajuda e um outro coche para a sinhazinha.

Dadas as ordens, não demorou para que o cocheiro tivesse o cavalo pronto e selado para Bento. Ele abotoou o colete e vestiu a casaca. Entregou o relógio de bolso nas mãos da moça e pediu que guardasse para ele:

— Não quero que nada aconteça a isso.

Num pulo subiu no cavalo, soltou um muxoxo e bateu em disparada pela estrada. Grande como era, com as roupas ainda molhadas por causa da chuva, e os cabelos soltos caindo pelos ombros, se assemelhava a algum bárbaro daqueles livros de história que lia às escondidas no colégio interno.

As horas se foram, levando a chuva consigo. Cansada de ficar sentada, à espera do socorro, a moça tratou de descer do coche. Ao abrir a porta, o cocheiro veio ao seu apoio. Segurou-a pelo braço e ela se pôs para fora, soltando a pressão de todos os músculos, doloridos de tanto se forçarem numa posição. Estalando o corpo, andou para longe do imenso veículo negro. Todo o coche estava manchado de lama. Pendia para um lado, por causa da roda quebrada, tal um gigante capenga.

Uma trovoada ao longe a fez levantar a cabeça para o céu branco acinzentado. Perguntava-se se choveria mais quando ouviu um relincho e um "ôu-ôu". Havia parado um cavaleiro. Pela direção, vinha de Barra do Piraí, como eles. O homem, todo de negro, saltou do cavalo. Não podia ver o seu rosto, encoberto por um chapéu de abas largas — para protegê-lo da chuva. O cavaleiro trocou algumas palavras com o cocheiro, observou a roda e depois subiu no cavalo, puxando os arreios. A moça teve a sensação de conhecer aquele cavalo negro. Teria sido o mesmo que quase a atropelara na frente da estalagem? Ia perguntar ao cavaleiro que se aproximava dela em trote.

Sem qualquer pudor, ele a puxou pela cintura para cima do animal e colocou-a atravessada na sela, na sua frente. O corpo dele pressionava-a. Podia sentir a respiração quente em sua nuca e se assustou ao escutar o estalo da língua que ele deu para que o cavalo seguisse. O cavalo não ia muito rápido e o cavaleiro tomava cuidado para que ela não escorregasse. Envolvia a sua cintura com uma das mãos, puxando-a mais para si. Era muito contato para pouca apresentação. Tentou perguntar duas vezes o nome dele, mas não obteve resposta. Melhor seria tentar se manter na sela e aguardar o que aconteceria.

O tempo ia abrindo quanto mais prosseguiam e a jovem dama podia sentir o calor do sol que ia tentando forçar passagem pelas nuvens de chuva. Achou ter visto um arco-íris colorindo o horizonte esbranquiçado, porém, sua atenção foi tirada ao estalo de um beijo em seu pescoço. A mão do cavaleiro, que estava na sua cintura, subiu aos seus seios e...

❦

— Acorde! Acorde, sinhá! Veja que lindo o arco-íris!

Eugênia abriu os olhos, tomando cuidado para que não reparassem que estava corada. Levantou a cabeça. O chapéu de palha estava torto, cobrindo a visão. Precisou ajeitá-lo para enxergar o que fosse.

Soltou um bocejo por detrás da mão, e se deparou com Bento, sentado na sua frente, analisando papéis.

Estavam de volta ao coche em movimento. Tudo havia sido um sonho, *por bem*, pois não saberia como agir com aquele ousado cavaleiro negro. Precisou se recompor ao pensar no homem de rosto invisível, ainda pulsando o beijo fantasmático que sua imaginação dera em seu pescoço.

— Aqui estamos! — as palavras de Dorotéia saíam com gosto.

Atravessavam uma alameda de coqueiros imperiais, tão altos que Eugênia achou que perfuravam os céus. Ao fim, havia um suntuoso casarão branco com detalhes azuis pousado sobre um platô — o que dava ainda mais altura e imponência. Era a sede da Fazenda da Beira, ostentando a potência de dezesseis janelões reluzentes e uma escada bipartida que levava ao segundo andar. Eugênia nunca vira nada tão faustoso — nem o internato era assim. Se aquilo não era o palácio do Imperador, não duvidava que o tal tio estava mais perto dele do que o próprio *valet* da casa imperial.

O coche parou. O coração da moça estava na boca, pronto a pular para fora. *E se...?* Engasgou-se na própria ansiedade.

Bento saltou e se postou ao lado da porta, com a mão estendida para ela. Tomando a saia, desceu com a ajuda dele. Toda a sua mão enluvada cabia na palma da mão dele — eram impressionantes as suas proporções. Indo na frente, Bento foi abrindo o caminho para ela. Subiram a escada que levava ao topo do platô — onde ficava a casa-grande. Cruzaram um pequeno jardim — ladeado por duas belíssimas estátuas gregas — ornado, ao centro, por uma estátua feminina segurando um imenso anel — cuja pedra central parecia ser uma chama acesa em Murano. Havia sido como um soco na boca do estômago. A jovem dama poderia jurar que conhecia um anel como aquele. Até mesmo o podia ver sendo posto numa mão fantasma de algum rincão da sua imaginação.

Bento abriu um sorriso e a voz profunda ecoou num estalo:

— O que acha da Fazenda da Beira?

O sol, que ia se firmando, elevava as cores do verde das árvores, do extenso gramado ao redor, dos arbustos, colorindo ainda mais as flores no entorno do casarão branco e azul. Era encantador. Não haveria de não o ser.

— Nunca vi nada igual.

— Como não?! — Ria-se Dorotéia. — Ah, não deve se lembrar. Era muito pequena quando se foi daqui para a Corte.

— Parece outro lugar. Não é como me lembrava.

Bento apontou a escadaria para que subissem ao segundo andar, onde ficavam os senhores da casa — o primeiro era a senzala para os escravos que cuidavam dos serviços da casa:

— Igual ou diferente, seja como for, chegou em casa.

— É, cheguei. — Ela deu um passo e parou.

Casa. Havia um sentimento contraditório que a tomava pelas pernas e enlaçava a sua mente. Era uma sensação de que já havia estado naquela casa antes, de que a havia chamado de lar um dia. Uma daquelas impressões de sonho, que não há explicação lógica, mas que toma todo o ser.

Entrava num sonho, apesar do gosto amargo de pesadelo que se estalava em sua boca.

Ao desembocar da escada externa no segundo andar, Eugênia passou pelo que seria uma varanda envidraçada. Algo lhe dizia que não era para se terem vidros — abafava ao invés do vento correr livremente. Não teve muito tempo para "analisar a sensação". Bento foi entrando pela casa, abrindo portas, marchando com o passo pesado e o vozeirão chamando pelos escravos para que fossem recebê-los. E ela foi atrás, apressada em acompanhar o homem.

Atravessaram uma sala — que Eugênia nem conseguiu reparar de tão rápido que havia sido — e foram para um jardim interno, coroado por um belo laguinho. Antes que ela pudesse recarregar o fôlego, veio na direção contrária a deles uma mocinha. Deveriam ter quase a mesma idade. A pele morena contrastava com a roupa de chita branquíssima. Tinha os cabelos presos num coque, deixando à mostra a nudez de seu longo e bem-torneado pescoço até as saboneteiras que ficavam de fora da camisa sem mangas.

A bela escrava abriu um sorriso, que mais soava a sarcasmo do que simpatia, confundindo a jovem dama:

— Ah, finalmente! O sinhô Luiz já não aguentava mais esperar. Está num humor que Deus-nos-livre! O que aconteceu? Era para vocês terem chegado ontem à noite!

— A viagem de trem atrasou e achamos melhor pernoitar na vila — explicou Eugênia.

— Só quero ver quando o sinhô Luiz souber disso... — retrucou a escrava enquanto a verificava de cima a baixo, e engoliu um riso.

— Regina, leva a sinhazinha para o quarto dela — ordenou Bento. — Ela tem que se arrumar para receber o patrão.

Parada ao lado de Eugênia, balançando-se próximo ao laguinho, Regina fez uma careta:

— Se ele quiser receber alguém... Tá naquele gênio de novo...

— Ele foi para a plantação?

— Nem dormiu à noite, à espera de notícias.

Dorotéia, à beira de uma das portas, enxotou Eugênia:

— Vixi! Ande, ande! Vão logo se preparar para o jantar. Se atrasarmos isso também, sabe-se lá o que o ioiô pode fazer.

Regina deu um salto no lugar e, abanando as saias numa dança, foi conduzindo Eugênia ao seu quarto. A sinhazinha vinha devagar, deslizando feito alma penada. Era daquele tipo de moça que a qualquer momento iria desmaiar; não gostava e sabia que o sinhô Luiz Fernando também não. Mordeu os lábios carnudos. Sabia bem que tipo ele gostava.

Eugênia ia se incomodando com as risadinhas que a outra soltava consigo mesma. Achava ser o tema do escárnio, o que a deixou mais vexada do que já estava ao chegar na Fazenda da Beira, a ponto de nem reparar o caminho que tomavam. Cruzaram por uma longa sala de jantar repleta de portas e entraram por uma delas.

O quarto era do tamanho das salas de aula do colégio interno. Tinha uma cama de casal de dossel ladeada por criados-mudos altos o suficiente para permitirem um urinol debaixo; havia ainda um guarda-roupa e um toucador ao lado de uma mesinha com uma bacia d'água.

— Vou buscar água fresca para a sinhazinha se lavar — Regina avisou e saiu.

Ao escutar o fechar da porta, a moça foi tragada para dentro de si mesma. As pernas balançaram e ela caiu de joelhos no chão. Uma mão correu para o peito e a outra agarrou o choro prestes a sair — ninguém poderia ouvir o seu desabafo.

No que eu me transformei?

3

Ao entrar no quarto, Regina parou no meio do cômodo. Tinha nas mãos uma jarra d'água e umas toalhas de asseio, e no rosto a surpresa. A sinhazinha estava sentada na beira da cama, de *chemise*, espartilho, saiote e almofadinha traseira. Havia sozinha se desfeito do vestido e da creolina, ambos atirados ao chão, próximo a ela.

O sinhô Luiz recebia poucos convidados, menos ainda visitas femininas. As raras sinhazinhas que cruzaram os portões da Beira geralmente ficavam aos berros, gritavam para as mucamas as ajudarem a tirar as roupas, reclamavam dos atrasos, um humor que não se assentava em Eugênia. De mãos sobre o colo, cabeça abaixada e olhos no chão, a jovem parecia mais triste e perdida do que empossada de si. Nem lembrava a iaiá Eugênia que brincava com ela e com o seu irmão Jerônimo. A travessa iaiá que roubava os doces da cozinha e trocava os sapatos da tia, colocava formigas no travesseiro do tio, e depois acusava os dois irmãos escravizados — quantas foram as vezes que Regina e Jerônimo sentiram nas palmas das mãos o peso da palmatória por feitos que não haviam sido deles!

Regina colocou as toalhas sobre a cadeira e derramou a água na bacia sobre a mesa. A moça continuava sentada, perdida nos próprios pensamentos, o que, de alguma forma, só irritava ainda mais a outra. Se estava tentando aparentar ter mudado, ser boazinha, Regina não acreditaria. Nem agora, nem nunca. Quanto ao arrependimento, sensação de culpa, poderia até acreditar nisso, mas nunca a perdoaria pelos suplícios que fez ela e o irmão passarem.

Impaciente, Regina soltou um muxoxo:

— Preciso arrumar a mesa para o jantar. Se vai ficar aí pensando na morte da bezerra, que fique. Eu tenho que ir.

A outra nem se mexeu. Teria morrido sentada? Regina se aproximou dela, devagar, desconfiada que fosse aprontar alguma — como quando criança. Ao escutar, num murmúrio, um agradecimento, a mucama estranhou. Dava para quase acreditar que essa não era a Eugênia que ela havia conhecido. Podiam ser parecidas, mas faltava alguma coisa, talvez a empáfia dos Duarte.

Ainda em desconfiança, perguntou se queria ajuda para se trocar, ressaltando que o tio não gostava de atrasos:

— Se quer ver o demônio encarnado, basta atrasar — ressaltou.

— Não me atrasarei.

A escrava não se convenceu disso. Ora, pouco importava! Queria era distância de Eugênia. Deu com os ombros e se retirou.

A porta se fechou. A jovem dama suspirou. Sozinha novamente. A escassa luz, trazida por uma candeia sobre um criado-mudo, não havia permitido que Regina visse as lágrimas no rosto de Eugênia. Ela as enxugou com as mãos frias. Tremia. Não por frio e sim, por receio. Sabia o que precisava fazer, só não tinha certeza se conseguiria. Porém, era preciso, tinha que fazer, seria pior se tivesse que voltar ao colégio, ficar sob o jugo de Padilha. Seu estômago se revirou ao lembrar do homem, das longas mãos ossudas dele sobre a pele.

Meus Deus, dai-me força para o que estou prestes a fazer! Perdoe-me!

❦

Da sala vinha uma forte luz. Todas as velas e candeeiros estavam acesos. Derramavam um tom dourado sobre os móveis de madeira entalhada, os assentos de brocado, as paredes recobertas de papel de parede e as imensas telas de pintores impossíveis de pronunciar os nomes sem torcer a língua. Havia grandes tapetes cobrindo o chão de longas tábuas de madeira e milhares de objetos de porcelana sobre as mesas riscadas pelo uso. Escondiam-se as imperfeições com glamour e requinte, fazendo-as imperceptíveis ao primeiro olhar.

Num leve vestido claro, abotoado até o pescoço, a moça adentrou àquela atmosfera lúdica. Trazia sobre os ombros um xale bordado e um livro na mão — dama que se digne sempre tinha que estar fazendo algo. Ofuscada pelo brilho de um candelabro de cristal, mal notara que o Sr. Bento conversava com alguém sentado numa poltrona, de costas para quem vinha dos quartos. Ao se acostumar com a claridade, conseguiu ver apenas uma mão delgada descansando sobre o braço do assento e, num olhar mais atento, um anel de ouro no mindinho. Sem querer fazer alarde com sua presença, postou-se numa cadeira, fora do alcance de visão da pessoa sentada. Contudo, estava de frente a Bento.

De pé, com uma mão nas costas e outra segurando um cálice de Porto, ele era outro. Talvez fosse a casaca negra para o jantar, os cabelos presos com uma fita de cetim e os sapatos reluzentes. Ficou no talvez quando os pequenos olhos negros a caçaram, espetando-a contra uma parede invisível, como os insetos de coleção de seu pai. Meneando a cabeça, Eugênia ficou onde estava, aguardando ser apresentada.

Bento fez um gesto e a pessoa da poltrona levantou-se e virou-se para ela. O coração de Eugênia acelerou. *É ele!*

Primeiro reparou no sorriso que trazia leveza à sua expressão de traços finos. Depois, no caminhar leve e ágil de quem tinha segurança e ânimo e o corpo esguio. Em seguida, no olhar doce que combinava com os cabelos castanhos claros e o rejuvenescia. Não deveria nem ter trinta anos. Sabia que o tio era jovem, mas não tão jovem.

Tomando a sua mão, o rapaz a beijou e disse, com toda a verdade, sem lhe desviar a mirada:

— Seja bem-vinda à Fazenda da Beira!

Luiz Fernando Ferraz Duarte em nada aparentava com o que havia escutado. Onde estava o perpétuo mau humor, o jeito soturno e antipático, a grosseria com quem lhe desagradava de supetão? Era ele tão educado, simpático e bonito.

O coração de Eugênia bateu mais forte e ela corou.

Bento pigarreou, prevendo ali um interesse velado, e fez as devidas apresentações:

— D. Eugênia Duarte, quero que conheça o Sr. Francisco Santarém.

Eugênia gelou. Não era o tio. Francisco Santarém. Não sabia quem era este. Tentou acessar todas as informações que tinha. Não haviam mencionado nenhum Francisco Santarém. Tentou segurar um sorriso acanhado.

— Ah, finalmente veio até nós! — Uma voz alta e forte reverberou dos confins do corredor, por entre as sombras, marcando o passo pesado de botas de montaria. — Tinha por mim que iria se atrasar, como todas as mulheres mimadas.

Parou diante dela um homem razoavelmente alto e bem mais jovem do que poderia aguardar para aquele tom de voz denso. Deveria não ter muito mais de trinta anos, muito bem espalhados pelo rosto de *lord* inglês — talvez irlandês, se tivesse conhecido algum. Os pequenos olhos azuis e os cabelos castanho-avermelhados davam a sensação de ser estrangeiro, e poderia ser tomado por um se não fosse pelo tom de pele de quem vivia debaixo do sol. De imediato, Eugênia notou uma marca que seria preponderante no tio: a malícia. Havia também a frieza penetrante de quem enxergava nada mais do que objetos a serem avaliados com critério.

Ao se pegar estudando-o, Eugênia abaixou os olhos e cruzou as mãos na frente do corpo:

— Desculpe-me, *meu tio*, pelo atraso na viagem. Tivemos muitos...

Luiz Fernando estreitou os olhos sobre ela como se puxando por sua coluna um denso calafrio.

— Não gaste saliva. Bento me explicou tudo. Vamos à mesa. — Esticou o braço para ela. Diante da falta de reação, estalou a língua, impaciente. — Ou quer atrasar isso também?

Ela permaneceu parada, mirando-o, incrédula com tamanha rispidez. Nunca havia conhecido homem tão estúpido à primeira vista.

— Ande logo! — insistia ele, vermelho de irritação. — Não tem fome? — E perpassou os olhos sobre ela, fazendo-a retrair-se diante daquela mirada anatômica. — Pelo seu tamanho, duvido que coma algo.

A moça concentrou-se na própria respiração. Não poderia perder a compostura, havia muitas coisas em jogo, sobretudo a sua própria liberdade. Deduziu que ele só se calaria se ela o seguisse. Pousou a mão sobre o seu antebraço e puderam ir até a sala de jantar. No entanto, ela descobriria que estava errada. O tio continuava a falar, num tom de desdém:

— Por que vocês mulheres não comem? Do que vivem, de ar, de luz solar? — Diante do silêncio dela, ele aumentou o tom do sarcasmo. — Pelo visto, não come e nem fala... Melhor assim.

O fazendeiro parou atrás da cadeira dela e a puxou para que se sentasse, depois se acomodou na cabeceira e gesticulou para que os escravos — parados próximos à mesa — colocassem a comida ao centro da mesa e que cada um se servisse à brasileira.

De frente à Eugênia, do lado direito do anfitrião, havia se postado Francisco. O intuito havia sido apenas um: poder enxergar melhor a moça e ser-lhe cortês. Se a bebida dela acabava, chamava o escravo para lhe servir, se a comida parecia apetecer, oferecia mais. Francisco era tão atencioso a qualquer coisa que poderia lhe faltar ou desagradar, que até mesmo Luiz Fernando Duarte começou a se irritar com tamanha "preocupação", vertendo sarcasmo:

— Não quer ajudá-la a mastigar a comida?

Ao ser ignorado por ambos, Duarte pediu que o escravo lhe servisse do segundo copo de vinho. Melhor, tomou a garrafa de sua mão e ficou com ela na frente para poder beber o quanto quisesse.

Francisco fazia questão de manter uma conversa amigável com a moça. Queria saber como havia sido a viagem de trem, as primeiras impressões sobre a fazenda, de como era a sua vida no colégio interno, se havia assistido alguma temporada no Lírico. A cada pergunta, Luiz

Fernando dava um gole no vinho e a escutava responder, calado. Uma sombra ia tomando a sua expressão quanto mais ouvia a conversa sem caso e foi durante o quarto copo de vinho que demonstrou não aguentar aquela troca de delicadezas. Não suportava flertes. Para ele era tolice fazer a corte, se apaixonar. Idiotice, talvez, coisa de juventude, de quem não sabe o que é a vida e que não aprendeu que as pessoas não são confiáveis. Ao fim do gole, colocando o copo sobre a mesa, propôs:

— Vai querer também saber quantos centímetros ela calça e quantos passos ela dá entre a cama e o pinico?

O único som era o dos talheres de Bento, por debaixo do estupor causado por aquele comentário. Durante todo o jantar, o administrador deveria ter trocado apenas cinco palavras e tomado uns seis copos de vinho. Nem levantar os olhos da mesa ele o fizera, como se à parte daquele universo.

Eugênia, incrédula com tamanha grosseria por parte do tio, empalideceu. Teria lhe respondido se não estivesse se sentindo numa posição delicada. Era hóspede naquela casa e não pretendia ficar muito tempo — somente o suficiente para pegar o seu dinheiro e partir para longe o quanto antes. Abaixou os olhos para o prato e calou-se com uma garfada. Se fosse em outra situação, teria lhe dado a merecida resposta.

Francisco igualmente não se dignou a responder. Tentou dar um sorriso, que não se fez, e bebeu um longo gole d'água.

Ao reparar, por rabicho de olho, que o tio não largava de encará-la, mesmo quando comendo, Eugênia corou. Não estava acostumada com um homem a lhe olhar daquela maneira tão explícita. Sob a luz das velas, os olhos azuis brilhavam de um jeito que causava mais calafrios do que tranquilidade, criando nela a urgência de fugir daquela mirada. Sentia-se um animal num zoológico, quiçá um objeto de decoração milimetricamente estudado. Não gostou da sensação. Fez uma careta de desagravo, limpou os lábios no guardanapo e pediu licença. Estava tão cansada que havia perdido a fome.

Ao se erguer, escutou a voz de comando do fazendeiro:

— Sente-se! Eu não a mandei se retirar.

Ela paralisou diante daquela ordem, incerta do que havia escutado. Ninguém nunca havia mandado nela daquela maneira, nem mesmo os seus pais. Desfilou os olhos pela mesa no aguardo de algum apoio. Bento continuou comendo e bebendo, sem sinal de incômodo com a situação constrangedora. Já Francisco se remexeu na cadeira — talvez pensando em como poderia agir para evitar aquela situação — e abriu um sorriso tenso de quem a apoiaria, ainda que temeroso pelas consequências:

— É mesmo uma viagem muito cansativa — alegava o rapaz. — Melhor deixá-la se deitar, Duarte. Amanhã poderemos conversar mais.

Sem largar de encará-la, parada diante da própria cadeira — com os dedos cravados no encosto a ponto de ficarem brancos —, o tio mantinha o tom de poder. Testava-a:

— Eu quero que ela fique e ela vai ficar, não é mesmo, *minha sobrinha*?

Apesar da voz sair num tom normal — feito um comentário a respeito do clima —, soava ameaçadora, o que a deixou estremecida. Atirando os olhos para o centro da mesa, a moça sentou-se novamente. Não conseguia olhar para o fazendeiro sem querer odiá-lo. Fixou a atenção nas chamas das velas sobre a mesa e ali ficou, sentindo o zumbido de talheres ao seu redor. E por ali teria ficado, remoendo-se de raiva, apertando o guardanapo por debaixo da mesa, se o tio não tivesse lhe dirigido a palavra:

— Diga-me... Não se parece com ninguém da família. A quem puxou, me pergunto?!

Tentando não aparentar incomodada, voltou-se para ele, sem muita vontade de falar:

— Dizem que eu sou muito parecida com a minha avó materna.

Os olhos claros a estudaram. Havia neles um brilho malicioso — ainda que com alguma raiz presa a uma profunda tristeza.

— Ah, sim, o sangue que não é Duarte. Pode ser... — Espremia a mirada, fazendo-a perder o fôlego na sua densidade. — Não conheci a sua avó, mas conheci a sua mãe. Não tem nada dela. Nem do seu pai. Meu irmão era baixinho, como a esposa, e você é alta, muito alta para uma mulher. Ambos tinham a pele muito clara e a sua é mais escura. E os traços...

Eugênia o interrompeu antes que prosseguisse — poderia ser perigoso:

— Não me lembro como era a minha mãe para poder concordar ou discordar do meu tio.

Aquela resposta, de alguma forma, o deixara cair numa quietude contemplativa, o que a fez se arrepender de tê-lo dito. Se antes ele estava interessado em esquadrinhá-la, agora era uma meta — quiçá um desafio. E nada poderia ser pior para os seus planos do que chamar a atenção para si mesma. Luiz Fernando Duarte passou toda a sobremesa mais metido em observá-la em silêncio do que no quitute na sua frente. Apoiado casualmente contra o encosto da cadeira, feito um pirata que desbrava sua próxima conquista, só deu o jantar por encerrado ao fim de um gole de licor de caju, quando satisfeito com as próprias conclusões.

A jovem dera tantas voltas no guardanapo, que nem sentia os dedos quando o soltou num alívio ao perceber que o fazendeiro se levantava da mesa. Com a ajuda de Bento, que lhe afastou a cadeira, ela se ergueu e teria respirado aliviada se não fosse pega de surpresa por mais uma ironia. De braço estendido, ele a esperava pronto para acompanhá-la — uma atitude um tanto cavalheiresca para quem havia se demonstrado um imbecil durante todo o jantar. Tomou-o sem qualquer vontade — mais por uma questão de modos.

Ao invés de cruzarem o pátio interno, desta vez Eugênia foi conduzida pelas áreas internas da casa. Da sala de jantar foram por um pequeno corredor — cuja única finalidade seria abrigar a escadaria que subia da senzala para o andar dos senhores — até atingirem a sala de estar. Sem parar em qualquer assento, Duarte a levou diretamente para o piano Pleyel — que ficava num canto desaparecido do cômodo. Surgiu, mais uma vez, o bruto no lugar do senhoril:

— Toque para nós.

— Eu gostaria de descansar — ela disse, entredentes, com os olhos se enchendo de lágrimas de raiva. *Ah, que homem sofrível!*

— Melhor deixá-la descansar... — apontou Bento, com as mãos nas costas, dando um passo à frente. — Precisamos conversar sobre *aquilo*.

Luiz Fernando transpassou um olhar para Bento, dividido sobre o que fazer.

— Está bem. Vá. — Fechou o cenho. — Durma. Amanhã tocará para nós.

Num aceno de cabeça e uma reverência simples, a moça foi para o quarto num passo apressado, atravessando a escuridão do corredor que a cortava da vista do tio. Ela não queria que ninguém a visse chorando de raiva. Luiz Fernando tinha somente a aparência de lorde, todo o resto era de um ser desprezível que certamente pisava nas pessoas como se nada fossem, querendo se mostrar dominante. Odiou-o com tanta força que, ao entrar no quarto, sentiu uma urgente vontade de dar-lhe um tapa. Foi irresistível quando a pressão tomou o seu peito e ela atirou um copo no chão. Só então foi capaz de respirar normalmente.

Diante dos cacos, deparou-se consigo mesma. Seria capaz de continuar com aquilo? Não se tratava mais de salvar a si mesma, mas de manter a sua alma íntegra.

※

Era meio da noite quando a sede tomou Eugênia desprevenida. Desacostumada com uma comida muito temperada, levantou-se da cama quentinha, deparando-se com o ar noturno. Apenas de camisola, buscou pelo xale que deveria estar sobre um baú, ao pé da cama. Tateando o quarto com os pés e as mãos na frente do corpo, procurou pela moringa que havia visto sobre o criado-mudo, antes de apagar a vela. O piso gelado eriçava a pele da perna e a quase não-visão lhe assombrava feito um fantasma. Tinha medo de enxergar algo que não deveria ver, tragada na penumbra do quarto. Pisou em algo pontiagudo. Lembrou-se dos cacos do copo que havia quebrado de raiva. Com o tato cego, reparou que não sangrava e nem havia entrado vidro algum em seu pé. *Ainda bem!* Precisaria deles para fugir no momento apropriado. Deu um passo para trás e tentou contornar onde deveriam estar os cacos, que ela esquecera de recolher antes de dormir. Ao menos, agora teria uma desculpa pelo vidro quebrado; diria que ao buscar por água, no meio da noite, ele caíra de suas mãos. Alcançou a moringa. Estava vazia. Regina deveria ter esquecido de encher. O jeito seria buscar água. Não sabia onde ficava a cozinha, nem nenhum outro cômodo do que o seu quarto, a sala e a sala de jantar. Na escuridão da madrugada seria pior ainda tentar descobrir o que fosse. Contudo, não teria como passar a noite com sede. Descia pela garganta uma secura que parecia fechar a respiração. Precisava beber algo. Ao encontrar a porta do quarto, abriu-a e deparou-se com o breu completo. As janelas da sala de jantar, que davam para o pátio interno, estavam fechadas com venezianas e trancas de ferro. Uma sensação de aprisionamento secou a sua garganta ainda mais. A cabeça volteou. Sufocada, retornou ao quarto, onde pegou uma vela para poder alumiar o caminho. Não queria entrar, sem querer, no quarto de Luiz Fernando — por ela, nunca mais nem pisaria no mesmo lugar que ele.

Ao sair do quarto, deu passos vagarosos, a fim de evitar que as tábuas rangessem e delatassem a sua sede noturna — ou convidassem alguns dos senhores a acompanhá-la naquela busca pela cozinha. Falta apenas saber para onde deveria ir. Esquerda ou direita? No pequeno trajeto da sala de jantar à sala de estar, não se lembrava de ter passado por uma cozinha ou semelhante. Enquanto em alguns lugares era comum a cozinha ficar na parte externa da casa — também conhecida como "cozinha suja", pois era onde matavam os animais —, Eugênia tinha impressão que este não era o caso. Foi quando se lembrou do escravo que trazia as travessas de comida. Ele vinha pela porta da direita. Estava certa disso. Ou não? Parou. Sim, era para a direita. Com cuidado, girou a maçaneta, sem querer fazer alarde, e respirou fundo. Havia uma pequena sala. Sem dar intento, reparou que na adormecida saleta havia apenas quatro portas — a pela qual chegou, uma pintada de azul, entre janelas, dando a entender que daria na área externa, uma pequena, à direita, e uma dupla à esquerda. Optou pela porta dupla.

Deparou-se com um candeeiro aceso sobre uma imensa mesa, repleta de cestos com ovos, frutas e, sobre ela, havia pendurado alhos, cebolas, ervas, linguiças. Uma diversidade de cheiros e potes tomava o ar, adocicando-o. O estômago roncou de fome — mal aproveitara o jantar, graças ao tal tio. Num canto havia um fogão a lenha, com a brasa ainda fumegante, esquentando o ambiente, e uma imensa panela de cobre. Diante da panela, remexendo o seu conteúdo, havia uma senhora negra. Por um segundo, Eugênia se perguntou se seria uma alma penada. Se fosse, certamente a assombração se assustaria com ela e sumiria no ar.

Cruzando o xale sobre si, a jovem perguntou à mulher — que nem a havia visto entrar — o que fazia. O susto imediato da face da negra fez com que Eugênia entendesse que a escrava também pensou que ela poderia ser uma alma penada. Aproximou-se dela com um sorriso, pedindo desculpas pelo susto. A cozinheira, retornando ao seu mexer, explicou que fazia o angu dos escravos para eles levarem para a plantação.

— A essa hora da noite?

— Se não for agora, não há de ser hora nenhuma. — E emendou: — A sinhazinha quer algo?

— Água.

Com a colher de pau, a escrava apontou para uma gamela sobre uma mesa, próxima a uma janela aberta — o que refrescaria a água. Sem se incomodar, Eugênia bebeu a água direto da concha da gamela. Foi imediato o alívio. Sentia toda a boca e garganta se reidratarem, ganhando vida. Até mesmo a língua ganhou mais movimento. Agradeceu à escrava e se retirou, dando boas noites.

De volta à saleta, a jovem dama escutou um gemido leve. Um gemido feminino de dor. Parecia vir de trás de uma porta. Deu alguns passos e o gemido virou um gritinho que percorreu as vértebras da espinha de Eugênia. Aquilo sim deveria ser assombração. Tinha medo delas de pequena.

Sem aguardar descobrir o que era, correu para o seu quarto. Havia largado a vela na cozinha, mas a escuridão não se fez empecilho. Foi o mais rápido que a sua segurança permitia, até dar de cara em algo duro. Bateu com tudo e teria caído para trás se não a tivessem segurado.

— Está bem? Parece que viu um fantasma.

Pela sombra alta e forte, e pelo tom de voz cavernoso, Eugênia deduziu ser Bento Ajani. Somente ele tinha mãos grandes e quentes que tomariam toda a circunferência dos seus braços. Ainda regulando as ideias, ela gaguejou que havia escutado uns barulhos que pareciam gemidos, como se alguém sofresse algum castigo.

— Esta é uma casa muito antiga. Faz todo o tipo de barulhos.

Apesar de não poder enxergar o seu rosto, Eugênia compreendeu que não era assunto para eles discutirem, não àquela hora da noite e nem daquele jeito — sozinhos, no meio da sala de jantar, às escuras, e em roupas de dormir. Despediu-se com um boa noite, fechando-se em seu quarto.

Ao ouvi-la trancar a porta, Bento resolveu investigar. Não acreditava em fantasmas e nem em nada que não fosse bem real e palpável, contudo, ficara curioso com o que havia chamado a atenção da moça.

Podia escutar os ruídos quanto mais se aproximava da pequena porta da saleta. Eram gemidos e batidas de leve que vinham de outro lugar, ecoados pelo revestimento de pau a pique. Entreviu, por debaixo da porta, um tênue feixe de luz. Tão mortiço era que a jovem não devia ter reparado diante do receio em ver alguma aparição. Achegou-se e notou que estava apenas encostada. Com cuidado, abriu um pouco mais.

Eram dois corpos sobrepostos. O corpo feminino, negro da cor de um corvo, montava o masculino, tão branco que se misturava à camisa que vestia. Ela, reluzente à luz de um toco de vela, sambava sobre ele — sentado numa cadeira — apenas com o quadril, mexendo e remexendo no gozo.

Com presteza, Bento cerrou a porta, sem que os dois o ouvissem, para que pudessem continuar com as suas questões, à parte das bisbilhotices alheias.

4

As extensões da Fazenda da Beira tomavam a visão de Eugênia. Parada no alto de um monte, sob a brisa da manhã que afastava a névoa da madrugada aos poucos, seus olhos escuros não alcançavam o fim de tanto verde e azul e marrom. Se fosse fazer um retrato daquelas paragens, precisaria de uma aquarela rica nessas três cores. Com o sol a se firmar no céu, tons de amarelo infindáveis seriam necessários para captarem os raios derretendo sobre as planícies e pelos cafezais pregados nos montes como insetos sobre cortiça.

Um vento mais forte levantou a aba do chapéu e teve de segurá-lo. Na orla do vento, escutou um galope. Distante, primeiro. No aproximar vinha o relinchar do cavalo. Procurou pelo animal e entreviu, cruzando em sua direção, um imenso cavalo negro. Quanto mais a besta chegava perto, mais detalhes podia ver da sela e do cavaleiro. No entanto, com um chapéu sobre os olhos, era impossível identificar a pessoa.

Ao reparar que o cavalo não desviava, tentou sair do caminho. Não conseguia se mexer, tal qual naqueles sonhos em que se quer correr e não se pode. O som das patadas do cavalo sobre a terra, levantando chão, ia aumentando e a moça não movia um dedo que fosse. As crinas iam ao ar e os olhos do cavalo estavam fixos nela. Relinchava como se avisando para sair dali. Se ela conseguisse... Seus pés tocaram o ar e sua cintura sentiu um aperto forte. Uma mão a havia puxado. Todo o corpo trotava no compasso do cavalo quando ela foi suspensa pelo cavaleiro e colocada sobre a sua sela.

Ainda em movimento, cavalo e cavaleiro iam em velocidade. Sem reação, senão a de se segurar no próprio cavaleiro de negro, Eugênia pressionou-se contra o corpo do homem. Ouvia o seu coração e algo lhe dizia que estavam em sintonia. O medo que a havia paralisado se desfez e no lugar cresceu uma agradável calmaria de quem havia encontrado alguém que a protegeria. E antes que pudesse levantar os olhos e ver quem era o seu herói, o cavalo relinchou e, num golpe, ele saltou da sela e a puxou ao chão pela cintura.

Incapaz de coordenar uma série de movimentos, ela se viu diante de uma ermida. A igrejinha branca reluzia triste ao sol. Tinha a porta aberta e lá de dentro surgiu um berro prosseguido de um choro de bebê. Algo fez com que seu corpo fosse sugado para aquela escuridão, preenchendo-a com um desalento que foi lhe tirando a respiração. Uma tristeza pesada e melancólica a paralisou e ela ficou no umbral. De onde estava pôde ver uma mulher, de roupas de luto rasgadas, deitada sobre um banco. Tinha as mãos estendidas para ela e o rosto pálido. Pedia-lhe algo, murmurava algo, mas Eugênia era incapaz de entender. Era como se não estivessem no mesmo lugar, no mesmo tempo.

Pela porta da ermida saiu uma escrava carregando um fardo ensanguentado no colo. De alguma forma sabia ser o bebê que escutara chorar antes. Ele parecia se mexer ao acalanto da mulher, ressuscitado por aquelas palavras estrangeiras como um guerreiro que luta pela vida. A escrava e o bebê passaram por Eugênia feito fantasmas de algum passado que ela desconhecia.

Ao voltar-se para trás, ressurgiu a sombra do cavaleiro negro. Em alguns passos, ele chegou a ela, sem chapéu. Pôde finalmente ver o rosto de Bento. Ele não lhe sorria, nem nada dizia, encarando-a com os pequenos olhos negros. Havia desejo e posse, uma fúria que a deixou ansiosa. As pernas dela se atrapalharam e antes que caísse no ar, o corpo dele envolvia o seu. Num suspiro, veio um beijo. Seus corpos se falavam pelo contato dos lábios, entrelaçados no calor do instante. A boca de Bento buscou o seu pescoço e Eugênia atirou a cabeça para trás. O brilho do sol, passando pelas pálpebras cerradas, foi lhe preenchendo de dentro para fora até que a luz a cegou.

Com a mão no rosto, Eugênia levantou a cabeça. As sombras contra a luminosidade iam fazendo forma e significado e uma sombra rápida passou por ela. Era alguém. A visão se fixou e pôde enxergar Regina, com uma jarra, a despejar água na bacia. Estava de volta ao seu quarto na casa-grande. *Como voltei?* E entendeu que havia sonhado.

O alívio veio primeiro, pois não estava entregue ao beijo de um estranho; em seguida, foi preenchida pela tristeza de não ter sido real. Teria permanecido nas próprias análises, a acariciar os lábios — tão bem beijados que poderia alegar ter sido de verdade —, se não fosse por Regina soltar um mal-humorado palavrão ao espetar o pé nu nos cacos do copo.

— Foi um descuido meu — Eugênia precipitou-se a explicar. — À noite, não enxergava e o copo foi ao chão.

Regina apertou os lábios e balançou a cabeça, sem esconder o intento por detrás da frase:

— Sinhô Luiz não vai gostar de quebrarem as coisas dele.

— Não conte ao meu tio, por favor, não conte. Não quero deixá-lo bravo com coisa tão pequena quando tem assuntos muito mais importantes a tratar.

O desespero na voz de Eugênia deixou-a ainda mais certa de que poderia obter alguma vantagem naquela "negociação". Cruzando os braços, Regina a mirou e ofereceu uma troca. A moça parecia não entender que estava sendo chantageada, o que deixava a escrava ainda mais irritada — e desconfiada do que poderia ter acontecido à espevitada Eugênia para agir de uma maneira tão apática.

— Tudo nessa vida é uma troca, já dizia a senhora sua mãe. O que ganho? — Ajeitou os cabelos diante do pequeno espelho do quarto, por onde poderia ver o rosto pálido da sinhazinha.

Eugênia gaguejou, incrédula com o que estava acontecendo. Ergueu o nariz, quis se mostrar dona da situação, mas sem qualquer embate direto — não poderia se dar ao luxo de criar inimigos. Ofereceu a sua gratidão e amizade, o que soou como escárnio para a outra.

— Hah, para que quero isso se já tenho a do sinhô?! — E continuou a ajeitar as madeixas diante do reflexo, abrindo um sorriso maior ao ver a fúria se instaurar na face da sinhazinha.

— Então, posso lhe dar... — Seus olhos iam pelo quarto rapidamente, pensando em algo —... um par de luvas!

— Para quê? Para catar o feijão? Quero outra coisa. Coisa bonita. — Virou-se para ela, com as mãos na cintura. — Para eu usar com o meu... — Pausou para pensar num termo melhor —... *amigo*.

A jovem pensou o que poderia dispor e que não causaria alarde e nem levantaria suspeitas de que havia algum acordo secreto entre ela e Regina. Enquanto ia remontando o que havia na sua valise, a mucama perdeu a paciência, já cantarolando que ia avisar a Luiz Fernando do copo quebrado. Num relâmpejo veio a ideia. Pedindo que aguardasse, a moça foi até o criado e abriu a gaveta.

Regina não podia acreditar no que via. Tinha em suas mãos uma delicada máscara de baile branca com contas de vidro e pérolas. Era muito bela, lembrava a uma borboleta pousada em suas palmas surradas pelo serviço pesado. Teve vontade de pô-la em seu rosto, ver como ficaria, no entanto, temeu que aquilo pudesse ser entendido como uma fraqueza de sua parte. Sem se deixar levar pela beleza do objeto, soltou um muxoxo:

— E para que quero uma máscara?

A sinhazinha poderia ter cara de sonsa, mas tola não era. Ao notar o interesse da escravizada no item, Eugênia levantou-se da cama e foi até ela. Virando-a de frente para o espelho, tomou a máscara e a colocou sobre o seu rosto:

— Para que uma pessoa usa uma máscara? É para esconder-se e aparentar apenas quem não se é. Você poderá ser quem quiser para o seu... *amigo*.

Eugênia tinha o coração na mão e a cabeça fora do tempo. Por sorte havia se lembrado daquela máscara boba. Nem sabia por que a guardavam. Talvez apego, ou uma homenagem à sua antiga dona. *"Para que uma máscara?"*, ela havia perguntado à sua amiga, *"É para me esconder e aparentar apenas quem não sou"*, ela havia respondido. *"E quando usará isso?"*. A dona da máscara abrira um sorriso: *"No baile do Cassino Fluminense. Prometi encontrar meu namorado lá"*. *"Tenha cuidado!"*. *"Eu sempre tenho!"*. Tinha tantas saudades da sua querida amiga! Tantas! Não a ter ao seu lado era como estar sem uma parte de si. Segurou o choro por detrás de um sorriso torto.

— Está bem — disse a escravizada, sem conseguir tirar os olhos do enfeite em seu rosto. — Fico com a máscara. Mas espero que não quebre mais nada, senão, terá que se desfazer de muito mais coisa bonita.

Eugênia mordeu os lábios e balançou a cabeça na positiva.

❦

A casa galvanizava com a luz da manhã. O sol invadia os ambientes pelas janelas abertas, aquecendo o assoalho de madeira, a estalar num despertar. Tudo ganhava mais cor, mais movimento e o som de gente dava vida. Era outra casa, parecia um lar.

Ao sair de seu quarto, Eugênia reparou que a mesa da sala de jantar nem estava posta, e que ainda não havia ninguém. Aproveitou para analisar com mais clareza o ambiente enquanto aguardava. Notou que as paredes da sala de jantar eram repletas de retratos de família. Alguns ficavam em grandes molduras, trazendo certa pompa, com o nome assinalado embaixo. Outros, menores, davam a entender serem de pessoas menos importantes na hierarquia familiar, talvez alguns agregados. Foi passando, rosto por rosto, estudando aquelas feições numa curiosidade mais científica do que familiar. Pôde entender o tio. Ela não possuía os traços dos Duarte, o rosto quadrado e forte e os pequenos olhos claros. Tinha o rosto redondo, os traços maiores e olhos negros — *"duas lindas jabuticabas"*, teria dito a sua querida mãe, cuja saudade apertava tanto quanto a da sua melhor amiga. Ainda podia escutar a voz melosa maternal a lhe encantar os sonhos, a voz que a cada ano ia ficando mais distante, perdida no esquecimento do tempo.

Encontrou um retrato não muito grande, um pouco maior do que as duas palmas de suas mãos juntas. Nele havia uma menina de longos cabelos escuros e vestido branco junto a um cãozinho. *Milo!* A tristeza no olhar da menina era compartido com ela. Os olhos transbordavam nas lágrimas. *Era ela!* O coração deu um nó e sentiu falta de ar. Mais uma vez tentou não se levar pelas emoções. Precisava delas bem-postas para ir adiante com o seu plano. Não era exatamente um plano. Era uma promessa, daquelas que não se rompem: *"Prometa-me, prometa-me que fará o que eu pedi... Não descansarei se não me prometer... A assombrarei pelo resto de sua vida... Jure pela minha alma"*.

Sua atenção foi tragada para um outro quadro, este maior, apesar da moldura ser de madeira simples, quase rústica. Havia um homem forte, encorpado, de rosto grande e duro. Usava roupas antigas, talvez do século XVIII. Seu olhar, muito bem captado pelo pintor, parecia vivo, lendo a alma de quem o mirava. Eugênia sentiu um estalo no espírito. Devia ser o tal Nuno Duarte, que havia construído aquela fazenda com as próprias mãos. Quantas histórias ouvira sobre os seus feitos! E quem não teria orgulho de um antepassado que criara uma fortuna do nada?

Escutou duas vozes. Conversavam por entre sussurros dentro de um dos quartos: "Eu disse que ela mudou muito. Não é mais a mesma menina mimada que vivia afrontando a todos e aprontando como se tivesse o diabo no corpo. Parece até outra pessoa!". Ao dar um passo a mais para perto da porta, para poder escutar melhor, o assoalho rangeu. Um silêncio se fez como se aguardassem que entrasse. Tentando manter a compostura, Eugênia se afastou da porta.

Ao virar-se, deparou-se com a velha Dorotéia, com as mãos na frente do corpo e um sorriso pronto. Eugênia retribuiu com outro e uma pequena reverência, a qual a escrava fingiu não notar.

— O desjejum está sendo servido há algum tempo na sala das senhoras — anunciou antes de sumir pelos entremeios da casa-grande.

Aquilo era péssimo. Eugênia teria de lidar com o gênio ruim do tio logo pela manhã. Demorou alguns minutos e portas para achar a tal "sala das senhoras". Não apressava o ritmo, mas estava nervosa o suficiente para, no caminho, ir ajeitando as vestes e se preparando para encontrar aquele olhar malicioso que a objetificava. Seguiu os sons até que parou atrás de portas semicerradas. O tilintar de pratos e copos, o movimento de corpos, alguma voz que não marcou dono. Ajeitou o coque simples, respirou fundo e entrou.

Recoberta de vermelho e dourado, ao centro, debaixo de dois imensos candelabros de bronze, havia uma mesa — menor do que a de jantar — e alguns móveis de assento de palhinha, distribuídos em pequenos ambientes. Nas paredes forradas de tecido vermelho pendiam alguns quadros em grandes molduras douradas — a maioria de mulheres nuas, talvez o nome tivesse vindo daí. Ao reparar, a moça enrubesceu e abaixou os olhos para a mesa. Foi quando percebeu o rosto sorridente de Francisco.

O rapaz, à luz da manhã, parecia ainda mais jovem e simpático. De pé, ele deu bons dias e se prontificou em lhe puxar a cadeira para que ela se sentasse. Acomodada, Eugênia puxou o guardanapo para o colo e se serviu de um pouco de café antes de ter coragem de perguntar pelo tio. Era agradável demais esquecer que ele existia, mesmo que por alguns minutos. Após as amenidades comuns — "teve uma boa noite", "estava tudo a contento", "vejo que os ares da fazenda lhe fizeram bem" — Eugênia limpou a boca no guardanapo e perguntou por Luiz Fernando. Não esperava que fosse um homem que despertasse tarde, e queria estar preparada para um eventual embate.

Qual o motivo que fez Francisco passar da doce simpatia a uma verruga de consternação, ela não soube identificar. Havia percebido que Luiz Fernando possuía um poder preponderante sobre Francisco — o que não parecia se estender a Bento Ajani — e que o jovem tentava lidar com esses limites impostos da melhor maneira possível, sem reclamar.

Francisco pigarreou ao terminar de mastigar um pedaço de bolo para explicar que havia saído ao alvorecer.

— Ele amanhece na plantação e depois cuida dos terreiros. Verá que quase não vai encontrá-lo, apenas nas refeições. Às vezes, nem isso. Come com os escravos nos cafezais, ou janta em alguma fazenda vizinha. Seu tio é um homem *singular*, isso eu posso confirmar.

Singular? Ela poderia alegar tudo, menos singularidade. Era bruto, ríspido, quase visceral. Não era o que esperaria de um homem criado numa rica família de cafeicultores e que havia estudado na Inglaterra — mesmo que por um curto período de tempo. No entanto, aquela expressão — *singular* — havia a atraído de alguma maneira. Transformou-se numa interrogação no fundo do seu cérebro, o que crescia à medida que Francisco parecia não querer mais falar sobre o assunto.

Aguardando um dos escravos terminar de servi-la e se afastar para buscar mais suco — a pedido de Francisco —, Eugênia aproveitou para saber sobre a situação dos escravizados.

— Quantos escravos ele tem?

— Atualmente, acredito que 73. Se nenhum adoentado morreu noite passada. Sempre some um. — Pela feição pálida dela, ele se corrigiu. —

Oh, desculpe-me. Não era para soar com tanto descaso. — Ao ver que Eugênia estava contraída em si, incomodada com aquele comentário, Francisco se recolocou. — O assunto a perturba?

Setenta e três almas escravizadas!

— Que assunto? — quis saber ela, tentando não se mostrar vexada.

— A morte?

— Não, a Escravidão.

Ela enfiou um pedaço de bolo na boca e balançou a cabeça na negativa. Não queria entrar no tema. Não era só contra o trabalho servil como era em falar de tal. Não seria prudente, além de perigoso — *Se soubessem...* Ao terminar de mastigar, limpou o canto da boca e trocou o rumo da conversa para o que Francisco fazia.

O rapaz abriu o sorriso — todo o seu ser se iluminava, irradiando uma beleza que deixava Eugênia fascinada:

— Nada mais justo depois de todas as perguntas que lhe fiz ontem à noite. Eu sou o guarda-livros de seu tio, administro a fazenda. Ao menos, tento quando ele e Ajani permitem. — Riu.

— Pelo visto vocês são muito amigos. — Deu outro gole no café, desta vez sem lhe tirar os olhos.

— De fato! Seu tio e eu estudamos juntos em São Paulo. Pois não sabia? Seu tio fez Direito comigo. Era um dos alunos mais destemidos e inquisidores da nossa turma.

Céus, juraria que era bem mais jovem que Luiz Fernando. Nunca poderia supor terem idades similares.

— Parece fazer sentido a alcunha de "inquisidor".

— Ele mudou muito, nem parece a mesma pessoa desde... — Acenou para que o escravo, que voltava da cozinha, o servisse de mais suco.

— Desde o quê?

— Ah, passado, não é importante. Não para nós, criaturas presentes que buscam o futuro. Digamos apenas que ele perdeu a confiança nas pessoas e, por isso, age de maneira tão... *singular,* analisando a todos como se querendo tirar-lhes os segredos. Ele quer ter certeza que não será mais enganado.

A xícara tremeu na mão de Eugênia. Ela abriu um meio-sorriso e a colocou sobre o pires, guardando as mãos debaixo da mesa, onde poderiam repuxar o guardanapo sobre o seu colo.

— Quem não será mais enganado? — Soou a voz atrás dela.

Tanto Eugênia quanto Francisco se calaram diante de Luiz Fernando Duarte.

O fazendeiro entrava na sala acompanhado de Bento, ambos em roupas de montaria úmidas de suor e botas sujas de terra. Sem se preocuparem com o tapete que tomava a sala, acomodaram-se. Ademais de não estar de gravata e os primeiros botões da camisa estarem abertos, havia alguns respingos de terra em seu rosto — marcado por uma leve penugem ruiva de barba por fazer — e algumas mechas de cabelo pendiam na testa, descompostura esta que o deixava ainda mais selvagem aos olhos de Eugênia.

Na cabeceira, o fazendeiro fez um sinal para que o escravo deixasse o bule de café sobre a mesa. Em seguida, se serviu. E reparou o "interesse" da moça em si e sustentou a mirada, desafiando-a a se pronunciar. Ao presumir que ela não lhe diria nada, tomou o café enquanto a mantinha sob o foco por cima da borda da xícara:

— Espero não estar estragando o desjejum dos pombinhos. Ambos ficaram tão perplexos ao me ver que até se calaram. Por favor, continuem o namoro. Eu e Bento não seremos impedimento. — Ele tinha um olhar mais curioso do que zombeteiro, de quem inspecionava as reações dela.

Torcendo o guardanapo, a moça desviou o rosto. Não queria sequer encará-lo, porém, isso não a impediria de puxar de si uma ironia que soaria a novidade aos ouvidos dele:

— Meu tio acordou de bom humor?

Recostando-se na cadeira, daquele jeito bucaneiro diante de uma provável pilhagem, o fazendeiro a respondeu com uma nova pergunta, tão audaciosa quanto a dela:

— Por que diz isso?

De esguelha, ela deparou-se com os olhos claros envolvendo-a num alerta de perigo que a fez, rapidamente, se desviar dele:

— Desculpe-me, por nada.

Não é hora de fazer inimigos. Você vai precisar dele. Aguente firme e continue com a mise-en-scène.

— Então, o que acha da nossa humilde choupana? — Luiz Fernando prosseguiu. — Está tudo a seu contento? Ou não é o suficiente para *você*?

Está ficando insustentável... Não posso dar andamento a isso. Não dessa maneira e não com esse homem tratando todos como se abaixo dele. A moça trincou os dentes para ser capaz de responder sem querer dar-lhe um tapa junto:

— Começo a questionar o porquê do meu tio ter me mandado buscar, uma vez que minha presença parece não o agradar. — Havia raiva, havia mágoa, eram tantos sentimentos na voz dela que nem se reconhecia.

A pele de Eugênia ardeu sob o seu olhar e a nuca queimou quando ele sorriu de uma maneira que ela não soube interpretar.

— Pela sua saúde. Disseram que estava muito mal. Pelo visto, se recuperou bem durante a viagem. Que milagre você fez com essa menina, Ajani?

Bento, que tomava o suco, sentado ao lado dela, manteve-se calado. Se seu silêncio era de quem pouco se importava com a discussão, ou de quem evitava entrar em discussões baseadas na implicância, era impossível deduzir. Apenas continuava o seu desjejum como se nada estivesse acontecendo.

Basta! A jovem dama se ergueu da cadeira bruscamente, quase fazendo o assento cair no chão:

— Parto hoje mesmo para a Corte.

Respirava pesado, estava vermelha, era visível a sua perturbação. Francisco tentou remediar pedindo para se sentar e, finalmente, Bento reagiu ao pousar a mão sobre a dela. Ninguém a persuadiria a mudar de ideia. Ninguém, senão o tio. Porém, ele não parecia inclinado a isso. A face dele estava tão imóvel quanto ela, de punhos fechados e mergulhada na ferocidade.

— Sinto muito se a ofendi — disse Luiz Fernando, sério, sem qualquer sinal de ironia, surpreendendo a todos. — Sente-se e termine o seu desjejum. — Apontou a cadeira, cordialmente.

Tratante! Ela segurava as lágrimas. Queria poder dar as costas e ir-se e nunca mais pôr os pés naquela fazenda, mas, infelizmente, precisava dele para liberar o dinheiro do dote — ao menos, era o que lhe haviam dito.

Sua mão foi apertada por Bento — que romperia os ossos se quisesse — como se pedindo que reconsiderasse a sua decisão. Francisco tinha a expressão de quem implorava que não o abandonasse — e podia entender o porquê. Somente Luiz Fernando que era uma incógnita, a qual certamente teria que desvendar se quisesse a herança o quanto antes.

Eugênia retornou ao seu lugar e se manteve quieta, visivelmente desagradada. Não demorou muito para que trocasse a chateação por uma expressão de curiosidade ao escutar que Bento Ajani não morava lá — como ela havia suposto.

— Preciso ir. Tenho um longo caminho até a minha fazenda.

— Não se demore em retornar, ou outros poderão se entristecer mais do que o aconselhável para a saúde — escarneceu Luiz Fernando, sem deixar de observar Eugênia. — Em uma semana esteja de volta, Ajani, para que possam gozar da sua revigorante companhia, muito mais querida do que a minha.

Eugênia afastou de si o prato em que um escravo havia colocado um segundo pedaço de bolo — ao sinal de Francisco — e nem terminou o seu café. Distante, ouvia Luiz Fernando dar algumas ordens a Francisco e a Bento, antes dos três saírem da sala. Os passos iam se afastando e ela podia sentir a cadência normal de seus pulmões. Suas mãos estavam vermelhas de tanto que as apertava debaixo da mesa. Não podia perder o controle, não agora, não ainda diante da promessa feita no leito de morte da sua querida amiga.

Um arrasto de pé se fez atrás de si. O bafo quente de café assoprou em seu ouvido e a voz profunda fez uma mecha de seu cabelo afagar a orelha:

— Não vai se despedir?

Arrepiada, fechou os olhos. Ao se dar por si, virou-se para trás. O tio havia saído da sala mordendo o riso.

5

Eugênia não queria ir se despedir de Bento Ajani, contudo, seria motivo de nova chacota se não enfrentasse o sarcasmo de Luiz Fernando Duarte. Teria que provar que ele não a afetava. *Coragem.*

Bento, em roupas de viagem, trocava algumas palavras com Francisco e apertou a mão de Luiz Fernando.

— Não se esqueça do que me prometeu... — lembrava o tio, com uma expressão amigável.

Parecia outra pessoa, mas não durou muito. Ao aperceber, através de um olhar de Bento, que Eugênia estava mais atrás, quase desaparecida por entre as penumbras da porta que separava a sala de estar da varanda, ele se retesou. Quando Bento se acercou dela para cumprimentá-la, tomando a sua pequena mão, Luiz Fernando colocou as mãos atrás das costas e as apertou firme.

— Se precisar de algo, pode mandar me chamar — dizia Bento à jovem.

— Adeus e obrigada — ela havia respondido com um tom agradável, o que verteu fel ao humor do fazendeiro.

Bento acenou com a cabeça, ajeitou o chapéu e desceu as escadas até alcançar o seu alazão. Num grito, bateu terra atrás de si, cruzando em velocidade a alameda de coqueiros imperiais. Quanto mais ele se tornava um ponto negro perdido no horizonte, maior era a certeza de Eugênia de que era melhor ir embora logo daquele lugar. *O quanto antes!* Puxou as saias do vestido e retornava para a sala, quando o tio a parou. Segurava-a pelo braço numa intimidade que ela não havia lhe dado permissão.

— Irá sentir falta dele, não é mesmo?

Mirando-o de alto a baixo, ela respondeu, sem fazer caso:

— Sim, ele foi bom para mim. Era um amigo.

— Um amigo? — Atirou a cabeça para trás numa gargalhada e se viu obrigado a explicar para ela a afronta. — Bento Ajani pode ser tudo, menos amigo de uma mulher. — Os olhos dele estavam mais analíticos do que o normal, buscavam algo que o preocupava mais do que gostaria. — Diga-me, está apaixonada por Ajani?

Ah, que tormento! Quem ele pensa que é para vir com essas intimidades? Dava-lhe tanto nos nervos que foi impossível não responder:

— E se estiver? Isso é um problema para o meu tio?

O seu braço foi solto.

Luiz Fernando deu um passo atrás e murmurou:

— Sim.

Sumiu no final da varanda — no sentido contrário ao do oratório.

❀

Que homem sofrível! Não poderia ficar mais perto dele, nem um só minuto. Precisava andar, espairecer, sozinha ou acompanhada — Francisco havia ido atrás dele, possivelmente para acertarem algum negócio. Teria que se contentar consigo mesma. *Se soubesse que ele era tão difícil e repugnante, não teria vindo. Não teria aceito e...* Ao se recordar do motivo que fazia aquilo, as pernas tremeram e ela quis chorar. *Meu Deus, dai-me forças!* Implorou aos Céus, à cata de ar. Não poderia ir presa, nem poderia cair nas mãos de Padilha. Seu corpo coçou diante da memória do olhar nauseabundo dele sobre ela, o olhar de um abutre sobre a carniça, do cheiro agreste de sebo e queijo, dos dedos frios na sua pele. Queria gritar, a todos os pulmões, mas tinha que manter a pose de dama comportada.

Quando se deu conta, estava perambulando pelos jardins, em círculos. Aquela imensa casa branca era a sua testemunha. A testemunha dos seus erros. A confessora do seu martírio. *O que já viram aquelas paredes? O que já ouviram? Quantos segredos! Quantos pecados!*

Numa janela achou ter visto um vulto. Alguém a observava. Quem seria? Regina? Dorotéia? O tio? Francisco? Ou algum outro escravo? Aguardaria alguém vir-lhe com indiretas; por enquanto, seria apenas uma dama bem-comportada e, como alegava o tio, "mimada".

Contornou a casa e acabou por entrar pela porta da tal saleta — entre a cozinha e a sala de jantar. Seria um bom lugar para usar para bordar ou ler alguma coisa, distante do tio ou de quem mais quisesse lhe importunar. Ao acomodar-se numa cadeira, escutava o barulho que vinha da cozinha. Era a movimentação de quem preparava o almoço. Dois escravos traziam um pesado saco e uma outra ia atirando farinha sobre uma massa que ela sovava sobre a mesa. Uma escrava mexia as panelas no fogão, apontando e dando ordens para outras duas que cortavam cebolas e ervas sobre uma mesa.

No rebuliço de cheiros e gente, Regina surgiu querendo saber o que fazia ali como se uma intrusa fosse — e o era, disso a moça tinha certeza.

Eugênia mordeu os lábios:

— Diga-me, qual o nome da moça que cozinha o angu dos escravos da plantação?

— Quem?

— Uma escrava. Baixa, gordinha. Estava no fogão, ontem à noite. Dizia estar preparando o angu dos escravos da plantação.

Pondo as mãos na cintura, Regina cruzou o cenho, estranhando a pergunta:

— Ninguém prepara o angu dos escravos na casa. Pelo menos, não nos últimos anos. Ele é feito na própria plantação. Oxê, você viu uma assombração?! — toda a face de Eugênia se verteu em susto e a escrava segurou uma risada de escracho. — É o que dizem. Há alguns escravos que falam em vozes, correntes, choros, e tem uma que jura que viu o espírito de Maria de Lurdes vagando.

— O espírito de Maria de Lurdes? A esposa de Nuno Duarte?

— A infeliz. Que curiosidade mórbida! Nunca foi de gostar dessas histórias quando criança!

Num sorriso, a moça desconversou:

— Não sou mais criança.

Espremendo os olhos, Regina a estudou:

— Não, não é. — E inclinou-se sobre ela para poder lhe cochichar aos ouvidos: — Mas é melhor tomar cuidado e parar de ficar perambulando por aí. Pode ser que veja algo que não deveria. — Limpando as mãos na saia, a escrava se perdeu na cozinha, gritando ordens e tentando agilizar o processo do almoço.

Eugênia não entendeu o porquê daquilo e, muito menos, a expressão mórbida no rosto da escravizada. Balançou a cabeça e, ao voltar à saleta, nervosa, trombou em alguém. *Que não seja o tio!* Respirou aliviada ao ver que era Francisco — que entrava pela porta traseira da casa. Estava de cabeça baixa e uma nuvem de preocupações fechava toda a sua expressão. Algo sério deveria ter acontecido. Tocando em seu braço, ela quis saber se estava tudo bem. Ainda um pouco atarantado ao analisar os próprios pensamentos, Francisco balançou a cabeça e lançou-lhe um sorriso falso:

— É apenas uma coisa. Pequena. Bobagem. Em que posso ajudá-la?

Não era o melhor momento para discutir isso, contudo, também não poderia atrasar por muito mais a sua partida. De alguma forma inexplicável, a moça confiava em Francisco. Havia uma aura de bondade nele, de quem não a julgaria por seus erros — mas quanto aos seus crimes?

Tomando coragem, Eugênia puxou-o até fora da casa, falando em tom de confidência:

— É o senhor que cuida também do meu dinheiro?

Se antes Francisco parecia enfurnado dentro de si mesmo, após a pergunta da dama, foi como se ele tivesse sido virado do avesso:

— Ora, que pergunta estranha! Por que quer saber sobre isso?

Realmente é uma pergunta incomum para uma dama rica.

— Queria saber quanto tenho. — Fingiu um sorriso. — Não quero conversar com meu tio sobre isso... Não quero perturbá-lo.

— Entendo. — Francisco pausou, pensativo, antes de lhe responder. — Não, não sou eu quem cuida. Há um advogado na Corte que cuida de todas as finanças da família.

— Na Corte?! — A mão dela escorregou do braço dele para o ar. Era como se todo o seu corpo tivesse desfalecido, ainda que de pé.

— Do que precisa? Posso ser de alguma ajuda? Necessita de dinheiro para despesas pessoais? Posso falar com Luiz Fernando e...

— Não! Era apenas para saber quanto vale o meu dote.

Francisco franziu o cenho, curioso com aquilo:

— Não sei, mas devem ser alguns muitos contos de réis. — Deu um tapinha de leve em sua mão. — Não deve se preocupar com o dote. Esse montante só poderá ser liberado quando você se casar.

— Como?

Me casar? Ela não teve como esconder a sua surpresa, beirando a indignação, mas Francisco aparentemente não percebeu — ou fingiu não perceber.

— Sim, quando você se casar, terá acesso ao dinheiro. Até lá, terá que aguardar. — Esticou o braço a ela. — Que tal um passeio? Dizem que ajuda a aliviar o peso das preocupações.

Ela tomou aquele convite mais por automatismo do que por agrado. *Como vou pegar o dinheiro? Preciso me casar?! Com quem? Quem me aceitaria desposar, depois do que fiz? Ademais, nunca seria um casamento de verdade...* Todo o seu corpo tremia de nervoso.

Francisco nada dizia, aproveitando aquela caminhada, braços dados, o cheiro das flores, a brisa fresca que combinava com o sol quente.

— Mais cedo o senhor me perguntava o que penso da escravidão — retomava o tema, procurando não aparentar demasiado interesse em seu dote. — Pois eu sou contra.

Ele parou, surpreso:

— Ora, vejam! Contra? Como pode? Uma herdeira de cafezais?!

Se estava sendo irônico ou não, Eugênia não foi capaz de saber.

— Acho que ninguém pode ser escravizado. Um ser humano não pode ter domínio sobre outro como se fosse um objeto. A escravidão é desumana.

— Fala como uma abolicionista. Eu mesmo tenho uma ideia parecida, apesar de ser filho de um senador do Império, o Barão de Sacramento. Meus meio-irmãos discordam de mim completamente, acham que estou indo contra a nossa família ao concordar que os escravos devem ser libertados e, no lugar, devemos contratar colonos. O trabalho acaba sendo mais bem-feito, por causa da falta de açoite e das ameaças, e também o custo é mais barato, pois o escravo não ganha salário, mas também não se sustenta. Já o colono precisa pagar o aluguel da terra e também compra os víveres do próprio dono da fazenda. É mais lucrativo para o fazendeiro.

Ela o encarou com algum descontentamento:

— É também uma escravidão velada.

O guarda-livros gaguejou, incomodado com aquela colocação.

— Não exatamente. Podem ir e vir.

— Um escravo ao ganho também. A diferença é que estará em dívida com o seu senhor até que tenha quitado o valor da sua alforria, e o mesmo ocorre com os colonos, presos à terra até que paguem tudo o que devem ao dono de terras.

— Mas o escravo é um ser inferior, não só em intelecto como em todo o mais. Não é por acaso que foi escravizado por nós.

O corpo de Eugênia trincou, mas ela não teve reação àquele comentário, de tão perplexa que havia ficado. Toda a beleza e simpatia de Francisco se tornaram mesquinhez e soberba, ademais de uma idiotice sem tamanho que o transformara num ser vazio.

— Por onde andavam os pombinhos? — perguntou Luiz Fernando aos dois.

Se não estivesse tão brava com Luiz Fernando, pelo desjejum indigesto, a moça teria rido de alívio ao vê-lo — e dobrado a risada ao perceber que preferia enfrentá-lo do que a Francisco e ao seu preconceito.

Em mangas de camisa e somente de colete, Luiz Fernando dava a impressão de ser maior do que quando com a casaca. Ao que tudo indica, deveria ter parado o seu trabalho no escritório para chamar por Francisco. Os cabelos avermelhados caindo sobre a fronte, fugindo do penteado de goma, e os pequenos olhos claros, espremidos por causa da claridade, faziam dele ainda mais a figura do perfeito bucaneiro. Faltava apenas uma arma na cintura e uma espada na mão e teria o retrato de um pirata. Por mais que sentisse um profundo desprezo por aquela *singularidade*, Eugênia sabia que era inegável que ele possuía um charme estrangeiro quando estava casual — mas continuava detestável.

Sem dar chance para que usasse da sua ironia, Eugênia passou pelo tio num aviso:

— Com licença, vou me preparar para o almoço.

Eugênia não viu o longo olhar que ele atirou sobre ela, muito menos escutou quando Francisco comentou junto a Luiz Fernando:

— Você mudou.

Pego desprevenido em algum pensamento, o fazendeiro voltou-se para o outro:

— Como? — Franzia o cenho, mais analítico do que amedrontador.

— Desde que a sua sobrinha chegou não parece o mesmo.

Cruzando os braços na frente do corpo, encarou-o, confrontando-o:

— E o porquê disso seria...?!

Se a intenção era impedir que Francisco prosseguisse, o fazendeiro não conseguiu:

— Não sei. — Francisco deu com os ombros. — Diga-me você. Noto que está mais calado, como se analisando cada gesto, aguardando que ela dê um passo em falso e você possa se aproveitar disso, o que é esperado de alguém desconfiado como você. Só não compreendo por que esse repentino interesse nela.

O cheiro de pólvora estava impregnado no ar, as armas estavam a postos, os passos haviam sido dados, a contagem teria se iniciado se Luiz Fernando não estivesse decidido a não gastar bala com Francisco — não por enquanto.

— Minha sobrinha só tem a mim no mundo, não posso recusar ajuda.

A falsidade perpassava a frase, porém, o olhar fixo no guarda-livros deixava claro de que não era do seu interesse este ou qualquer outro assunto que não fosse as despesas da fazenda. Se tinha Francisco ali era por consideração ao seu pai, o Barão de Sacramento, e apenas isso. Já havia conhecido a verdadeira faceta do outro no convívio, durante a época da faculdade no Largo de São Francisco, e aquilo lhe bastara para afastá-lo das suas intimidades e dos seus planos — sobretudo dos seus planos.

— Ajuda? — Ria-se Francisco como se quisesse que a sua zombaria irritasse a Luiz Fernando. — A maneira como a trata mais parece querer que ela se afaste do que se aproxime.

O fazendeiro deu um passo adiante e Francisco engoliu o sorriso:

— Acho que o que faço ou deixo de fazer com a minha sobrinha não seja do seu interesse. A menos que queira cortejá-la e, se este for o caso, adianto que não permitirei. — E foi tragado pelas frias sombras do casarão, deixando Francisco arriado no peso das próprias dúvidas quanto ao que estava acontecendo ali.

6

Sem nervos para ir para a sala e aguardar o almoço — fosse na companhia do tio ou de Francisco —, Eugênia chamou por Regina e pediu para avisar que ia comer no quarto. Alegava não estar se sentindo bem.

Andando de um lado ao outro do cômodo, pensava como iria dispor do dinheiro se era necessário se casar. Deveria ter perguntado com mais detalhes para Francisco, porém, ao escutar o que ele pensava dos escravizados, perdera qualquer vontade de estar perto de alguém como ele. Poderia aguardar algo do gênero vindo de Luiz Fernando, nunca do simpático Francisco.

Será que o tio ficaria enfurecido ao saber pela mucama que não iria almoçar? Iria ele arrebentar a sua porta e puxá-la pelos cabelos até a mesa? Era bem provável. Colocou uma cadeira na frente da porta. Aquela cadeira não iria segurar a fúria dele. Sentou-se. *Ah, está sendo ridícula!* Se ele batesse em sua porta, atenderia e explicaria que estava com uma dor de cabeça. Levantou-se. *Isso não irá satisfazê-lo.* Parecia um leão que não podia ser contrariado. Sentou-se de novo. *Mimado, extremamente mimado! Sofrível!* Nem as meninas que tinha que cuidar no internato eram tão mimadas quanto ele. Nunca deve ter tido alguém dizendo o que poderia ou não fazer, certamente desconhecia limites. Se, ao menos, fosse tranquilo como Bento.

Ao lembrar deste último, seu estômago deu uma cambalhota. Não era desejo, ao contrário, Bento parecia ameaçador, alguém que poderia lhe apunhalar na calada da noite, quiçá no grito do dia.

Escutou passos vindo pelo corredor. Eugênia fechou os olhos e segurou-se no assento da cadeira. A porta deu uma truncada. Não insistiram. Bateram. Era Regina. Eugênia saltou da cadeira e a tirou de detrás da porta. A mucama entrou no quarto carregando uma bandeja com um prato de comida e um copo d'água.

Vistoriou o cômodo, estranhando o fato da porta não ter aberto. Sem se ocupar, levou a bandeja e a colocou sobre o baú, ao pé da cama. Ia se retirando, quando Eugênia a parou perguntando pelo tio. Disfarçada na pergunta, o que realmente queria saber era se ele havia ficado zangado. Regina deu com os ombros. Ele não estava, havia saído com Francisco.

— Sabe que horas eles voltam?

Regina a olhou de cima a baixo. Tinha os braços cruzados na frente do corpo e o riso mordido. A que vinha tanta curiosidade? Algum interesse especial? A moça corou perante a sua própria indiscrição. Não havia interesse maior do que uma mera curiosidade.

A mucama retirou-se, deixando Eugênia ainda mais preocupada de tê-la convencido. Soltou um urro de insatisfação. Se antes Regina desconfiava de sua "personalidade", agora poderia ter certeza que havia algo de errado. Aquilo estava ficando mais perigoso a cada dia. Seria melhor arrumar uma maneira de entrar em contato com a pessoa que cuidava do dinheiro na Corte. Era preciso ter certeza quanto a esta questão do casamento. Luiz Fernando deveria ter o endereço do advogado. Poderia mandar uma carta, quiçá, voltar à Corte e falar pessoalmente. Não, por enquanto não poderia. Padilha, a essa altura, deveria ter descoberto o que havia feito e estaria à sua procura. Se estivesse, era possível que batesse na fazenda. Tinha que ir embora o quanto antes, não poderia esperar muito mais. *Ah, dúvida!*

Não conseguiu dar mais do que duas garfadas no almoço, preocupada com a possibilidade de Padilha estar em seu encalce. E foi com a última lembrança dele, segurando-a pelos braços, inclinando-se sobre ela, que Eugênia adormeceu sentada numa cadeira. Sonhou com a vivacidade do dia, por entre as brumas das lembranças, com a sua querida irmã de alma, a sua melhor amiga por toda a infância, por toda a juventude, prematuramente arrancada dos seus braços.

"Eugênia!". Uma parte dela se foi com a sua amiga, e a outra se transformou com o seu legado. *"Somos gêmeas!"*, sua amiga costumava dizer, tão feliz com essa conclusão que a constrangia. Não ousava se sentir igual a ela, nem mesmo quando se passavam uma pela outra para brincar com alguma professora, ou pregar peças numa das notavas do colégio interno. Eram confundíveis, uma espelho da outra. Miragem. Conheciam os segredos e a vida da outra melhor do que a de si mesmas. Mas sabia as diferenças também, principalmente as que estavam debaixo da pele, correndo pelas veias. Sua amiga também conhecia, havia lhe contado o

segredo. Diferente das outras parcas amizades que havia feito naquele soturno internato, sua amizade se provou verdadeira. Ao contrário, a amiga tomou aquilo como uma missão para si: iria provar que eram iguais.

Era um amor devoto, inocente, entre duas amigas de almas-irmãs. *"Nunca iremos nos separar! Quando sairmos daqui, você irá morar comigo e eu irei cuidar de você e você irá cuidar de mim"*, sua amiga teria dito quando fugiam dos olhares das mestras para a praia de Botafogo, ver os barcos passarem. Sentadas na areia fofa, discutiam o futuro, juntas: *"Mas, se nos casarmos?"*. Nunca esquecera o olhar da amiga, de quem havia escutado uma heresia: *"Nossos maridos terão de aceitar vivermos os quatro na mesma casa, senão, não nos casaremos"*. Provava que elas poderiam se parecer, mas que não eram iguais. Diferente da amiga, sempre quis casar e constituir uma família, viver um amor como vira entre os seus pais.

A imagem da amiga, deitada na cama da enfermaria do internato, adoentada, apossou-se de qualquer memória outra, surrupiando os seus sentimentos e acabando com a sua respiração: *"Leve-me para a praia. Quero ver o mar. As gaivotas voando pela pedra"*, segurava a sua mão. Havia se deitado na cama, ao lado dela, tentando aquecer o seu corpo frio. A amiga insistia na sua promessa e seus olhos se encheram de lágrimas: *"É tão mais forte do que eu. Tão mais forte..."*, repetia, *"Prometa-me, prometa-me que fará o que eu pedi... Não descansarei se não me prometer... A assombrarei pelo resto de sua vida"*. *"Eu prometo"*. *"Jure pela minha alma"*. *"Eu... não posso..."*. Deitara o seu rosto contra o peito da amiga, não queria que lhe visse chorar, não queria deixá-la triste. Pôde escutar a respiração superficial e um ruído que prosseguia a uma tosse. Foi quando ouvira o seu coração parar de bater e entendera que a sua única amiga havia morrido.

Eugênia! Despertou com um chamado. Sonho, fantasma ou a própria dor, não soube dizer de onde veio a voz que gritou o nome. Seu corpo estava tensionado, toda a musculatura do pescoço doía pela posição em que acabara adormecendo. Rodou a cabeça para um lado e outro, estalando e repuxando todos os músculos. *Que horas são?* Os olhos caíram para a janela. As venezianas estavam abertas, mas uma penumbra de fim de dia havia invadido o quarto. *Deve ter passado das cinco horas da tarde, quiçá?* Ainda que percebendo a noite que se achegava, permaneceu na cadeira, imobilizada. Era preciso pensar tanta coisa, organizar outro tanto. Muito havia acontecido nos últimos dias e numa velocidade tão grande, que nem havia tido tempo de analisar com mais calma os fatos.

Tinha que dar um rumo para a sua vida, o quanto antes.

Não ouvia qualquer rebuliço na casa. Será que Luiz Fernando havia voltado? Poderia ir ao escritório dele e investigar o endereço do homem das finanças. Deveria ter perguntado a Francisco, ao menos o nome.

Encostou a orelha na porta. Sem passos, sem vozes, sem pessoas próximas. Com uma desculpa montada na cabeça — caso alguém a parasse —, girou a maçaneta, devagar. Não queria que a ouvissem sair do quarto. Na ponta dos pés, fechou a porta atrás de si e foi devagar, com medo de pressionar demais alguma tábua e ranger. Ao chegar na sala, escutou vozes. Paralisou. Era um cântico. Alguém que estava acendendo as velas. Aos poucos, medindo os milímetros, colocou a cabeça para dentro. Um escravo ia acendendo vela por vela, a cantar. Estava de costas para ela. Se fosse rápida o suficiente, poderia atingir a varanda sem ser vista. Num primeiro passo, a tábua rangeu e ela recuou. O escravo nem a percebeu, entretido com a própria voz. Acalmando os nervos, Eugênia puxou as saias e foi devagarzinho, na ponta dos pés.

— Hei, o que está fazendo?

Ela parou no desembocar da porta.

— Acendendo as *vela* — respondeu o escravo cantor.

Pelos Céus, não é comigo!

— Não é para acender! O sinhô disse que volta tarde.

— E se a sinhazinha *quisé* vir para sala? Vai trombar no escuro.

Eugênia não ficaria ali para ouvir os dois escravizados, aproveitaria que estavam distraídos em discutir para atingir a varanda. Deparou-se com uma porta aberta, próxima à da sala. Seria ali o gabinete de Luiz Fernando? Enfiou a cara e a curiosidade e achou os vestígios de uma cama desfeita e um aparador. O cômodo sem janelas — conhecido como alcova — deveria ser onde pernoitavam os negociantes. Era comum que ficassem nas fazendas de um dia para o outro, pelo que lhe explicaram. Então, a porta ao final da varanda deveria ser o escritório dele.

Um barulho de algo se quebrando se fez. Vozes de alvoroço. Seria melhor tentar agora que todos estão atordoados com o incidente. Girou a maçaneta e nada. *Droga! Trancada!* A porta da sala se abriu e Eugênia se afastou. Era uma criança de oito anos, ou menos. Seus olhos muito negros se arregalaram diante daquela figura em meio às sombras. Não querendo ser denunciada por um grito de terror, a moça pôs as mãos na frente do corpo e falava devagar para que a menina não se assustasse, que ela não era uma assombração.

— Só vim avisar que não me sinto bem. Quero comer apenas um chá com torradas. No meu quarto. Poderia avisar a Regina?

A menina, ainda presa ao susto, assentiu. Eugênia aguardou-a voltar para seus afazeres e mais uma vez girou a maçaneta. Nada. Deveria ser ali. Ao menos, isso ela descobriu. Estranhou o fato de estar trancada. O que será que ele escondia que não queria que vissem? *Quem não tem pecados e segredos?* Teria de aguardar outra oportunidade.

Ao cruzar a sala, deparou-se com apenas uma vela acesa, próxima ao piano. O escravo cantor deve ter deixado para que ela não "trombasse" nas coisas. Ao passar pela galeria de retratos de família, vislumbrou os rostos se contorcendo em sombras, ganhando vida na sua imaginação. Preferiu fechar-se no quarto até que lhe trouxessem a bandeja do jantar. Pouco esperou e Regina surgiu. Não trazia nada nas mãos. Na verdade, vinha buscar a bandeja do almoço e saber se gostaria de comer algo.

— Eu avisei a menina...

Regina balançou a cabeça como se aquela informação não lhe dissesse nada. Sem querer entrar em detalhes, pois a menina poderia contar onde a havia encontrado, a moça explicou que ainda se sentia indisposta e que gostaria de tomar chá com torradas. A mucama já se retirava quando Eugênia aproveitou para perguntar pelo tio.

— O sinhô Duarte mandou uma mensagem avisando que voltaria muito tarde e que não esperasse por ele acordada. Foi à Barra do Piraí. *Dotô* Francisco disse que ia se retirar mais cedo também.

Era sabido que a mucama não gostava de Eugênia — o motivo era incógnito ainda, mas devia ser algo que perpassava o seu passado. No entanto, havia falado com a sinhazinha de uma maneira tão triste, sem qualquer sinal de afronta ou embate, que a moça estranhou.

— Está tudo bem com você, Regina? — Esticou a mão para tomar a da outra, mas a escravizada se encaminhou para a porta.

Se havia algo de errado, era com aquele lugar.

A madrugada entrava cômodo adentro. Eugênia revirava-se na cama, atirada aos seus sonhos vivazes. Mexia-se, gesticulava, murmurava, suava, implorava por algo, enrolava-se nos lençóis, desfazia-se deles, chorava. Uma luzinha, fraca para despertar de imediato, dela se achegou. Quanto mais se aproximava de seu rosto a quente chama, mais ela se acalmava, até que parou, inerte sobre a cama, num pacífico sonho. O sonho foi se transformando em despertar e o calor da luz fez com que ela abrisse os olhos. Demorou alguns segundos para compor a imagem de uma vela. Encolheu-se na cama e coçou os olhos. O quarto estava em penumbra. Não havia ninguém, apenas um vento que passava pelas frestas da janela. Abraçada a si mesma, sussurrou para as sombras:

— Sei que está ai.

E aguardou uma resposta, a qual não obteve.

Luiz Fernando Duarte já não se recordava da última vez que havia se deitado na relva e dormido sob o céu riscado de estrelas, rodeado por vaga-lumes. A imensidão que se curvava sobre ele parecia lhe afirmar que tudo ficaria bem. Ao menos com o Marquês, após a missiva que havia dado a Roberto Canto e Melo. Recomendara que lhe entregasse em mãos o quanto antes. Ali continha o final de uma história que se alongava há mais de dez anos e que merecia um desfecho feliz. Afinal, alguém tinha que ser feliz naquela miserável vida. Canto e Melo era um que também devia ser feliz, mas o motivo era outro. Não havia sofrimentos na sua história, lutas e batalhas diárias, coisa que enriquece o homem. Porém, o colega se iludia achando ser feliz, acreditando que os seus problemas eram temporários, talvez superficiais, coisa de recém-casado. Ainda estava para aprender que só é feliz quem enfrenta a infelicidade.

Luiz Fernando questionou se ele mesmo poderia se considerar feliz. Não, não se iludiria. No entanto, naquele instante, achava-se o homem mais sortudo do mundo. Estava deitado sobre uma manta de lã, coberto por um capote de viagem. Não sentia frio, apenas a umidade do solo que, junto ao cheiro de terra, lhe ninava feito uma canção de mãe. Havia aceso uma fogueira para trazer calor e afastar os insetos e animais. O fogo crepitava à noite, mediando a sinfonia dos grilos e silvos de morcegos, e a ária de uma coruja bem próxima que regia os barulhos no mato. Tinha na mão um revólver, mais para gente do que para bicho. Não tinha medo dos animais, ele mesmo se considerando mais animal do que gente. Já os humanos, estes sim eram traiçoeiros.

Suspirou. A sensação de liberdade se espraiava pela respiração do pulmão repleto de ar fresco. Era aquele o seu lugar. Longe dos problemas, das dificuldades, das mentiras. Porém, sabia que teria que retornar e enfrentar um problema maior do que a si mesmo. E foi este o seu último pensamento antes de adormecer e sonhar que estava cavalgando livre pelos serrados.

7

Diante do espelho estava ela. As roupas eram de sair. Um vestido simples, lilás, com a gola e os punhos de renda inglesa. Os cabelos escuros caíam soltos até a cintura. Analisando-se, Eugênia puxou o rosto, procurou-se como por detrás de uma máscara de quem não havia conseguido dormir após a "visita noturna". Estava pálida, os olhos inchados e com bolsas. As mãos foram para o pescoço. Sentiu um calombo, não muito maior do que a sua unha. Era uma pequena pinta, marca de nascença. A sua marca. Ainda estava lá, prova de que alguma parte dela ainda existia por debaixo daquela carcaça.

Respirou fundo e começou a trançar os cabelos para depois prendê-los num coque simples. Passou uma colônia por cima do vestido. Novamente diante do espelho, puxou as bochechas para corarem e mordeu os lábios para ganharem cor. Não estava tão ruim. Pegou o chapéu de palha negro e uma sombrinha. Iria passear. Não poderia suportar ficar mais tempo trancada naquela casa.

Estava com fome, mal havia comido na noite anterior. Foi até a cozinha e pegou um pedaço de bolo que estava sobre a mesa, e enrolou-o num lenço. Foi quando reparou que havia somente a menininha escravizada, mexendo num tacho com as duas mãos, quase a morder a língua de dificuldade. Seus olhos, repletos de lágrimas, avisavam que algo incomum acontecia. Um carinho na sua cabecinha e a menina se assustou, largando a colher do doce. Exclamando que seria açoitada se parasse de mexer, pegou a colher e voltou à tarefa árdua para alguém tão jovem.

Desconfiada de que havia apenas aquela menina na cozinha, perguntou o que estava acontecendo. Teria Luiz Fernando reunido os escravizados para conversar?

— Estão no pau do abutre.

— Aonde?

— No pau do abutre! É onde os escravos são presos para receberem os castigos.

Todo o corpo da moça estremeceu como se ela mesma tivesse levado uma chicotada. Seus olhos negros se encheram e aquela dura realidade deu-lhe um tapa no rosto, mostrando que não era somente ela quem sofria. Havia muito mais gente, com muitos problemas — quiçá maiores. Se fosse em outro momento, em outra situação, ela os ajudaria, no entanto, tinha que escapar dos próprios problemas, e a sensação era de que estavam nos seus calcanhares, prontos a lhe alcançar se parasse de fugir. Ainda assim, quis saber o que acontecia. Não por curiosidade mórbida, apenas para ter certeza que não havia jeito de consertar.

A menina, concentrada no tacho, maior e mais duro do que seus músculos permitiriam mexer, tentou responder sem parar o movimento cíclico:

— O sinhô gosta que estejam todos presentes quando ele quer dar um exemplo.

Eugênia largou o bolo e ergueu as saias, correndo o quanto podia, a segurar o chapéu para que não voasse de sua cabeça. Pelas coordenadas da menina, o "pau do abutre" ficava atrás da senzala, próximo ao terreiro. Cada metro mais perto e podia ver a aglomeração em torno de um pau fincado na terra — um pelourinho. Ao redor, os escravos, cochichando, com os olhos saltando dos rostos assustados, contraídos em si mesmos. Não havia muitos escravizados, como também parecia haver apenas dois feitores ou capatazes. Com chicotes nas mãos e armas na cintura, os homens nada faziam, apenas chicoteando o chão para que calassem e dessem ouvidos ao que um homem forte falava junto ao pelourinho.

Grande em todas as dimensões, de barba cravada no rosto bronzeado, nariz adunco, suando por debaixo do colete de couro e do chapéu manchado, o homem girava o bacalhau — um chicote de várias pontas — nas mãos enquanto fazia o seu enunciado, enumerando as causas daquela punição. Nenhuma grave que desse motivo de estar ali — se é que alguém deveria estar ali pelo motivo que fosse.

No pau, preso pelas mãos para o alto, um escravizado. Pelo lado que vinha, Eugênia o reconheceu. Era um dos que trabalhavam dentro da casa, que ajudavam a servir a mesa. Escutou que ele havia quebrado o conjunto de chá da falecida baronesa — a causa de estar ali. Toda aquela comoção por algumas xícaras e cacarecos de porcelana?

Os olhos do escravizado saltaram de dor no primeiro girar do bacalhau. Eugênia tomou um susto com o grito. Algo dentro de si acreditava que aquela barbaridade não acontecia. Onde estavam Francisco e Luiz Fernando? Por que não estavam ali para impedir tal atrocidade?

Só havia uma maneira de impedir aquilo. A jovem dama correu na direção do pau, empurrando a multidão ao redor para conseguir passar. Seu corpo era pequeno e suas vestes não ajudavam a ter movimento. Com o chapéu caído e os cabelos se desfazendo, feito alguma pedinte, ela se interpôs aos berros:

— Pare! Pare com isso!

Seus gritos puderam puxar os olhos do capataz, mas não o seguraram de dar a segunda chicotada e o sangue do escravizado espirrar.

Ela encheu-se de lágrimas. Podia sentir aquela dor. Podia ver a morte que ia escorrendo pelas costas negras do homem, pelas suas pernas, pelos pés que não se sustentavam de dor. Após a terceira chicotada, Eugênia entendeu que o capataz não iria parar, que nada o impediria. Havia um prazer atroz naquela situação em que quem maneja o chicote possui o poder sobre o outro.

Atirou-se ao braço do homem, erguido para a quarta lição. O capataz se surpreendeu ao ver aquele repentino peso. Deparou-se com uma mocinha descabelada, agarrada ao braço estendido, feito um inseto que merecia uma tapa.

A surpresa passou a raiva e ele estreitou os olhos, trincando os lábios:

— O que você está fazendo?

Sentindo que ela havia diminuído o peso, o capataz a sacudiu e ela se soltou. Tombando para trás, seus pés se embolaram nas saias e teria caído se um escravizado não a tivesse segurado. Ainda tentando se refazer do susto, Eugênia escutou o capataz se explicar — ainda que ele demonstrasse não precisar disso:

— Eles têm que aprender a lição!

— Dessa maneira? — Ela se recolocou no eixo de equilíbrio. — Quem aprende assim? E por causa do quê? De um aparelho de chá?

Sem sequer lhe olhar, o capataz mexeu o pulso e gritou após o novo ataque:

— Ordens do barão!

Sob o choro do escravizado chicoteado Eugênia teve certeza: se antes detestava Luiz Fernando Duarte, agora era inconteste.

Ao ver Francisco cruzando o terreiro, apressado, seguido de Dorotéia, a jovem acreditou que aquela atrocidade teria o seu fim. Seria preciso, no entanto, impedir que o capataz continuasse até que ele chegasse. Talvez fazer com que o homem entendesse que aquilo era desumano.

— Quer perder a sua alma?

O capataz abaixou a mão. Num passo chegou a ela. Envergado sobre o frágil corpo de Eugênia, com as sobrancelhas levantadas como algum ser das trevas, retrucou:

— Eu não tenho alma. — E levantou o chicote como se fosse dar nela.

Eugênia contraiu-se, mas sustentou o olhar para provar que não tinha medo dele.

Percebendo que não iria conseguir ganhar aquele embate contra a sinhazinha, o capataz abaixou o braço.

Puderam ser escutados os gritos de Francisco ao longe. A esperança de Eugênia se desfez ao ver que ele chamava por ela, ao invés de impedir a punição. Não havia nada em Francisco que indicasse que ele ia enfrentar o capataz. Estava mais boquiaberto com ela enfrentando a situação do que outra coisa.

O chicote girou pela quinta vez e Eugênia se pôs na frente, de braços estendidos. Encarando-o, não deixaria vir a sexta, sétima ou que vez mais fosse. Por nada, por ninguém.

O capataz a mandou sair da frente. Ela não se mexeu.

— Não! Não saio! Não vou deixar que continue com essa barbaridade!

Uma mão a puxou da frente do escravo:

— Eugênia, venha...

— Não! — Ela se desfez do agarre de Francisco e retornou para frente do escravizado, querendo protegê-lo com o próprio corpo.

O chicote estalou.

O chapéu de Eugênia caiu no chão. Partido.

Uma queimação no rosto a paralisou. A voz dos escravizados eram contorcidas. Alguns choravam, outros tinham as mãos no rosto, horrorizados. Notou Regina, aos risos, cochichando algo no ouvido de um escravo magro e de bengala. O escravizado olhava para Eugênia mas não parecia vê-la. Seus olhos estavam vazios. A cabeça rodou naquele olhar perdido. De perto, sob aquele sol, Eugênia pôde ver que os cabelos de Luiz Fernando ficavam ainda mais vermelhos, dando ao conjunto a imagem de algum ser demoníaco. Ainda incapaz de entender o que havia acontecido, viu o rosto pálido de Francisco se aproximando do seu. Seu corpo encontrou o vazio. Uma mão a segurou e foi içada no ar. Corria em direção à casa — mas como se ela não andava? Não sentia as pernas. Gritavam por ajuda, mas sua boca não se mexia. Não sentia nada a não ser uma leveza escura na qual mergulhou.

8

A primeira coisa que Eugênia viu foi uma imensidão branca. Branca e fofa. Estava morta. Uma voz veio, longínqua, se firmando na de Dorotéia. E ela se entendeu viva. Arregalou bem os olhos. A branquidão a assustava, retesava o corpo dolorido. Estava cega! Não podia ser. No desespero, se remexeu e, encolhida na cama, tateando a própria face, descobriu que era uma bandagem que haviam colocado. Mais dona de si, percebeu que, apesar de estar deitada, usava as roupas de sair e, até mesmo, as botinas. Os cabelos, no entanto, caíam pelo seu rosto, desfeitos do arranjo.

— Calma, calma. Está tudo bem. Foi apenas um arranhão — dizia Dorotéia, guiando a sua mão para o que seria um copo. — Tome um pouco de água com açúcar. — Deu amparo para verter o líquido. — Em uma semana irá desaparecer como se nunca tivesse acontecido. Basta evitar o sol e usar a pomada de ervas que as escravas prepararam.

Nunca deveria ter acontecido! Ela nunca deveria ter pisado naquelas terras. Nunca! Tinha que ir embora. O quanto antes! Daria um jeito em Padilha, faria o que ele quisesse, era preferível se entregar a ele do que continuar sob o mesmo teto do tio. Luiz Fernando Duarte era um miserável! Mandar chicotear os escravizados como animais?! A vontade de chorar de raiva fez com que sentisse um repuxão no ferimento.

— Foi muito perigoso o que a menina fez — continuou a velha mucama. — Se pôr na frente do chicote. Não se faz uma coisa destas. E se tivesse acertado o seu olho? Por sorte, o chapéu amparou o golpe e só um nó resvalou na sua testa. Todos os escravos estão comentando sobre a sua coragem. Estão chamando você de santa.

— Antes uma santa que uma pecadora — murmurou. — Eu não posso aceitar que façam isso com as pessoas. Não podemos seguir este rumo,

Dorotéia. Algumas pessoas não podem ser consideradas melhores ou piores do que outras porque são escravas ou têm a cor de pele diferente.

O silêncio de Dorotéia fez com que Eugênia temesse ter falado demais. Quando se tratava da Escravidão, toda uma parte dela despertava para a briga.

— A sinhazinha não mudou nada quanto a defender os fracos. Faz isso desde menina. É uma pena que o sinhozinho tenha perdido o coração. Ele era tão bom quanto! Vivia brigando com o barão sobre como cuidar dos escravos. Queria libertá-los! Era tão risonho e feliz. Não havia pessoa que estivesse triste ao lado dele... Mas agora, ele é oco.

— O que aconteceu para ele ter ficado assim?

— *Aquela mulher.*

Pendia na boca de Eugênia a dúvida de quem seria "aquela mulher", mas não pôde processar. Dorotéia pediu que se virasse, iria ajudá-la a tirar a faixa e trocar o vestido. Com o apoio das mãos frias da mucama, Eugênia ficou de costas para ela. De repente a branquidão caiu. Podia enxergar, o que era um alívio; ainda assim, sentia algo estranho na testa, uma dorzinha misturada a uma crosta — deveriam ser as ervas que ajudariam a cicatrizar o ferimento. Quis tocar, mas Dorotéia segurou o seu pulso e garantiu que, no momento, não deveria fazê-lo. Eugênia aceitou, abaixando o rosto. Foi quando reparou em alguns respingos de sangue e se perguntou se seriam dela ou do escravizado.

Queria se desfazer daquelas roupas, daquele dia, de tudo o que lembrasse o suplício daquele homem no pelourinho.

Virou-se na direção da janela, de onde poderia enxergar o dia se pondo, o céu avermelhado e o reflexo no vidro de um rosto machucado.

Eugênia desviou a atenção para uma movimentação além da janela. Não demorou para que identificasse o homem de camisa, despojado dos apetrechos cavalheirescos da moda. Era Luiz Fernando. Andava um passo largo, apressado, determinado, contornando a casa. Tinha nas mãos um machado.

A primeira machadada e o pau do pelourinho estremeceu. Foram dez machadadas, uma mais difícil do que a outra. Entre elas, Luiz Fernando limpava o suor do rosto, afastava as madeixas avermelhadas que caíam sobre a sua testa, tomava fôlego.

Alguns escravizados vieram ajudar, amarrando cordas no pau e tentando puxá-lo enquanto o machado acertava a madeira.

Ali se fazia uma história que Eugênia não conhecia e, se tivesse sabido — como viria a saber através de Regina —, levaria a crer que, talvez, quem tivesse dado as ordens do açoite não havia sido Luiz Fernando. O capataz se referia ao barão, o pai do atual dono da fazenda, homem temido na região pelo poder e pela crueldade.

Não podendo desatrelar a terra dos escravos — segundo o testamento do barão —, há alguns anos Luiz Fernando vinha alterando alguns aspectos da fazenda. Coisa pouca, para não chamar a atenção dos vizinhos escravocratas e ainda terminar com um tiro na testa, caído no meio de uma estrada — como estava acontecendo com os abolicionistas na região. Havia dado pedaços de terra para que as famílias de escravizados pudessem plantar e ganhar dinheiro para comprarem as suas alforrias, pagava pequenos salários aos escravos domésticos e repartia os lucros da venda do café com todos os escravizados. Porém, com a crise econômica oriunda da Guerra do Paraguai, a perda de algumas plantações dado ao solo infértil que se espraiava no entorno e algumas dívidas que começavam a se assomar, Luiz Fernando não poderia fazer muito mais — por enquanto.

Quando o pelourinho veio abaixo, sob o ar de estupefação dos escravos e dos capatazes, Luiz Fernando sentiu uma lufada de renovação. A dor nas mãos, nos braços, tudo havia desaparecido mediante a queda daquele suplício e ele se sentia revigorado pela sua atitude. Ainda munido da força que o fizera derrubar um dos últimos símbolos da dominação de seu pai naquelas terras, avisou, bem alto, mantendo os homens sobre a sua mirada:

— O barão não mais manda aqui! Quem dá as ordens aqui sou eu!
— E atirou o machado no chão, aos pés dos capatazes, fechados em si de tanto medo daquele sinhozinho curupira.

Ninguém bole com sangue curupira, diziam, por causa da cor dos seus cabelos.

Dorotéia, ao pé do ouvido de Eugênia, soltou:
— Seu tio não é o que parece ser. Nenhum de nós é quem aparenta ser. — E se retirou.

Ao voltar-se para trás, Eugênia deparou-se com Regina. A escrava trazia novas bandagens. Colocou as compressas sobre a cômoda e avisou que a ajudaria a se trocar. Eugênia virou-se de costas para ela e levantou os cabelos para que desabotoasse o seu vestido.

Será que Bento já soubera do ocorrido? Ou será que Luiz Fernando não teria coragem de tocar no assunto? Possivelmente algum escravizado poderia comentar com ele — possivelmente, mas improvável. Havia reparado como agiam. Tinham tanto medo que, quando passava, atiravam os olhos aos pés e suavam frio. O único que não se abaixava, talvez porque não pudesse ver, era o escravo de olhos vazados.

— Diga-me, quem era aquele rapaz de bengala com quem você falava?

Os dedos pararam de abrir os botões. A parte superior da roupa já havia caído, faltava desatrelar as saias. Eugênia estranhou que ela não continuava. Supôs que algo havia acontecido. Voltou-se para a mucama e recebeu uma cusparada.

— Era você quem deveria ter ficado cega! — dizia, com o rosto imerso em lágrimas.

— O que foi que fiz? — Limpou-se na manga da roupa.

— Se hoje ele está cego, a culpa é sua! Como rezei para que aquele chicote acertasse essa sua cara de sonsa!

Regina estava transtornada, os olhos se encharcando de raiva e lágrimas. A sua vontade era de arrancar com as unhas e dentes aquele vestido. E teria feito, se não tivessem entrado no quarto.

Nenhuma das duas ouviu Luiz Fernando bater à porta. Somente quando ele parou, no meio do cômodo, a entender que ali se passava algo, elas tornaram a si.

Ele tinha ainda a expressão feroz de quem havia derrubado o pelourinho a machadadas. Os cabelos avermelhados caíam na fronte tesa e uma barba ia se construindo no rosto duro. Os primeiros botões da camisa estavam abertos e as mangas arregaçadas num típico estilo de trabalhador braçal. Eugênia pôde notar que ele tinha arranhões e feridas nos braços e no pescoço, além de uma linha de contraste entre a pele que pegava sol constantemente e aquela que ficava escondida sob as roupas.

Segurando a parte de cima de seu vestido, Eugênia não se fez de acanhada. Sustentava a sua mirada, aguardando o motivo daquela visita inesperada que nem poderia esperá-la se recompor. O fazendeiro pediu que Regina se retirasse e aguardou a escrava fechar a porta atrás de si para comentar a que vinha. Ou teria dito, se Eugênia não o tivesse interrompido:

— Meu tio deveria saber que não se deve entrar no quarto de moça solteira, ainda mais descomposta.

Ele pareceu ignorá-la, tão imerso que estava no que vinha fazer:

— Vim ver como está.

Deu um passo para frente, examinando o ferimento, e ela recuou, abraçada ao seu vestido.

— Estou bem. Não passou de um arranhão.

Ela estava com medo dele, claro, quem não estaria?! Deveria estar com a aparência de um maluco, suado e desarrumado. Reparou nela, contraída em si, escondendo a sua nudez. Os cabelos castanhos serpenteavam pelas pontas dos ombros desnudos, a pele sedosa que lhe encheu a boca, a beirada do espartilho e o arredondado das formas... Deu uma volta em si mesmo. Era melhor se controlar até que tudo estivesse resolvido e eles estivessem acordados.

De costas para ela, com as mãos para trás, ele continuou:

— Poderia ter perdido um olho, sua tola — as palavras eram duras, mas saíam com preocupação.

— Antes um olho do que a minha alma — ela respondeu, depois se arrependendo por ter soado tão grosseira.

Eugênia não sabia definir se ele havia reparado que estava despida, ou se ignorava por estar preso a uma preocupação que mais se assemelhava a uma culpa — e ela não entenderia razão para tal, afinal, ele nem estava lá no momento em que havia acontecido.

— Foi tolice! Tolice! — Ele se segurou para não gritar com ela, indo para perto de um pequeno espelho pendurado na parede. Tinha a cabeça abaixada e a voz fraca, incapaz de encará-la ou a si mesmo. — Vai ficar marca?

Oras!

— Por que a preocupação? Uma marca incomodaria ao senhor meu tio?

O sarcasmo dela doía mais do que Luiz Fernando poderia imaginar. Ele não queria aquilo. Deveria ter suspeitado que Carlos poderia fazer alguma coisa quando estivesse longe. Era o antigo feitor de seu pai, havia sido criado com a ideia de que escravo não é gente. Mas já havia dado a sua lição. Havia demitido-o, mesmo diante das súplicas que ele não iria mais tocar num escravizado sequer. Não confiava nele e nem em nenhum dos homens que trabalharam para o seu pai, o barão. Havia demitido a grande maioria dos capatazes. Só havia deixado Carlos permanecer porque, de fato, era o único que conhecia aquela fazenda e era com quem estava descobrindo as melhores trilhas, aquelas que seriam as mais escondidas, ideais para uma fuga. Maldita hora que essa moça veio aparecer! E quanto a ela... Céus, a culpa o deixava amargurado, irritado, quiçá revoltado consigo mesmo. Não deveria ter vindo. Ela deixava isso bem às claras.

— Sim, me incomodaria sempre que a olhasse, me atormentaria ao vê-la.

Ao terminar de falar isso, Luiz Fernando foi embora, ligeiro, deixando Eugênia sem entender o que havia sido aquilo.

Ao sair do quarto, todo o corpo de Luiz Fernando vibrava, revivido por uma dor fantasma que lhe rasgava as costas. Segurou as memórias mordendo o punho fechado. Não havia gritado no passado, não haveria de ser agora, fosse de raiva ou de dor.

9

Eugênia preferiu ficar o dia seguinte no quarto, matutando sobre a visita inesperada — não poderia ser outra coisa que *inesperada* — de Luiz Fernando e pensando no que Regina havia lhe dito a respeito do escravizado cego. De que maneira poderia ser culpada pela sua cegueira? Teria a visto trocando de roupa ou nadando num rio? Estava perdida, tão perdida que não se sentia sob a própria pele.

Diante de um pequeno espelho pendurado na parede, analisou o rosto marcado pelo chicote. Era um risco, um pouco maior do que o seu mindinho, que pegava a parte de cima do nariz, entre as sobrancelhas e um pedaço da testa. Se, ao invés de puxar todo o cabelo para trás e prender num coque, ela rodeasse o rosto, esconderia a marca. Foi testando maneiras novas de se pentear até atingir uma que a deixou perplexa. Os cabelos estavam parcialmente presos e ondulavam pelos ombros num toque jovial. Era tão usual esquecer que nem havia chegado aos vinte anos, que se lembrar jovem, após tudo o que havia vivido, tornava-se estarrecedor — e arrepios causava só imaginar o que poderiam ser os seus próximos vinte anos!

Havia colocado um comportado vestido branco que saltava como um agrado à alma pela sua leveza diáfana. Tão fascinada estava com a própria imagem, que não reparou quando Dorotéia entrou no quarto elogiando-a:

— Uma princesa digna de um príncipe! — E emendou o que vinha saber. — Irá jantar na sala esta noite?

Num sorriso acanhado, a moça confirmou. A velha mucama balançou a cabeça e se foi, deixando-a admirar o próprio reflexo por mais um tempo.

Durante o jantar Francisco poderia dizer à Eugênia onde achar a pessoa que cuidava do dinheiro na Corte. Seria a única maneira de conseguir esta informação e poder ir-se antes que machucasse mais do que o rosto. Teria que jantar, não havia como escapar do sarcasmo de Luiz Fernando sempre que estavam na companhia de Francisco. Se não fosse tio de Eugênia, poderia suspeitar que estava com ciúmes.

Ao bater cinco horas no relógio ao final do corredor, soube que era hora de se juntar aos outros. Eram todos muito pontuais com as refeições e não queria desagradar ao tio. Não por ele, mas para poder se manter tempo suficiente na mesa para que tirasse de Francisco as respostas que precisava.

Foi perceptível o transtorno de Luiz Fernando ao vê-la. Ele, com as mãos atrás das costas, andava de um lado ao outro da sala de jantar, pisoteando as tábuas com as pesadas botas de montaria. Ao avistá-la, saindo do quarto feito aparição, sustentou-se num espanto de quem começaria a acreditar em assombração a partir de então. Durou alguns segundos. Retornou à sua usual expressão de cético, a qual combinava com a barba e bigodes ruivos que iam tomando a face dura — aproximando-o ainda mais do imaginário de um corsário do século XVIII.

A jovem se preocupou com a possibilidade de estar feia. Era incapaz de enxergar o tom de admiração que perpassava o seu olhar, grudado nela. Um olhar de quem poderia passar a noite admirando-a em silêncio.

Sem qualquer comentário, Luiz Fernando apontou a mesa e colocou-se atrás da cadeira em que ela se sentaria.

Eugênia recuou. A mesa havia sido posta para dois. Iria jantar sozinha com ele? Ela estremeceu ao cogitar que toda a intensidade do olhar estaria somente sobre ela. Não saberia o que fazer. *E ele pode perceber!*

— O Sr. Francisco não janta conosco? — quis ter certeza, antes de se sentar na cadeira que ele havia puxado para ela.

— Não. — Os dedos dele pressionaram contra o espaldar, mas o tom de voz se mantinha explicativo. — Mandei resolver alguns negócios. Deve voltar em dois dias. — Ao se acomodar na cabeceira, ele deu um tapa na mesa. — Qual! Tive que mandá-lo para longe para tê-la só para mim e me pergunta dele!

Com o coração saltando da boca, Eugênia não conseguiu perceber o pequeno sorriso dele diante do seu susto. Luiz Fernando não estava bravo, ele se fazia de bravo. No entanto, ela não era do tipo de moça que flertava com "representações" — por mais contraditório que isso pudesse ser para ela — e muito menos gostava de testes para ver como alguém reagiria numa determinada situação — que a vida testasse, e não as pessoas.

— O senhor meu tio não deveria brincar com esse tipo de coisa. Não se brinca com o coração dos outros.

Deitando os olhos por cima das velas, Eugênia não viu o pigarreio que ele deu, de quem se punha em seu devido lugar, nem o ar de admiração que o envolveu tal chama que se acendia o espírito:

— A senhorita minha sobrinha não deveria levar tudo o que eu digo a sério. — Tomou a garrafa de vinho do escravizado e a serviu. — Não se confia na voz do demônio. — Piscou para ela e serviu a si mesmo. Saboreando a bebida, recostou-se na cadeira, acomodado com aquela conversa. — Diga-me, o que tanto gosta na companhia do *Sr. Francisco*?

Teriam uma conversa casual? Depois da forma com que ele a tratou logo que chegou? O que estava acontecendo? Quem era este homem que mudava da água para o vinho em poucos dias?

Num gesto, Luiz Fernando pediu que o escravo se retirasse ao deixar a comida ao centro da mesa, e ele mesmo serviu a moça enquanto aguardava que ela lhe explicasse o que poderia haver de interessante em Francisco — ou o que faltava em Luiz Fernando.

Ao notar que ele não a deixaria sem responder, Eugênia foi direta:

— Ele é um cavalheiro, extremamente educado e bem-versado. Podemos conversar sobre qualquer assunto sem cairmos no sarcasmo ou no vazio. — Omitia a parte do "abominável preconceituoso".

Sem parar o serviço, ele jogou para ela um sorriso convencido:

— E eu não sou assim? — Ela não respondeu, dando um gole no vinho à sua frente. Ele devolveu o seu prato e a encarou, por fim. — Então, está apaixonada por ele?

Havia um esmorecimento na voz dele, contornos sombrios com os quais ela pouco se importava. Tudo vindo dele soava mal. Estava cansada de Luiz Fernando, das suas reações exageradas, do mau humor que ondulava em ironia ou agressividade. Talvez estivesse cansada da própria situação em que se via envolvida.

— O senhor meu tio tira essas conclusões *daonde*?

Ele riu por entre um gole de vinho. Gostava de vê-la brava. Dava-lhe algum fulgor, alguma novidade que o enchia da sensação de "verdadeiro". Era como se realmente a visse:

— Dos detalhes. São eles que fazem a diferença.

Um sorriso de escárnio cresceu em Eugênia:

— Pois deveria olhar mais atentamente.

De repente. Num impulso. O tio havia se inclinado para perto dela. Seus rostos estavam a milímetros de distância. Podia sentir a mistura de colônia com o vinho que bebia. A respiração ardente sobre a pele. Os olhos intensos que a pescavam de um caótico mar de sensações.

— Estou olhando. Bem atento. Garanto.

Os olhos dele beijavam os detalhes de seu rosto corado. Pareciam mais claros na escuridão, pareciam tocar a sua espinha, intimamente. A pele dela palpitava. Teve de se afastar, abafada, abaixando a cabeça para o prato.

Com um sorriso de canto, Luiz Fernando tomou mais um pouco de vinho e iniciou o jantar, sem nada mais dizer. Ela também se manteve quieta, distante, fechada em si mesma e nas conclusões que estava não só num lugar perigoso, mas promíscuo. Eram ele e o seu sorriso reflexo das pinturas nas paredes da "sala das senhoras". Ou saía de lá o quanto antes, ou iria se perder.

A sala de estar parecia menor e mais apertada sem outras pessoas. Era como se apenas um candelabro para três velas os separasse.

Num sofá, tentando bordar, a moça lançava olhares enviesados para ver o que Luiz Fernando fazia. Estava sentado numa poltrona e com um livro sobre as pernas cruzadas. Tinha na mão uma taça Porto, mas tanto seus olhos quanto os seus pensamentos estavam mais preocupados em lê-la do que ao livro. Era ela uma narrativa tão misteriosa quanto as do detetive Auguste Dupin.

Toda uma escuridão os rodeava, não podendo enxergar além daquele pequeno mundo parcamente iluminado, que os prendia a uma redoma de sociabilidade.

Ele a estudava sem qualquer pudor. Ainda assim, ela não lhe dirigia a palavra e nem levantava o rosto, mesmo quando ele comentara alguma coisa sobre bordados e o quão tedioso era. Evitando-o, a moça continuou na sua posição. Imóvel. Demorou algumas linhas para reparar que ele se aproximava dela.

Arrepiou-se ao toque da ponta do dedo quente dele em seu pescoço. Alisava a pinta negra que ela tinha. Galvanizada, Eugênia deixou o bordado cair. Toda ela se aqueceu, acionada por aquela intimidade. Fechou os olhos e mordeu os lábios. O que acontecia era novo, uma sensação de delícia que lhe emergia da alma.

Eugênia! Ergueu o rosto corado para ele e não conseguiu concatenar uma resposta, nem quando ele comentou:

— A marca do demônio. — Mordia o riso, recostando-se de volta à poltrona como se tudo não tivesse passado de mais um teste. — Dizem que quem tem uma dessas é marcado pelo demo. — Tomava o Porto, sem despregar os olhos dela e da sua reação de moça tímida e recatada.

Refeita do susto, a jovem dama pegou o bordado e se levantou do assento:

— Pois sou muito temente a Deus e se Ele está no meu coração, não há espaço para mais nada.

— Temente a Deus? — Ria. — Não se deve temer a Deus, deve amá-Lo. Melhor seria ser temente ao Demônio. — Desviou a atenção para a escuridão, terminando a sua bebida com um ar soturno.

— Por que o senhor meu tio sempre zomba de mim?

Luiz Fernando mirou-a como se retirado de algum sonho. Seus olhos estavam mareados, mas não indicavam tristeza. Eugênia, de branco, sob aquela luz tíbia de vela feito fosse a sua aura, rodeada pela penumbra do resto da sala, fez-lhe tremer a boca numa devoção que ela não enxergou senão como zombaria:

— Deve ser o demo em mim que se sente atraído pela sua beatitude.

O fazendeiro voltou-se para a escuridão, pendendo a cabeça sobre as páginas de Edgar Allan Poe. Nem lhe respondera quando ela lhe dera boa noite. Estava a conversar com os próprios demônios.

Diante do espelho do quarto estava Eugênia, de novo, desfazendo-se do penteado, soltando os cachos, libertando-se do aprisionamento que era a beleza. Tentou despir o vestido. Como não alcançava os botões na parte de trás, se prontificou em tirar as sapatilhas, as meias, a arrancar a almofada e as anáguas — as quais pisoteava com alguma revolta. Restara apenas o vestido murcho e ela, dentro, uma boneca desfeita com a marca vermelha em seu rosto.

Colocou as mãos no pescoço. Estavam frias em comparação à sua pele. Com o mindinho, sentiu a pinta que tinha na base do rosto, em conjunção do maxilar com o pescoço. Próxima ao espelho, virou a face para bem enxergar a sua pinta, do tamanho de uma unha, preta como um corvo. *Ele* a havia tocado. Seu corpo reconhecia aquele toque, tão simples gesto, que a acendeu como um candeeiro. Tudo o que ela não poderia agora: se apaixonar, muito menos por um homem repreensível em todas as atitudes.

Apenas a sua mãe a tocava ali, dando-lhe beijinhos e dizendo o quanto era especial aquele sinal. "É um sinal que é minha filha". Como *ele* poderia profanar a sua mãe, dizer-lhe que era um demônio?! Era ele o demo! Ele e aquelas meninas do colégio que riam dela! Apontavam a sua pinta e diziam ser o sinal da sua negritude. Sim, a sua mãe era negra e tinha orgulho disso! Enfrentava-as. Sim, sua mãe havia sido escravizada!

Sim! Sim! Sim! Não iria negar como nunca negaria a sua mãe ou o seu sinal.

Caiu de joelhos no chão, às lágrimas, tapando o pescoço com as mãos. *Meu Deus, eu não vou aguentar!*

Um barulho a assustou.

Por debaixo da porta uma luzinha por ali brilhava. Vinha do corredor.

Devagar, foi à porta e espetou o ouvido nela para escutar quem era. Não havia voz. Afastou-se e a luz ainda indicava uma presença. Tocou a maçaneta e a girou, abrindo a porta para espreitar, com cuidado.

Seria a cozinheira fantasma? Ou a alma de Maria de Lurdes vagando pelos corredores?

Era uma alma, sim, descalça, com a camisa aberta ao peito e para fora das calças. Uma alma com corpo mas que jazia morta pelas lembranças. Luiz Fernando tinha os olhos vidrados num dos retratos da sala de jantar. A vela que segurava estava tão perto do quadro, que Eugênia temeu que fosse queimar a tela. Era o quadro de Nuno que ele analisava. Passava os dedos, contornava os traços numa admiração que ela entendeu como um momento de solitária comunhão familiar.

Fechou a porta sem fazer barulho. Apoiando a cabeça na madeira, respirou fundo. A vontade de ir embora de lá, estranhamente, começava a minguar. Aquele toque íntimo de Luiz Fernando havia desabrochado algo dentro dela, algo que estava muito bem guardado — há muitas décadas.

10

A marca ainda estava lá, estampando o rosto feito um arranhão de alguma fera. Marcas de guerra. Ao menos, havia passado do vermelho para o rosa. Um pouco de pó de arroz disfarçaria.

A jovem dama retornara aos vestidos simples de manga e gola fechada em algodão. Os cabelos, no entanto, manteve o penteado novo, com cachos emoldurando o rosto e caindo pelos ombros. Deu-se por satisfeita ao prender uma florzinha branca — de um arranjo em seu quarto que todo dia era renovado — na gola da roupa azul. Não queria se fazer bonita, queria apenas que Luiz Fernando não lembrasse da chicotada. Preferia ela também esquecer o que havia ocorrido — tudo o que havia acontecido desde a morte de seus pais, de preferência.

Nem se deu ao trabalho de evitar o tio. Pelo andar das horas, ele estaria na plantação. Confirmara isso ao ver apenas o seu lugar posto na sala de jantar. Tomou o desjejum sem qualquer pressa, saboreando o café, bolo e um pedaço de pão com o queijo curado na própria fazenda. Muito do que se servia nas refeições era lá mesmo produzido, plantado ou criado. Até mesmo o sabão do banho era preparado pelas escravas num imenso tacho de ferro que ardia num fogão a lenha ao ar livre, atrás da casa.

Terminou de comer e se prontificou a uma caminhada. Precisava de ar puro, se movimentar, sair daquele abafamento que a aprisionava em ideias fixas, na memória do toque dele e do que havia despertado nela.

Ele mesmo era um mistério que ela temia em desvendar.

O tempo estava parcialmente fechado e nos rincões cortavam raios e trovoadas. Seria melhor passear agora, antes da chuva pegá-la. Vestiu um chapéu de palha, um pouco mais elegante que o anterior que havia sido destruído com a chicotada. Tinha rendas e fitinhas adornando-o, o que a fazia mais vivaz do que gostaria de aparentar. Nunca havia sido do tipo de moça que gostava de chamar a atenção, feito a sua melhor amiga — aquela sim, nas suas loucuras de mocinha flerteira, pulava o muro da escola, à noite, para encontrar um namorado que dizia ter. Nunca conheceu o tal namorado, mas pelo que falava, eram muito apaixonados, fervendo a cada beijo.

Transpassou um xale e deu rumo à sua caminhada. Atravessou o jardim florido. Os raios de sol que conseguiam escapar às nuvens davam cor, mas de pronto desapareciam ante a sombra de um vento úmido. Eugênia parou. Seria melhor contornar a casa e ir para a parte onde ficavam os terreiros e a senzala, ou melhor seria ir a esmo pelo descampado? Tomou a segunda opção, atravessando a alameda de coqueiros imperiais. Faltava-lhe a coragem para lidar diretamente com a escravidão, sem querer atirar verdades contra Luiz Fernando. Não só pelos seus ancestrais, mas pelos que ela ainda via acorrentados àquela fazenda. No entanto, era preciso se controlar, por enquanto, até que seu plano estivesse concluído.

Ao final da alameda, deu-se numa encruzilhada. Se seguisse em frente, pegaria a estradinha pela qual havia chegado. Se fosse para a direita, poderia cair nas plantações. À esquerda havia a subida para os montes próximos. Aventurou-se a subir e, do alto, poder enxergar toda a propriedade. *A vista há de ser linda.*

Segurando o chapéu ao revoar de um vento, foi empurrada pela pressão do ar contra uma árvore. Tentou se segurar por ali até que o vento diminuiu e ela encontrou o seu equilíbrio. Ao se deparar com um jovem negro, sentado contra o tronco, com uma bengala pendendo na mão, pediu desculpas pelo susto que poderia ter provocado.

— Sabia que você viria falar comigo — disse ele, com os olhos vazios pregados num horizonte inexistente.

— Como sabia? — Ao perceber que ele era o cego que havia visto com Regina, não conseguiu se refrear. — Você não é...?!

— Cego? Que nem uma parede. Ainda assim posso enxergar muita coisa. A começar por você.

Cobrindo o corpo com o xale, ela soltou um sorriso nervoso:
— O que tem?

— Você não é quem diz ser. Eu posso estar cego dos olhos, mas enxergo como ninguém. *Ela* não andava do jeito que você anda. E *ela* era bem mais corajosa do que você. Não teria parado aquele chicote se pondo na frente. Não, ela não faria isso. É burrice. Ela teria deixado acontecer e depois iria cuidar das feridas do escravo.

O vento assoprou mais forte. Levava a voz dela e ficava o rastro do silêncio, suplantado pelo murmurar da folhagem. O chapéu dela tombou para trás, ficando preso em seu pescoço só pelo laço. Demorou para que a moça tomasse posse de si e arrumasse o adereço sobre a cabeça:

— Isso mais me parece fraqueza do que coragem.

— Ah, mas *ela* tinha muita coragem. Você sabe disso. — Os olhos dele a paralisaram no vazio, insuflando-a com Nada. — Você a amava por quem *ela* era, ela amava você por quem *ela* queria ser.

— Vo-você é apenas um escravo cego e maluco que não diz coisa com coisa. Não vou ficar mais aqui escutando esses despautérios.

— Vá embora, antes que o demônio tome a sua alma também! Todos que pisam nestas terras são amaldiçoados!

— Pois não acredito em maldições.

Ia dar a volta na árvore quando parou ao escutá-lo:

— Mas acredita no Demônio. Sente quando ele está à espreita, fungando no cangote, preparando o próximo bote. — A jovem deu as costas para ele, rumando para o monte, evitando escutar os seus gritos. — Cuidado! *Ele* vai tentar capturar a sua alma também.

Doidivanas! Não iria ficar ouvindo aquele cego maluco.

Saiu da paralisia daquele não-olhar e foi subindo o monte, empurrada pelo calor da discussão. *Quem ele pensa que é para falar essas coisas? Demônio. Não se tem medo de Demônio quem acredita em Deus. Eu acredito, tenho muita fé. Tanta fé que até temo o que vai acontecer comigo, por causa do meu pecado. Tratarei de pensar nisso depois, senão, não conseguirei terminar o que aqui vim fazer.* Justamente agora Francisco teve de ir para a fazenda de Bento? Poderia ter ido dois dias depois, assim, já estaria longe dali e do tio. *Dá arrepios só a maneira como me olha. Desnuda-me a cada olhar, a cada palavra. A própria sobrinha?! É um libertino!*

Quanto mais falava consigo, mais subia. Deu-se em cima do monte, de onde poderia enxergar boa parte da fazenda, mesmo com o teto baixo das nuvens pesadas de chuva que vinham se aproximando a cada rajada de vento mais forte. No vale de verdes, rodeado pelos montes com cafezais enfileirados feito formigas, por entre uma ou outra árvore pingada no meio da mata, havia um cavalo negro em disparada na direção da plantação. O destro cavaleiro parou o animal quase a trombar com um homem. Saltou do cavalo e puxou o homem que coordenava os escravizados. Não podia precisar os rostos, mas deduziu ser o tio e um capataz. O cavaleiro atirou o homem no chão, pegou o que poderia ser um chicote, e ficou batendo no homem até este conseguir se levantar e fugir por entre os pés de café.

O cavaleiro jogou o chicote longe, subiu na sua montaria e partiu em disparada para a casa-grande.

Eugênia ficou feliz de não estar em casa e ter que se deparar com o provável mau-humor a que aquela situação conduziria Luiz Fernando pelo resto do dia.

Um zumbido. Parecia tiro. Procurou de onde vinha. Havia alguns pedregulhos próximos a ela e nada mais. Uma trovoada soou sobre a sua cabeça. Segurou o chapéu e se voltou para o céu chumbo. Um raio cortava as nuvens e os primeiros pingos gotejaram em seu rosto. Não era prudente ficar em um descampado com raios. Os pingos de chuva aumentaram antes que alcançasse o caminho pelo qual havia vindo. Era um trajeto difícil, com muitas pedras. Teve que escalar algumas para chegar ao topo. Descer na chuva pelo mesmo lugar era contraindicado. Poderia escorregar em algum limo e a queda poderia ser fatal.

Contornou o monte a ver se havia alguma outra trilha, menos brusca. Os pingos se tornaram constantes e, de repente, um véu de água se fez, cobrindo a sua visão. O chapéu arriou sobre os olhos com o peso da água, obrigando-a a tirá-lo para enxergar alguma coisa. O vestido pesava, arrastando-a pela lama do terreno. Levantou o vestido o máximo que pôde, amarrando as saias na cintura.

Uma estradinha surgiu, descendo cavada pela outra ponta do monte. Com cuidado para não escorregar na terra, Eugênia foi tateando antes de dar cada passo. Ao se apoiar numa pedra mal colocada, ela tombou. Rolou alguns metros no lamaçal e parou ao bater as costelas numa pedra alta. Doeu, mas não achou ter quebrado, por sorte, por causa do espartilho.

Levantou-se. Dos cabelos à roupa, estava tingida de terracota. Verificou que o lado do vestido rasgara, nada muito revelador, por causa das roupas de baixo. Segurando o rasgo, deu o primeiro passo e mancou. Não havia dor, deveria ter quebrado o saltinho da botina. Agachou-se para verificar. A sola de uma das botinas havia descosturado. Impaciente, apoiou-se na pedra e foi descosendo os cadarços, nervosa com os raios que caíam perto.

Um estrondo e um clarão fizeram que pássaros voassem em revoada, quase a atropelando. Era um raio que havia atingido uma árvore, partindo-a ao meio. No susto, quase caiu sobre a pedra. Foi quando se deparou com a inscrição: NUNO DUARTE 1769-1825. Aquela pedra era uma lápide. Ao seu lado havia outra: MARIA DE LURDES, amada mãe e esposa, 1780-1825.

Uma trovoada ecoou dentro de Eugênia. Tinha que arrumar abrigo. Deu uma volta em si, coberta pela cortina de chuva, e foi quando os pingos pareceram se abrir e ela avistou uma ermida. *A igrejinha do sonho!*

Arrastando o vestido — que pesava quilos por causa dos metros de tecido molhado —, atingiu a porta da ermida. Bateu. Ao ver que estava apenas encostada, forçou a entrada. A madeira empenada foi cedendo, gritando ao se arranhar no assoalho de pedra. Ao dar caminho para ela se esconder da tempestade, entrou. Quase caiu no chão do santuário, bufando pelo esforço.

Todo o seu corpo doía. Tossia. Precisava se deitar um pouco. Ganhar fôlego e esperar a chuva parar ou diminuir, ao menos.

De barriga para cima, analisava a abóbada da ermida. Descascada pelo tempo, enxergava trechos da pintura azul com estrelas douradas e os querubins de sorrisos descoloridos. As paredes eram sustentadas por uma camada de mofo e uma pesada poeira assentava todo o chão, marcando os seus passos molhados. Os bancos, o pequeno altar ao fundo e os panos brancos que cobriam as imagens dos santos, até um círio apagado, estavam abandonados pelas velhas teias de aranhas.

Ficou ainda deitada, tossindo, a escutar a chuva bater forte contra as telhas da igrejinha. Um pingo, num canto, ecoava pela nave vazia, enchendo os olhos de Eugênia de lágrimas. Não entendia o motivo de chorar, apenas que estava muito emocionada em estar ali, como se conhecesse o que um dia aquilo fora.

Um espirro a levantou. Melhor seria tirar aquelas roupas molhadas. Aproveitando que havia o rasgo ao lado do vestido, terminou de rasgá-lo para se ver livre da vestimenta. Arrancou a almofadinha traseira e as meias. Ficaram as anáguas, as calçolas, o espartilho — difícil demais para tirar sem ajuda — e a *chemise*. Balançou os cabelos para se livrar do máximo da água que tinha, tingindo todo o ambiente ao redor de lama.

Seria sentar e aguardar a chuva passar. Passou o vestido numa área para afastar a poeira centenária, o que só piorou a situação, criando uma lama. Acomodou-se em frente à porta, então, para poder ficar olhando para fora e evitar inalar a poeirada. Abraçada às próprias pernas, soltou outro espirro, e mais outro, e outro. Não poderia cair doente, seria ficar mais dias naquela fazenda.

Reparou que o local que havia "lavado" com as suas roupas molhadas revelava a pedra branca do piso e uma grande mancha vermelha se fazia clara. Era uma mancha antiga. Seria de sangue? *Tanto sangue!* Pela quantidade, alguém deveria ter morrido ali.

Um ventinho entrou e um barulhão bateu contra a sua cabeça. Protegeu-se com as mãos. O teto ainda estava no lugar em que deveria estar. Virou-se para trás. Um imenso candelabro de metal, próximo ao altar, havia sido derrubado. Estremeceu com um pé de vento frio. Todo o seu corpo estava alerta de frio e medo. Outro espirro. Abraçou-se mais apertado e apoiou a cabeça nos joelhos. Fecharia um pouco os olhos. Ajudaria a esperar. Só um pouquinho, para descansar.

Os pingos da goteira do teto ecoavam pelas paredes como passos. Passos que vinham de longe... Passos que, como a voz de um trovão, chamavam um nome... fortes... próximos... trovejando no fundo de sua mente:... *Eugênia... D. Eugênia...* Uma mão quente tocou a sua pele gelada.

Um choque de sentidos. Ela não conseguia abrir os olhos. Estava envolta ao frio. Muito frio. Podia pressentir uma sombra negra, contra a porta, falando com ela. A sombra a envolveu em algo quente. Tão quentinho que achou que iria desmaiar no conforto daquele calor. Seu corpo foi ganhando quentura enquanto massageavam seus pés e mãos, já roxos de tão gelados.

— Consegue ficar de pé? — perguntava a sombra. Ela balançou a cabeça que sim. Teve o corpo apoiado contra alguém. Os olhos se fixaram na figura que foi ganhando a forma de Bento Ajani. Ele não a olhava, analisando o local ao redor, à procura de algo. — Está sozinha?

— Co-como me-me achou? — Tremia.

— Primeiro achei o xale, depois as botas e o chapéu que largou no caminho. Seu tio está muito preocupado. Mandou todos os capatazes e escravos irem atrás de você. — Parou e a mirou. — Ainda bem que fui eu a encontrá-la.

As mãos dele afastaram os cabelos que estavam grudados contra o seu rosto manchado de lama. Os pequenos olhos negros se estreitaram em sua marca.

— Acha que consegue andar até o cavalo?
— Pa-parou de cho-ver?
— Sim. Consegue?
— Não se-sei...

Eugênia não tinha mais domínio sobre o próprio corpo, funcionando num reflexo de movimentos de quem caminhava em névoas. Os pés perderam contato com o chão e ela foi carregada até o cavalo.

— Segure nos arreios — ordenou ele. — Tem força para isso?
— Si-sim...

As grandes mãos dele tocaram os seus quadris e a ergueram para cima da sela. Sem saber como, Eugênia estava sentada no cavalo, com uma perna para cada lado. Atrás de si montou Bento. Um braço dele tomou toda a cintura dela e, então, Eugênia tossiu e espirrou. Iria precisar de um banho quente.

Não viu o caminho de volta, quase adormecida. Nem quando o cavalo parou na frente da sede da Beira, ou quem a tirou de cima da sela.

O casarão estava todo iluminado pela noite caída. Homens com tochas passavam de um lado ao outro, chamando-a, procurando-a atrás de cada arbusto, de cada pedra.

Dorotéia, com as saias nas mãos, foi a primeira a correr para ela e agradecer a Deus que estava bem. Pouco depois, estava o tio à beira da porta de entrada, observando Bento carregar Eugênia no colo vestíbulo adentro. Em botas de montaria e em mangas de camisa, dobradas até os cotovelos, o fazendeiro não tinha gravata ou colete e as vestimentas estavam repletas de lama, dando a entender que ele havia passado o dia montado no seu cavalo Andaluz, o Morsa.

Estreitando o olhar, Luiz Fernando reparou na falta de roupas e na maneira como ela se aninhava ao casaco de Bento. Cerrou o pulso e a voz abriu um estrondo que ecoava:

— Onde estava?

Ao senti-la estremecer — de frio ou de medo, pouco fazia diferença —, Bento respondeu por ela:

— Na ermida.

Se antes havia tensão na voz de Luiz Fernando, agora ela havia dado lugar à raiva:

— Fazendo o que naquele maldito lugar?

— Pas-seando.... Me-me perdi e... — balbuciava ela, roxa de frio.

— Não dei permissão que passeasse sozinha! Deveria ter levado uma escrava consigo! É uma região muito perigosa. Poderia ter sido picada por uma cobra! Algum animal poderia tê-la ferido!

Cansada, com frio e espirrando, Eugênia levantou os olhos vermelhos:

— Não te-tenho que pedir permissão ao se-senhor.

Aquilo soara como um tapa.

Num pulo, Luiz Fernando estava inclinado sobre ela:

— Sim, tem que me pedir sim. — Trincou os dentes, controlando-se para o que deveria dizer. — Sou seu tutor, o responsável por si. — Afastou-se dela, contraída em si. — Se algo lhe acontecer, *EU* serei o responsabilizado. Não sairá mais sem me falar para onde e desacompanhada. E da próxima vez, de roupas, de preferência.

A moça corou, enfiando-se ainda mais no casaco de Bento. Queria poder explicar o seu estado, mas julgava não ser o momento apropriado. Ergueu o nariz, que sentia escorrer:

— Sim, *sinhô* Duarte. Mais alguma coisa ou posso ir me trocar, *meu sinhô*?

— Vá! Vá! — Gesticulava, ignorando a ironia dela. — E se ponha decente. Alguém veio lhe visitar.

Uma visita? O rosto pontilhado de espinhas e envernizado por uma camada de sebo de Humberto Padilha ganhou projeção na mente de Eugênia. Iria correr dali se não fosse Bento perguntar quem era e ela descobrir ser a Marquesa de Buriti — seria Bento, então, quem iria fugir aquela noite.

Por maior que fosse a inquietude que tomava Luiz Fernando — desde que soubera do seu sumiço na tempestade — e da culpa por não a ter protegida em casa, ele procurou segurar a raiva de si mesmo para não aparentar que estava bravo com ela — o que não havia conseguido.

Num sinal com a cabeça, ordenou que Bento a levasse para o quarto.

Seus olhos os perseguiram até desaparecerem. Havia interesse, sobretudo preocupação com os fatos que se desenrolariam a seguir. Porém, era preciso esperar, tudo deveria ser muito bem delineado, estruturado, para que fosse impossível perceberem qual era a sua próxima jogada.

11

No meio do quarto de Eugênia havia sido colocada uma banheira de flor de flandres com água quente. Um perfume saía da água e preenchia o ar com um vapor temperado de flores e ervas frescas. Dorotéia ajudou-a a se livrar dos farrapos feitos de vestes. Ao se deparar com o estado esgarçado das calçolas e da *chemise*, a moça temeu o que Bento poderia ter pensado dela — ou visto. Aproveitando que estava sem roupas, analisou a costela, onde tinha batido ao cair do barranco. Um hematoma do tamanho da sua mão tomava a área dolorida, porém não havia quebrado nada.

Ao mergulhar na água, todo o corpo relaxou. Os músculos, retraídos de frio e dor, foram adormecendo. Sentiu-se aquecida, acarinhada pelo banho tépido. Fechou os olhos, respirou fundo o aroma doce. Mais calma, sem espirros ou tremeliques, aproveitou para perguntar para Dorotéia — que lhe esfregava as costas — sobre a confusão que vira pela manhã, do alto do monte:

— Vi meu tio batendo num homem, lá no cafezal. Soube de alguma coisa?

— Arre, um infeliz! Foi merecido. Ele havia pegado uma escrava à força. — Num muxoxo, Dorotéia mudou a prosa, não era para sinhazinha ficar escutando coisa do tipo. — Por fortuna o Bento achou você antes de qualquer outro. Por estas bandas não se pode confiar em ninguém. Dizem que quilombolas estão rondando a região, causando fugas em massa nas fazendas. Lá para Rio das Flores mataram a família de um feitor, degolaram até as crianças e... fizeram mal às mulheres antes de tirar-lhes a vida.

A velha mucama, agilmente, pegou os braços de Eugênia e os esfregou para sair toda a lama que havia secado em sua pele. Se seu intento era procurar outro assunto, ressaltando que ela poderia "estragar a pele" com toda aquela lama, não deu resultado. A mocinha continuou o seu inquérito, sem parecer muito interessada em questões de beleza:

— Meu tio disse que temos visitas.

— Sim, a tia dele, a marquesa, chegou logo antes do almoço, com o Sr. Francisco. Tsc! Quando não apareceu para comer, seu tio mandou que fossem atrás de você. Estava transtornado como poucas vezes vi.

— Transtornado ou furioso?

Dorotéia parou para pensar.

— Faz diferença? Estava muito bravo e com medo que você tivesse fugido ou algo de pior lhe tivesse acontecido. — Voltou a lhe esfregar a pele. — Só o tinha visto no dia... Bem, *naquele dia*...

— Que dia?

Eugênia foi fulminada por um olhar de surpresa. Ao não entender aquela reação, a mucama balançou a cabeça e continuou a passar a bucha:

— Nada. Ruminações de uma velha mucama.

— E o Sr. Bento? Como ele soube que sumi?

— Algum escravo deve ter avisado. Seu tio ordenou que todos os escravos fizessem uma limpa pela propriedade até encontrá-la. Onde estava com aquele temporal?

— Encontrei uma ermida, no alto do morro.

— Ah, sim... — Pegou um jarro com água. — Fecha os olhos. — E despejou o conteúdo sobre ela.

— Por que está abandonada? Sabe se alguém morreu lá?

— Por que essa pergunta? — Pegou outra jarra e a entornou sobre a moça. — Viu alguma coisa lá? Alguém?

— Não. Vi apenas uma mancha de sangue no chão. — Esfregava os dedos nos cabelos para tirar a lama. — Coisa antiga.

— Deve ser da falecida... — Dorotéia perdeu-se nos próprios pensamentos.

— Falecida? Fala de Maria de Lurdes?

— Ela mesma. — Piscou, saída de um sonho. — Morte horrível... — Balançou a cabeça. — Não quero nem pensar! Aconselho a nunca mais pisar lá. Deixe os mortos descansarem, é melhor. Nem todos são bons e compreensíveis. Muitos querem vingança. Rondam os vivos somente para amaldiçoar, trazer desgraças.

— Você acredita em espíritos, Dorotéia? Que podem estar entre nós?

— Eu acredito na teimosia humana e que ela não morre nem dá descanso. Tem espírito que vaga perdido, traumatizado pela vida e incapaz de entender a morte. Tem espírito que sabe da sua missão e continua mesmo depois do túmulo. Tem os vingativos e tem os bondosos, que estão aqui para ajudar aqueles que amam. Feche os olhos, vou enxaguar a sua cabeça, a lama está entranhada.

A moça seguiu como o ordenado e uma água quentinha correu pelos cabelos, soltando o rio de sujeira. Depois de enxaguar algumas vezes, a escrava começou a passar um sabão e a esfregar os cabelos e o pescoço até tê-los bem limpos. Parou ao sentir algo no seu maxilar. Ao esfregar com a unha, Eugênia deu um pulo de dor, afastando-se. Com a mão sobre a sua pinta, questionou o que ela estava fazendo.

A velha escrava a encarava sem a reconhecer. Num gaguejo, tentou completar a frase:

— Nunca tinha visto isso... Você nunca teve uma marca destas.

— Sempre tive, você que nunca reparou.

Gesticulando, Eugênia pediu que lhe buscasse a toalha. Se ficasse mais cinco minutos naquela água suja, era possível que tivesse que tomar outro banho.

Estreitando os olhos, a velha escravizada nada disse, guardando para si o comentário de quem a conhecia de berço. Depois de ter sido ama de leite de Luiz Fernando, havia sido mucama da mãe de Eugênia e a ajudara a nascer.

Se havia alguém que ela conhecia bem era a menina, e aquela mulher diante de si não era Eugênia Maria Galvão Duarte.

12

— Você não pode fazer isso! Está maluco! — A mulher aumentou o tom de voz, nervosa. — O que irão falar?! Isso não é bem-visto! É um absurdo! Se não faz isso por você, não faça isso com ela! Eu o proíbo, ouviu, Luiz Fernando? Eu não vou deixar acontecer! Não pode...!

Um estilhaço.

Eugênia pulou dentro do vestido. Havia ouvido uma discussão ao sair do quarto. As vozes perturbadas de um homem e uma mulher. Reconhecera, de imediato, a de Luiz Fernando. Já a outra ficara na dedução: a marquesa.

Ao pisar no limiar do corredor com a sala, uma garrafa de licor voou e caiu próxima aos seus pés. Não chegou a atingi-la — e nem era essa a intenção, sua presença não havia sido notada. O líquido do vasilhame derramou pelo chão e respingou em tapetes e na barra de sua saia. Por ser de um tecido escuro, não dava para ver a mancha, mas o susto ficou marcado no rosto.

Notando o que havia feito, Luiz Fernando se mostrou arrependido. Estava pálido e toda a ferocidade que o fez atirar a garrafa — durante um golpe de frustração — se desfez ao ver que poderia ter acertado a moça. Abaixou a cabeça, murmurou desculpas e saiu da sala, indo para o seu quarto, de onde escutaram o estrondo da porta batendo.

— Meu Deus, que gênio! — reclamou a marquesa, abanando-se com um leque. — Ainda me pergunto a quem meu sobrinho puxou?! Deve ter sido algum Duarte. Talvez o velho Nuno... Mas tenha! — Ela parou o leque e gesticulou para que a tímida moça viesse até ela. — Aproxime-se para que possa enxergá-la melhor!

Com as mãos na frente do corpo, mordendo os lábios, Eugênia se aproximou da senhora, acomodada numa poltrona. A marquesa era a tia de Luiz Fernando por parte de mãe. Beirava os cinquenta anos, espalhados nos fios de cabelo que escondia por debaixo de uma touquinha de renda e vidrilhos negra, mas tinha o rosto enxuto para a sua idade. As roupas de luto, elegantes e enfeitadas demais para quem havia perdido o marido somente há alguns anos, reluziam ao movimento do seu leque, sob o luzir dos candelabros.

Com a boca torcida de excitação, a marquesa tomou a mão de Eugênia:
— Vejam só, uma bela dama! Luiz me contou o que aconteceu. — E começou a analisar o ferimento no rosto da jovem. — Espero que não fique marca. Que homem quererá se casar contigo com esse arranhão horroroso? — Ao perceber que Eugênia arregalara os olhos com aquele inesperado golpe de sinceridade, a senhora não se calou, continuou com a certeza que era melhor a verdade do que iludi-la. — Conheço alguns que até casariam, mais pelo dote do que por você, para ser sincera. Ah, querida, não era para entristecê-la e nem para preocupá-la. É para alertá-la! — Deu um tapinha no dorso da sua mão e a virou ao sentir a palma áspera. — O quê...?

Eugênia afastou-se da senhora numa tentativa de escapar de uma análise mais profunda:
— Tinha que lavar a louça no colégio.
— Lavar a louça? — Cruzou as sobrancelhas. — Que absurdo! Por quê? Não tinham escravas para isso? — A moça se arrepiou ao escutar o termo *escrava*. — Se soubesse, nunca teria dito para seu pai mandá-la para lá. Era um colégio muito bem recomendado, pelo que me falaram.
— Eu me comportei mal mais de uma vez e como castigo era obrigada a lavar a louça e a varrer. — Escondeu as mãos atrás do corpo, repleta de marcas de quem fazia o serviço de criada.

Não era mentira. Havia sido sim castigada com tarefas pesadas que a tiravam da sala de aula para a cozinha. Também havia feito das suas travessuras, passando-se pela amiga durante as aulas, ou quando a amiga ia encontrar o tal namorado secreto — o que a obrigava a dormir em sua cama até que ela voltasse ao raiar da manhã.

— Se comportou mal? — A marquesa estudou o seu rosto pálido. — Bem, quem sou eu para recriminar alguém? — O leque voltou a se movimentar. — Eu mesma tive a minha dose de rebeldia na juventude. Adorava fugir dos bailes na companhia de algum cavalheiro e só retornava no meio da madrugada. — Bateu o leque na palma da mão recheada de anéis. — Não fez isso, não é mesmo? Ainda é...?!

A jovem dama corou, perplexa com a intromissão da senhora. Aquilo não era interesse dela e de ninguém mais.

— Desculpe-me, não acho apropriado este tema — retrucou, na defensiva.

— Não, não é. Não para uma donzela, não é mesmo? — escarneceu, ainda a mirando com cuidado, examinando-a. — E como foi a viagem? Por bem o Imperador trouxe os trilhos para cá. Não aguentava mais sacolejar na carruagem por tantos dias! Quem foi buscá-la?

— O Sr. Ajani.

— Bento Ajani! — Arregalou os olhos.

O nome dele escapulira da boca da marquesa num gritinho que incomodou Eugênia por toda a intimidade subentendida.

— A senhora o conhece?

— Se conheço? É o mesmo que ser apresentada ao Diabo! Homem terrível! Não aconselho a se aproximar dele. Nunca! — Batia o leque, entre o nervoso e o ansioso. — É cruel! Não se importa com ninguém a não ser a si mesmo e à sua própria ambição. Vive de mistérios. Nunca achei bom acreditar em ninguém com muitos segredos — arfava.

Se fosse dada a ironia, Eugênia teria rido e perguntado se falavam da mesma pessoa, ou se a marquesa não estaria confundindo-o com Luiz Fernando.

— Ele me parece muito educado e inteligente.

— E é! Ninguém disse que a maldade precisa ser burra e feia. — Fechou um olho e cobriu parte do rosto de Eugênia com o leque. — Está mais bonita do que quando criança. Tinha certeza que ia ser um monstrinho. Só a pele que é meio... escura. Você deve se proteger do sol, tomar cuidado para não "estragar" a pele. Hum... Não é à toa que Luiz Fernando pensa em... — Calou-se, balançando a cabeça. — Não, não, não. — Abriu o leque e escondeu o próprio rosto. — Falemos de coisas divertidas! Já foi a algum baile ou sarau na Corte? Não?! Como não!? Então faremos um aqui! Precisar conhecer pretendentes e nada melhor do que um baile! Apesar que tenho por mim que já tenha um preferido. — Abriu um sorriso ansioso.

— Um preferido?

— E, ao que tudo indica, também está inclinado a cortejá-la. Não me falava de outra coisa senão das suas virtudes, beleza, educação... Até questionei se falava de uma mulher ou de uma deusa.

Tentando não parecer afoita, a jovem dama tomou lugar num sofá próximo à marquesa e fingiu sorrir, porque não sabia como agir de outra maneira:

— Ora, e quem seria tal pessoa?

— Não se faça de tolinha. Ah, Sr. Santarém!

Pelo corredor vinha Francisco e o seu sorriso que nunca parecia se desfazer, nem diante da maior intempérie. Vestia uma casaca azul, o que realçava os olhos e combinava com a gravata cinza-claro de *gentleman*. Vinha largando um rastro de perfume doce e uma aura de gentilezas.

— Boas noites, minhas senhoras — disse, parando diante delas e fazendo uma mesura antes de tomar a mão da marquesa e beijá-la. — Marquesa, estou extremamente feliz que esteja conosco. É um alento. — Voltou-se à moça com um ar de tristeza. — D. Eugênia, fiquei extremamente preocupado consigo. Com quilombolas espalhados pela região, logo temi pelo pior. E vejo que está melhor do "incidente".

Ao notar que ela abaixara os olhos — não por timidez mas por não ser capaz de olhar nos olhos de um preconceituoso —, Francisco tomou que havia sido a sua indiscrição:

— Perdoe-me... não queria causar embaraço... eu...

— Chiquinho, sente-se aqui conosco enquanto aguardamos o horroroso do meu sobrinho. — A marquesa apontou o lugar ao lado de Eugênia. — Este mancebo, minha querida, vale ouro! Não, não, digo a verdade e sabe que não exagero.

— A senhora marquesa é muito gentil... — Inclinou-se sobre a moça, risonho. — *E exagerada*.

Com a pouca distância entre seus rostos, a moça se afastou. Não queria dar-lhe a sensação que aceitaria a sua corte. Igualmente, não poderia levantar mais suspeitas sobre si. Algo lhe dizia que ali tinha mais do que ela poderia arcar.

— Quando chegamos, soubemos que havia se perdido da tempestade — comentava a senhora, sem lhes tirar a mirada de interesse, aguardando que dali saísse uma fagulha de amor. — Francisco ficou extremamente preocupado.

— Onde a senhorita conseguiu se abrigar da tempestade? — Os dedos dele foram ao toque da mão de Eugênia.

— Numa ermida, no alto do morro. — Afastou a mão. — A senhora poderia me dizer o que se passou lá? Achei ter visto marcas de sangue.

— Tenebroso! — A marquesa fez o sinal da cruz. — Maria de Lurdes Duarte morreu lá, dando à luz ao último varão dos Duarte.

O sonho! Aquela mulher que me esticava a mão, seria Maria de Lurdes? O choro de bebê. Ela escutou o choro e a cantiga da escrava... Estava arrepiada do corpo à alma.

— E quanto ao bebê?

— Morreu. É uma família amaldiçoada! — A voz da marquesa

envergou num olhar soturno. — Todos morreram, de morte morrida ou matada. — E, numa careta, encerrou o assunto, incomodada com o andar daquela conversa. — Restaram apenas você e meu sobrinho. Triste fim o dos Duarte! — Pelo corredor veio uma sombra. A senhora segurou o susto até se desvelar a face de uma escravizada. — O que foi, criatura?

Regina fez uma reverência, comportada como Eugênia nunca havia visto. Era outra pessoa, sem qualquer sinal de desdém ou ironia na sua fala:

— O sinhô Duarte avisou que não vai comer. Devo servir o jantar?

— Sim, pode servir. Típico dele! — estrebuchou a marquesa, batendo o seu leque com irritação, antes de tomar o braço de Francisco, ofertado para seguirem para a sala de jantar.

A refeição se fez mais amigável do que seria de se esperar. Eugênia conheceu um lado menos soturno da marquesa, o de anfitriã de grandes banquetes e festejos na região. Desde a morte do segundo marido, a Marquesa de Buriti resolvera parar com as comemorações na sua fazenda, contudo, ainda se mantinha uma ótima contadora de histórias. Os assuntos iam desde os mais tolos, como o caimento de um vestido que fez alguma dama tropeçar numa festa, até os mais intensos sobre a vida alheia. Restringiu-se a nomes poucos conhecidos, tão vagos para Eugênia, que não os contar seria o mesmo. As histórias em si iam do hilário ao indecoroso. Aquela leveza, sustentada pela voz da senhora, repercutia tanto na jovem quanto em Francisco. Trocavam olhares, dividiam sorrisos e um ou outro comentário. Quem assistisse aquela cena, de longe, teria certeza de três almas que se encontraram na afinidade dos gostos e da educação.

A moça, que há muito não lembrava o que era rir, soltara uma leve gargalhada, tão inocente e envolvente, que ficou corada ao se perceber. Escondeu a boca atrás do guardanapo, tímida, mas ainda incapaz de controlar aquela euforia que tomara conta de si. Havia se esquecido da promessa, dos impedimentos, das mentiras e dos mistérios. Era a vida apenas narrativas divertidas e distantes, existentes apenas para entreter.

— Fica mais bela ainda quando ri assim — ressaltou Francisco, com o rosto iluminado pelo calor das velas e olhos tão brilhantes que a moça achou ter visto estrelas.

Após o jantar, a aura de bom humor foi carregada para a mesa de carteado. A marquesa alegava não conseguir dormir sem um "joguinho a dinheiro".

— Patacas! Coisa baratinha, deve ter algumas moedinhas perdidas por aí — ela insistia quando Eugênia revelou que não tinha dinheiro consigo.

— Não tenho nenhum vintém à minha disposição. Inclusive, queria falar sobre isso com o Sr. Francisco, sobre o advogado na Corte. — Aproveitou o assunto, era a sua chance de obter alguma resposta.

Mas foi interrompida pela marquesa:

— Ah, que maçada! Vamos às cartas, sem apostas. — E levantando a mão para que Francisco a levasse à mesa de carteado, num canto da sala, próxima ao piano. — Ainda se lembra como se toca? — Voltou-se para trás, para a jovem.

A moça ficou calada e depois abriu um sorriso torto:

— Receio ter bebido vinho demais no jantar e não sei se conseguiria acertar as teclas. — E fingiu um riso.

Meneando o ar, a marquesa sentou-se numa cadeira e puxou uma para que Eugênia ficasse entre ela e Francisco.

O jogo deu início. A marquesa e seu afã pela jogatina fez com que o bom humor fosse se transformando em mau e, depois de duas rodadas, murmurava xingamentos em francês que escondia atrás do leque. Francisco, o maior perdedor da mesa, comia o sorriso, tão contente que a senhora zombava dele estar "entregando o jogo" à Eugênia. A moça, ao contrário do que se poderia supor, se mantinha retraída dentro das próprias vitórias.

— Como pode! Ganhou de novo! — grunhia a marquesa, balançando rápido o leque. — Por bem que não apostamos dinheiro! Estaria falida a esta altura. Me custa acreditar que não tenha nenhuma pataca consigo.

— Não podíamos jogar no colégio.

— Sorte no jogo, azar no... — A senhora mordeu a boca.

— Amor — concluiu Francisco, atirando um longo olhar para a jovenzinha.

— Chiquinho, querido... — interrompeu a senhora —... poderia ir buscar um xale para mim, no meu quarto? Estou com frio. Esta casa tem muito vento encanado. É de matar!

Francisco atirou um longo olhar para a marquesa, que se abanava. Ela demorou a entender até que fechou o leque e o colocou sobre a mesa. Teve de encará-lo severamente por alguns segundos, para que entendesse o que ela realmente desejava. Num sorriso, o guarda-livros pediu licença e saiu.

Ao perdê-lo de vista no corredor dos quartos, a marquesa estudou a reação de Eugênia. A moça havia abaixado a cabeça para rir enquanto pegava as cartas sobre a mesa e as embaralhava. Seu rosto estava corado, o que era um sinal de apreço.

— Quanto carinho tenho por ele! — comentava a marquesa. — É filho do Barão de Sacramento. Nome importante na Corte, frequenta o Imperador, em Petrópolis. Chiquinho é um bom menino, educado e apaixonante. Não é mesmo? Ficou extremamente preocupado consigo. Tenho por mim que vi lágrimas em seus olhos ao saber do seu sumiço. Parecia transtornado o pobre.

Ao escutar isso, Eugênia empalideceu — exatamente como a senhora esperava.

— Ele e meu tio estudaram juntos, não é mesmo? — Não percebeu o olhar analítico da marquesa, de quem havia reparado num detalhe que não a agradava exatamente.

— Ah, sim, mas se conheciam de antes. O falecido Barão da Beira tinha negócios com o Barão de Sacramento. Francisco e Luiz Fernando praticamente cresceram juntos. Você deve se lembrar, querida. Quando era criança e ficava hospedada aqui. — Eugênia parou de embaralhar e segurou a respiração. — Talvez não de Luiz Fernando. — Continuava a senhora, observando a moça que distribuía as cartas. — Nas férias, ele subia num cavalo e saía em disparada pelos campos e sem hora para voltar. Adorava cavalgar. Francisco era mais calmo, aproveitava o silêncio para ler e estudar. Tem o espírito de um verdadeiro filósofo. Quão sortuda será a mulher com quem ele se desposar! Fará de tudo pela esposa, atirando-se aos seus pés como um apaixonado inveterado. — Tomou a mão de Eugênia, assustando-a. — Talvez eu tenha errado ao enviá-la para aquele colégio, agora vejo. — Alisava os dedos, ignorando a moça, que tentava tirar a sua mão dentre a dela. — Teria sido melhor ficar aqui, aos cuidados do seu tio-avô e mandado *aquele negrinho...* — trincou os dentes —... para o sumidouro. — Eugênia se remexeu na cadeira, incomodada com o termo e a inflexão de voz da senhora, mas permaneceu quieta. — Teria sido criada como irmã de Luiz Fernando, afinal, a diferença de idade entre vocês nem tão grande é. E... — Ao notar sobre o que ia falar, tendo sido obrigada a manter sigilo por enquanto, a senhora mordeu um sorriso e desviou os olhos, pegando as cartas que haviam sido dadas.

— E...?

Olhos nos olhos. Talvez fosse isso que fez a marquesa desviar a atenção para o lado. É através dos olhos que se enxerga a verdade.

— Bobagem a minha! — comentou a senhora, batendo a ponta do leque na mesa. — Meu Deus, quanta demora! — reclamou e segurou o apetrecho. — Me faça a gentileza de ver por que ele demora tanto? — Diante de Eugênia, imóvel ao pedido, a marquesa tentou não parecer perder a paciência. — Poderia ir até o meu quarto? — Trincou os dentes e apertou o leque. — Por favor? — Não havia gentileza, nem em sua voz, nem em sua expressão.

Eugênia meneou a cabeça e foi.

A marquesa havia sido colocada num quarto isolado que dava para a tal "sala das senhoras". Se havia sido de propósito, não saberia dizer. Fato é que ninguém — a não ser Francisco — parecia muito confortável com a presença da senhora. Poderia desconfiar o motivo. Muito tempo de convivência causava algum constrangimento. Era o tipo de pessoa que em alguns minutos se intrometia na sua vida mais do que era educado.

A sala tinha apenas um candeeiro aceso num canto — possivelmente para a marquesa não tropeçar no escuro. Evitou olhar para os quadros que, à noite, eram tragados para dentro das paredes vermelho-escuras. As figuras desnudas pareciam ainda mais impróprias naquela luz.

A porta do quarto estava parcialmente aberta e uma chama se movimentava dentro do cômodo. Francisco deveria estar à procura do xale. Podia escutá-lo abrindo e fechando gavetas. Num ranger das tábuas o escutou parar e a luz se apagou. Teria acontecido alguma coisa? Tocou na porta, temerosa do que poderia ver se a abrisse. Era escuridão e apenas. A cabeça rodou. Chamou por ele e não houve resposta. Eugênia deu mais um passo adiante, mas não se sentiu impelida a entrar. Tinha aflição com lugares estranhos mergulhados em sombras. Insistiu em chamar por ele, e sentiu que alguém se mexia no quarto, mas era incapaz de saber quem e onde.

Os acordes de uma música leve soaram triste na noite. Tocavam a casa numa carícia de amante abandonado. Eugênia não sabia de onde vinha a melodia e nem conseguia distinguir a voz que cantava. Era tão bonita que parou para apreciar. A canção falava de um amor partido, tão forte que levara parte da sua alma junto e deixara somente um corpo vazio e a sensação de um reencontro em outra vida. Podia fechar os olhos e ver um casal em roupas antigas, de um século de existência, dançando-dançando, se encontrando num olhar. Ele: olhos das trevas. Ela: olhos dos céus. Murmuraram seus nomes e a alma dela os captou, junto de toda intensidade dos seus sentimentos — *Nuno e Maria.*

Seu braço foi puxado.

Do manto escuro da sala surgiu o rosto de Regina. Reconheceu-a a tempo de segurar o grito de espanto.

A escrava apertava-a com as unhas. Por maior que fosse a tentativa de Eugênia de se desfazer do seu agarre, menos conseguia.

— Se quiser se aproximar de Jerônimo, até pode — dizia a mucama, ameaçadora — ... porque aquele lá é uma besta. Mas do sinhozinho... — Eugênia mordeu os lábios ao sentir as unhas entrando na sua pele — ... eu juro que lhe abro do umbigo ao pescoço.

— O que é do umbigo ao pescoço, Regina? — surpreendeu-a a marquesa, que vinha logo atrás ao constatar a demora dos jovens.

Regina soltou Eugênia e fez uma reverência, tal qual lhe haviam ensinado.

— Sinhá, é sobre o vestido que D. Eugênia vai me dar. — Trocou um olhar assustado com a mocinha, esperando que não fosse contrariada. — Vai ficar muito bom em mim, servirá como uma luva. — Deu um sorriso nervoso e desviou os olhos para os pés descalços que apareciam pela saia de chita esgarçada.

Em silêncio, a marquesa avaliou a cena. Eugênia, calada. Regina com os olhos no assoalho. A Marquesa de Buriti nunca se considerara burra, senão, não teria conquistado toda a sua fortuna. Voltou-se para Eugênia — que tinha a mão sobre o lugar em que havia sido apertada:

— Qual vestido?

Ao ver que sinhazinha estava ainda se refazendo da ameaça, a mucama tomou a frente:

— O branco que ela usava ontem na janta.

Num gesto de cabeça, a marquesa mandou a escrava se retirar. Não suportava ter que encontrá-la, ou ao irmão, ou qualquer escravo que não tivesse chamado. Aguardou Regina desaparecer para explicar:

— Não deve favorecer tanto os escravos. Apenas o mínimo para lhe serem fiéis, senão, depois se acostumam e vão querer mais e mais. Bem vale mais o terror da ameaça da ponta de um chicote do que os afagos da seda.

— O sofrimento dessas pobres almas... — murmurou a moça, indignada.

— Eles não têm alma, por que se preocupar?!

Antes que Eugênia pudesse retrucar, as duas se calaram e os lamentos da viola romântica foram se fazendo mais altos, mais insistentes feito um amante a bater na porta da amada que não o deixa entrar. Penetravam pelo corredor como o choro miúdo de algum passado carregado nas cordas da letra, pulando para o presente em intensidade.

— A maldita viola! Meu sobrinho deve estar *carente*... — Não demorou para que a melodia se silenciasse e houvesse apenas o piar da coruja por cima do ciciar da noite. — Ah, parou! Alguma escrava deve ter ido lhe tirar o *desalento*. — A marquesa cruzou o seu braço com o da moça.

— Vamos sair daqui, esta sala me dá arrepios.
— E quanto ao seu xale?
— Em algum momento o Francisco vai achar. Voltemos à sala... — Puxou-a para a sala de estar, largando um longo olhar para trás. Francisco era incompetente até mesmo para seduzir uma moça sozinha num quarto escuro.

13

A noite não se estendeu após mais de uma roda de cartas, arrotada pela indigestão de assunto. As mulheres, comidas pelos próprios pensamentos, decidiram se retirar. Nem Luiz Fernando e nem Francisco apareceram na sala e pairava um ar de dúvida que, com sorte, seria espanado com uma boa noite de sono.

Um beijo na testa, para assegurar que nada estava errado entre elas, e a marquesa largou Eugênia na porta de seu quarto e foi para o próprio. Queria ter certeza de que a mocinha não havia marcado qualquer encontro noturno, o que estragaria os seus planos. Tomando o candeeiro da mão de um escravizado que a acompanhava, espalmou o seu peitoral — bem-delineado pelo trabalho braçal — e lhe sussurrou:

— Esta noite durmo só — disse a marquesa antes de entrar no quarto e trancar a porta.

Quantos mais passos desse quarto adentro, mais luz ia sendo jogada sobre os móveis e objetos. Foi para a sua cama, onde encontrou um corpo por entre os lençóis desarrumados. Os cabelos caíam sobre a fronte adormecida. Lembrava a um desses semideuses gregos, outrora mortais, pelos quais os deuses se perdiam de amores. Com o candeeiro foi analisando o corpo bem-composto que se fazia nu por debaixo dos lençóis claros. As formas que eram marcadas pelo tecido leve e transparente, o que seria de se admirar.

— Imaginei que ainda estivesse aqui... — Inclinou-se sobre ele e deu-lhe um tapa no dorso desnudo.

Num susto, Francisco abriu os olhos, ainda tentando se localizar e entender o que acontecia:

— Quê?!

A marquesa se viu obrigada a segurar a irritação através de um tom baixo, para que não pudessem ser escutados. A maldita viola havia parado e a casa sem som estalava na noite. Seria muito fácil ouvi-los.

— O que pensa que faz? Acha que ela ia se atirar sobre um homem nu?

Sentando-se na cama, Francisco puxou o lençol para cima de si, feito moça recatada:

— E o que deveria fazer?

Se o tivesse criado, certamente, a esta hora, estaria noivo de Eugênia e não precisaria utilizar outros estratagemas.

— Se sou eu quem deve contar, melhor desistirmos do plano e deixá-la para Luiz Fernando, ou para Bento. — Pegou as roupas dele ao pé da cama.

— Bento?

— Sim. Temo que ele esteja já preparando a sua sedução. Entenda: esta herdeira é nossa! — Atirou sobre ele as vestes. — Arrume-se! Ah, e da próxima vez, pare de brincar com as escravas. Regina estava na porta do quarto, esperando por Eugênia. Desconfio que falavam de você. Precisa dar um jeito nessa negrinha, ou eu darei.

Francisco balançou a cabeça e se vestiu diante do olhar consternado da marquesa — mais fixo nas próprias ideias do que no corpo do moço. Era preciso pensar muito bem os passos que seriam dados a seguir.

※

O vento frio que corria a casa entrava por debaixo das cobertas da cama de Eugênia. Abraçada a si mesma, havia se levantado para colocar meias de lã e se envolvera num xale; ainda assim, tinha frio. Os espirros viraram uma tosse — que não era muito insistente, mas que a acordava ao adentrar da madrugada. Revirava-se na cama gelada. Mais de uma vez escutara passos no corredor e, quando ia ver quem era, estava vazio e escuro. Outras tantas tinha a certeza de alguém estar ao seu lado, na cama, mas quando abria os olhos, não havia ninguém e nem sinal do intruso.

Francisco estava tão solícito e simpático durante o jantar, mais do que o normal, que começou a questionar a possibilidade de estar apaixonado por si; ao menos, era o que a marquesa havia dado a entender. Quanto a Luiz Fernando, ele era o resumo do que mais detestava numa pessoa: grosseria. E Bento Ajani, este passava quase todo o tempo trancado no quarto, deixando claro que não pretendia se reunir. Eugênia achou que tinha a ver com a marquesa, que os dois estavam em maus termos. Ainda assim, preferiu guardar para si as próprias suposições.

As sombras dos móveis pareciam mais integradas à penumbra da noite, como se estivesse mais escuro que o normal. O tempo ainda deveria estar fechado. Não havia lua. Poderiam não ter aceso as tochas por causa da chuva. Aguardavam uma nova tempestade.

Um barulho alto! Agarrou-se a si mesma. Era algo como um punhado de teclas do piano tocadas ao mesmo tempo. Poderia ser o espírito da cozinheira chamando-a. Poderia querer lhe revelar algo importante. Nunca aparecia assombração sem motivo. Era um aviso, sentia isso por cada parte do seu corpo.

Enrolada no xale, saiu da cama. Mesmo de meias sentia o frio das tábuas passando pelas tramas da lã. Devagar, foi para a porta do quarto e ali aguardou algum outro sinal. Nada. Girou a maçaneta fria e meteu o rosto para fora. Um mar de breu a envolvia. Esperou. Achou ter ouvido uma risadinha, algo que não soava normal. Um gemido. Pôs-se para fora. Desta vez não fechou a porta. Queria ter para onde correr.

Quanto mais se aproximava da sala, mais intenso era o gemido, cadenciado por um arfar constante. Na sala, Eugênia se deparou com sombras contra a luz de uma vela sobre o piano. Num passo, reparou serem corpos entrelaçados sobre a banqueta. O homem estava sentado e, com as pernas em volta da cintura dele, uma mulher. Não podia ver os rostos. O dele estava enfiado nos seios negros da moça e ela estava de costas para a porta. Seus corpos subiam e desciam no movimento, junto aos gemidos que se faziam. A mão dele tampou a boca dela. Eugênia achou que poderia ver quem era quando ele enfiou o nariz no pescoço da mulher, mas os cabelos dela o disfarçavam. Ao jogar a cabeça para trás, Eugênia reparou que a mulher usava a máscara branca que havia presenteado a Regina.

O violão, a ameaça, só significavam uma coisa: era Luiz Fernando debaixo dela! Seu coração apertou e reparou que havia segurado a respiração, atirada num banho gelado, a se afogar. Os olhos boiavam lágrimas. *Meu Deus, o que acontece comigo?* De fato, ela havia se perdido, atirada no vórtex de um tornado emocional que ela nem sabia desperto em si. Retornou ao seu quarto. Temia que a vissem ali e tivessem uma ideia ruim sobre ela. Pior, temia que Luiz Fernando pensasse mal de si. E surpresa ficou com seu próprio raciocínio, sem enxergar da maneira e na proporção que ia tomando conta dela.

Trancou a porta. Limpou as lágrimas e aguardou que conseguisse tirar da sua mente a imagem de Luiz Fernando aos beijos com Regina. Quando se viu pronta para voltar para cama, notou uma luz cortando o seu calcanhar. Era sinal de que alguém vinha. A luz parou diante da porta. Estremeceu. Haviam visto ela!

Bateram à porta. Ela segurou a respiração. Bateram de novo. Iria fingir que não estava acordada.

Uma voz, próxima à madeira, se identificou. Era Luiz Fernando! Os olhos dela se encheram de lágrimas e teve de esconder com as mãos o choro que pulava para fora de sua boca. Era realmente ele, na sala, com a escrava. Ele havia descoberto que ela o pegara em flagrante. O que iria fazer com ela? Por que queria falar com ela àquela hora da noite? Era um libertino e sabia o que os libertinos faziam. Sua amiga havia dito que ele fundara um clube de devassidão na Corte — falavam de orgias, coisas que uma dama nunca deveria saber a respeito. Achava que poderia ser exagero, mas ao que tudo indicava, não o era.

Encheu-se de mais dor. A insistência das batidas reverberavam em seu peito, querendo pôr o choro para fora.

— Sei que está aí — dizia baixo, para que somente ela o escutasse. — A vi entrar no seu quarto. — Respirou fundo. — Eu vi o que você viu. Precisamos falar. Ficarei aqui até que abra. Se tiver que passar a noite aqui, passarei.

Conhecia-o o suficiente para saber que não desistiria até ter o que queria. Abriu devagar, pondo todo o corpo atrás da porta e mostrando apenas parte do rosto. Não o queria nem no seu quarto, nem em sua vida.

Com os cabelos despenteados caindo sobre os olhos azuis, Luiz Fernando segurava uma vela na mão, que revelava parte do seu corpo por debaixo da única peça de roupa que usava — um camisolão branco — e um livro na outra — como quem estava lendo até tarde. Evitando entrever o corpo bem-formado dele, que fugia pela gola, Eugênia o mirou, forçando sua cara de sono.

— Desculpe-me. — A voz dele tinha uma nuvem de constrangimento, de quem não sabia como principiar a conversa. Por fim, alongou o silêncio até mudar o tom. — Tome cuidado com a marquesa. É uma cobra. Sua simpatia é uma máscara para a sua perversidade. Ela gosta de manipular as pessoas como num jogo. Cuidado. Afaste-se dela o quanto antes. Não quero que sofra nas suas mãos.

A moça não esperava aquilo. Tinha certeza que ele ia pedir para manter segredo sobre o que tinha visto — ou que iria pular sobre ela. Nem uma coisa, nem outra. Era como se não tivesse sido ele.

Luiz Fernando foi encurralado pelo seu olhar frio e se arrepiou quando ela lhe disse, antes de fechar a porta:

— É no convívio que conhecemos as pessoas como elas realmente são.

Aquela frase soava acusativa, e o era na sua integralidade.

14

"É no convívio que conhecemos as pessoas como elas realmente são". A frase de Eugênia ecoava no fundo do cérebro de Luiz Fernando Duarte, tendo lhe roubado não só a paz como o sono.

Da hora em que a ouvira ao amanhecer, em cima de um cavalo, não parava de lembrar e relembrar. Estava marcada em sua alma, em brasa, junto ao olhar ferino dela que lhe subiu os brios. Gostava enquanto não gostava. Era complexo como a maioria das suas intrincadas emoções.

Nunca havia sido um homem sentimental — talvez herança de Nuno Duarte a todos os varões da família. Não havia recebido os afagos da mãe, nem as palavras gentis do pai. Tratado sob a severa supervisão de tutores e governantas, era tão propriedade dos seus progenitores quanto qualquer outro escravizado na Fazenda da Beira. Sua função servil, no entanto, era ser a continuação da família — *procriar*, simplesmente, como ele gostava de apontar quando o pai vinha lhe exigir "austeridade" e "boa conduta" para se tornar um "pretendente honrado". Todos os descendentes masculinos dos Duarte haviam morrido de maneira tenebrosa — cantava-se uma maldição atirada por algum cigano, outros alegavam que Maria de Lurdes tinha sangue curupira, o que buliu quando misturado ao de Nuno, que vinha de uma família de lobisomens. E a pressão sobre Luiz Fernando era maior do que sobre qualquer outra criança da região.

Sua ama de leite, Dorotéia, havia sido a única que lhe fazia de mãe, de vez em vez, quando não muito ocupada em cuidar da baronesa, sempre adoentada, e da organização das tarefas das escravas. Dorotéia era mulher de idade, o que também lhe diminuía as forças para acompanhar o menino, legando a ele as aventuras próprias de um rapazote da sua idade — "mas não da sua posição", como ralharia o pai, diversas vezes. Na medida que os castigos ficavam constantes — proporcional à sua rebeldia juvenil, também inerente ao sangue Duarte —, Luiz Fernando aprendeu a engolir o choro e a não demonstrar fraqueza. Ainda jovem moço, após uma briga descabida com seu pai, que o havia feito sentir na pele o peso da mão paterna e levado a mãe para a cova — é o que diziam —, foi mandado estudar na Europa. Retornou apenas quando o barão se encontrava acamado e se desfazendo da saúde junto da distribuição de bens e precauções contra "as esquisitices" do filho — segundo ele, oriundas do ramo materno.

Não houve lágrimas no dia do funeral do barão, não houve sinal qualquer de tristeza ou alegria. Seu pai havia feito um excelente trabalho — teria comentado a um amigo — ajudando-o a sentir simplesmente NADA. Raiva, rancor, saudades, alívio, nenhum desses ou outro sentimento havia nele, embotado do que não fosse venal. E assim achava ser feito até conhecer *aquela* que lhe faria perder a cabeça — e quase a vida. Lembrança mais do que ruim, Luiz Fernando se afastou daquelas memórias com a mesma rapidez de um propenso suicida da beira de um precipício.

Também era melhor tomar cuidado com *a outra*, pois havia muita coisa em risco e não poderia dar um passo em falso até ter certeza que conseguiria alcançar os seus objetivos. Objetivos! Era cruel pensar nela como um objetivo a ser alcançado, mas tinha que ser racional, senão, não conseguiria ir adiante. Precisava do dote para desenvolver o resto do esquema, para vencer o seu pai de uma vez por todas e exorcizar esse fantasma que lhe assolava a alma.

No entanto, vê-la imersa nas simpatias e sorrisos de Francisco, ou acompanhada de Bento, o deixava preocupado. Mais do que isso, deixava-o triste. Tinha uma desculpa para o sentimento incomum, que seria digno de uma paixão não correspondida. Se ela se apaixonasse por um deles, seria obrigado — moralmente — a seguir o plano B, o que poderia ser extremamente perigoso para os envolvidos.

E não enxergava — nem queria, por medo — que, por debaixo de uma casca de indiferença, havia o ciúmes, o de que ele não seria o escolhido por ela.

Ao entrar na sala, pisando forte com suas botas de montaria e sorriso malicioso, Luiz Fernando tomou a atenção de todos. A marquesa, pousada na ponta de uma poltrona, ainda ria de algo que lhe haviam contado por detrás do leque. Francisco dividia o sofá com Eugênia. Enquanto ela bordava, ele se fazia interessado, pondo o rosto sobre o seu ombro e elogiando o trabalho.

Subiu-lhe um amargor ao ver Francisco a cheirar os cabelos de Eugênia. Num pigarreio e com uma frase atirada na zombaria, o fazendeiro se fez presente:

— Vejo que não faço falta!

O semblante da marquesa enrijeceu — não gostava de ser acusada de algo que não havia feito, e pior ainda era ter que se explicar por tal:

— Meu sobrinho, estávamos agora há pouco perguntando-nos onde estava.

— Como poucos aqui presentes... — atirou um olhar para Francisco, junto a um sorriso bucaneiro —... eu acordo cedo para trabalhar. Aproveitei para discutir algumas coisas com o Ajani.

Com o canto dos olhos, Luiz Fernando percebeu que a senhora abriu o leque e o comandou com mais pressa:

— Bento Ajani estava aqui? Aquele velhaco?

Luiz Fernando sentou-se noutra poltrona, de frente para os seus hóspedes. Afundado no assento, com as pernas cruzadas e o dedo indicador nos lábios, navegava numa silenciosa divagação. Mares caudalosos que encrespavam sua testa e faziam o olhar ondular no horizonte. Encarnava a versão perfeita de Mefistófeles de *Fausto*. A barba ruiva tomava o rosto fino, ponteando debaixo do queixo, tal qual um fidalgo do século XVI. As pontas afinadas dos bigodes pareciam estender o seu sorriso numa malícia perpétua.

— Me pergunto como consegue?! — continuou ele, após alguns minutos.

Os três lhe miraram. De quem ele estava falando daquela maneira inquisitorial? Somente a marquesa teve coragem de perguntar sobre o que ele estava se referindo. Luiz Fernando tinha os olhos azuis inertes no espaço e murmurava os pensamentos na mesma proporção rápida que corriam pela mente:

— Manter a decência. — Ele fez a marquesa recostar-se no assento, amuada. — Agir como se nada tivesse acontecido. — Desviou os olhos para Francisco e depois para Eugênia. — As mentiras.

A moça largou o bordado e pôs-se de pé, com a mão na frente do corpo e uma máscara de cera no lugar da expressão risonha de pouco antes:

— Acho que *meu tio* não teve uma boa noite de sono. Seria melhor descansar.

Sem mexer a cabeça, Luiz Fernando a esquadrinhou. Todo o corpo de Eugênia se sentiu dormente, preso dentro de um iceberg. Ele a havia capturado.

— E por que diz isso, *minha sobrinha*?

Sem perceber a ênfase ao fim da frase, Eugênia manteve a pose de que nada e nem ninguém a derrubaria. Ergueu o queixo, prontificou-se a responder, sem qualquer receio:

— Pelo seu humor e pelo seu estado.

Havia algum tom de preocupação em sua voz, de quem se ocupava com o seu estado e a incivilidade que era inerente, porém, também havia medo de enfrentá-lo e a algo mais, algo que ele não soube como captar, por mais que estudasse a maneira como ela apertava os próprios dedos.

— Acha-me feio? — O sorriso cresceu no rosto dividido entre ironia e preocupação.

Francisco se levantou pronto a mudar o assunto:

— Eu preciso falar com você, Luiz.

— Não, espere. — A ironia era palpável na sua fala, crescendo à medida que continuava a discussão. — Quero saber o que a minha querida *sobrinha* realmente pensa de mim. — Seu olhar era braseiro, queimava a alma de Eugênia todas a vezes que usava a expressão "minha sobrinha". — Afinal, *é no convívio que conhecemos as pessoas*, não é mesmo? Há quanto tempo está conosco? Uma semana, quiçá?

— Quanta tolice, Luiz Fernando! — esbraveceu a marquesa. — Eugênia nasceu nesta família!

— Nasceu, não é mesmo?! — Aprisionava-a no seu sarcasmo. — Diga-me, vamos. O que você realmente pensa de mim? Vou lhe facilitar. Basta assentir. — E abriu um sorriso convencido que, apesar de torná-lo mais atraente, fazia-o terrível aos olhos da moça. — Acha-me feio? — Pausou, aguardando algum sinal dela. — Não? Então, sou bonito? — Nenhum gesto. — Também não? Talvez eu seja normal?! Sou normal? — E segurando-a numa mirada, que não tinha nada de irônico, perguntou diretamente a ela, sugando a sua alma. — O que sou para você? Maluco? Irreverente? Um tolo, como acha a senhora minha tia? Ou um libertino, como dizem por aí? Ou será que sou demoníaco? — Ela segurou a respiração. — Ah, aí está! Um movimento, pequeno, um retesar dos lábios. Disse-me tudo.

A jovem dama, que tentava ignorar aquelas acusações, fechando-se numa humilhação que a impedia de chorar, ergueu a voz, sustentando o olhar dele:

— Pois o que penso não deveria afetar tanto ao meu tio. O que é o meu pensamento em meio a outros tantos? Não deve se pautar no que os outros esperam de si, mas o que você espera de si mesmo.

Palmas! A marquesa estava enlouquecendo, ou era isso mesmo que escutava e via? Luiz Fernando batia palmas!

— Bonito! Inspirada pelas palavras do Sr. Francisco. *Ahha!* Corou! Aí tem! — Num sinal, passando o dedo sobre os lábios, explanou. — Acha o Sr. Francisco bonito. Parabéns, meu caro, ganhou uma admiradora.

— Luiz Fernando! — recriminou a marquesa, diante do silêncio dos outros presentes, insuflados pelo ar de incômodo que se espraiava na sala, pesando sobre os ânimos.

— Minha tia, aguarde a sua vez. — Ergueu o dedo para a senhora. — Pode ter certeza que vou chegar lá.

Eugênia, corada, desviava o rosto à procura de uma saída que não soasse a uma fuga de uma batalha perdida. Francisco tentava concatenar alguma outra desculpa, mas foi a moça que se sentiu munida de força o suficiente para enfrentar o fazendeiro, sem qualquer senso de propriedade — afinal, ela havia sido a primeira atacada:

— O meu tio me ofende tentando criar intriga e suposições sobre quem eu gosto ou não.

Luiz Fernando não esperava por isso. Talvez não esperasse por nada que não fosse uma aproveitadora medrosa. Não, aquela moça tinha força, tinha gênio, tinha determinação e ele gostava disso. Era o tipo de embate que o fazia sentir prazer em estar vivo — quando o sentia.

— Intriga? — Ele ergueu uma sobrancelha, curioso. — Suposições pode ser, mas intriga? Ora, Francisco, sinto muito. Acho que me equivoquei. Ela não gosta de você. Nem de mim. Nem de ninguém, ao que me parece. Somente dos escravos. — Calou-se ao reparar como a cor fugia do rosto dela e sua boca abria num murmúrio inaudível.

Os olhos de Eugênia perderam-se em lágrimas. Não conseguia mais controlá-las.

Apesar de não demonstrar arrependimento, Luiz Fernando não queria ter causado aquela dor contundente. Era um choro verdadeiro, de quem sofria em silêncio. Lágrimas que ele já havia tingido a própria face no passado e que acreditava terem secado. Havia mexido com algo que ele nem sabia existir e que se provava uma ferida ainda aberta nela — o que o intrigou ainda mais a respeito daquela moça.

— Não fale sobre o que você não sabe — ela sibilou. — Eu não admito que me trate assim. Nem a mim, nem a ninguém. Só porque não fazemos o que você quer, não pode nos punir como um menino mimado. Pois é isso o que o senhor é, um menino mimado que não sabe lidar com a recusa dos outros. Não tem um coração, não se importa com ninguém, a não ser consigo mesmo.

— Eu sou mimado?! — Luiz Fernando não se fez ofendido, do contrário, entendia o discurso como prova da ferida causada nela, mas também não iria dar andamento àquelas acusações. — Você realmente não me conhece. E prometo: quando conhecer, não vai gostar do que vai ver.

15

Bufando, Eugênia saiu da sala, desceu as escadas da varanda, cruzou as estátuas do jardim e foi para a frente da casa, tudo num fôlego. Precisava respirar. Ainda podia escutar a discussão entre o tio e a marquesa, o que a fez querer se afastar de tudo o que aquela família representava, distante o suficiente para se calarem e ela conseguir retirar a força necessária para continuar com aquela encenação.

Meu Deus! Colocou as mãos no pescoço e acarinhou a pinta. Havia se descontrolado quando falou dos escravos. Completamente. Já não bastava ter que estar sob o teto de um escravocrata, sendo "servida" por escravizados, e ainda ter que aguentar calada aquilo que tanto abominava. Esticou a manga do vestido e analisou o antebraço. Não era claro como os das mocinhas do internato — o que lhe havia trazido algumas alcunhas indesejadas —, nem escuro como o de sua mãe. Sim, a sua mãe, a mulher que mais amava e admirava, aquela que lhe criou com tanto amor e carinho, preenchendo o seu sono com cantilenas ensinadas por sua avó, esta nascida e sequestrada de algum lugar da grande África — império dos seus sonhos de menina justiceira. Pouco conhecia da história da sua família, do sangue que passava por suas veias, do qual tinha tanto orgulho. O mesmo orgulho que tinha de seu pai quando ele enfrentou a todos ao alforriar a escravizada de um vizinho e se casar com ela por Amor. Seu pai, homem de herança europeia, ancestrais loiros e de olhos azuis, criado à beira da Quinta da Boa Vista, frequentador do IHGB, colega de sua Majestade Imperial, professor da renomada Academia de Medicina e médico na Santa Casa de Misericórdia.

O fardo de Eugênia havia sido grande demais. Por mais importante que fosse a sua amiga e a promessa feita no leito de morte, aquilo era muito maior do que Georgiana seria capaz de suportar.

Preciso ir embora o quanto antes. Se, ao menos, soubesse onde mora o Sr. Bento. Ele me disse que poderia pedir ajuda a hora que fosse.

Atravessou a alameda de coqueiros imperiais quando ouviu um relincho e um galope atrás de si. Saiu do caminho para não ser atropelada. Por ela passou o tio em disparada no seu cavalo Morsa. Veio-lhe gritante a imagem do cavaleiro no dia que chegara em Barra do Piraí. Teria sido ele? Não duvidaria se a quisesse morta... Era isso! Todo o corpo dela se arrepiou como num alerta. Se ela morrer, ele ficará com todo o dinheiro do dote. Tinha que ir embora dali!

Faltou-lhe ar. Apoiou as mãos nos joelhos e tentou puxar a respiração. Uma, duas, na terceira tentativa ela conseguiu sentir os pulmões se enchendo e o nervosismo ir diminuindo à medida que o ar entrava. A cabeça ainda rodopiava, as pernas ainda estavam bambas, mas toda ela poderia se sentir um pouco mais forte.

— Oi!

A moça procurou quem a chamava. Vinha, batendo na estradinha de terra com o seu cajado de madeira, o cego Jerônimo. Não estava muito longe, o suficiente para ela conseguir recompor-se. Quando se aproximou o suficiente dela, acusou-o de estar perseguindo-a.

— Não — alegava ele. — Foi *você* quem me perseguiu.

— Não estou com cabeça para conversas. Tenho muito o que pensar.

Virou-se e teria tomado rumo se não fosse por ele perguntar:

— De como irá embora daqui? — Ao senti-la se voltando para si, Jerônimo sorriu. — Ah, agora tenho a sua atenção. Eu disse, você não é corajosa como *ela*.

— Lá vem você com as suas loucuras. E eu já disse que EU SOU Eugênia Duarte!

Sem perder o sorriso, Jerônimo ergueu a cabeça para o alto, sentindo a fina brisa que mexia as folhas das árvores da alameda. Aquele dia ia melhor do que o esperado, e a sua promessa seria cumprida.

— Quantas as vezes não acordou com *ela* chamando o seu nome? *O seu verdadeiro nome*? Quantas foram as vezes que sentiu que alguém a observava e, quando se virava, não havia ninguém? Ou sentiu o perfume dela? — A moça estremeceu, certa de que ele lia almas. — Sim, você teve isso. Ela também visita você. Você só não a viu porque a teme, teme tanto quanto teme a si mesma. Medo de quem você realmente é. Eu era o melhor amigo dela, eu a conhecia profundamente. E isso ninguém pode tirar de mim, nem o chicote, nem a cegueira, nem você. Ela sempre me tratou de uma forma diferente, com muito carinho, muito cuidado, desde pequenos, quando brincávamos pela fazenda. Crescemos juntos, dividimos muito. Muito mais do que qualquer um vai tentar alegar. As pessoas não entendem a profundidade dos sentimentos de dois irmãos espirituais, as suas almas que se atraem sem nunca conseguirem se afastar, seja no amor ou no ódio. Eu a amava e ela me amava. Somente os invejosos não enxergaram isso e criam mentiras a nosso respeito. Transformaram a ingenuidade de duas crianças num pecado. Acusaram-me de tê-la violentado. — Eugênia achou ter visto uma lágrima. — Estávamos apenas a brincar na beira do rio. Ela me provocava, dizia que queria apostar comigo quem ficava mais tempo dentro da água fria. Tiramos as roupas para não molhar. Éramos apenas duas crianças que foram transformadas em dois monstros.

Então havia sido por isso que Eugênia havia sido mandada para o internato! Quando lhe dizia que havia sido uma injustiça, não contra ela, mas contra a sua infância, estava falando disso.

Nada em Jerônimo a fez desconfiar de que ele contava alguma mentira ou tentava subverter uma verdade, fazendo dele uma vítima. Nem ele, nem a sua amiga, nenhum dos dois condenava senão como uma ação cruel contra a inocência. Ainda assim, a moça não soube como reagir ao ser desmascarada por aquele cego. Ele havia conseguido enxergar mais do que qualquer outro, e este clichê era o mais difícil de ser refutado.

— Eu...

Os olhos vazados de Jerônimo a aprisionaram no seu silêncio:

— *Você é Eugênia Duarte.*

Sim, eu sou Eugênia Duarte. Eu sou Eugênia Duarte. Eu sou Eugênia Duarte. E Eugênia Duarte precisa ir embora, antes que seja assassinada.

Sem mais, levantou as saias e correu na direção da casa-grande. Precisava arrumar as malas e ir embora o quanto antes. Se Jerônimo havia descoberto a verdade, faltava muito pouco para que o resto da família o soubesse. Será que era por isso que Luiz Fernando a tratava mal? Ele sabia? Não poderia, não tinha contato nenhum com Eugênia. Nenhum deles tinha. Havia a trancafiado naquele internato para ser esquecida. As únicas vezes que saía era às escondidas para encontrar um namorado secreto.

Atingia os degraus da entrada, quando escutou alguém gritando. Seria Jerônimo novamente? Havia mudado de ideia e iria entregá-la aos Duarte? Não, era outro escravizado.

— SINHÁ! SINHÁ, ACODE!

Aflito, com a blusa empapada de sangue, trazia debaixo do braço um trapo pesado. Quanto mais ele se achegava, num passo arrastado, melhor enxergava. Tinha sobre os ombros, ajudando a se manter em pé, uma pessoa. Parcialmente erguido, a cabeça estava caída para frente e os pés não se mantinham, arrastados pelo caminho.

A jovem dama arrepiou-se. Era Luiz Fernando! E ele estava morto!

Georgiana. É este o meu nome. Eu o havia esquecido depois de tanto tempo me chamando de Eugênia.

Eugênia Duarte era a minha melhor amiga de colégio. A única que não se afastou de mim ao saber que eu era filha de uma escravizada que se casara com um médico, amigo do Imperador D. Pedro II. Meu pai lhe dera a alforria, antes de se casarem. E minha mãe lhe dera uma filha, depois de se casarem.

A nossa casa era sempre cheia de pacientes importantes, os quais minha mãe recebia com sorrisos e quitutes. Lembro que ela me impedia de circular pelos pés dos convidados nos saraus que papai dava. Era obrigada a sentir o cheiro do charuto e velas e a escutar as risadas e mamãe tocando o piano, enquanto eu ficava atrás da porta do quarto, a olhar pela fechadura.

São poucas as memórias de minha infância. Apenas fragmentos. Eu escondida debaixo da escrivaninha de papai, analisando algum livro médico, curiosa a respeito do corpo humano. Papai em seu avental, debruçado sobre algum paciente e me pedindo para sair do seu consultório. Mamãe e suas longas e finas mãos a tocar piano para papai. Diziam que mamãe havia aprendido piano com a sua sogra, a minha avó Georgiana, de quem herdei o nome e, dizem, o rosto.

Sempre me orgulhei de ser igual à minha avó Georgiana. Uma grande dama. Não possuía escravizados, negando-se a fazer parte dessa terrível história. Quando meu pai voltou de uma viagem à Europa, coisa que muitos moços de família rica faziam, ele se apaixonou por mamãe, que trabalhava na casa vizinha. Eu adorava essa história e, por mais que não entendesse a forte questão social envolvida, pedia que ele e mamãe a repetissem e repetissem e repetissem. Contam que minha avó aceitou aquela união, mesmo que tenha durado pouco para vê-la acontecer. Vovó Georgiana morreu antes do casamento se realizar, abençoando-os. Algumas más línguas, na época — e isso eu ouvi por detrás da porta —, falavam que ela havia morrido de desgosto.

Aos sete anos, meus pais me mandaram estudar numa escola para moças com dinheiro e berço. Eu tentei esconder de todas as maneiras a minha origem quando descobri que ela não seria bem-vista. As meninas destratavam as escravizadas e as xingavam de coisas que não ouso nem me lembrar. Eu tinha medo que elas descobrissem que minha mãe era negra e havia sido escravizada e que me xingassem também. Eu não conseguia brincar, eu não conseguia fazer nada a não ser temer que algo em mim me denunciasse como se fosse um pecado.

Era confuso também, pois amava muito a minha mãe e fingir que não tínhamos laços me deprimia. Certa vez, ela foi me visitar no colégio — a primeira e única — e eu fingi que era uma escravizada que havia vindo me trazer notícias de meus pais ricos que viajavam pela Europa — era sempre esta a desculpa.

Minha mãe nunca soube que eu dizia isso, mas, ao se despedir de mim, seu olhar triste provou que ela sabia o que eu estava fazendo e, apesar de me reprovar por isso, não ousou me desmentir na frente das colegas. De alguma forma, ela mesma tinha ciência do preconceito que eu iria sofrer.

Hoje me arrependo, mais do que nunca, pois essa foi a última vez que vi a minha mãe viva. E ela se foi com a memória da filha que a rejeitou. De todas as pessoas do mundo, eu era a única que não poderia ter feito isso.

Quando meus pais morreram no naufrágio de uma barca que ia para Niterói, onde morávamos, eu perdi o chão, as noites e ainda a cama. A escola se viu com uma órfã que tinha dinheiro apenas para mais alguns anos de estudos. Resolveram, então, que eu iria trabalhar para poder ficar na escola até os meus 18 anos, quando acabariam os estudos e eu poderia me tornar professora das menores e me sustentar. Aceitei com gratidão aquilo, afinal, tinha dez anos, e o que eu sabia?!

Quando me colocaram para dormir na ala da cozinha, eu entendi que meu lugar era outro. Meu quarto era um depósito em que estenderam uma cama de feno, um banquinho com uma vela sobre e um gancho onde pendurava todas as minhas roupas. Tiraram de mim o colar de pérolas que mamãe havia ganhado de casamento — e que eu herdara —, alegando ser para pagar as minhas refeições. Davam-me comida, mas só depois que eu servisse as alunas, e devia comer na cozinha com as escravizadas.

Eu frequentava as aulas. Somente as que eram de matérias gerais, como Matemática e Língua Portuguesa. Havia sido proibida de participar das de Dança, Bordado, Pintura, Etiqueta, e, a que mais apreciava, História. "Para que essa daí quer saber coisa de dama?". No entanto, criança sempre acha uma forma de fazer o que quer. Eu aproveitava para limpar a sala ou uma janela quando estavam ocorrendo essas aulas, assim pescando um ensinamento ou outro.

As alunas rapidamente descobriram a verdade e começaram a me tratar da maneira que "achavam adequada à minha condição". Atiravam coisas no chão de propósito para pegar para elas, chutavam-me quando passavam pelo corredor, derrubavam meu balde ou pisavam com as solas sujas de terra no chão que havia acabado de encerar, falavam inverdades sobre a morte dos meus pais.

A única que se negou a fazer isso, e ainda puxara o cabelo de uma menina que estava me xingando, havia sido a minha melhor amiga: Eugênia Duarte.

O que me era proibido aprender, Eugênia me ensinava, de noite, depois que as monitoras haviam ido se deitar. Ela escapulia para o meu quarto e, com um toco de vela, líamos sobre a Guerra Dos Cem Anos, as peripécias de Dom Quixote, confundíamos os nomes das famílias reais europeias e quem era filho de quem, ríamos de alguns professores. Como Eugênia não suportava as aulas de Etiqueta e Bordado — era muito agitada para ficar parada —, nós aproveitávamos para trocar de lugar. Éramos muito parecidas e sempre confundíamos os professores.

Disso fazíamos uma brincadeira, dizendo que éramos irmãs gêmeas — quem sabe em outra vida? E nos amávamos como irmãs.

Eu estive ao lado dela toda a noite no dia em que ela recebeu a notícia que seus pais também haviam morrido. Segurei em sua mão e fiquei acariciando seu rosto até que ela conseguisse dormir. Era em momentos como este que dividíamos nossas histórias de vida, nossas pequenas experiências de mocinhas de quinze anos que passaram a maior parte dos anos trancadas num colégio. Tínhamos apenas a vivência de quando fugíamos das aulas para ficar na praia e assistir as ondas.

Uma vez ou outra, Eugênia aproveitava a oportunidade para conhecer rapazes e conversar com eles. Até mesmo chegou a beijar um, com quem se correspondia por cartas escondidas atrás de um arbusto no jardim da escola. Algumas vezes pulara os muros da escola, de madrugada alta, para poder encontrar o namorado, o que eu considerava uma loucura, mas, aparentemente, lhe fazia bem.

Talvez um dos dias mais tristes tenha sido quando ela me contou que seu tio viria buscá-la dentro de um mês. Iríamos nos separar. Não queríamos, não só pelo apoio que éramos uma para a outra, mas pelo perigo que me rondava: Humberto Padilha.

Era o filho do antigo diretor que, com a influência do pai, havia conseguido a posição de monitor e, depois, de professor de Geografia. O fato de não saber onde era a Europa e que Paris era a capital da França não foram empecilhos para ele. Padilha gostava de ficar sentado na cadeira de professor, sobre um tablado, de onde poderia enxergar melhor as alunas. Por cima de um livro que fingia ler enquanto as mandava decorarem o Mapa Mundi, analisava seus corpos tal um gavião faminto. Contudo, ele não era burro de tocar nelas, eram mocinhas de famílias importantes. Deixava isso para as escravizadas e para as meninas pobres como eu.

A primeira vez que ele disse que eu era bonita, me assustei. Não me achava bonita, mas me gabei do elogio. Sorri e agradeci. No dia seguinte, ele me parou de novo. Dessa vez, não havia palavras, era a sua boca enfiada contra a minha, à força. Sua língua tentava entrar na minha, desesperada, e eu acabei cedendo e abrindo para mordê-lo. Ao ver que havia saído sangue, ele me deu um tapa e foi embora.

Eugênia vibrava de raiva com aquilo, dizia que eu era muito corajosa em fazer algo do tipo. Eu explicava que havia sido por impulso, nem havia pensado na questão e se haveria consequências. E houve. Rápidas.

Um dia sumiu um anel de uma menina. Procuraram por toda a escola e acharam na palha do meu colchão. Como não era escravizada, não poderiam me levar para chicotear na Polícia, então, decidiram dar uma lição ali mesmo. A palmatória quase quebrou a minha mão e fiquei alguns dias sem conseguir pegar com a mão esquerda. Sim, eles haviam sido espertos, evitaram a direita para que eu pudesse continuar trabalhando. Quem cuidou das minhas feridas foi Eugênia. Passava o unguento e enrolava em bandagens limpas que ela havia roubado da enfermaria. Prometia que iria para a fazenda do tio, mas iria voltar para me buscar e impedir que Padilha fizesse algo.

Eu não acreditava. Ele era incansável. Foi só a minha mão ficar boa e avançou sobre mim novamente. Havia me encontrado organizando os alimentos numa despensa. Estava sozinha e não haveria quem pudesse me socorrer caso eu gritasse, pois era dia em que as alunas iam passear pela Ouvidor. Padilha me pegou por trás, de surpresa, e com uma mão tapando a minha boca, sussurrava em meu ouvido que eu era dele e que se não me comportasse, iria sumir com os meus papéis e os de minha mãe e diria a todos que eu era uma escrava fugida.

Eu, filha de escravizada alforriada, acreditei. Prometi que não gritaria. Engolindo o choro, deixei que ele passasse as mãos nas minhas pernas e, quanto mais ele subia por debaixo do meu vestido, mais eu queria gritar e não podia. Ao chegar nas minhas coxas, ele parou. Perguntou se eu havia tomado banho aquele dia. Rapidamente respondi que não. Fazia uma semana que não tomava banho porque a diretora só deixava as escravizadas e criadas tomarem banho uma vez a cada dez dias. Com cara de nojo, Padilha se afastou de mim e limpou as mãos num lencinho perfumado. Disse que em três dias voltaria e que eu estivesse bem limpa para ele.

Contei a Eugênia quando ela chegou do passeio. Ela odiava aquelas caminhadas pelas lojas para, no final, tomarem um *sorbet* na Carceler. Só ia porque conseguia escapar das vistas das professoras por algumas horas e se encontrar com o seu namorado.

Arrependida, minha amiga disse que iria me levar com ela e que pagaria o que fosse para isso. Naquela mesma noite, Eugênia adoeceu. Havia pego alguma doença. Mandaram chamar o médico e avisar ao tio. Com medo que fosse contagiosa, isolaram-na num canto remoto, próximo ao meu quarto. A diretora e as professoras morriam de medo de doenças. Aproveitando que éramos muito amigas e que eu seria "uma perda pequena", a diretora me pediu para cuidar dela. Aceitei contente, pois ganharia mais alguns dias longe de Padilha e ninguém nos perturbaria.

Ficava em sua cabeceira, passava os remédios que o médico havia receitado, contava-lhe histórias entre uma febre e outra, trazia-lhe a sua comida, escutava-a me relatar sobre o seu cãozinho Milo, os detalhes de como era o casarão da Beira, os nomes de alguns parentes e histórias de um passado que não era o nosso. Também aproveitou para me fazer jurar que, se algo lhe acontecesse, eu iria me fazer passar por ela e receber a herança a qual tinha direito. Era a única maneira que eu teria para fugir de Padilha. "Jure-me que irá pegar o dinheiro e desaparecer. Vá para a Europa, ele nem sabe onde fica!", tentava rir, mas a tosse vinha e lhe tomava a voz.

Durou pouco. Eugênia partiu na madrugada que seu tio viria buscá-la. Eu estava deitada ao seu lado, de mãos dadas, vendo-a partir a cada respiração, até cessar completamente.

Ao baterem na porta avisando que ele havia chegado – nunca entravam –, eu saltei da cama e limpei as lágrimas. Foi quando dei por mim que as roupas que ela iria usar estavam separadas sobre uma cadeira. A diretora queria se livrar dela, então, nem se dera ao trabalho de avisar da gravidade da doença ao tio.

Reverberava em minha cabeça a voz de Eugênia implorando para que eu fugisse de Padilha. Ambas sabíamos que se eu não me passasse por ela e tivesse o dinheiro, eu nunca iria escapar dele.

Foi tudo muito rápido. Em minutos eu estava nas roupas de Eugênia e ela estava com as minhas. Para não levantar suspeitas, carreguei-a até o meu quarto e a coloquei em minha cama. Claro que descobririam que havíamos trocado de lugar, mas iria demorar o suficiente para eu conseguir algum dinheiro e escapar daquele lugar.

Ali eu havia enterrado o que ainda havia de digno e honesto em mim.

Com o véu denso preto do chapéu sobre o meu rosto, me despedi de todos, e entrei na carruagem que me aguardava com Bento Ajani e Dorotéia dentro. Não consegui respirar até subirmos no trem e ganhar movimento. Foi só então que consegui fechar os olhos e adormecer tranquila em anos.

16

Andando de um lado ao outro de seu quarto, uma coisa era certa, Georgiana não poderia ficar sozinha naquela casa. Pensou em se trancar, mas de que adiantaria se alguém arrombasse a porta? *Que escravo vai me defender?* Jerônimo? *Céus!* Nunca poderia imaginar tamanha frieza e crueldade vindos de Francisco e da marquesa. Eles estavam planejando contra Luiz Fernando e ela! Certamente deveria ser o dinheiro dos Duarte que os interessava.

Não havia como gastar tempo pensando nisso. O que sabia sobre a família da verdadeira Eugênia pouco ajudava. O melhor seria se proteger deles até obter os dados do advogado na Corte e poder ir embora. Com Luiz Fernando acamado seria mais fácil investigar.

Sentiu um aperto na boca do estômago. Era doloroso pensar nele, ferido e com aquelas terríveis marcas de queimadura. Quem será que havia provocado aquilo?

Entendeu, finalmente, a sua situação. Havia somente uma pessoa que poderia protegê-la da marquesa e de Francisco. Uma pessoa que eles temiam e respeitavam. Mas, infelizmente, esta pessoa estava presa a uma cama. Veio-lhe então a desculpa, vestida de ideia. Iria ficar na beira da cama de Luiz Fernando, cuidando dele, até que estivesse restabelecido e ela soubesse o endereço do advogado. Ninguém teria coragem de lhe fazer nada, desde que ao lado dele.

Trocou de roupa o mais rápido que conseguiu e se meteu novamente no quarto do ferido. Não queria ter a chance de cruzar com a marquesa e, muito menos, com Francisco — ao que havia entendido, ele seria capaz de qualquer coisa para forçá-la a se casar.

Um cheiro doce e gostoso se fez. Dorotéia, com uma erva na mão, defumava o ambiente e rezava baixinho. Explicou para Georgiana que era para proteger ela e o sinhô dos espíritos malignos que os perseguiam. E saiu pouco depois, largando aquele cheiro no ar. Sozinha com ele, a moça reparou que a noite começava a entrar no quarto, tomando os móveis de sombras. O candeeiro aceso sobre o criado-mudo era o único item que inibia a escuridão — todos os outros haviam sido retirados para trazer mais comodidade ao ambiente.

O moribundo ressonava, calmo como nunca havia visto. Chegava a ser até bonito. O perfil era perfeito, do formato do nariz ao leve arqueado das sobrancelhas e ao queixo pontudo pela barba ruiva. Os lábios também se mostravam suaves.

Ah, não se daria a esses luxos de mocinha casadoira, havia coisas mais urgentes para resolver do que apreciar a beleza de um homem. Aproveitou que ele dormia para se esgueirar até a escrivaninha. Havia pilhas e mais pilhas de papel e não conseguia ler nada. Pegou alguns e os levou para perto da luz do candeeiro. Eram contas e cálculos, nada que ela pudesse identificar um endereço. Precisaria de algumas noites para ver papel por papel.

Luiz Fernando se mexeu e gemeu. Ele deveria estar sonhando.

Deveria haver alguma gaveta, algum compartimento e seus dedos tatearam o que seria uma gaveta disfarçada. Não tinha puxador e nem fechadura. Procurou por um abridor de cartas, ou algo que a ajudasse. Encontrou uma tesoura. Passou uma das partes pelas frestas ao lado da gaveta e tentou puxá-la mais algumas vezes. Abriu menos do que um dedo e não mais. Tentou forçar e quase os papéis sobre a escrivaninha foram ao chão.

Se por causa do barulho — ou sabe-se lá o quê —, Luiz Fernando se virou na cama e murmurou. A moça afastou-se da escrivaninha e aguardou para ver se sonhava ou se havia sido desperto com o barulho. Ele não se mexeu de novo.

Deu dois passos para perto da cama, para ter certeza se dormia. Esticou a cabeça e pulou para trás.

Com a mão no peito, tentou se refazer do susto.

Ele estava de olhos abertos e tentava se levantar. Por causa das bandagens, não conseguia se mover. Procurou impedi-lo. Segurou em seu peitoral, forçando-o para baixo:

— Não se levante! Vai abrir os pontos!

— Eu tenho... eu... — Sua pele estava muito quente, chegava a ter as maçãs do rosto coradas.

Georgiana colou os lábios na sua testa para medir a temperatura. Ele estava em brasa. Foi ao alcance da bacia com água e panos limpos.

Colocou uma compressa logo acima das sobrancelhas. Teria que diminuir aquela febre.

Os olhos de Luiz Fernando a encaravam. Assustado. Havia temor em sua expressão — e lágrimas? Como estavam muito próximos, o calor que emanava dele entrava pela roupa dela — ainda que estivesse doente, era imprópria tamanha proximidade. Ela tentou se afastar, porém a mão dele a segurou pelo pescoço e a puxou contra os seus lábios — com uma força que ela não soube de onde havia tirado. A milímetros, num tom de confidência, ele sussurrou:

— Pegue... a minha... arma... o... demônio está... aqui.

Soltou-a antes de adormecer.

Georgiana afastou-se dele ainda pondo o coração acelerado no lugar. Ela poderia jurar que ele a beijaria e se espantou mais ainda ao reparar, dentro de si, que não o recusaria, do contrário, teria aceitado e com prazer.

Acomodada na poltrona, de frente para a cama, Georgiana estudava Luiz Fernando. Sob a luz do candeeiro, seus cabelos avermelhados pareciam ainda mais ruivos. Uma sombra cobre envolvia o rosto no lugar da barba, dando a sensação que se estava diante da estátua de algum herói escocês — o que o deixava ainda mais exótico aos seus olhos. Era um homem muito bonito, não poderia negar.

Ele estava adormecido e a febre havia abaixado e, há alguns dias, não retornava tão alta. Foram dias ondulando entre febrões, delírios e momentos de sono tranquilo. Era durante a noite e a primeira manhã que a febre se intercalava com o sono e toda a sua dedicação era a ele. O pouco tempo que tinha — entre dar comida a ele e ela mesma cair no sono de cansaço —, revistava gavetas, papéis, mas nada indicava ser o endereço do advogado, ou qualquer coisa relacionado ao dote da verdadeira Eugênia. Apenas uma gaveta ela não havia conseguido abrir — a emperrada. E não foram poucas as tentativas, contudo, com a saúde dele melhorando, investigar aquela gaveta sem que ele percebesse ficava cada vez mais difícil.

Se por pudor ou por vergonha, nunca estava presente quando as escravas lavavam Luiz Fernando com um pano molhado e mudavam as bandagens. Era quando Georgiana corria para o quarto, fazia o asseio, trocava as roupas e — na certeza de que Francisco havia ido para a plantação e que a marquesa estava ocupada com algum escravo — vasculhava o gabinete de Luiz Fernando. Procurava por qualquer coisa que indicasse um endereço no Rio de Janeiro. Sem sucesso, retornava para o lado dele tal um cão de guarda. Queria evitar que Francisco e a marquesa se aproximassem de si e do convalescente.

Somente uma vez a marquesa batera na porta para perguntar se precisavam de um médico, conhecia um muito bom. A moça negou. Se queriam Luiz Fernando morto, era possível que tivessem mandado atirar nele e um médico poderia vir terminar o serviço com alguma espécie de veneno. Para se precaver, ela mesma experimentava as comidas trazidas para ele e se sentisse algum gosto estranho, mandava fazer outra coisa.

Quanto a ele, mais dormia do que ficava desperto, e nem uma vez trocaram palavras, nem de agradecimento quando ela lhe dava a comida na boca. E a própria não poderia esperar mais do que isso.

Estava intrigada em como ele havia adquirido aquelas marcas no corpo. Havia visto o tórax, o suficiente para entender que havia sido proposital e muito antigo. Alguém o havia queimado com o charuto e lhe arranhara com objetos pontiagudos. Não seria difícil compreender por que ele agia feito um demônio, desconfiado das pessoas, repleto de mágoa travestida em sarcasmo, querendo ferir quem estava ao seu redor. Ele havia sofrido muito na mão de alguém, possivelmente alguém que amasse e confiasse. Do pouco que conhecia da história da família, em nenhum ponto havia algum parente sádico para fazer uma tortura daquelas. Teria sido a *tal mulher*? Luiz Fernando não parecia o tipo de homem que se deixaria maltratar por uma mulher, ainda que fisicamente.

Não é da sua conta!, ficava falando para si mesma, *Nada do que acontece aqui ou com esta família é da sua conta.*

Acomodada na poltrona, enrolada num cobertor, Georgiana bocejava. O dia havia sido muito intenso e todo o seu corpo doía de cansaço. Iria fechar os olhos, só um pouquinho... Um BAQUE se fez. No susto, desencostou da poltrona. Poderia ser uma porta batendo. Aguardou ouvir passos ou vozes. Era só silêncio. Nem uma corrente de ar se fez. Nada que indicasse, a princípio, motivo para aquela porta bater. Procurou pelo relógio de bolso de Luiz Fernando, que havia sido colocado sobre a escrivaninha. Passavam das 3h da manhã. A esta hora, todos deveriam estar dormindo.

Era somente um sonho. Aproveitou que estava levantada e foi medir a temperatura dele. Esgueirou-se até a cama e se inclinou sobre ele. Estava fresco. Já há algumas horas não tinha febre. Ficou aliviada e não entendeu o porquê de ser tão importante ele estar bem. Quiçá as marcas, o possível sofrimento dele... — Apenas empatia?

Uma mão passou pelo seu braço. Georgiana olhou para Luiz Fernando. Ele continuava dormindo. A mão a puxou para trás e outra mão foi colocada sobre a sua boca para que não gritasse. Em seu ouvido foi assoprado que não tivesse medo.

Não havia motivo para não temer, ainda mais quando foi arrastada para fora do quarto por este corpo maior do que o seu. Ela tentava se agarrar ao que conseguisse no caminho, mas tudo lhe escapava das mãos. Pisoteava o chão para que fizesse barulho e despertasse o tio ou algum escravo. Foi atirada no chão na sala das senhoras. Não haviam aceso os candelabros, iluminavam o ambiente milhares de velas em tamanhos diferentes sobre a mesa e no chão. Haviam tirado as cadeiras e banquetas e havia pétalas de rosas vermelhas espalhadas pelo piso, num mar de flores que adocicava o ar.

Diante de si surgiu um homem. Apesar de esconder a sua identidade usando uma máscara branca com pérolas — que lhe cobria os olhos e nariz —, estava nu. "Eugênia" tomou um susto ao vê-lo como veio ao mundo. Tentava não lhe olhar. Foi impossível ao notar que ele tinha nas mãos uma faca. Ela implorou que não lhe matasse, mas o homem respondeu somente: "Garanto que gostará". A lâmina fria tocou a pele de "Eugênia" e foi picotando o seu vestido, soltando o tecido até cair no chão junto à anquinha. De espartilho e as roupas de baixo, ela tentou se cobrir. Uma outra pessoa veio e lhe segurou um dos braços. Era uma mulher — o soube porque estava também desnuda — com a mesma máscara branca. Antes que pudesse concluir ser a marquesa, sua outra mão foi segurada por uma terceira pessoa. Um homem, alto, forte, bem-dotado em todos os sentidos. Tinha longos cabelos escuros que caíam por cima da máscara branca.

"Eugênia" implorava que não a matassem, que ela contaria tudo o que quisessem saber. "Não queremos saber de nada, pois já sabemos de tudo. Queremos que você se junte a nós", alguém disse, "o mestre quer que se junte a nós". *O mestre?* Não teve tempo de perguntar quem seria tal pessoa, tendo o seu espartilho cortado pela faca. Restavam a *chemise* e as calçolas.

Ao grupo foram se juntando pessoas e mais pessoas, de todas as cores e tipos, homens e mulheres mascarados, nus. Cada um segurava uma vela vermelha e faziam um círculo no entorno da mesa. Havia uma cadeira na cabeceira, enfeitada de rosas vermelhas. Levantaram a moça pelos braços e a colocaram sobre a mesa, rodeada de velas e pelo grupo. Sua cabeça estava voltada para a porta de onde esperava ver o tio aparecer com uma arma na mão.

Atrás de si ouviu um baque — igual ao que a havia acordado. Lembrava a um gongo. Quis se levantar, mas seus pulsos estavam amarrados à mesa. Tentou se soltar, mexendo, roçando, doía, mas ela não parava. Virava a cabeça, tentava espernear, as pernas também estavam amarradas, abertas, uma para cada lado. O papel de parede vermelho sangrava. Não era papel. Haviam pintado aquelas paredes com sangue! Outro toque do gongo. Passos, não, não eram passos. Eram cascos batendo contra o piso de madeira. Vislumbrou os olhares fascinados das pessoas no entorno. O homem deixou a faca sobre os seus seios e se afastou, maravilhado com alguma coisa. "Eugênia" fechou os olhos, apertado. Rezava, mas a língua pesava e ela não conseguia terminar a prece. Sua mente ia se esquecendo do Pai Nosso e quando se deu de olhos abertos, tinha uma sombra negra sobre si. Podia sentir o peso quente que ia se aproximando, respirando sobre o seu corpo. Viu grandes chifres e olhos pintados com uma tinta negra, a mesma que desenhava símbolos por seu corpo nu. Alguns desses desenhos seguiam os contornos de cicatrizes antigas.

Os olhos azuis a encararam. Iriam devorá-la. "Eugênia" deu um grito.

Georgiana gritava. Luiz Fernando lhe perguntava se estava bem. Ela se debatia, pedia que a soltassem. Não conseguia se mexer, não conseguia olhar nos olhos demoníacos dele. Iria gritar. Socorro! Não podia. A voz entalava num choro. "Foi só um sonho. Foi só um sonho", ele repetia, distante, num sonolento *fog*, daqueles que envolvem a mente ao despertar. Não, ela havia visto tudo! Sentido tudo! Ela sabia que algo terrível acontecia naquele lugar! Era mesmo o antro do demo, esquina do vento, onde se escondem os pecados.

Sua cabeça foi puxada contra algo quente e macio. Um abraço a envolvia, colhendo todos os seus medos e levando-os para longe. Sentiu-se a salvo.

As lágrimas foram se misturando ao sangue da bandagem. Pôde ouvir o coração *dele* batendo forte. De alguma forma, aquilo a acalmava. *Está viva!*, lhe correu a mente e todo o corpo dela serenou. Não se lembrava mais da última vez que havia sido abraçada, o carinho repercutindo por seus átomos, acendendo a vela da imensidão que existe dentro de cada um. Acarinhada na alma pela certeza de que ela era alguém que existia e não um fantasma a ser ignorado pelos outros.

Por mais que quisesse se manter naqueles braços, protegida de todo o Mal, não deveria. Eugênia poderia aceitar um abraço do seu tio, mas Georgiana não. Não era apropriado. Afastou-se, ainda limpando os olhos. Pedia desculpas por tê-lo acordado.

De pé, diante dela, Luiz Fernando abriu um meio-sorriso. Não era um sorriso de contentamento. Era para esconder a dor.

Ao perceber que mal ficava em pé, com a mão no local do tiro, torcendo o rosto, ela se levantou e o escorou pela cintura. Sem qualquer sinal de vergonha, o fazendeiro pediu que o ajudasse a retornar à cama.

Como havia pulado ao vê-la gritando, podia ter deslocado algo e, além de dolorido, estava zonzo.

Georgiana foi se desculpando da poltrona até a cama. Tinha um braço sobre o seu ombro e tentava sustentar o corpo dele o quanto podia. Seus dedos, sobre as costas dele, sentiram calombos grossos e contínuos, coisa estranha, que a deixou curiosa em espiar. Ajudou-o a se sentar e, ao primeiro urro, ela pediu novas desculpas.

— Você se desculpa demais — ele fingiu que reclamava, soltando um urro de dor depois.

— Descul... perd... — Ela mordeu os lábios para não falar mais nada.

Agachou-se para ajudá-lo a levantar as pernas e as pôr sobre o colchão. Foi quando notou que estava de ceroulas apenas. Desviou o olhar para o nada. Não pôde reparar no sorriso que Luiz Fernando dera ao vê-la constrangida pelo seu estado. Ele podia ter estado assim todos os dias, sozinho com ela, mas desde que dormindo. Acordado seria já tido como promíscuo. Era de rir. Ele tentou se ajeitar na cama, sem sucesso. Georgiana se prontificou a arrumar os travesseiros de uma maneira agradável. Pediu que se afastasse um pouco para colocá-los na vertical para que pudesse se recostar. Mordendo a dor de ter que se inclinar para frente, Luiz Fernando a obedeceu.

Aproveitando a posição, a moça não pôde deixar de dar uma espiada no tal calombo que seus dedos percorreram. E foi com horror que ela se deparou com o cruzar de milhares de cicatrizes antigas, grandes e grossas, tomando toda a extensão das costas. Só havia visto aquelas marcas uma vez e era nas costas de um escravo que havia sido açoitado.

Se não fosse por ele lhe perguntar sobre o que lhe havia acontecido, ela teria ficado mais tempo tentando entender o que era aquilo.

— Há quanto tempo estou inconsciente? — Luiz Fernando quis saber, recostando-se e puxando para cima de si o lençol.

— Ah... Há quase uma semana. Por isso a sua cabeça deve estar pesada e latejando. O melhor seria se levantar um pouquinho, todos os dias, para fortalecer os músculos e ajudar o sangue a circular por todo o corpo.

Ao se afastar, reparou no olhar questionador dele, cravado nela, a lhe tirar a respiração:

— Como sabe dessas coisas?

Seus rostos estavam muito próximos, tanto que podiam sentir o calor do hálito do outro. Impróprio — deliciosamente impróprio. A moça pigarreou e se afastou. Punha as mãos na frente do corpo e adicionou uma pequena mentira — não muito distante da verdade:

— Sempre fui muito curiosa e gostava de ajudar na enfermaria do colégio.

Sem dar prosseguimento, fosse de quem acreditava ou não, Luiz Fernando apontou uma almofada sobre a poltrona:

— Por favor, coloque aquela almofada junto dos travesseiros para dar mais sustento? — Enquanto a admirava atravessar o cômodo e voltar, ia perguntando mais sobre ela, mas não queria soar intrometido. — Conte-me como era o seu colégio. Como era a sua vida? Era feliz? Era solitária? Recebia muitas reprimendas dos mestres? Eram professores ou professoras?

A jovem dama estranhou aquela série de perguntas. Luiz Fernando nunca demonstrara qualquer interesse nela, parecia que nem existia, a menos que servisse de chacota.

— Por que quer saber? — Aguardou ele se afastar um pouco para ajeitar a almofada.

Não esperava que ele fosse se recostar antes que ela pedisse e seus rostos quase se resvalaram na proximidade. Pigarreando, ela se inclinou um pouco para trás para evitar que acabassem se beijando. Ele deixou escapulir um sorriso convencido e, cruzando as mãos sobre si e fechando os olhos, respondeu:

— Porque quero dormir e preciso de um assunto aborrecido que me dê sono.

Por mais que quisesse ficar brava, Georgiana não conseguia. De alguma forma, estava conhecendo um outro Luiz Fernando Duarte, muito mais agradável e simpático, apesar de ainda petulante. Seria querer demais dele que fosse perfeito — e muito mais difícil se afastar depois.

— Obrigado por ter ficado ao meu lado todo esse tempo — o adendo dele a surpreendeu.

— Como sabe que eu estava ao...?

— Eu não estava dormindo o tempo todo. — Ela corou. — Não se preocupe, não vou contar a ninguém que você fala dormindo. Palavra de cavalheiro. — E riu, ainda mantendo a pose de quem dormiria.

Georgiana assentiu com um leve sorriso e resolveu deixá-lo sozinho por um tempo. Precisava de ar fresco, não havia notado como estava quente lá dentro.

17

Ao fechar a porta, Georgiana tinha ainda um sorriso no rosto e estava corada pelo que ele havia dito com tanta intimidade. Só não estava mais surpresa com aquele aspecto da sua personalidade graças ao mistério em torno das marcas nas costas de Luiz Fernando. E era levada nessa torrente da imaginação, quando Dorotéia se fez dique:

— Finalmente a sinhazinha sai para jantar! — A mucama a havia parado. — Achei que iria comer no quarto com o sinhô Luiz de novo.

— Não. — Ela corou. — Ele acordou e está lúcido e sem febre.

— Graças a Deus e à sinhazinha.

A moça desviou os olhos para as próprias mãos. Tinha certeza que havia visto as suas mãos se transformarem nas de seu pai. Seria o espírito dele que a estava guiando? Queria acreditar que sim. Se soubesse, as teria beijado, se despedido como gostaria.

Passou por sua cabeça se Dorotéia sabia o que havia acontecido com Luiz Fernando, o porquê daquelas marcas nas costas. Tentou interrompê-la quando contava que a marquesa havia ido embora há alguns dias e que havia pedido que a avisassem assim que o sobrinho despertasse para vir visitá-lo. *A estratégia de ficar no quarto deu certo!* Nem cruzara os olhares com a marquesa.

E quanto às cicatrizes?

Ao final do recado, Dorotéia havia desaparecido no breu do casarão, sem rastros. Era impressionante a agilidade para alguém da sua idade.

Georgiana, porém, havia se esquecido que Francisco ainda morava lá.

Ia para o gabinete e, despreocupada em encontrar com a marquesa, preferiu cruzar pela sala de estar. Ao pisar no cômodo, deparou-se com Francisco. Ele esfregava as mãos nas calças, nervoso, andando de um lado ao outro, murmurando consigo mesmo. Estava tão enfurnado em si próprio, que não foi capaz de percebê-la.

Seria bom tentar escapulir de volta para o quarto de Luiz Fernando. Ao dar as costas, escutou atrás de si:

— Como Luiz está?

Voltou-se para ele. Todo seu semblante estava tenso ao reparar que havia apenas os dois no cômodo e as sombras da noite começavam a se fazer sobre os móveis da sala e não haviam aceso as velas ainda. Tentando ficar o mais fora da sala possível, Georgiana fingiu um sorriso:

— Acordou.

— Que bom... — Quanto mais ia na direção dela, mais ela ia para trás. —... Que bom... Eugênia, eu gostaria de...

— Você sabe algo sobre quem pode ter atirado? — perguntou antes que ele estivesse perto o suficiente para tentar algo contra ela; Padilha havia sido um bom aprendizado de como se defender.

Francisco estancou no meio da sala. Seu corpo enrijeceu mais ainda como se pego de surpresa por um golpe visceral:

— Eu? Não. — Cruzou o cenho. — Por que a pergunta? Há quem diz que foi um quilombola. Eles têm atacado várias fazendas na região e assassinado os senhores. — Analisava o perfil acusativo dela. Imediatamente captou o que ela queria dizer. — Não acha que... Hah, Eugênia, não acha que eu possa...?! Não...?! Como pode pensar isso de mim? — Soltou um sorriso incrédulo. — Por que eu gostaria de matar o Luiz Fernando? O que eu ganharia com a morte dele? Certamente ficaria desempregado e teria que voltar para a casa de meu pai. E garanto, nada pode ser pior do que isso para mim.

Havia uma sombra de verdade no rosto de Francisco, fazendo das suas palavras inquestionáveis. Aproveitando que ela estudava sua expressão, Francisco pegou a sua mão e a segurou no lugar:

— Tem mais uma coisa. Gostaria de pedir perdão pela maneira como me comportei. A marquesa... ela... digamos que ela havia sugerido que eu fosse mais ousado nas minhas conquistas.

— *Nas suas conquistas?!* — A moça ergueu as sobrancelhas e retirou os dedos dentre os dele.

— Não sou o melhor dos pretendentes. Meu pai me fixou uma mesada que pouco me sustenta, e o emprego de guarda-livros não adiciona muito mais. Ajuda porque tenho teto e comida de graça, e alguma experiência, somente isso.

— Às vezes o que uma mulher quer é apenas ser amada por quem ela é e não pelo que pode oferecer. Acredito que seja o mesmo com os homens.

Havia pessoas que quando usavam do sarcasmo ou da ironia, ficam extremamente interessantes — como no caso de Luiz Fernando —, já em outras, o sorriso sardônico mais parecia com uma careta de dor — como no caso de Francisco. Toda aquela beleza inicial havia sido desfeita, uma carapuça de papel machê ao encontrar as primeiras gotas d'água.

— Quem dera se todos pensassem como a senhorita, com certeza teríamos um mundo melhor.

Agh!

— Não sou perfeita, tenho muitas falhas, muitos pecados, mas ainda sei distinguir o que é certo ou errado, o que casa ou não com a minha alma. — Ao sentir que ele ia ao alcance de sua mão novamente, se afastou.
— Com licença, preciso providenciar algumas coisas.

E se apressou para a cozinha. Seria o único lugar em que havia outras pessoas e Francisco não teria coragem de tentar nada contra si.

Ele era ainda indecifrável, mas toda e qualquer vontade de o conhecer havia sido desfeita ao escutá-lo conversar com a marquesa. Ninguém naquela casa era de confiança — nem ela mesma!

Finalmente sentiu o estômago roncar como nunca havia escutado nos últimos dias. Estava desacostumada com o que era fome desde que havia saído do internato. Serviu-se de um pouco de comida e comeu ali, na mesa central, no meio da farinha, dos doces que esfriavam, dos alhos pendurados, sob os olhares assustados dos escravizados, desacostumados com uma sinhazinha fazendo a sua refeição no meio deles. Regina se surpreendeu ao encontrá-la. Bem-humorada ao matar aquela fome e sem se sentir constrangida em conter os movimentos para se parecer com outra pessoa, Georgiana explicou que jantava esplendidamente bem. Havia um sorriso no seu falar e no olhar, o que deixou a escrava desconfiada:

— Não tá se engraçando, né?

Eugênia riu. Uma risada tão alta que ela mesma se assustou com o próprio riso e teve que colocar a mão na frente da boca para se controlar.

Regina se retesou, arisca:

— O que foi que eu disse de tão engraçado? Não é para rir. É para ter medo. Já disse o que faço consigo se se engraçar com o sinhozinho...

— Está tudo bem, Regina. Não vou me engraçar com ninguém. Ele é todo seu. Todos os homens que pisam aqui são seus. Não tenho o menor interesse em nenhum deles. — Um pedaço de farofa prendeu na sua garganta e teve de pigarrear, pondo a mão na frente. — Tudo o que quero é ter um pouco de paz de espírito e aproveitar esta refeição deliciosa, o que não faço há muito tempo! — Tomou um gole d'água, servido por uma das ajudantes de cozinha. — E não há o que temer, em breve vou embora e poderá aproveitar os sinhozinhos o quanto quiser!

Sem conseguir reagir, Regina saiu da cozinha em pé de vento, levantando farinha e o que mais estivesse no caminho.

Ao terminar a sua refeição, Eugênia agradeceu à cozinheira numa amabilidade que esta não estava acostumada a ouvir de ninguém. Depois retornou ao quarto de Luiz Fernando. Queria garantir que ele estava bem e que poderia voltar a dormir em sua própria cama. Se ficasse mais uma semana dormindo na poltrona, iria acabar numa cadeira de rodas para o resto da vida.

Ao abrir a porta do quarto, encontrou-o encostado na escrivaninha, com a mão na cabeça, zonzo. Correu até ele antes que caísse. Deu-lhe apoio, passando os braços em volta do seu abdômen. Era maior do que havia imaginado, pois seus braços não o envolviam completamente.

— O que pensa que está fazendo? — brigava com ele, tentando levá-lo à poltrona próxima. — Era para estar dormindo. — E ajudou-o a sentar.

Ele se acomodou no assento com um longo suspiro. Com a mão na testa, mantinha os olhos fechados, tentando evitar a tonteira.

— Não consigo dormir — explicava. — Preciso resolver alguns cálculos.

— Mal consegue ficar de pé!

Por debaixo da grande mão dele, calejada de trabalho — um tanto incomum para um sinhozinho —, ela achou ter visto um sorriso irônico:

— Você é tão boa que me dá inveja.

— Inveja?

— Sim. — Ele a encarou, tão forte, tão profundamente, que a moça achou que se afogaria naquele olhar. — Eu a tratei da pior maneira que alguém poderia e olha como me trata agora? — Ela corou, fugindo do olhar direto dele. — Você consegue ver o lado bom de todos enquanto eu só consigo ver o mau.

Ao deduzir que ela não retrucaria, Luiz Fernando pediu que o ajudasse a ir até a cama. Georgiana se fez de muleta. Ele evitava jogar o seu peso em cima dela, o que fazia sua ferida doer ainda mais. No entanto, calava-se, moendo-se de dor e sem dar um sinal que não as sobrancelhas cruzadas.

— O senhor se acha tão ruim que ignora que o seu nome signifique luz, iluminado.

Ele se sentou na cama e suspirou:

— Em primeiro, eu prefiro que me chame de *você*, dadas as circunstâncias, afinal, já me viu sem roupas. — Mordeu o riso ao vê-la ficar ainda mais vermelha. Ela ficava ainda mais linda quando constrangida.
— Em segundo, Lúcifer também tem um significado semelhante a Luiz.
— Por que fica dizendo esses impropérios? Comparando-se ao Mal?
— Porque nessa terra amaldiçoada todos acreditam em espíritos e demônios.

A jovem pegou os travesseiros e os arrumou para que ele pudesse se deitar. Quanto à almofada, pediu que ficasse com ele. Gostava de dormir com a cabeça alta — e, de preferência, sentindo o perfume dela.

— Tinha por mim que você não acreditava — continuava a jovem, ajeitando a cama.
— Eu acredito em pessoas, boas ou ruins, demoníacas ou abençoadas. Apenas isso.
— Não há pessoas totalmente boas ou totalmente ruins.
— Uma pessoa não pode ser considerada boa tendo feito algo ruim. Da mesma forma que só porque uma ruim fez algo bom. Se um assassino dá de comer a uma criança esfomeada, seria ele bom ou ruim? — E deitou-se, aguardando que ela lhe respondesse após uma rápida análise.
— Entendo o seu ponto, mas não concordo com o senh... *você*. — Balançou a cabeça e dirigiu-se para a porta.
— Aonde vai? — quis saber ele, lembrando a uma criança amedrontada cuja mãe o deixava sozinho aos terrores da noite.
— Dormir.
— Não vai dormir aqui? — Ao reparar que ela havia corado de novo, segurou o riso. — Me acostumei com você falando a noite toda.
— Não. Preciso também descansar e essa poltrona, por mais deliciosa que seja para ler, é péssima para dormir. Boa noite.

Ele mexeu a cabeça, contrariado, vendo-a sumir pela fresta da porta que se fechava.

Com cuidado, de olho ainda na porta, Luiz Fernando levantou-se. Apoiando o corpo nos móveis e mordendo os lábios para não gemer de dor, achegou-se da escrivaninha. Segurou a tonteira e tentou abrir a gaveta secreta. Puxou um pequeno apetrecho debaixo dela e, como por mágica, ela se abriu.

Havia diversos papéis, cartas, algum dinheiro. Conferiu tudo e fechou a gaveta. Ela não havia conseguido encontrar as cartas — ainda bem! Ainda tinha o seu Ás nas mangas, ou melhor, nas ceroulas.

18

Mais uma semana e Luiz Fernando Duarte conseguia sair da cama sem ajuda. Andava pelo quarto, sentava em sua escrivaninha e despachava alguns papéis. Em duas semanas podia sair para pequenas caminhadas pela casa, fazia as refeições na sala de jantar e apreciava as tardes na companhia de Georgiana, a lhe ler algum livro, no pátio interno. Os dois se tratavam com cordialidade, alguma educação, porém, mais silenciosos do que antes, trocando poucas palavras e nada que demandasse uma conversa profunda. Ainda assim, pareciam satisfeitos um com o outro e aquela singela e pacífica relação.

Francisco, não muito distante dos dois, podia notar que, por debaixo de tanta amabilidade, havia olhares de interesse, sorrisos acanhados e, até mesmo, uma melodia de viola transfigurando a noite numa serenata por um amor do passado que retornava em sonhos. Mas foi longe da atenção de Francisco que se deu o primeiro sinal de que finalmente havia sido criado um elo de intimidade entre Luiz Fernando e Georgiana. Estavam apenas os dois na sala de estar, após o almoço. Sentado numa poltrona, de olhos fechados, batendo os dedos nervosos na bengala que usava para lhe dar apoio, o fazendeiro escutava os últimos capítulos do livro que a moça lhe lia:

— "Não valho mais do que o velho carvalho que o raio fulminou no pomar de Thornfield..."

— Você viu as marcas nas costas — Luiz Fernando a interrompeu, repentino, ele mesmo fulminando a fala dela.

Sem tirar os olhos das páginas abertas sobre o seu colo, Georgiana respondeu que sim. Esperava que ele não fizesse mais perguntas e desse o assunto por encerrado. Porém, ele estava determinado a falar, um gesto de agradecimento pelo que havia feito por ele — como se ela tivesse que saber disso, por uma razão que ele ainda não compreendia qual.

— Meu pai.

— Como? — Fechou o livro procurando não parecer perplexa com a revelação.

— Meu próprio pai foi quem fez. — Riu, sarcástico, acreditando que ela não lhe dirigia a atenção por vergonha. Talvez tivesse sido um erro contar a ela, no entanto, não conseguia se refrear. Queria que conhecesse isso e tudo o mais sobre si. Era um impulso, talvez um gesto de confiança. — O barão não acreditava na abolição da Escravidão. Dizia que era "sonho de estudante". — Pausou quando ela o encarou. Tinha os olhos assustados, o que o fez sentir-se apiedado por si mesmo. Estranho sentimento para quem sempre se culpava ou punia; fantasmas de uma educação violenta. — Charuto e navalha... Desde criança... — Fechou o punho sobre o castão e fugiu da expressão caridosa dela. — Ele... Ele era ruim. Um demônio. A morte do barão foi uma benção para todos. Você entende isso, não? Que ele precisava morrer?!

Georgiana não conseguia responder, surpreendida pela possibilidade de que Luiz Fernando tivesse matado o próprio pai. Também não queria dar mais asas à sua imaginação. O melhor seria calar a própria mente e aguardar o que mais ele tivesse a dizer. Enquanto isso, rezava para que não tivesse forças para contar a ele toda a sua verdade — seu nome, do que estava atrás e o porquê de estar atrás e das ameaças de Padilha.

Entendendo o silêncio dela como uma aceitação, Luiz Fernando continuou o relato que mais lembrava um desabafo. Não exatamente o discurso de um assassino — apesar dela não conhecer nenhum para poder comparar.

— E o que ele me deixou? Uma fazenda de escravos, os quais não posso alforriar porque o testamento dele me impede.

— Não pode alforriar?

— A vontade final dele. — Risos com gosto de ironia. — Até mesmo de seu túmulo ele me maltrata, me obrigando a ver os escravos sofrendo... Maldito! — Bateu com a bengala no assoalho.

— Não sei se entendi...

— O barão atrelou os escravos à terra. Não posso alforriá-los. Ou vendo terra juntamente com os escravos, ou sou obrigado a ficar com ambos e passar aos meus herdeiros. Humph! — Bateu com a bengala no chão, de novo.

Segurando o sobressalto, a jovem abriu o livro e retomou a leitura. Com o canto dos olhos, notava Luiz Fernando pensativo, com o queixo apoiado nos dedos e o olhar perdido no som da chuva que precipitava. Ao terminar, calou-se, aceitando a cumplicidade do silêncio de duas pessoas que se sentiam bem sem precisarem conversar a todo instante.

A história dos maus-tratos do barão não voltou à tona, imersa na falsa tranquilidade de que ressurgisse mais adiante, em meio a uma torrente prenunciada por uma tempestade. Eram as águas que encerravam o verão.

Era quase um mês quando Luiz Fernando pisou fora de casa pela primeira vez. Pôde sentir o calor do sol sobre a sua pele pálida e fria. Preencheu os pulmões com o ar fresco e soltou um assobio de leveza. Estava bem como há muito não se sentia. Não se tratava de um renascimento, era mais do que isso, era a certeza de que ele deveria ter uma segunda chance de consertar as coisas, de que era tarde para desistir da vida e, quiçá, de si mesmo. Ainda que sentisse o demo espreitar nas dobras da sua alma, havia enxergado a clareza dos anjos.

A barba e os cabelos luziam com fios acobreados, e os olhos estavam mais azuis que o céu daquela manhã de fim de verão. Caminhava de braços dados com Georgiana — num suave vestido rosa-claro e com uma delicada sombrinha branca, perfeitamente incorporada àquela paisagem idílica. Parecia querer agradá-la, apontando as flores, comentando algo sobre a magia da natureza que, no passado, tanto o encantava. Próximo a um banco, por entre hibiscos floridos, fez uma mesura para que ela se acomodasse. Ao tê-la sentada, ele mesmo se dispôs ao seu lado.

Mirava-a com alguma intriga, erguendo uma das sobrancelhas:

— Você gosta daqui?

A moça não esperava por aquela pergunta munida de tanto interesse quanto de um denso olhar de análise. Não soube o que concluir. Será que ele a havia visto mexendo em seus papéis? Estaria testando-a? Sempre que podia, enfiava-se a buscar o que fosse no escritório dele — aproveitando que uma escravizada havia esquecido a porta aberta depois de limpá-lo —, mas nada encontrara, a princípio.

— Gosto...

Suas reticências foram logo percebidas por ele. Trocou a expressão por uma de desgosto:

— Não minta para mim. Não posso permitir mentiras.

Georgiana se voltou para ele, arrepiada:

— Por que diz isso?

— Tenho muitas dificuldades em perdoar mentiras. — O tom dele aumentava na medida da raiva em suas palavras. — Às vezes, penso que se uma pessoa mente uma vez, ela está condenada a mentir sempre.

— Isso não é um pouco exagerado?

— Mentiroso é mentiroso, não se fia e não se emenda.

Soltou um longo suspiro. Seu rosto estava confuso. Parecia arrependido de ter dito aquilo.

Poderia comentar algo sobre tal, mas Georgiana preferiu ficar calada. *Sou mesmo uma mentirosa e negar isso só iria fazê-lo estar mais certo ainda.*

Um escravizado, que vinha com uma carta na mão, parou diante deles. Aguardava que terminassem a conversa. Ao notar que estava sob o olhar devorador de Luiz Fernando, o rapaz deu um passo atrás e lhe estendeu a carta:

— Uma... car...ta... — gaguejava.

De quem seria? Georgiana havia feito questão de não avisar à marquesa da sua melhora. Não poderia reencontrá-la ainda depois do que havia escutado. E não via nem Francisco, nem Luiz Fernando se preocuparem em enviar-lhe qualquer notícia. Aparentemente, ninguém a queria na fazenda. Aquela carta que chegava então só poderia ser de outra pessoa. *Bento!?* Não os visitava há quase um mês. Se passou duas vezes na fazenda para saber sobre o estado de Luiz Fernando, foi muito. Era rápido a ponto de nem saltar do cavalo. *Ou será de Padilha?* Teriam identificado o corpo encontrado no seu quarto no colégio? Descobriram que havia posto Eugênia com suas roupas e trocado de lugar com ela para se fazer de morta e parar de ser perseguida por ele? O ar não saía mais de seus pulmões. Estava morta.

Aguardou ele terminar de ler. Em pouco, Luiz Fernando se levantou e, apoiado na bengala, foi até a porta da casa:

— PREPAREM OS QUARTOS! TEREMOS HÓSPEDES!

— Hóspedes?

— O Barão de Sacramento e a família.

Os arroubos de raiva dele, com os quais ela havia aprendido a conviver, haviam diminuído. Imperava a tranquilidade dos últimos dias. Luiz Fernando estava leve, feliz com aquela visita anunciada.

— Então é melhor fazer a sua barba — avisou ela, tomando o seu braço.

Aceitando a ajuda sem reclamações, foram para o quarto dele. As escravizadas trouxeram uma bacia com água quente, um sabonete e uma toalha branca. Diante do toucador, Georgiana pegou a navalha de cabo de marfim e entregou a ele. Reparou que, com a ajuda de um escravizado, Luiz Fernando havia tirado o casaco, a gravata e o colete. Estava só de camisa. Tinha-a aberta até o meio do peitoral, revelando o corpo bem-composto. Abaixou os olhos e espremeu os lábios. Voltou-se para a porta e ficou um segundo sem saber como reagir. Uma coisa era vê-lo descomposto enquanto doente, outra era estando saudável.

Sentado numa cadeira, diante do espelho pendurado na parede, Luiz Fernando tocou na mão dela, fazendo-a estremecer. A moça pegou a navalha e a estendeu a ele, evitando-o. Ao perceber que ele não pegava o objeto, virou-se para ele, procurando olhá-lo apenas nos olhos.

— Prefiro que você o faça — ele explicou, num meio-sorriso.
— Eu? Mas está quase bom...
— Confio em você.

A mirada dele, combinada com uma repentina seriedade, impediu-a de discutir. Cuidou para não tremer a mão e conseguir passar o pincel com sabão e tirar os pelos do rosto. Havia tamanha atenção para não o cortar com a navalha afiada, que Georgiana aproximou-se o máximo que podia de seu rosto. Nos contornos da expressão, seus dedos acariciavam a pele dele, cruzavam as respirações e alguns olhares, mas ela não parava e ele não se mexia. Os cheiros se mesclavam: ela tinha o de jasmim e ele o de sabonete.

Uma eternidade tomou conta deles e quando Georgiana terminou, ficou parada — ainda próxima a ele — olhando-o com a curiosidade de quem nunca o havia visto antes. Luiz Fernando, fixo nela, afastou-se o suficiente para que conseguisse pegar a sua mão suja de sabonete. Limpou-lhe os dedos com a toalha de linho e agradeceu.

Georgiana achou ter visto um vislumbre de carinho pela parte dele, mas preferiu negar. *É mais seguro, dado o que vim fazer aqui.*

19

O coche dos convidados vinha pela alameda de coqueiros imperiais. À medida que se aproximava, a boca de Georgiana ia secando e a língua pesando tal morta. Em seu cérebro ainda vibrava a rápida conversa que acabara de ter com Luiz Fernando no aguardo dos hóspedes: "O barão e eu somos muito amigos. É ele quem cuida de todos os negócios da família na Corte. Quero que me diga o que acha da filha dele, a Srta. Anabela. É esperado que eu a peça em casamento, em breve". Havia sido inevitável refrear a língua: "E você pretende se casar com ela?". Quando se arrependera da sua pergunta, Georgiana recebera dele um sorriso que nada queria dizer — ao menos, nada que ela soubesse traduzir.

Quanto mais o coche negro se aproximava, mais ela se virava em aflição, contorcendo as mãos. Queria ir embora dali, não queria conhecer mais ninguém, muito menos a filha do barão. Foi quando entendeu que o Barão de Sacramento era quem cuidava de TODOS os negócios da família Duarte, ou seja, possivelmente ele teria as respostas que ela precisaria.

Era o seu coração agora que revirava, aflito pela possibilidade da sua estadia na Fazenda da Beira estar chegando ao fim. Sua resposta vinha ao seu encontro, e o que deveria ser algo bom fazia-a sentir-se ainda mais miserável. Os últimos dias ao lado de Luiz Fernando vinham sendo tão agradáveis, que havia se esquecido dos seus problemas. Estar na companhia dele era quase uma necessidade que a tirava da cama cedo e a impedia de dormir à noite, ou de respirar tranquila quando ele se fechava no escritório com Francisco ou Bento Ajani para resolver alguma coisa. Ansiedade aumentada ao saber que ele tinha uma visão abolicionista como ela, e que havia sofrido na própria pele pelos seus ideais — o que o fizera ser tão ríspido com as pessoas.

Ao toque da mão quente de Luiz Fernando sobre a sua, Georgiana galvanizou. Ele mantinha o olhar pregado no horizonte, mas parecia ler o que se passava dentro dela. Era tão atencioso! Outro homem! Fazia de tudo para que ela se sentisse confortável — visivelmente, segurava os arreios do gênio difícil —, o que a fazia se sentir mal em ter que manter a mentira. Como será que ele reagiria se soubesse que ela não era Eugênia, a sua sobrinha, e que esta deveria estar enterrada sob o nome de Georgiana Rominger? E tudo por dinheiro! Por mais que o dinheiro fosse para fugir, e não por ambição, era atrás do vil metal que ela estava, passando por cima dos próprios valores e da moralidade — e da legalidade, pois se descobrissem que havia usurpado a identidade de outra, seria presa. No entanto, nenhuma condenação poderia ser pior do que a decepção que viria de Luiz Fernando ao descobrir que estava sendo enganado. Era melhor partir o quanto antes, mantendo o seu disfarce e a cumplicidade que havia surgido entre eles.

Georgiana soltou um longo suspiro e se recompôs para receber o coche que parava na frente da casa. Imediatamente, Luiz Fernando foi abrir a porta e ajudar as senhoras a descerem. Ainda usava a bengala, porém, não dependia mais dela para apoio.

— Bem-vindos! — Beijava as mãos da baronesa e de sua filha, assim que desciam do veículo.

Falava de um jeito leve, simpático como Georgiana nunca havia visto — o que a encheu de ciúmes. Não compreendia os próprios sentimentos, considerando que eram por causa da mocinha bem-nascida e ricamente vestida que se enchia de sorrisos para o fazendeiro e era recebida com toda a sua atenção.

— Meu amigo! — Ao saltar, o barão e o fazendeiro se abraçaram feito velhos conhecidos. — Não vai se arrepender de nos ter, mesmo que só por alguns dias?

— Pena que são somente poucos dias! — Luiz Fernando respondia numa intimidade esfuziante. — Poderiam ficar um mês aqui comigo!

— Não posso, preciso voltar para a Corte. Tenho muitas coisas a resolver por lá. — E murmurou para o fazendeiro: — E vou ver *aquilo* que me pediu.

— Não sei se será mais necessário — Luiz Fernando respondeu com um sorriso, o que deixou o barão visivelmente confuso. — Talvez tenha me equivocado a respeito.

Tanto o olhar de surpresa do barão quanto o sorriso de Luiz Fernando eram misteriosos.

O Barão de Sacramento era um homem alto e magro, beirando os sessenta anos, espalhados nos bigodes e cabelos brancos acinzentados. Sua esposa era bem mais nova, talvez não tivesse nem completado quarenta anos. Em roupas elegantes de viagem castanho e preto, a baronesa — erroneamente assim chamada, pois o título era apenas do marido — cumprimentou Georgiana numa intimidade que não estava acostumada. Beijou-lhe as faces e, segurando suas mãos, riu-se:

— Pois ora, quem cresceu e está bela!

Corada, a jovem volteou os olhos para Anabela, que já se pendurava no braço de Luiz Fernando, numa desenvoltura que dava inveja:

— E não vai me apresentar a essa moça que todos acham tão bonita? — As palavras da menina poderiam soar amáveis, mas eram repletas de despeito e ciúmes. Nas entrelinhas estava claro: só poderia haver uma beldade, e esta era Anabela e sua arrogância beirando os cachos loiros e os olhos celestes.

Luiz Fernando sorriu, zombeteiro:

— Não se lembra dela porque era muito pequena quando se conheceram.

Anabela mordeu os lábios carnudos e soltou um muxoxo de desinteresse. Importantes eram os seus vestidos, os bailes e os pretendentes. A menos que "Eugênia" viesse rivalizar em qualquer um desses quesitos, não havia com o que se preocupar.

— Vamos à sala. Pedi que preparassem um café recém-moído, bolos e doces — apesar da voz de comando, o fazendeiro falava com alegria. Era certo o quanto gostava daquelas pessoas.

E era mais certo ainda que havia se esquecido completamente de Georgiana, deixada para trás pelo grupo que subia as escadas do casarão a conversar entre si sobre a viagem. Não era a primeira e não seria a última vez que ela se sentiria sozinha. Seria a sua sina? A sina de Georgiana.

❦

Desfeitos das capas de viagens, luvas e chapéus, os convidados foram para a sala de estar, abastecida com uma imensa mesa de doces e quitutes feitos nos tachos da fazenda. O aroma de café tomava o ambiente, incentivando a degustação. Ao notar que Regina não conseguia servir os convidados dada a falta de presteza em carregar uma bandeja de prata pesada e ter que dobrar as pernas — ao invés do corpo — para que a pessoa se servisse, Eugênia comandou que deixasse a bandeja sobre uma mesa e ela mesma ia entregando xícara a xícara ao modo inglês. Ao final, tomou a sua xícara e sentou-se ao lado de Anabela.

A jovenzinha gabava-se de estar com a cinturinha fina e que assim pretendia ficar ao evitar os doces servidos. O pai, porém, seguia ideia diferente, a despeito das indicações médicas e dos olhares recriminadores da esposa.

— Conte-nos. Como isso aconteceu? — perguntava o barão, de boca repleta de cocada, sua iguaria predileta. — Foi caçar e errou o alvo? — Ria-se com os bigodes sujos de farelo de coco.

Uma das poucas coisas que Georgiana havia aprendido na convivência mais íntima com Luiz Fernando é que ele preferia evitar detalhes da sua vida. Reparou que todo o rosto do fazendeiro se contraíra e repousara os olhos claros sobre a superfície escura do café.

— Dizem que foi um quilombola — ela mesma explicou, repetindo as palavras que havia escutado de Francisco. — Existem muitos quilombos aqui nos arredores.

Ignorando as expressões de "horror" de Anabela e da baronesa, Georgiana aguardou a reprimenda de Luiz Fernando. Não encontrou qualquer sinal de desagrado em sua expressão. Na verdade, achou tê-lo visto soltar um sorriso antes de afogar os lábios no café que esfriava em suas mãos.

— E como sabem que foi um quilombola?

Esta resposta Georgiana não saberia dar ao barão. Pensou em algo, mas não rápido o suficiente.

— Porque ele apareceu morto na fazenda — respondeu Luiz Fernando. — Então, pudemos identificar quem era.

— Morto? E quem o matou?

Para Georgiana, a possibilidade de Luiz Fernando ser um assassino cruel havia se desfeito durante a sua convalescência, o que tirava toda e qualquer suspeita acerca da sua índole — a princípio. A única coisa que ela poderia alegar era que o quilombola — como veio a saber através de Regina — havia morrido ao tentar fugir. Como a escravizada havia descoberto isso, é o que não questionara.

— Acreditamos que na fuga ele tenha caído e esmigalhado a cabeça numa pedra. — Luiz Fernando se levantou, indo para perto da mesa, onde deixou a sua xícara vazia.

— Que estranho... — o barão pensava em voz alta, ainda deliciando-se com o docinho.

Após ralhar com o marido, que ia se servir uma segunda vez, a baronesa voltou-se para "Eugênia" — a quem não via desde a solteirice:

— E quanto a você? O que acha da vida na fazenda? Tem saudades da agitação da Corte?

A moça, que permanecia mais tempo apenas observando — e sem notar ser observada —, terminou o seu café para responder com a mesma calma que lhe era endereçada:

— Pouco conheci da Corte, minha senhora. Passava os dias trancafiada no colégio.

Anabela, que se fazia e refazia escondendo bocejos por detrás de tortos sorrisos, despertou ao escutar aquilo:

— Nem uma caminhada pelo Passeio Público ou na Praia? Não foi à Ouvidor? — Havia um quê de arrogância no seu tom. — Como alguém pode estar na Corte e não ir à Ouvidor? Sempre que passamos nossas temporadas lá, aproveito para ver as modas e o que há de mais novo vindo da França.

— Nem todos só pensam em futilidades como você.

A jovenzinha procurou de onde vinha aquela acusação e teria se feito de ofendida se não fosse de Francisco, que se juntava ao grupo. O rapaz era como uma lufada de luz, irradiando uma alegria que repercutia esfuziante na meia-irmã. Nada mais natural, pensaria Georgiana, se não tivesse captado um ar de desconcerto no barão e um senso de proteção na baronesa.

O guarda-livros primeiro cumprimentou a madrasta, que lhe estendia a mão, e se dirigiu ao pai:

— A benção, meu pai.

— Pelo visto, melhorou na educação e nos trejeitos — comentou o barão, ainda mastigando.

— Uma pena que não posso ser como o meu irmão, Henrique.

Francisco zombou de uma maneira que Georgiana percebeu, mas não soube avaliar exatamente o quê. Percebeu o rosto trincado da baronesa — que, possivelmente, era mãe de Henrique e de Anabela — e o estupor silencioso do barão. Apesar de não ter conhecimento de como funcionariam as relações familiares entre eles, deduziu que deveriam ser bem delicadas.

Anabela, que sabia se fazer imprópria, falava com gosto, atiçando o meio-irmão:

— Soube que ele agora tem um título também? É o Barão de Vitória.

Todo o corpo de Francisco estremeceu. Cerrou os punhos e voltou-se para o pai, no limite do confuso e do incrédulo:

— Ele tem quinze anos?!

Com poucos minutos de sala, Eugênia concluiu que o Barão de Sacramento pouco se importava com Francisco, mais interessado na sua conversa com Luiz Fernando, ao pé da mesa de doces, do que tomar conhecimento do que o filho fazia. A baronesa nem olhava para o enteado — era como se ele não existisse. Anabela era a única que parecia se importar com o meio-irmão, perguntando sobre o seu estado enquanto não estava interessada em listar todas as pessoas importantes que havia conhecido na última viagem à Corte e de como era o vestido que havia mandado fazer na Madame Guimarães.

Georgiana só foi pescada dos próprios pensamentos ao escutar o barão, que falava alto — talvez acostumado com os palanques da Câmara:

— Eu acho terrível esses colégios para moças. Fomos ver um para Anabela. Não pude acreditar, Duarte! Sujos, úmidos, escuros. Um lugar para ratazanas e não para moças. Dizem ensinar artes, dança, cálculo e mais meia dúzia de bobagens que não servem de nada. Além de ser uma fortuna!

O barão se calou ao reparar no olhar tenso de Luiz Fernando. Voltou-se para a baronesa que, de cabeça baixa, tentava disfarçar a gafe do marido perguntando a "Eugênia" sobre o clima na fazenda nos últimos dias. Anabela segurava o riso atrás da mão, fingindo que tossia. Já Francisco se deparava com o tapete e o alisava com a ponta da botina.

— Eu não sou dos homens mais perspicazes — o senhor tentou emendar. — Minha esposa vive me chamando a atenção por isso.

— Mas com certeza é o mais sincero — disse Duarte, lhe ofertando uma taça de licor.

— Sincero não sei, mas verdadeiro, sim. — Aceitou e, após um gole, propôs que fossem cavalgar antes do jantar. — Sinto todo o meu corpo trincado de tanto ficar sentado numa cadeira. Preciso de ar fresco.

— Continua em contato com Nabuco de Araújo?

— Sim, por que a pergunta?

— Era conhecido de meu pai. Talvez pudesse me ajudar com *aquela* questão.

— Nabuco de Araújo está ocupado com a nova incumbência do Imperador: redigir um novo projeto para o Código Civil. E, mesmo que tivesse tempo, ele não faria isso. Entenda, Luiz Fernando, ninguém fará o que você está querendo.

Anabela, que havia se entediado com a conversa sobre o clima, da qual Francisco decidira participar, aproximou-se dos dois senhores, intrometendo-se:

— E o que ele está querendo, papai?

Tanto o barão quanto Luiz Fernando se voltaram a ela. O fazendeiro abriu um dos seus contados sorrisos — que mais pareciam espasmos de raiva — e esticou a mão para ela:

— Estava me lamentando que ninguém vai querer se casar comigo.

— Com certeza Nabuco de Araújo não — sussurrou o barão, escondendo uma cocada no bolso do colete, sem que a esposa percebesse.

— Pois eu aceitaria, se o senhor me propusesse — se adiantou Anabela, num sorriso fácil.

A baronesa quase caiu do assento ao repreendê-la:

— Anabela! Uma dama não age assim!

Luiz Fernando esquadrinhou o belo rosto coquete e riu. Assegurou que uma dama poderia não agir daquela maneira, mas não seria, então, a mulher para ele se casar. Preferia uma mulher verdadeira, corajosa e sincera do que uma dama cheia de meias-verdades, ou se escondendo atrás de uma máscara de mentiras.

Todo o corpo de Georgiana se enrijeceu e uma dor fina, de quem havia levado uma facada na barriga, foi subindo até estalar num ciúmes travestido de raiva:

— Então, o casamento não se trata de amor para o senhor meu tio?

Os olhos azuis miúdos a elevaram do chão e a atiraram longe ao responder:

— Não se trata de amor, se trata de posse.

Havia frieza, havia dor, havia todo um passado por detrás daquele cristalino assombreado pela amargura de quem havia sofrido, o que fez Georgiana se calar.

— Que mulher não mente, Duarte?! — Ria-se o barão, andando entre o segundo copo de licor e os próprios risos. — Mentem para nós homens nos sentirmos melhores! Não é mesmo, querida? — A baronesa não respondeu. — Viu?! — As risadas cresceram.

— Não admito mentiras — concluiu Luiz Fernando, dando o assunto por encerrado.

A garganta de Georgiana se fechou. Num sorriso trêmulo, ela pediu licença e foi para o jardim.

Dava voltas e mais voltas em si mesma, tentando voltar a respirar. Ela tinha que entender que Luiz Fernando não aceitaria o seu pecado, a sua mentira. Era abominável demais e ele a odiaria. Não queria ver aquele ódio de novo nos seus olhos. As últimas semanas haviam sido deliciosas ao lado dele. Simpático, carinhoso, preocupado com o seu bem-estar, conversas agradáveis. Era a companhia um alento que a impedia de lembrar que estava só no mundo.

Uma pressão no peito se soltou num choro silencioso, feito de lágrimas que ela não entendia o porquê de serem.

Foi tomada pelo braço, num susto. *Luiz Fernando?*

Era a baronesa, envolta num grande xale, a lhe sorrir:
— Queria muito falar consigo. — Seus olhos sublinharam. — A sós.
Se havia notado ou não que chorava, a senhora não demonstrou. Segurando a moça pelo braço, começou a caminhar pelo jardim, aproveitando que o sol havia amenizado com o cair do dia.

Não havia nada na baronesa que indicasse que ela fosse uma pessoa intrometida, tal a marquesa, porém, por debaixo de cada palavra dita, poderia haver um universo de significados que deixavam Georgiana apreensiva — e confusa:

— Estou contente em ver que é uma boa moça. Tinha medo que ficasse... Bem, diferente.

Novamente o "atentado" de Jerônimo à verdadeira Eugênia. Ah, aquela história lhe subia os calcanhares e seria capaz de dar um chute em quem mais comentasse tal assunto acusando a sua amiga. Bastava toda a desgraça envolvendo a punição das crianças.

— Nada aconteceu — respondeu modulando entre a frieza e a braveza. — Ele não fez nada. Estavam brincando. Crianças brincando, apenas isso.

A senhora interrompeu a caminhada e a mirou. Havia desconfiança, análise, algo que penetrou em "Eugênia" e enxergou Georgiana. A moça deu um passo atrás, arrependida do seu arroubo.

— Do que está falando? — quis saber a baronesa, demonstrando que poderiam estar discutindo assuntos diferentes.

Escapulira mais do que deveria. De que forma Georgiana poderia explicar? Todo o seu corpo tremeu. Seus olhos se encheram de lágrimas e ia começar a chorar se a baronesa não tivesse lhe ofertado um lencinho:

— Talvez seja isso que essa terra faça. — Retomou a caminhada. — Dizem que a Fazenda da Beira é amaldiçoada porque tira dos outros as suas verdades. Não foi só você. Luiz Fernando também, até Francisco, quem eu achava impossível se corrigir. Ele não era tão empático e atencioso com os outros. Chegava a ser perturbadora a maneira como tratava a mim e ao pai. Sempre zombeteiro e impertinente. O barão o mandou estudar em São Paulo com Duarte. Algum bem fez, mas, ainda assim, ele continuava prepotente. Por isso, o barão o obrigou a trabalhar como guarda-livros de Duarte e, quando se provasse de valor, lhe daria um pedaço de terra para gerir a sua própria fazenda.

Havia um banquinho próximo à estátua da mulher com o anel. A baronesa propôs se sentarem lá um pouco. Estava ainda cansada da viagem. Sua fazenda ficava quase um dia inteiro dali, e deveria agradecer a Luiz Fernando imensamente pela hospitalidade em hospedá-los até poderem continuar caminho.

— Hah, vejamos... *Você* era uma criança mimada, arrogante, não parava quieta, um horror! Vivia aprontando com as escravas e respondendo cortado aos adultos. Lembrava a uma pequena selvagem e não deixava que ninguém mandasse em você. — A moça ia lhe devolver o lenço, mas a senhora pegou na sua mão e a apertou. — Prefiro muito mais esta *nova* Eugênia. Cordata, quieta, agradável. — Ao ver a outra empalidecer, se preocupou. — O que foi? Não se sente bem? Sempre teve uma constituição frágil.

Um sorriso sem graça, foi a única coisa que Georgiana havia sido capaz de retribuir pela verdadeira Eugênia.

Não queria falar de Eugênia, poderia ser que o seu coração se arrebentasse em lágrimas e ela terminasse por contar tudo para a baronesa. Havia algo nessa mulher que não poderia explicar. Uma sensação de humanidade, de confiabilidade inexplicável, que puxava dela os segredos mais profundos.

Ao longe avistaram o barão. Vinha com Luiz Fernando, Francisco e Anabela. Montavam cavalos.

Era inevitável o longo e triste olhar de Georgiana para o tio de Eugênia. Captado pela baronesa, era daqueles que ela assistia nos palcos do Teatro Sant'ana, ou entre os camarotes e a plateia. Não era um "olhar recomendável", ainda mais entre consanguíneos.

— Luiz Fernando também era outro. No caso dele, muito melhor do que hoje. Era um rapaz cheio de sonhos, de vontades de realizar algo importante. Queria ser advogado e ajudar a acabar com a Escravidão nos tribunais, mas o pai o proibiu. Tinha que cuidar da fazenda e o obrigou a manter os escravos. Luiz Fernando sempre foi abolicionista e brigou muito com o pai por causa disso. Esta fazenda e os seus escravos são uma herança infeliz que ele recebeu. O barão está tentando ajudá-lo a descobrir como podem mudar o testamento, mas parece impossível. A vontade do falecido é imperativa, vale como em vida. Não sei o que ele fará, estar aqui parece matá-lo. É uma fazenda muito bela e muito terrível, minha querida, muita coisa ruim aconteceu aqui. Luiz Fernando foi esmorecendo, ficando amargo, antipático, infeliz. Parece uma carapuça remendada do jovem que conheci. Quando achávamos que seria feliz com Catarina... Ele sofreu muito com o fim do noivado... Olá! — Ela se interrompeu com a aproximação dos cavaleiros, deixando Georgiana intrigada com o resto da história. — Vão para onde?

— Para a plantação — explicou o barão, animadamente. — Luiz disse que arrumou umas mudas novas, vindas da Guiana. Quer que eu vá ver.

— Está bem, não se demore muito, para não se cansar.

Aguardaram se distanciarem o suficiente.

— O barão é um bom homem — comentou a baronesa. — Quando meu pai me disse que ia me casar com um homem vinte anos mais velho, achei que seria o meu fim. Na verdade, foi a minha sorte. Ele é um ótimo marido, um pai exemplar e um ser humano formidável. Mima Anabela mais do que deveria, confesso. Querer casá-la com Luiz Fernando, não duvidaria insistir nisso se ela se provar convencida disso. E quanto a Henrique?! O título foi o ápice! Dá tudo o que ele quer. Basta pedir e o pai faz. Também não tenho nada a reclamar... Ah, mas chegará o momento em que você também será feliz ao lado do seu marido, quando o encontrar. — Deu um tapinha na mão da moça.

A tristeza que se apossara de Georgiana não era por causa de casamento ou de não ter pretendentes, mas pelo fato que existia Anabela e ela se inclinava sobre Luiz Fernando.

Havia notado a maneira como a jovenzinha ficou ao lado dele durante a cavalgada. E depois gritou que apostaria uma corrida **com ele**. Vendo-os contra o horizonte colorido de azuis e rosas, entendia que não havia como ele não se apaixonar por ela: era bem-educada, bonita e rica. Num suspiro, Georgiana atirou o olhar para a alameda, distante o suficiente de um futuro que nunca seria seu.

Um coche se aproxima. Quem seria? Esperavam mais hóspedes? Poderia ser Bento Ajani. Demorou alguns metros para reconhecer o veículo da marquesa.

Tentaria não demonstrar desalento ao recebê-la. A senhora desceu com a ajuda do cocheiro e logo se pôs aos abraços e beijos com a baronesa, que a recepcionava junto à Georgiana:

— Que bom estar de volta! Querida baronesa! Como é bom tê-la aqui! Faz quanto tempo?

— Natal passado.

— Muitos meses!

— Parecem anos!

— Baronesa, muito agradável, como sempre. Eugênia, minha flor! Desabrochando cada vez mais bela! Estranhei não ter recebido notícias suas dizendo que o seu tio havia melhorado. Se não fosse por Francisco me avisar, eu acharia que meu sobrinho ainda estava à beira da morte, ou que não me quisessem aqui.

Sob o olhar voraz da mulher, Georgiana não soube como reagir, muito menos diante da baronesa, que se mostrava impecável quanto a regras de etiqueta.

— Sinto muito. Tive que resolver várias coisas...

— Eugênia estava me contando o quão terrível foi — disse a baronesa, resgatando a moça do seu embaraço. — Foram noites fazendo vigília ao lado da cama, cuidando dele como uma verdadeira enfermeira. Não me espanta que ainda esteja cansada e com a memória gasta. E ainda tem que nos receber! Estou mortificada com isso. — Pôs a mão no peito. — Vou tratar com o senhor barão para que não fiquemos muito e ela possa descansar. Visitas, por mais amigáveis e íntimas que sejam, sempre trazem um cansaço extra à rotina, não?

A marquesa preferiu não responder. O seu sorriso mais parecia corroê-la do que a elevar. Foi entrando na casa, ordenando que levassem o seu baú para algum quarto. Iria pernoitar e aproveitar a companhia dos amigos.

A baronesa, num gesto de intimidade, inclinou-se sobre o ouvido de Georgiana e sussurrou por entre sorrisos:

— *Mulher sofrível...*

20

A presença se fez marcada. Ninguém estava muito confortável com a marquesa de Buriti, não somente Georgiana. Esta a evitava, mantendo os olhos num bordado ou no prato do jantar diante de si. Com a baronesa e Anabela a marquesa quase não falava, preferindo as companhias masculinas. Atirava olhares e risadas para o barão, um dos poucos com quem conseguia manter uma linha de assunto — "pelos velhos tempos" —, e com Francisco, que lhe fazia a gentileza de servi-la, do xale ao leque a passar as batatas. Luiz Fernando soltava "Sim" e "Não" às suas perguntas e só completou uma frase quando a marquesa lhe perguntou por que estava tão monossilábico: "Porque a marquesa consegue tirar todas as minhas palavras", e mordeu um sorriso antipático que ela e todos puderam notar.

O que deveria ser um jantar animado, regado a muito vinho, bons momentos e especialidades da cozinheira da Beira, tornou-se um sofrível passatempo, silencioso e perturbado por olhares irrequietos. Ao que tudo indica, a marquesa não notava o peso da sua presença, nem as vezes que chamou a atenção para a idade de Anabela, que deveria estar procurando um pretendente a essa altura, antes que ficasse velha demais.

Na sala de estar, dividindo o sofá com a baronesa e ignorando os bocejos de Francisco, a marquesa continuava suas histórias. Tinha a atenção de Georgiana e do barão. Luiz Fernando havia se ausentado por alguns minutos e Anabela estava mais interessada nas tramas do seu vestido do que nas que a senhora contava. Num dado momento, em que a indolência se fazia e o anfitrião havia retornado com um baralho para jogarem — ao menos, o carteado a faria calar a boca —, a marquesa se pegou criticando os altos gastos do filho caçula do barão.

— Henrique está gastando mais do que deve, pelo que soube. Aquele colégio, o Pedro II, não acho adequado para um menino da sua estirpe. Tinha que estar com um tutor, como Francisco. Gasta uma verdadeira fortuna, ainda mais agora com esse título ridículo de barão. Um rapazote de quinze anos! O que será de Francisco se ele gastar toda a sua fortuna? Como sua amiga de anos, eu tenho que me opor e lhe dizer a verdade.

— Francisco tem uma boa mesada — retorquiu o barão, servido de Porto pelo anfitrião. — Ganha 100 mil réis. Isso é muito dinheiro, pelo que sei. Afora o salário que Luiz Fernando lhe paga, que não é pouco. Ademais, os gastos dele são mínimos. Tem casa e comida. Não precisa gastar com nada que não sejam itens pessoais.

A marquesa empertigou-se ao ter que explicar em detalhes, para ela tão óbvios:

— Não é o suficiente para se comprar uma terra ou ter um escravo.

A baronesa, que deixava a discussão para os homens, resguardou-se de um sorriso de ironia de quem teria previsto aquele "súbito interesse em prol de Francisco".

Luiz Fernando, após terminar o seu Porto com um único gole, explicou o que era de senso comum para ele e para o barão:

— Ele é jovem, tem muito que lutar pela frente para conquistar o que deseja. Seja terra ou escravo.

Num olhar fulminante, a marquesa o alfinetou:

— Como você?

O fazendeiro voltou-se a ela. Seu sorriso poderia estar posto, mas nenhum vinco de alegria ou de amabilidade estava atrelado a ele:

— Eu tive a sorte de ter nascido com tudo. Nem todos podem ter essa mesma fortuna. — O tom de ironia era inquestionável. — O que não os impede de lutar por aquilo que desejam. Por outro lado, me faltam coisas que preciso lutar para obter.

— Como o quê? O que poderia lhe faltar? — Ria o barão, sem enxergar os sinais de sua esposa para que se calasse.

Mais uma vez, a baronesa já havia enxergado o embate que ali acontecia entre Francisco, Luiz Fernando e a marquesa. Cutucou Anabela e pediu que tocasse algo para eles, o que a jovem aceitou com muito gosto. Adorava tocar o piano e cantar, mais prima diva impossível.

Oferecendo o braço para a mocinha, Luiz Fernando a acompanhou até o piano e se incumbiu de lhe virar as páginas. Georgiana nunca o vira tão atencioso com ninguém. Seu rosto foi pintado por um incômodo que não soube como classificar.

— Não preciso muito para ser feliz — afirmava Luiz Fernando, mirando Georgiana. — Pouco pode fazer um homem feliz, desde que este pouco seja a certa medida para ele. — E virava as partituras para a jovenzinha, sorrindo.

A música parou.

— Pouco? — questionou Anabela. — Como pouco pode ser a medida certa de algo se é *pouco*? Pouco é o que falta, muito é em demasia. Ainda há o princípio do que pode ser pouco para uns, ser muito para outros. Eu tenho muitos vestidos, segundo alguns; para mim são poucos e preciso repeti-los mais de duas vezes.

— Porque você é mimada — retrucou Luiz Fernando. — Essa não é a realidade da maioria das pessoas.

Os dedos de Anabela saltaram das teclas bicolores e faltou abrir a boca para demonstrar o seu espanto em ter escutado aquilo vindo de quem veio. Aparentemente, foi a única. Ambos os pais concordavam com o fazendeiro e, inclusive, o barão deixou isso bem claro ao parabenizá-lo:

— Obrigado! Estou há muito tempo tentando dizer isso a ela! Pode ser que agora ela ouça e aceite.

— Com licença — Georgiana os interrompeu. — O que tem uma mulher senão os seus atributos? Não podemos trabalhar, não somos consideradas confiáveis para gerir terras ou negócios. O que nos resta é o casamento ou o convento. Para se casar, no entanto, são necessários atributos, ser versada, educada e, claro, bonita. E se não tem berço, ah, pobre da menina que não tem dote! Nosso mundo é mais cruel do que o de qualquer um dos senhores aqui presentes.

Eram tantos olhares sobre si, que Georgiana corou e abaixou os olhos. Talvez tivesse dito mais do que deveria. Não viu, porém, o olhar direto de Luiz Fernando sobre si, um olhar calibrado, de quem a enxergava.

— Tem um ponto, minha querida — ironizou a marquesa. — Por sorte, Anabela e você não precisam se preocupar em irem ao convento!

— É, mas se Anabela continuar a gastar como gasta, pode ser uma alternativa — brincava o barão, terminando o seu cálice de vinho.

Francisco, cansado de ser o tema da conversa, propôs começarem o jogo de cartas. Iam tomando assento quando Georgiana se precipitou a explicar que não tinha meios para participar de apostas — afinal, uma dama não carrega dinheiro, muito menos dentro de uma fazenda.

Luiz Fernando tirou uma nota da algibeira e lhe estendeu:

— Isso poderá cobrir qualquer aposta. Use com sabedoria.

Dever, ela não deveria, mas não teria como fugir se fosse a sobrinha dele.

Ao tomar o dinheiro, seus dedos roçaram — teria ele, propositadamente, erguido o seu para acariciar o dela, ou foi apenas impressão sua?

— Como vou retribuir?

— Não precisa.

— Faço questão. Não gosto de ficar em dívida com ninguém.

— O barão cuida das suas contas, ele faz um pagamento em meu nome.

A informação que ela precisava! Era o barão quem cuidava de todo o dinheiro de Eugênia.

Pela manhã, tentaria falar com ele a sós. Antes, ao jogo!

❦

Na terceira rodada que Georgiana ganhava, o barão se levantou da mesa, coçando a cabeça:

— Como pode?!

— Eu sempre tive sorte no jogo — comentava a moça, mordendo o riso, finalmente conseguindo se divertir e se esquecendo do que havia ido fazer lá.

Com o canto dos olhos, avistou o olhar direto de Luiz Fernando sobre si. Ele, Anabela e a baronesa não participavam da rodada, entretidos com leituras e uma conversa miúda. Porém, ele se mostrava à parte, interessado nela, distante do burburinho e do jeito flerteiro de Anabela. Seus olhos azuis brilhavam com a luz das velas, intensos pelo ar sereno da noite. Diziam algo que parece ter sido bem interpretado pelo estômago dela. Uma reviravolta e ela retornou às cartas, escondendo a timidez atrás do baralho.

Quando Francisco se levantou, avisando que iria se deitar, pois teria um longo dia de trabalho pela manhã, Luiz Fernando também se despediu, assim como Anabela. Restaram na sala apenas os barões, dividindo o sofá e um namoro que Georgiana nunca achou que encontraria em duas pessoas mais velhas — que tolice a dela! —, ademais da marquesa.

Se havia alguém que poderia lhe contar mais sobre Luiz Fernando, este era a senhora. Embaralhando as cartas, Georgiana murmurou para a marquesa, que tinha os olhos pingados para o casal:

— Não sabia que o meu tio já foi noivo?!

A marquesa voltou-se para ela, convocada para a fofoca:

— Ah, querida, é terrível. Seria melhor que nem soubesse. Muito triste, muito triste... O fim do noivado acabou com ele. Também, a maneira que foi... Durante a própria festa de noivado, chamou a todos e desmascarou a mulher. Foi humilhante, pobre Catarina.

— Ela deve ter feito algo muito grave para chegar a tais circunstâncias...

— Sim, ela o traía com todos! Mentia muito! Meu sobrinho tornou-se um homem muito amargurado por causa disso. Mas o que se esperar de uma mentirosa boa bisca, interessada apenas em dinheiro? Ah, pobre dele também... Acho que é por isso que até hoje não conseguiu se apaixonar. Ele fechou o coração.

— Fechou o coração?

— Sim. Só quer mulheres para apaziguar os seus desejos. Ah, mas o que estou falando! É ainda pura, não poderia estar falando uma coisas dessas... Mas por que tanto interesse nisso? Não me diga que está... Ah, Eugênia, minha querida, não faça isso! Ele vai usá-la e depois jogá-la fora como fez com as outras! Se tiver que se apaixonar, apaixone-se por Francisco. Este sim é um bom menino, muito honrado, e gosta de si.

— De mim?

— Nunca reparou como ele a olha? Todas as atenções e cuidados? Ah, posso ser velha, mas não sou tola. Francisco a ama *ardentemente*... — cochichou esta última palavra em seu ouvido. — Mas nunca faria nada que você não quisesse, por ser um cavalheiro, bem diferente do seu tio... aquele demônio!

A moça abriu a boca e a fechou num sorriso. Talvez fosse hora dela também se retirar. Não ia conseguir passar pelo estudo da marquesa sobre o seu interesse pelo tio de Eugênia. Sentia-se incapaz de mentir, ainda mais depois de ter bebido um pouco de vinho no jantar. Pediu licença a todos, ignorando a marquesa que reclamava o direito de conseguir seu dinheiro de volta, e se retirou.

O corredor era breu. Georgiana havia esquecido de levar uma vela consigo. Estava tão apreensiva com o pouco que havia descoberto sobre o noivado de Luiz Fernando, que nada, a não ser a preocupação de ser confundida com a tal Catarina, a tomava. Achou melhor retornar para pegar alguma luz. Ao dar a volta, puxaram-na para a escuridão. Suas costas bateram contra algo duro, talvez uma parede. Enquanto uma mão segurava a sua boca, impedindo-a de gritar, outra a impedia de se mexer. Não via o rosto, contornado por sombras, mas o cheiro de vinho e madeira lhe diziam quem era. Sentia-o respirar contra o seu rosto, muito próximo, quase a se tocarem. O corpo dele pressionava o seu, era quente enquanto úmido. A pulsação rápida de seu coração estalava à flor da pele e os lábios bem próximos aos dela.

Aos poucos, os olhos foram se acostumando e pôde enxergar os contornos de Luiz Fernando. Envergado sobre ela, analisava-a de perto, como se estivesse aguardando o momento certo de exigir-lhe um beijo. Os lábios seguiram para o ouvido:

— Se quiser saber mais sobre mim, pergunte a mim e não aos outros.

Ele ainda a manteve presa contra o seu corpo. Seus rostos se encontravam, frente a frente, tão próximos que Georgiana teve a certeza de um beijo. Um beijo rápido, ainda que cálido, metido na escuridão dos sentimentos. Não mais do que uma pressão nos lábios, impetuosa o suficiente para acelerar os corações. Os corpos pressionados, as respirações aceleradas, os dedos que se envolviam.

Luiz Fernando a soltou e desapareceu. Seria difícil resistir a mais.

21

Tinha nas mãos o peso dos lábios quentes de Luiz Fernando. Ele a havia beijado! Poderia não ser o seu primeiro beijo — infelizmente Padilha fizera as honras em lhe tirar o primeiro à força —, mas acelerara o seu coração da mesma maneira. A cabeça pulsava na desordem dos pensamentos, comandados pelas emoções fortes que iam lhe tomando. Sem conseguir respirar, galgando por mais, Georgiana serviu-se de água e tomou num gole. Queria mais. Muito mais. Luiz Fernando havia despertado nela uma intensidade que nem um rio inteiro saciaria.

Sentada na cama, parou. Fechou os olhos. Tentou retomar o controle das suas emoções, dos seus pensamentos, do seu próprio corpo. Então, veio-lhe a certeza de que ela não poderia se dar ao luxo de se imaginar casada e com filhos. Não era a sua realidade. Guardava todos os seus sonhos de moça romântica dentro do coração e vivia a própria morte sobre a lápide de outra, pairando como um fantasma de si mesma.

A noite passou em claro. Sabê-lo a algumas portas do seu quarto não a ajudaria a se acalmar. Os primeiros raios da manhã a fizeram saltar da cama e a caminhar ao redor do casarão. Queria encontrá-lo na esperança de um novo beijo. Queria encontrá-lo para a explicação do beijo. Já não sabia se queria encontrá-lo.

Ao reparar que havia se afastado e tomava o caminho da ermida, parou. As imagens daquele lugar, do piso banhado de sangue, da escrava cantando uma cantiga indecifrável em sua língua, eram demais para ela. Resolveu voltar para a casa-grande. Ia caminhando, segurando a sua sombrinha para afastar os raios do sol que ia se firmando implacavelmente. A hora do almoço deveria estar próxima. Não avistou nenhum escravizado. Estariam nas plantações ou no terreiro virando o café para a secagem. Preferia assim, sem olhares curiosos, apenas ela e a brisa misturada ao som dos pássaros e a algum mugido de vaca num pasto mais distante. Deduzia que Luiz Fernando estaria em reunião com Bento e Francisco e não deveria ter sentido a sua falta no desjejum. Ou teria sentido? Nunca teria se imaginado com tolices de moça romântica — sim, sempre havia considerado tolices pensar no amado, no que ele achava dela, o que estaria fazendo. *Céus, Georgiana! Nunca poderão ficar juntos! Você mentiu do dia que pisou aqui em diante e ele já esclareceu que não suporta mentiras!* Se ele descobrir que está se passando por sua sobrinha, irá odiá-la e nada poderia ser pior do que o desprezo dele, a decepção, nem mesmo a cadeia seria pior.

Sem dar caso ao coração pesado, puxou as saias do vestido para subir a escadaria na frente do casarão. Uma pessoa descia. O pequeno homem vinha devagar, carregando uma mala pesada. Talvez um mascate. Georgiana já ia tomar outro rumo — pois não sabia quem era e nem ao que vinha —, quando o reconheceu por debaixo do chapéu enterrado na cabeça, a alguns degraus de distância. Parou de respirar. Aguardou mais um pouco para ter certeza. Foi quando o homem levantou o rosto e a avistou parada no meio da escadaria.

É ele! Padilha! Nunca deixaria de reconhecer os estreitos olhos escuros, a boca repleta de dentes amontoados uns sobre os outros e marcados de um tom esverdeado que dava náuseas quando falava. O rosto ainda tinha algumas marcas de espinhas e cicatrizes que o deixavam vermelho. Os cabelos oleosos escuros, grudados no topo da cabeça, estavam escondidos debaixo do chapéu de abas corroídas. Tinha o corpo mediano, ainda que mais alto do que ela, mas nas roupas esgarçadas pelo tempo, parecia menor. Apesar das botinas e das roupas surradas, havia posto uma gravata de cetim azul, o que significava uma coisa: ele iria a algum evento importante.

Ela conseguiu apenas se encostar contra a parede da casa para dar passagem pela estreita escada. Abaixou os olhos e rezou para que não fosse reconhecida. Tinha todos os músculos do corpo retraídos e a sensação de que iria sufocar se ele não passasse logo por ela.

Padilha parou, tocou na aba do chapéu num cumprimento educado e abriu um sorriso, antes de seguir num passo apressado. Ela não soube identificar se a havia reconhecido ou não. Só queria sair dali antes que houvesse a chance de um segundo olhar, ou um provável reconhecimento.

Ao retomar a respiração, Georgiana puxou o vestido para continuar subindo as escadas e deparou-se com a expressão nula de Luiz Fernando. A sua garganta fechou e ela achou que morreria fulminada por ele. Tinha um olhar que não soube interpretar, a princípio. Não parecia ser de raiva, nem de decepção. Era um olhar atirado ao Nada, que a transpassava como se não existisse, o que poderia ser muito ruim.

Terminou a escadaria e passou por ele certa de que escutaria alguma coisa. Luiz Fernando nem se mexeu, perdido nos próprios pensamentos. O que será que Padilha havia contado a ele? Não teve coragem de perguntar, aceitando a sina que viesse como sentença contra os males que havia provocado.

❧

Uma coisa era mais do que urgente: ela precisava fugir. Adeus, Padilha, adeus, Fazenda da Beira, adeus, Eugênia, adeus, Luiz Fernando. Por mais que ela começasse a sentir a vontade de estar perto dele, mais determinada a partir ela havia ficado. Tornara-se perigoso cada minuto naquela casa com Padilha próximo.

A cada ranger das tábuas no corredor, a moça se sobressaltava, certa de que seria Luiz Fernando a lhe expulsar da Beira.

Foi em busca do Barão de Sacramento. Precisava do dinheiro o quanto antes. Passara pela sala, pelos corredores, pela "sala das senhoras", e não o encontrava em parte alguma. Estaria com Luiz Fernando? Se estivesse, não teria como lhe falar. Ao se deparar com a baronesa, a marquesa e Anabela no pátio interno, descobriu que ele havia ido cavalgar com Luiz Fernando e Francisco. Preferiu não se juntar a elas. Aguardou as horas na sala, fingindo um bordado interminável.

Quando chegaram, era hora do almoço e o barão foi se lavar para poder comer. Não havia como perguntar nada diante de todos. Principalmente de Luiz Fernando, que nem se dirigia a ela, ignorando-a por completo. *Ele sabe! Mas se sabe, por que não me expulsou?*

Após o almoço, o barão foi convidado a ir ao escritório de Luiz Fernando, aonde passariam a tarde discutindo a portas fechadas. Foram incontáveis as vezes que Eugênia andou de um lado ao outro da varada, fingiu rezar diante do oratório, ou arrumar alguma coisa. Suas pernas doíam e o alvoroço começava a levantar as suspeitas da baronesa. A senhora a tomou pelo braço na última tentativa, logo após o chá.

— Que tal irmos passear um pouco?

A moça assentiu. Cruzaram o jardim e sentaram-se no banco que ficava de frente para o casarão — de onde ela poderia ver as janelas do segundo andar na esperança de avistar o barão.

— O que tanto quer falar com o barão?

Eugênia gelou e a baronesa jogou a cabeça para trás, soltando um sorriso:

— Anabela e a marquesa podem ser cegas, mas eu nunca fui. O que quer falar com ele com tanta urgência? Será que *eu* posso ajudar?

A baronesa não parecia alguém que lhe permitiria fugir da verdade, nem que a julgaria. Porém, o que havia feito era tão grave, que duvidava que a senhora fosse aceitar e lhe ajudar. Seria amoral e ilegal. Ainda assim, sua ajuda seria bem-vinda, mesmo que em parte. *Céus, que confusa estou!*

— Eu preciso ter acesso ao meu dote.

Talvez não fosse isso que a baronesa esperasse escutar, e inevitável foi o seu estranhamento:

— Por quê? Pretende se casar às escondidas?

— Não! Não é isso. Preciso de dinheiro.

— E para quê? Certamente seu tio pode emprestar alguma soma... Ou é muito dinheiro? — O silêncio da jovem a deixou ainda mais preocupada. — Para que precisa de dinheiro, Eugênia? Uma moça educada não vive sobre si. O que está acontecendo? Você não é boa para esconder segredos, dá para ver no seu rosto. Conte-me. Diga-me, o que passa entre você e Luiz Fernando?

Desta vez, foi a moça que se sentiu surpreendida:

— Como...? Não passa nada. Só tenho que me ir.

Pôde sentir as faces quentes, como se a outra tivesse descoberto do beijo e da confusão que se fazia em sua cabeça e no seu coração, piorados pelo terror de ter encontrado Padilha.

— E por que, já que não passa nada? O seu tio tem lhe tratado mal? Fez algo errado consigo?

— NÃO! A princípio ele não foi muito amistoso, mas agora estamos em bons termos.

— É Francisco, então?

Georgiana balançou a cabeça na negativa. Seus olhos se encheram de lágrimas. Trincou os lábios. Queria poder falar com ela, dividir o peso de sua alma, mas seria condenar a boa baronesa a um suplício.

Ao longe um cavalo relinchou. Vinha a galope. O cavaleiro parou na frente da casa e saltou, entregando as rédeas a um escravizado. Em poucos passos, Bento Ajani entrou no casarão. *Será ele a única salvação, quem poderá me tirar daqui antes que Luiz Fernando me odeie pela eternidade?*

A baronesa pôde captar a maneira como a moça o olhava, achando ter entendido o motivo daquilo:

— Não me diga que é *ele*. Sei que o barão não gosta dele. Não sente confiança no que diz ou faz. É como se fosse recoberto de segredos.

— E quem não é?!

— Eugênia, estou preocupada consigo. — Pegou a sua mão.

Não aguentando a pressão no peito, Eugênia deixou-se levar pelas lágrimas que escorriam pelo seu rosto:

— Eu não estou bem.

— Oh, não chore... — Puxou-a para si e a abraçou. — Deixe que eu mesma falarei com o barão. Pedirei que disponha do seu próprio dinheiro. Direi que é para economias pessoais, que não pode pedir ao seu tio dinheiro para um novo par de calçolas ou meias.

— Eu preciso voltar à Corte. — Fechou os olhos ao sentir que lhe acarinhava os cabelos num gesto maternal, puxando o seu choro ainda mais.

— Está tão infeliz aqui para querer voltar? Façamos o seguinte, falarei com o barão que irá passar conosco uma temporada na Corte. O que acha? Assim poderá ter acesso ao seu dinheiro e, quiçá, resolver o que tiver que resolver na cidade.

Se antes tivesse falado com a baronesa, tudo teria se resolvido mais cedo e até poderia providenciar a sua ida com ela. Contudo, estavam de partida em dois dias e não iria convencer o tio em menos de 24 horas que precisava ir. Estava tão certa disso, que nem se incomodou em lhe falar durante o jantar.

22

A refeição foi feita de maneira amistosa, regada a conversa boa e a comida melhor ainda. Rememoravam-se os velhos tempos. A baronesa não parecia se importar com as histórias que a marquesa contava sobre a juventude do barão, nem Luiz Fernando quando o barão vinha com algum *causo* de criança birrenta. Bento, metido no seu usual silêncio, levantava os olhos escuros de vez em quando para quem estivesse comentando algo que poderia lhe interessar. Francisco se fazia atento com todos, em especial com Georgiana — desta vez, mais distante do que qualquer outro. Luiz Fernando ficava entre responder monossilabicamente ou sorrir. Tanto ele quanto a moça só prestaram atenção no assunto da mesa quando o fazendeiro foi perguntado sobre o homem que teria vindo visitá-lo pela manhã:

— Achei-o um tanto repulsivo — emendou o barão.

— Um mascate — respondeu Luiz Fernando. Apesar da aparente indiferença, seu tom de voz era de preocupação.

— Um mascate! — indagou a marquesa, aborrecida. — E por que não o mandou entrar para que víssemos o que tem a vender? Poderia ter algum vestido, ou algum belo toucador.

Luiz Fernando, vagando nos próprios pensamentos, retrucou automaticamente, antes de terminar o assunto com um gole de vinho:

— Garanto que o que vendia não seria do interesse das senhoras.

E finalizou com um olhar de esguelha para Georgiana, que não tinha coragem de lhe encarar. Ela quis se levantar da mesa, porém teve que aguardar a sobremesa. Retesada no assento, mal falava, mal escutava, mal via o olhar de preocupação da baronesa e o de interesse de Luiz Fernando.

Da sala de jantar foram para a de estar, onde café e licor seriam servidos. Não queria, no entanto, a jovem dama foi impelida pela baronesa a lhe tomar o braço num gesto de amizade e a encaminhá-la.

As alegações de cansaço e sono não surtiram efeito. A baronesa exigia a sua presença, o que Georgiana considerou suspeito. Será que sabia algo sobre ela, ou queria levantar alguma dúvida sobre o que acontecia? Não soube determinar quanto tempo ficara na sala, sentindo a própria pressão no peito, o tombamento dos lábios e o cansaço em ter que responder a amenidades perguntadas pela marquesa, ou a complementar com a sua opinião algum assunto levantado pela baronesa.

O relógio do corredor badalava quase meia-noite, mas ninguém parecia querer dormir. Luiz Fernando, o barão e Bento conversavam num canto, a marquesa contava histórias de assombrações para Anabela e Francisco. A baronesa ria-se do aparente medo deles e, ao perceber que não a fazia tremer, a marquesa se ofendeu:

— Não acredita na pós-vida?

— Ao contrário, acredito e muito. Mas não dessa maneira de espíritos arrastando correntes ou puxando os pés dos vivos. Em Paris, pudemos participar de uma mesa-girante. É impressionante a man...

— Bobagem! — comentou o barão do outro lado da sala, com um ouvido caído para o lado da esposa. — Eles poderiam muito bem estar induzindo aquele copo.

— E quanto ao que aconteceu depois?

Ele gaguejou, pálido, procurando uma desculpa que ela não conseguiria facilmente refutar.

— O que aconteceu depois? — A marquesa, perita em fofocas, tomou a dianteira para saber.

— Eu comecei a ver e a ouvir os espíritos.

— Ela acha que me conhece de outra vida. Em que também fomos casados. Eu era... o que mesmo?

— Um general romano. E não éramos casados... — a baronesa murmurou —... eu era a sua escrava, a que você levava para a campanha.

— Haha, um general romano! Pode? Deve ser por isso que eu gosto tanto de vinho!

O barão não pôde ver a careta que a baronesa fez.

Georgiana tinha a expressão tão assustada quanto a marquesa. Nunca teria acreditado se fosse outra pessoa a contar, o fato de ser a baronesa trazia uma certa credulidade que dificilmente seria questionada. As mesas girantes — como eram conhecidas — eram mais um entretenimento do que uma ciência — tal alegavam os magnetizadores —, encenações para que verdades pudessem ser ditas e mentiras acobertadas.

— Pode alguém ser escravo numa vida e senhor em outra? — alguém perguntou.

— Pode ser o que for numa e ser algo completamente diferente em outra — avisou a baronesa, mais entendida no tema do que poderiam esperar. — Pode até vir com outro sexo.

— Ora essa! Eu posso ter sido homem em outra vida? — zombava a marquesa. — Por isso, prefiro acreditar em uma vida somente, como uma boa cristã. Ao morrermos, renascemos no Céu e ficamos junto ao nosso Salvador e a Deus.

Georgiana reparou que a baronesa mordeu a boca. Não deveria acreditar muito no Céu dos católicos, ou que a marquesa iria para qualquer lugar que não o Inferno. Quanto a si, não sabia o que dizer, nem o que explicar. Tinha sensações de que conhecia lugares e pessoas, sonhava estar nos sapatos de outrem, mas nada que ela tivesse comprovação de uma existência anterior. Quanto aos espíritos, nestes ela acreditava piamente. Não que tivesse provas de suas existências, mas era inconteste as sensações de pessoas lhe observando, vozes lhe assoprando ao ouvido e situações inexplicáveis como a da cozinheira.

— Provemos que os espíritos estão entre nós e não no Céu ou no Inferno ou no Purgatório ou seja lá onde for... — Gesticulava a marquesa, com pouco caso. — Façamos como você fez na França, uma mesa-girante. Vamos tentar contactar Maria de Lurdes. Os escravos andam assustados, dizem que coisas estão sumindo, que ouvem murmúrios e barulhos de correntes, vultos por todos os lados.

— É tolice dos supersticiosos! — Luiz Fernando replicou com mau humor. Não suportava crendices, creditando à imaginação diante do medo e à ignorância das Ciências Naturais.

— Vamos! Acho que será divertido! — o barão piscou para o anfitrião.

Apagaram todas as velas, deixando apenas uma ao centro da mesa de carteado, ao lado de um copo d'água. Segundo a baronesa, o líquido era para limpar as energias que ali poderiam encontrar. Deram-se as mãos. Georgiana, que estava de frente para a baronesa e de costas para a porta, não se sentia bem naquela posição. No entanto, de um lado tinha Bento, que lhe apertava os dedos, e o risonho Francisco do outro.

A baronesa pediu que se concentrassem e tentassem eliminar todo e qualquer pensamento, fechando os olhos. Para facilitar, que prestassem atenção na própria respiração ou na chama da vela. Georgiana mantinha os olhos fechados, tensa, atenta a qualquer coisa ao redor, fosse um esfregar, uma respiração mais pesada, um pigarreio. Até que a mesa começou a balançar sob seus dedos. Uma risada e um gritinho e a baronesa ralhava com o marido que estava mexendo a mesa com o pé. Respirando fundo, foi preciso se concentrarem novamente. A voz da baronesa ia transpassando a calmaria que Georgiana havia encontrado em si, no próprio pulsar:

— Maria de Lurdes, se faça presente, comunique-se. Maria de Lurdes... Maria de Lurdes, não tenha medo, comunique-se...

Do silêncio se fez a voz, tragada pela ansiedade da escuridão:

— *Olá*!

Todos abriram os olhos. Haviam se comunicado com Maria de Lurdes!

Uma risadinha arrebentou a seriedade do momento, afastando o medo. Luiz Fernando, de cabeça baixa, mordia a boca. A baronesa brigou com ele. Pedindo desculpas, Luiz Fernando explicou que não havia espíritos naquela fazenda.

— Devemos temer os vivos e não os mortos — completou.

Uma porta bateu com um vento e a vela se apagou.

— Não soltem as mãos! Alguém se aproxima.

Imediatamente a baronesa fechou os olhos para melhor se concentrar. Georgiana não conseguia fechar os seus. Podia sentir um vento frio atrás de si como se estivessem se aproximando. Aquilo era assustador.

— Alguém quer nos falar. Uma mulher. Sim. Uma jovem. Está triste. Ela chora. Diga-nos, por que chora?... — A baronesa deu uma pausa como se escutando o espírito. — Por favor, repita, não posso... na... Ela disse: "Cuidado com a história que se repete".

— É Maria de Lurdes? — a marquesa parecia ser a mais ansiosa daquela mesa.

A baronesa, de olhos fechados, parecia concentrada, virando a cabeça para captar algo:

— Qual o seu nome?

— ...

Foi um olhar, apenas um.

Georgiana captou a baronesa a encarando, assustada.

— Então, quem é? — insistia a marquesa.

Sem saber o que fazer, o sangue de Georgiana havia gelado. A baronesa havia descoberto!

Diante da insistência dos presentes, a baronesa limpou a garganta e soltou as mãos:

— Não consegui entender. Melhor irmos dormir. O dia foi muito cansativo e devemos nos preparar para a partida depois de amanhã.

De cabeça baixa, incapaz de olhar para quem fosse, Georgiana pediu licença e se fechou no quarto. Não houve noite. Andava de um lado ao outro. Precisava partir. Abriu o baú e começou a jogar roupas e outros apetrechos dentro. Ao entender que seria incapaz de carregar aquilo, achou melhor deixar tudo. Colocaria uma roupa de viagem e apenas alguns itens fundamentais e iria a pé. Sim, havia pressa porque sabia que a baronesa, àquela altura, contara ao barão a verdade e, ao amanhecer,

Luiz Fernando saberia. Melhor seria partir antes deles. *Contudo...* Parou, sentou-se na beira da cama.

Ela poderia refutar até o final, dizendo que era ela Eugênia Duarte e não um tal espírito que ninguém era capaz de ver. *Meu Deus, Eugênia, por que você está me assombrando?* Suas mãos estavam geladas. Era a madrugada que chegava. Esfregou uma mão na outra e assoprou. E quanto àquele demônio do Padilha? O que faria com ele? Tentaria dar um jeito. Prometeria trabalhar para ele até o fim dos seus dias. Ah, mas não era isso o que ele queria e ela sabia. Ele queria bem mais do que ela poderia dar. Não seria capaz de... *Deus, é melhor fugir de tudo e de todos. Irá para bem longe, aonde não me conheçam.*

Antes de terminar de arrumar, enfiada na confusão das roupas espalhadas pelo quarto, adormeceu como se encantada pelo ciciar da noite. Estava mais cansada do que supuria, estava esgotada.

Despertou. Estava de roupas e atravessada na cama. O que a fizera acordar não havia sido o espartilho a lhe cutucar as costelas, mas um movimento na escuridão.

Ainda se fazia noite quando surgiu uma sombra incomum em meio às sombras dos móveis. Estava sentada na sua cama, inclinada sobre si. Os lábios foram ao alcance dos seus. Cálidos, perfumados de vinho caro. De leve sentiu sua boca abrir e receber a intensidade do beijo, a sugar seus lábios e a pôr a sua alma do avesso. E eis que ele se afastou, não muito, o suficiente para poder falar:

— De todas as formas eu tento chegar até você, encontrá-la como é, seus desejos, seus medos, seus segredos, e o que tenho como resposta são mais segredos — disse Luiz Fernando, antes de desaparecer como num sonho tragado pelas luzes matutinas.

23

Precisamos conversar. Era somente isso que Georgiana tinha na sua mente quando despertou — se é que chegara a dormir — e foi em busca de Luiz Fernando. Não sabia o que falaria ou como abordaria o tema, somente que era hora de contar toda a verdade para ele. Do início. Quem era, qual a sua relação com Eugênia, a perseguição de Padilha, a promessa feita no leito de morte, a troca das identidades, a necessidade do dinheiro e a paixão que sentia por ele, além da necessidade de pedir-lhe o perdão. Era difícil, doloroso, mas não havia outra solução, ainda que pudesse perder o seu carinho. Era o certo e o certo não se discute.

Ao pisar no corredor, cruzou com Dorotéia, que andava sumida — provavelmente correndo com os afazeres dada a quantidade de hóspedes. A velha mucama não parecia bem, com ares assustados, como cuidando dos próprios calcanhares. Ao se deparar com a moça, havia tomado um susto.

— Por acaso, sabe onde está o senhor meu tio?
— O que sei dos negócios do sinhô?! Está agora lá na varanda com um mascate.

Georgiana estremeceu:
— Um mascate?
— Ouvi se apresentar como Padilha. — O olhar de Dorotéia era fulminante, acompanhando a sua expressão desmontar.

Georgiana escapuliu pela porta traseira da casa. *Meu Deus! Padilha! A esta hora deve ter contado tudo para Luiz Fernando.* Precisava fugir da fazenda o quanto antes. Talvez fosse tarde demais. Poderiam estar aguardando o juiz ou a polícia de Barra do Piraí para levarem-na presa. Seria levada como escrava fugida. Poderia ser vendida. O estômago pressionou para fora e ela se apoiou na parede do casarão. Tentava calcular quantos dias precisaria para fugir, contudo, era tanto nervosismo que se perdia nos próprios dedos. Não conseguia pensar. Apenas queria chorar. Chorar e gritar. Correr para longe.

— Para onde foge?

Tomou um susto ao ver Bento, com uma perna e as costas apoiadas na parede lateral da casa, fumando um cigarro de palha.

A palidez de Georgiana era evidente, confirmada pela sua gagueira e pela sensação de que tinha perdido o chão:

— E... do... do que... fu... fugiria?

Apagando o cigarro no muro da casa — pela cor do local, aquele havia se transformado no cinzeiro de Bento Ajani —, ele se aproximou dela e a encarou de tal maneira que Georgiana sentiu os seus pulmões pararem:

— Por que sempre está pálida em me ver? Ou sou um fantasma, ou você sabe algum segredo que eu não sei e está louca para me contar.

— Perdão? Segredo? — Engoliu a seco o olhar negro dele, tal um buraco que a sugava.

— Uma vez disse e repito: posso lhe ajudar, mas é preciso que me peça ajuda.

Quem é Bento Ajani? Seria mesmo capaz de ajudá-la? Ajudá-la seria trair Luiz Fernando. Será que estaria disposto a traí-lo? Era preciso tomar muito cuidado. Havia sido avisada: ninguém é o que parece. E, certamente, Bento não era o que aparentava, porque ele não aparentava nada a não ser mistério.

— O que você acha de mentiras?

— Agora sou eu quem pergunta: "Perdão?" — Ele franziu o cenho.

— Você seria capaz de perdoar uma pessoa que mentiu para se proteger de algo muito ruim?

O maxilar dele enrijeceu:

— Se foi para se proteger, não vejo mal algum.

— E se as pessoas entenderem que foi por benefício próprio?

Ele espremeu os olhos, sem os desviar dela:

— Aonde você quer chegar? Do que está falando? Anda mentindo para alguém?

— Não, estava pensando, apenas isso. — Fingiu um sorriso, no qual ele não acreditou.

— Fala da noiva do seu tio?

Todo o corpo dela galvanizou de curiosidade, fazendo-a esquecer da fuga, de Padilha, do que mais fosse, como se qualquer pedaço de relato sobre Luiz Fernando Duarte fosse muito mais importante do que toda a sua vida:

— Sabe algo sobre ela?

— Sim, sei. Ela o traiu, mais de uma vez. Mulher de pouca confiança. Não podia ver um homem sem querer seduzi-lo. E foi muito difícil não cair nos encantos dela. Era belíssima! Posso falar com convicção, nunca vi mulher mais bela em toda a minha vida. E duvido que venha a ver.

— Ela o traía por quê? Não era apaixonada por ele?

— Seu tio era um idealista. Quando morou em São Paulo, ficava na companhia do Luís Gama e de vários outros abolicionistas. Era muito amigo de um sobrinho do Barão de Mauá, um tal de Eduardo Montenegro, com quem conviveu por muito tempo na Corte. Ao voltar para a fazenda, quando o pai adoeceu de repente, tentou convencê-lo de implementar suas ideias e, por isso, foi chicoteado.

— Pelo próprio pai? — Então, Luiz Fernando não havia mentido para ela.

— Sim. Ele não só mandou chicotearem o filho como ficou assistindo até o seu tio desmaiar de dor. Catarina surgiu pouco depois. Era a sobrinha de um fazendeiro da região que visitava a família. Luiz caiu de amores por ela no primeiro encontro. O pai dele também gostava do enlace e tentou juntar os dois de todas as maneiras, oferecendo saraus e bailes. Até mesmo reformou toda a casa para que Catarina se sentisse atraída a morar lá.

— Não havia planos de Luiz Fernando ir embora?

Ignorando que ela havia chamado o tio pelo nome próprio, Bento contava:

— Nem que ele quisesse. O barão não deixava. Vivia a ameaçar que mataria os escravos. Depois que tivessem me mandado chicotear, eu não teria ficado, mas ele ficou. Também estava apaixonado por Catarina e não queria ficar mais longe dela. Até mesmo quando o seu pai deu a ela um menininho de cinco anos, que ela havia achado bonito porque tinha manchas brancas pelo corpo, Luiz Fernando não enxergava a cobra que era. Andava com aquele menininho para cima e para baixo como um cãozinho malhado.

— Que horror... Como pode? O senhor não é escravocrata?

Bento mordeu o riso:

— Nem poderia.

— Por que não?

Num olhar, Eugênia entendeu que Bento não lhe falaria da sua vida pessoal.

— Tudo acabou no dia da festa de noivado. Você deve ter reparado no gênio forte dele?! Neste dia, ele explodiu. Contou a todos os presentes, no meio da festa.

— Que terrível! Por mais que ela tenha errado, ele não deveria tê-la humilhado dessa maneira.

— Você não sabe como ela era. Ela ria dele, zombava, beijava outros na frente dele só para testar as suas reações, contava a todos sobre as humilhações do pai dele com as chicotadas. Vivia a testar os ciúmes de Luiz Fernando. Ele era sempre calado, dificilmente demonstrava as suas emoções, difícil dizer o que pensa ou sente. Ela conseguiu transformar a sua alma. Fazê-lo desacreditar nas pessoas e achar que todos estão mentindo para ele a todo momento para obterem alguma vantagem sobre si.

— Ainda assim, o que ele fez com ela foi lamentável. Por mais que tenha errado.

— Naquela mesma noite infame, morreu o seu pai.

— De desgosto?

— Não, envenenado. Nunca acharam quem o matou. Desconfiaram de um escravo que o servia. Mas ele desapareceu e nunca encontraram o rapaz, o que comprova a sua culpabilidade.

— Ou ele pode ter sido acusado para esconder o verdadeiro assassino. Quem foi que descobriu que ele tinha envenenado o barão?

Bento pausou, respirou fundo e abriu um sorriso de escárnio:

— Eu.

— Ah, desculpe, não quero...

— Lembro de ter visto o escravo servindo-o e depois ele morrendo com a bebida ainda nas mãos. Se foi ele que colocou o conteúdo no copo ou outro, nunca saberemos ao certo.

— Mas você pode ter se confundido com outro escravo...

— Impossível. Aquele escravo era único. Tinha a cabeça cônica e não possuía nenhum dente na boca. Uma vez, de presente por seus anos de bons serviços, o falecido barão deu a ele dois dentes de ouro e o apelido de "Sorriso Dourado". Fazia o escravo sorrir e todo mundo ria do pobre. Ninguém sentiu falta quando o barão morreu. Foi até um alívio para a maioria dos escravos.

— Naquela época você trabalhava aqui?

— Eu era o guarda-livros do barão. Quando ele morreu, deixou algum dinheiro para mim e um pedaço de terra, onde construí o meu sítio. Como eu conhecia boa parte dos negócios do barão, Luiz Fernando pediu que eu continuasse como seu "assessor" e "conselheiro", o que não me impediria de tocar a minha própria terra.

— É tanta história, tanto passado.

— O passado nunca morre aqui. Está sempre à espreita, contando os minutos para nos puxar os pés.

Os dois se entreolharam.

Talvez Bento realmente pudesse ajudá-la. A questão era como. Parecia uma pessoa cordata e que, ao escutar toda a sua história, se condoeria. Mas se ela estivesse errada? E se Bento não só se passasse por boa pessoa para atraí-la para algum plano pessoal de vingança?

— Estão aí! — Luiz Fernando a sobressaltou.

Georgiana tentou se recompor do susto com um sorriso e lhe evitar. Estar diante dele era bem mais complicado do que falar dele. *O beijo, o medo, as mentiras.* Como iria começar?

— Conversávamos — foi tudo o que ela conseguiu dizer, fugindo do olhar analítico dele.

— E por que pararam quando eu cheguei? Era algo que não posso saber, ou falam sobre mim?

— Nem um, nem outro — alegou Bento, tranquilamente. — Nada que não possa ser repetido, mas duvido que você queira ouvir por ser aborrecido, e você não é tão interessante para ficarmos falando de você.

Luiz Fernando não deu muito intento. Não aparentava raiva, o que poderia significar que Padilha teria arrumado outra desculpa para estar ali. Não a entregou? Quiçá, nem a havia reconhecido! Ainda assim, era um aviso para que ela fugisse o quanto antes. Como faria se o dinheiro estava na Corte e nas mãos do Barão de Sacramento que, àquela altura, deveria saber da verdade através da baronesa? Teria que... *Céus*, não havia jeito. Ela havia pecado e agora teria de pagar por ele. Ainda que a única coisa que quisesse, no momento, era atirar-se nos braços de Luiz Fernando e beijar-lhe os lábios na mesma intensidade da noite anterior.

Despedindo-se dos dois, alegando que tinha outras coisas para resolver, Georgiana foi descendo o pequeno caminho que contornava a casa. Precisava sair da visão de Luiz Fernando, sentia-o na sua nuca. Talvez ele estivesse pensando na mesma coisa que ela: o beijo.

— Então? — perguntou Bento para o fazendeiro.

— Tudo acertado. Viajo em uma semana — retrucou Luiz Fernando, vendo-a desaparecer numa curva do caminho.

— E quanto a ela?

— Cuido disso quando voltar.

Muitas coisas para resolver, pouco tempo, e muitas emoções envolvidas. E nada poderia ser pior para Luiz Fernando Duarte do que ter de lidar com os seus sentimentos.

Se Eugênia teria sido capaz de rir da situação, Georgiana choraria. Apesar das aparências, ambas lidavam com situações e as emoções que estas provocavam de maneiras díspares. Eugênia não tinha medo de nada, Georgiana vivia acuada. Se Eugênia caminharia com segurança, ainda que mentindo para o mundo, Georgiana andava apressada, encurvada sobre os próprios temores.

E foi assim que trombou numa pessoa.

— Desculp... — Ao levantar a cabeça e se deparar com o sorriso esverdeado de Padilha, ela estremeceu.

Abaixou o rosto e tentou voltar atrás, fingindo que não o conhecia.

Desta vez, a sorte não estava a seu favor. Teve o braço agarrado e o seu corpo atirado contra a parede do casarão. Como estava aos pés da escadaria da frente, não havia jeito de verem o que estava acontecendo, e nem ela teve forças de gritar, tendo o seu corpo pressionado contra a barriga dele.

— O que está fazendo, senhor? Não o conheço!

— Ah, conhece sim. — O bafo ia penetrando. — E muito bem. — Enjoava-a. — Não estava com saudades minhas? — Abriu um sorriso inverso e resvalou o nariz de batata no pescoço dela, puxando o ar. — Ah, *dona Eugênia*, que saudades do seu cheiro! Éramos bons amigos, não éramos? Como pôde abandonar um amigo como eu? Podemos ainda muito nos ajudar.

— Não... sei do que está falando.

Ele se animou ao senti-la estremecer de asco, o que lhe deu ainda mais vigor:

— Ah, não sabe? O que me diz daquele corpo que encontrei no seu quarto? — Ela arregalou os olhos. — Ou acha que eu não ia reconhecer essa pinta? — Com a mão livre, tocou em sua marca de nascença. — Ah, você acha que me conhece, mas não sabe nada sobre mim. — Com as mãos espalmadas na parede, inclinou-se sobre ela para sentir todo o seu corpo na extensão do seu. — Acha que eu sou um tolo que aceitava os seus caprichos? Não, eu sei muito bem o que você e aquela outra faziam. — A boca se acercou da dela. — Eu sei o que você está fazendo aqui. Quero parte do dinheiro, *Georgiana*.

— Que dinheiro? — Virou o rosto para evitar um beijo. — Não sei do que o senhor está falando. Deve estar me confundindo com alguém.

— Não me faça perder a paciência, Georgiana! — Uma das mãos foi descendo para as saias dela. — Você não iria gostar nem um pouco disso. Vejamos, quantos anos de cadeia será que você ganha? — Com alguma falta de perícia, tentava levantar parte do tecido. — Bem, isso vai depender de quantos pecados você cometeu. Ah, espere! Esqueci! — Afastou-se e deu um tapa na própria testa. — A pena para escravo fugido que se passa por senhora livre são as galés, ou sofrer no açoite e retornar ao seu dono.

— Não tenho dono. Não sou escrava.

Padilha envolveu-a pela cintura. Ela podia sentir todo "a alegria" daquele reencontro reverberando pelo corpo dele.

— Cadê os papéis que garantem que não é?

— E com qual papel garante que tenho sangue escravo?

Afastando-se dela, Padilha ajeitou a casaca e a gravata. Tirou o chapéu, lambeu a palma das mãos e passou nos cabelos antes de recolocar o assessório.

— Caiu em minhas mãos um papel sim, de uma escrava. Uma tal Maria, era o seu nome. — E um vasto sorriso surgiu. — É familiar? Ao que tudo indica, era a sua mãe. Pois também tenho o seu registro de nascimento. Pena que, na confusão, perdi a alforria de sua mãe... tsc. Que tolice a minha! Agora, todos vão acreditar que você veio de um ventre escravo... — Os olhos dele desceram para o seu corpo. — A menos que você faça exatamente o que eu vou mandar.

— Vá! Faça o que quiser! Pouco me importa, seja degredo ou ser vendida como escrava!

— Sabe o que acontece com escravas bonitas como você? — Ele deu um passo para frente e os dedos passearam pelos botões do seu vestido. — Eu acharia melhor, e mais vantajoso, me ouvir. Continue com essa sua farsa e me traga o dinheiro da pobre falecida e, aí, conversaremos mais amigavelmente. — Abriu um botão na altura dos seios.

— Vou contar tudo ao meu tio!

— Seu tio? — Mordendo os lábios de excitação, e sem tirar os olhos do decote dela, abriu um segundo botão. — Como é que o *seu tio* vai se sentir ao descobrir que foi enganado? Acho que não vai ficar nem um pouco contente... — O terceiro botão foi aberto e o espartilho apareceu. — O que se passa na cabeça desses fazendeiros escravocratas?! Vai saber... — No quarto botão, ela tentou se soltar dando tapinhas no peito dele, mas ele parecia imóvel, com os olhos focados no seu espartilho. — Temos um acordo?

— Vou ver o que posso fazer.

— Não. Não vai ver o que pode ou não. Ou temos ou não temos um acordo. — Sua mão fina foi entrando pelo vestido, sentia a pele quente por debaixo da fina *chemise*. — Estou na estalagem, próxima ao trem. Esteja lá dentro de duas semanas, ou virei atrás de você e com todos os papéis para provar que é uma impostora.

Dos olhos dela saíam lágrimas. Virava o rosto. Queria que aquela mão que buscava seus seios, escondidos pelo espartilho, parassem.

— Beije-me. — Ansiava, inclinando-se para a frente e fazendo bico.
— Beije-me para selarmos o acordo.

— Não vou beijá-lo.

Ela ia conseguindo se soltar quando ele tirou a mão do seu vestido e a segurou com mais firmeza. Sacudiu-a:

— Se não me beijar, eu entrego você às autoridades agora mesmo.
— Ele sentiu que ela não mais fazia força contra si. Aproveitou e fez um biquinho para beijá-la. A moça fechou os olhos e correspondeu rapidamente, afastando-se em seguida. — Boa menina. Em breve nos veremos. — Piscou para ela.

Assobiando, Padilha se foi com a sua maleta de mascate. Uma sombra no horizonte, perdendo-se na estrada de terra.

Georgiana tinha o rosto quente de raiva, por onde lágrimas rolavam compulsivamente. Tentou manter a compostura. Fechou o vestido e limpou o rosto nas mangas. Precisava de ar, respirar, caminhar, sair dali. Não sabe o quanto percorreu e nem o quanto demorou de tão perdida nas últimas lembranças que estava. Iria vomitar se não fosse o trotar de um cavalo, que a fez recuar para a beira da estrada e esperar o cavaleiro passar.

Era Bento Ajani, de cabelos soltos por debaixo do chapéu. Ela nunca o havia visto com os cabelos daquele jeito, parecendo alguma espécie de índio ou selvagem. Se Bento pudesse lhe ajudar a acabar com Padilha... Assustou-se com o próprio pensamento violento. Não era do tipo de desejar a morte de ninguém, mas sabia que Padilha a perseguiria até a morte.

O cavaleiro parou ao vê-la vagando pela estrada como uma alma penada em busca de algo que não se conhecia. Estava pálida e os cabelos desalinhados. Bento se manteve na montaria, pois havia alguma expressão de pressa; ainda assim, quis saber se estava tudo bem com ela.

Realocando-se, Georgiana abriu um sorriso falso, que pouco se sustentava no rosto, e tentou manter a voz natural:

— Parece que sempre que estou em perigo o senhor aparece.

Os olhos dele a analisaram de cima a baixo:

— Vou começar a desconfiar que você se coloca em perigo para que eu apareça.

Se pudesse rir, riria. No entanto, nada na sua alma a deixava capaz de outra coisa do que chorar. Ao menos, diante de Bento Ajani ela conseguia segurar o choro.

— O senhor já vai? — No seu tom de voz havia esperança, mas talvez não por qualquer interesse romântico, como ele poderia supor, e sim pelo alento e a segurança que a sua figura trazia. Certamente, alguém como Bento Ajani afastaria Padilha de sua vida e para sempre.

— Tenho coisas a resolver antes de seu tio e eu viajarmos.

— Meu tio vai viajar? — Ela gelou, apesar das mãos estarem suando.

— Dentro de alguns dias.

— E quanto tempo ficará fora?

— Não sei.

— Para onde meu tio irá?

Soltando um sorriso irônico, Bento puxou os arreios e deu partida com o cavalo:

— Se quiser saber, pergunte ao seu tio. — E sumiu na terra levantada pelo galope.

24

Francisco era todo de Anabela, ria da sua conversa boba, oferecia refresco para afastar o calor, faltava apenas lhe declarar amor e ela teria certeza que teria lhe declarado se não estivessem presentes o barão e a baronesa. Como num provérbio: pouco durou. Georgiana apareceu na sala de estar, ofegante e com os cabelos despenteados. A preocupação foi geral. A baronesa a fez sentar-se ao seu lado. O barão atestava que deveria ser insolação; as mocinhas não estavam acostumadas ao sol forte das fazendas. A marquesa guardava suas próprias suposições com muita irreverência — e sem qualquer escândalo, pois adorava um. Luiz Fernando trouxe-lhe um copo de refresco e Francisco sentou ao lado dela e, sem dar por si, pôs a mão sobre a dela, evidentemente consternado.

Besuntada de ciúmes, Anabela se ergueu. Estava entre a ojeriza e a reclamação, mas nada disse, saindo da sala. Francisco chegou a se levantar para ir atrás. Georgiana foi mais rápida. Fez um gesto que ficasse, queria uma desculpa para não ficar ali.

Bateu na porta do quarto da moça. Com os lábios grudados na madeira, chamou por ela. Não obteve resposta. Bateu de novo. Nada. Resolveu testar se estava trancada. A porta abriu facilmente. O quarto estava escuro e, aparentemente, vazio. Aonde ela teria se metido? Não era uma casa fácil de se esconder. Sempre havia alguém ocupando algum lugar.

Um barulho de acordes vindo do quarto de Luiz Fernando chamou a sua atenção. Será que…? Cruzou o pátio e, procurando não ser vista, foi até o quarto dele e bateu na porta. Não obteve resposta.

Pela soleira viu uma tímida luz. Havia alguém lá. Tentou a maçaneta e a porta abriu. O quarto foi se revelando enquanto a porta ia se abrindo: a escrivaninha com as pilhas de papéis em cima, o violão encostado ao pé da cama, Anabela sentada na beira da cama com o seu vestido aberto e as saias arregaçadas, deixando à mostra as meias presas nas coxas e a impressão que não usava nada mais.

Georgiana não teve tempo de dizer o que fosse. Choque ou não. Era evidente que a menina não esperava por ela.

Atrás de si apareceu Luiz Fernando. *Ela o espera!*

Ou não.

— Saia! — gritou ele por cima da cabeça de Georgiana. — Saia, eu disse! — Apontava para a porta.

Ele não estava apenas furioso, estava transtornado com a atitude de Anabela. Era como se estivesse revivendo uma cena — quiçá com a tal Catarina. Georgiana questionou se ele iria agir com agressividade contra a menina. Posicionou-se entre eles na tentativa de acalmá-lo. Luiz Fernando, por cima do seu ombro, a expulsava e nem sentia as mãos de Georgiana contra o seu peitoral, fazendo barreira.

Diante daqueles gritos, Anabela foi diminuindo em si. Anabela abaixou as saias e cobriu o espartilho à mostra. Todo o seu rosto estava vermelho de vergonha, de choro, de uma soma de humilhações que apenas levavam a mais e mais lágrimas. Ela sacolejava, tremia, mal conseguia coordenar os movimentos.

— Saia, eu já disse! — repetia e repetia, na ponta dos calcanhares, desviando os olhos para o chão numa atitude cavalheiresca que, um dia, Anabela agradeceria.

A menina saltou da cama e recolheu partes do vestido que havia largado. Fez questão de, ao passar por Luiz Fernando, deixar claro que iria contar ao seu pai que ele a havia tentado seduzir. Desta vez, Georgiana pôs a mão na frente da menina, quase enfiando-se entre ela e o fazendeiro. Não temia por ela, ao contrário, temia que a moça atacasse Luiz Fernando. Falava de uma maneira tão agressiva, que não duvidaria que o agredisse.

O fazendeiro, um pouco mais controlado, e calejado, respirou fundo e teve a paciência de responder que ele iria simplesmente contar a verdade.

— Em quem será que ele vai acreditar? Numa menina mimada que está fazendo tudo o que pode para chamar a atenção, sem se importar com os sentimentos dos outros, ou num homem que ele viu crescer e ajudou a educar?

Anabela fez menção de dar um tapa nele. Georgiana se pôs firme entre eles e pediu que se retirasse. Teve pena do olhar perdido que Anabela enviara a ela, de quem estava sozinha, engolida pelo próprio erro. E quem nunca havia errado antes? Se a menina tivesse permitido, teria ido conversar com ela, mas pressentiu que o melhor seria ficar quieta.

Ela mesma, controlando os nervos que estavam à flor da pele, voltou-se para Luiz Fernando e, quando achava que poderia lhe falar, teve ainda de escutá-lo reclamar:

— A cada dia tenho mais certeza de que ninguém é o que parece. — E se foi, sem dar maiores explicações à Georgiana, como se ela tivesse algo com a situação. Pelo menos, foi assim que ela sentiu. Ele estava acima da irritação, como se tivesse retornado àquela personalidade difícil que havia conhecido primeiro.

Era evidente. Anabela tentava seduzir Luiz Fernando para causar ciúmes em Francisco. Georgiana não daria muito intento a essa história familiar complexa e passional. Sempre preferiria os livros românticos e tranquilos, sem grandes complexidades e reviravoltas viscerais — bastava a sua vida ser dessa maneira. Lembrou-se de Padilha, do cheiro dele, do beijo pegajoso, das ameaças. Por mais que quisesse permanecer na fazenda e conhecer mais Luiz Fernando, era preciso partir — também seria mais seguro para o seu coração.

Ao retornar para a sala, se viu a sós com Luiz Fernando. Com as mãos nas costas, admirava um quadro. Era impossível ver seu rosto, verificar se estava bem ou ainda mal-humorado. Voltou para a porta pela qual havia entrado, porém, lembrou-se que o barão e a baronesa partiam no dia seguinte e teria a sua chance de ir-se. Talvez na companhia do barão, Padilha não ousasse se aproximar. E, se tentasse, ela poderia refutar e ele seria obrigado a provar ao barão, o que a permitiria ganhar tempo para desaparecer.

Respirou fundo, cruzou as mãos na frente do corpo e pigarreou para chamar a atenção de Luiz Fernando. Não teve o rosto voltado para si, mas notou que ele fizera um movimento com a cabeça, disposto a escutá-la. Puxando todo o restinho de coragem que ainda tinha, disse:

— Eu gostaria de pedir ao meu tio permissão para ir embora.

Não teve como reagir. Não havia nem visto os movimentos dele para entender quão rápido havia se virado e aproximado dela. Ela simplesmente se deparou com ele a encarando a milímetros de distância. Os olhos, escurecidos pela raiva — ou seria dor? — a aprisionavam no próprio medo. Teve que controlar o seu coração para que não saísse da boca. Repetiu a frase, sem lhe abaixar os olhos, tão magoada quanto ferida.

— Não — ele rugiu.

Luiz Fernando havia negado a lhe dar permissão?

Numa pose altiva, Georgiana o encarou, sem qualquer apreensão ou timidez, pronta a provar que ela não iria se dar por vencida:

— Sou uma mulher crescida. Posso ir para onde quiser e ninguém irá me parar.

No canto dos lábios surgiu um sorrisinho que ela não soube interpretar sem que ele explicasse:

— Se é tão crescida assim, por que me pediu permissão?

Estavam tão próximos que se ele se encurvasse um pouco mais, seus lábios alcançariam os dela. A expressão de seus olhos, porém, não era a de quem se inclinava a uma atitude romântica. Achou melhor se afastar. Luiz Fernando a analisava perto demais — intenso demais. Era possível que o desejo que ia subindo a atirasse em seus braços se continuassem assim. Tentou se afastar dele, sem perder a pose de convicção e se mostrar amedrontada:

— Por educação, apenas.

Ele não a deixaria escapar dessa vez. Encurtou a distância um pouco mais:

— Não, eu acho que foi porque você não quer realmente ir embora. — E seus lábios assopravam no lóbulo da orelha dela. — Teve outras oportunidades de ir, várias, com Bento, com a marquesa, quando eu não estava aqui, ou com aquele seu amigo, o Padilha... Eu não sou estúpido e nem você, *Georgiana*. — Ela estremeceu ao ouvir o seu nome saindo pela voz dele. Tentou recuar, mas o corpo dele a impedia. Estavam tão perto, que achou que ele ouviria o seu coração bater rápido. — Não me faça passar por um tolo e a pouparei. Eu sei que você não é a minha sobrinha, desde o dia que pisou na fazenda. Foi muito difícil tratá-la como uma parente. Uma falsária. Usurpadora. — Os olhos dele nadavam em mágoa, mas ele não se calava, ainda que não tivesse qualquer prazer em acusá-la. — Eugênia não lhe contou que eu a visitava de vez em quando? Que fugia da escola para ir ao meu encontro? Que nos correspondíamos?

Se pudesse se sentar, Georgiana teria se sentado. Aquela revelação era maior do que ela mesma. Luiz Fernando sabia, desde o dia em que havia pisado na fazenda, que ela estava se passando pela outra! Ele conhecia Eugênia. Era com ele que a amiga se gabava dizendo que ia encontrar.

— Ela me dizia que ia ver um namorado... Era você o namorado!

Estava tão pasma, que não reparou no sorriso dele de quem conhecia Eugênia bem o suficiente para imaginar o porquê de falar para as colegas que encontrava o "namorado" ao invés do tio — ela adorava se gabar para todos.

— Não duvido que tenha dito para causar inveja nas colegas. Nós éramos muito sinceros um com o outro, abertos aos extremo, entendíamos nossas almas. E lembro-me também que ela me contava muitas coisas, inclusive sobre a sua melhor amiga, *Georgiana*. A pobre amiga, filha de uma forra com um médico da Corte.

Todo o rosto de Georgiana perdeu a cor e ela estava paralisada. Segurava a respiração para que não lhe fugisse o ar. *Ele sabe! Ele sempre soube! Por isso me tratou mal quando o conheci! Sabia que eu estava mentindo, me passando por outra pessoa!*

O que não fazia sentido era o porquê dele não ter chamado a polícia, desmascarado-a no início e permitir que continuasse com aquela mentira.

— Por que deixou que eu continuasse? — balbuciava.

— Para saber até onde você iria. Para descobrir o que você queria de mim. Dinheiro? Posição?

Luiz Fernando tinha o corpo contra o dela. Podia senti-la pequena, frágil, contra o seu peitoral. Queria abraçá-la, beijá-la, revelar que havia se apaixonado por ela. No entanto, Georgiana havia criado um terreno inseguro para o seu coração e ele nunca teria certeza se ela estaria apenas respondendo às circunstâncias ou se estaria retribuindo o seu amor. E havia mais, outros interesses, porém não era o momento de revelá-los.

— E o que descobriu?

A jovem dama estava tão perplexa, que não notou quando ele pousou as mãos sobre os seus ombros.

— Ainda não descobri, mas deduzo que o tal Padilha esteja envolvido. —Sentiu-a estremecer sob seus dedos. — Diga-me, ele é o seu parceiro de crime, por acaso? Porque se for, já aviso que você fez uma péssima escolha.

— Não... — A voz mal saía.

O peito de Luiz Fernando se apertou e ele sentiu a necessidade de se afastar dela, senão, seria capaz de pôr tudo a perder e tomá-la em seus braços. Ela poderia estar sob as suas mãos, mas era ela quem o tinha nas mãos — o seu coração, ao menos. Deu uma volta na sala, com as mãos nas costas, analisando os próprios pensamentos:

— Eugênia havia me contado como Padilha a perseguia. Também me disse das ameaças de reescravizá-la. *Um imbecil* — murmurou e ela não escutou o comentário, enfurnada na confusão de ter sido descoberta. — Quando ele apareceu aqui querendo me vender "verdades", eu tive certeza do que estava acontecendo.

Georgiana não conseguia pensar em mais nada a não ser o porquê de não ter sido entregue à polícia por Luiz Fernando. Sua mente havia se anuviado e sua língua pesava quilos.

— E quanto aos outros, sabem quem eu sou?

O fazendeiro estranhou a pergunta, depois vindo a deduzir que ela temia que se soubessem que se passava por outra, poderia ser presa.

— Não. Não contei a ninguém, nem ao Bento. Todos acham que você é a minha sobrinha Eugênia e assim continuará.

Finalmente ela o encarou. Todo o seu rosto estava perdido no susto, no receio de um futuro tenebroso. E, por mais que afligisse Luiz Fernando, ele deveria permanecer impassível. Faltava pouco, muito pouco para que tudo desse certo. Acercou-se dela, sem que ela o repelisse. Era tão atraente que, mesmo temerosa, ela continuava linda. Ergueu a mão e acariciou o contorno do seu rosto. Havia um ar de confusão, de insegurança nela, que a transformava numa menina e tudo o que ele queria era abraçá-la e garantir que tudo ficaria bem.

— Por que você está fazendo isso por mim?
— Não é por você, Georgiana. — Parou o gesto ao vê-la petrificada. — É por mim mesmo. Nós vamos nos casar.
— Casar?
— Sim. Senão, irá para a cadeia por estar se passando por outra pessoa. Agora, sou eu quem a tem. — Tomou o rosto pálido dela em suas mãos. — Garanto que serei mais piedoso do que Padilha, e um *péssimo* marido. — Fechou os olhos, puxando o rosto dela para si.

Seus corações estavam acelerados. Podia senti-los batendo em cada célula dos seus corpos, ensurdecendo qualquer voz da razão.

Ou assim achava.

Georgiana desvencilhou-se de Luiz Fernando, afastando-se ao máximo do beijo.

Todo o seu corpo tremia, assim como a sua voz:

— E quanto àquela história de que não perdoa mentiras? É esse um falso moralismo também?

Tomado pela ironia, que existia mais para esconder a decepção da recusa do beijo, Luiz Fernando lhe provocou num sorriso:

— Eu não disse que a perdoava. Eu disse apenas que vou me casar com você.

Tendo dito isso, retirou-se e Georgiana caiu em si. Antes prisioneira das próprias mentiras, agora era prisioneira dele.

25

Os raios de sol entravam pela fresta da janela; ainda que não iluminassem por completo os pensamentos da moça, Georgiana tinha certeza de que era hora de partir. Sentada numa cadeira, articulava a sua nova fuga. Era uma questão de horas. Deveria aguardar quando todos ainda estivessem dormindo. Faltava somente saber o caminho a tomar. A estrada que levava a Barra do Piraí seria a primeira verificada. Teria de ir pelo mato. Quiçá conseguiria acolhimento num quilombo, isso se eles aceitassem que ela era filha de uma escrava.

Um barulho. Eram passos. Vinham pelo corredor. Vários passos. Bateram à porta.

— Está desperta? — A voz era de Luiz Fernando.

Georgiana segurou as lágrimas. Era incapaz de se entender; se era ela mesma, Georgiana, quem chorava, ou se as lágrimas pertenciam à Eugênia existente dentro de si.

O nó na garganta, a tristeza de que, em breve, não escutaria mais a voz forte de Luiz Fernando, que seus olhos azuis claros não a encarariam com tanta malícia, isso a deixava ainda mais apreensiva quanto ao que viria a fazer. Porém, não poderia permitir que as coisas dessem errado — apesar de estarem dando. Aceitar a proposta dele seria aceitar manter uma mentira e permitir que Padilha viesse sempre a lhes perturbar. Ela nunca conseguiria viver em paz e nem ser feliz genuinamente.

Por alguns segundos acreditou que... — sim —... poderia ser feliz. Antes de Padilha, antes que ela mesma notasse o quanto ela estava apaixonada — ela ou Eugênia? Corou. Amava Luiz Fernando e somente agora podia entender aquela cadeia louca de sentimentos. Queria poder abrir aquela porta e beijá-lo, aceitar todas as consequências do seu pecado, mesmo que a levasse a um casamento sem amor. *Ele nunca a perdoará.*

As batidas na porta continuaram, insistentes. E ela não se mexia, incapaz de atender.

Logo após o pedido de casamento — ainda que não da maneira romântica que uma moça poderia esperar —, retirara-se para o seu quarto e lá ficara o resto do dia, sem sair para comer ou se despedir dos convidados que partiam na manhã seguinte. Temia que Luiz Fernando mudasse de ideia e chamasse a polícia. Temia que ela mesma sentisse ciúmes dele e o inquirisse mais sobre os encontros às escondidas com a verdadeira Eugênia. Temia pular no pescoço de Anabela se tentasse se insinuar para o seu noivo mais uma vez.

E as batidas pararam e o silêncio adormeceu a casa.

Uma mão pousou sobre o ombro de Luiz Fernando. Era a baronesa. Tinha a face marcada pela falta de sono, de quem passara a noite pensando nos prós e contras de contar o que sabia e qual seria o prejuízo do seu conhecimento. Balançando a cabeça, deu a entender que não era preciso chamar pela jovem. Partiriam sem ela.

No jantar — no qual Eugênia não estivera presente, alegando indisposição — Luiz Fernando havia comentado que preferia que "sua sobrinha" ficasse mais alguns dias com ele, a lhe fazer companhia. Em momento algum mencionara o casamento ou as eventuais rusgas entre eles. Ainda assim, os convidados podiam notar um ar melancólico de quem estava insatisfeito consigo mesmo.

E estava. Luiz Fernando sentia-se miserável por forçar a moça a se casar consigo, por mais que ela estivesse se passando por outra pessoa e ele precisasse do dinheiro do dote de Eugênia. Um canalha! Um canalha irremediavelmente apaixonado.

Quando a sobrinha Eugênia lhe contara sobre a sua melhor amiga, forçada a trabalhar no colégio interno por causa das suas condições econômicas e discriminada pelas colegas e professoras por ser filha de uma forra, Luiz Fernando sentira o seu coração pulsar. Não por pena, mas por algo que ele não soube explicar — desde sempre parecia que a conhecia há muitos anos. Todas as vezes que se encontravam às escondidas, ele perguntava mais sobre a tal Georgiana e Eugênia se derretia em elogios e admirações — quiçá já planejando uma futura união entre os dois, o que faria a sua amiga estar sempre perto dela. E Luiz Fernando ia se interessando cada vez mais pela moça.

Ao sinal dos primeiros sintomas da doença de Eugênia, ela implorara ao tio que se algo lhe acontecesse, cuidasse de Georgiana, o que ele prometera sem relutância. Porém, quando a própria aparecera diante de si se passando por Eugênia, ele se sentira traído, amargurado. Tivesse sido plano de Eugênia — o que ele desconfiava, pois conhecia a sobrinha bem demais — ou da outra, a falta de confiança nele era pior do que a mentira, o que o fez amargurar os primeiros dias juntos.

Até que Georgiana se mostrara tudo aquilo que Eugênia tanto elogiava quando cuidara dele durante o período da convalescência. E dali crescera um carinho que ele mantinha guardado até que ela confiasse e revelasse a verdade a ele. A todo instante ele achava que havia dado a segurança que ela precisava para ser sincera, mas era engano e isso o deixava mais irritado. E, por maior que fosse a sua força em se controlar, a frustração também era grande. Inclusive o beijo roubado. Rápido mas com tanto significado, que ele se vira irremediavelmente apaixonado, capaz de tudo por ela — até matar.

Eis que surgia Padilha. O maldito lhe insinuara que teria sido amante de Georgiana, com quem havia tido "intimidade" para descobrir o golpe que ela ia aplicar em Luiz Fernando. "Num ato de generosidade", havia aparecido para avisar e impedir. Claro, a um preço módico surgia tanta benevolência. Luiz Fernando mandara que retornasse no dia seguinte, quando lhe daria a quantia pedida. Padilha não deixou de aparecer e não deixou de levar o seu dinheiro com a garantia que nunca mais poria os pés na Fazenda da Beira. Porém, antes de ir embora, mencionou uma certa carta de alforria que havia "desaparecido". Algo que seria de suma importância, pois faria de Georgiana uma escrava, afinal, havia sido gerada em ventre escravo — antes da nova Lei[1].

Luiz Fernando conhecia muito bem o que acontecia com a maioria das escravas. Ele tinha que impedir isso. Não poderia ver o seu amor jogado nas mãos de um senhor de escravos para servir ao seu bel-prazer. No entanto, ficara tão irritado quando Padilha dera a entender que "estava no sangue dela servir ao seu senhor", que quase o expulsara a pontapés e nem acordara com ele algum valor pela carta de alforria, arrependendo-se em seguida.

Imaginava que o homem ressurgiria pedindo mais dinheiro assim que gastasse o que havia dado; eis que seria o momento de acabar aquela chantagem de uma vez por todas.

Por enquanto, a única maneira de proteger Georgiana seria se casando com ela. O que seria bom, afinal, precisava do dinheiro de Eugênia para

---

1   A Lei do Ventre Livre só surgiu em 1871, e servia apenas para escravizados nascidos a partir da data da sua vigência.

libertar os escravizados. Seriam dois coelhos com uma só cajadada. Por mais que ele mesmo se sentisse um traíra ao precisar daquela soma.

A relutância dela, evidente na não-recusa, foi entendida como rechaço. E Luiz Fernando se viu num amor de mão única. Após ponderar por toda a noite, concluía que a melhor maneira de proteger Georgiana seria a afastando da fazenda. Se permanecesse, Padilha poderia retornar e, quiçá, com a polícia. Se estivesse na Corte e sob a proteção do Barão de Sacramento — figura importante e amigo do Imperador — ela estaria mais segura, afinal, ninguém ousaria contrariar pessoa tão importante. Além, é claro, dos devassos. Avisaria ao Marquês — que lhe devia uma ajuda — que levantasse toda a rede de proteção, normalmente utilizada para esconder os escravizados foragidos e as testemunhas dos genocídios nas fazendas. Por mais que lhe doesse, era o mais seguro para ela — e somente ela lhe importava agora.

Pela manhã, ainda no desjejum, avisara ao barão que iria chamar por Eugênia para que estivesse pronta para partir. O que foi uma surpresa não só para a baronesa como para a marquesa e Francisco. Apenas o barão — já avisado das circunstâncias — continuara tomando o seu café sem qualquer alarde. A marquesa e Anabela insistiram que o lugar de Eugênia era na fazenda, porém, com um murro na mesa Luiz Fernando encerrou o assunto. Estava decidido.

Diante da porta do quarto de Georgiana, ele se viu desesperançoso. Ela iria partir e ele não a veria mais. Ao sentir a mão sobre o seu ombro, teve um relance de alegria ao imaginar que seria ela, pronta a lhe dizer que ficaria ao seu lado. Mas, ao se voltar, deparou-se com a cara de consternação da baronesa.

Estendeu-lhe o braço e acompanhou a baronesa até a carruagem. Não via Georgiana em lugar algum. Não estava em seu quarto, não havia ido se despedir. Será que havia visto Padilha e fugido durante a noite?

Antes que a baronesa entrasse no coche, a jovem dama surgiu, para o alívio de Luiz Fernando. Vinha sem malas, sem roupa de viagem. Sua tranquilidade não durou. Questionava se ela ficaria porque ele tinha ordenado ou porque gostaria de ficar com ele? Sentiu-se idiota. Deveria tê-la libertado o quanto antes. Queria poder dizer para ela: "Vá e seja feliz", pois a felicidade dela se tornava mais importante do que a dele. Ainda assim, não o havia feito.

A baronesa, cuja perspicácia ultrapassava a de todos, estendeu a mão para a jovem:

— Não vem conosco?!

A moça voltou-se para Luiz Fernando. Ele estava tenso, pálido, incapaz de tirar dos olhos a aflição que era vê-la partir. Ainda assim, ele lhe sussurrou:

— Vá com eles.

Era inesperado. Era libertador.

Era angustiante. Ela queria ficar.

— Mas...

A reticência foi sentida como a necessidade de uma aprovação por Luiz Fernando. Tomando a mão dela, ele explicou:

— Quero que seja feliz e sinto que aqui só se sentirá miserável.

Havia tanta ternura no gesto dele que Georgiana só teve uma resposta. Apertou as mãos dele — suadas pelo medo de vê-la partir — e sustentou a sua mirada, sem piscar. Disse com toda a convicção:

— Eu vou ficar. Não pode uma noiva abandonar o seu futuro marido.

Foi com apreensão e susto que Anabela, o barão e a baronesa — além da marquesa e de Francisco — receberam aquela notícia: Luiz Fernando e Eugênia iriam se casar.

Com a cabeça erguida, Georgiana manteve os olhos pregados nele e um sorriso indecifrável. Nem mesmo Luiz Fernando poderia ter imaginado que ela iria optar por ele.

Então, o bicho da dúvida veio lhe corroer a alegria. Por que ela ficaria se poderia escapar de tudo e de todos? O que ganharia com isso? Estava sendo chantageada por Padilha? Seria a sua comparsa? Luiz Fernando soltou a mão dela e deu um passo atrás, pondo as suas atrás das costas, fechadas em punho — tinha que segurar a apreensão.

— Quando se dará a cerimônia? — perguntou Francisco, mais sorumbático do que triste.

— O quanto antes começaremos os proclamas — anunciou a noiva.

A marquesa, que a esta altura havia se calado, ao ouvir isso se sobressaltou:

— E por que meu sobrinho tem tanta pressa em se casar?

— Deve ser para que a noiva não fuja com outro — comentou Anabela, certa de que não a escutariam.

Para sua infelicidade, não só seus pais a ouviram, assim como Luiz Fernando, que teve a indelicadeza de lhe responder:

— Com você, eu poderia ter esse receio, mas confio em Eugênia e sei que ela não faria uma coisa destas — enfatizou as últimas palavras junto a um rabicho de olho para cima da noiva.

— Pois duvido desse arroubo de vocês — dizia a marquesa. — Foi tudo muito rápido. Eugênia mais me parece resignada do que uma noiva contente.

— Verdade! Que noivo terrível eu sou! — Luiz Fernando a puxou pela cintura para perto de si. — Por que está triste, meu amor? É porque não teremos uma grande festa de casamento?

— Não, não estou triste. — Ela afastou-se dele, corada, incapaz de resistir a tamanha proximidade sem querer beijá-lo. — Dormi pouco à noite. Fiquei muito emocionada com o pedido.

— Viram?! Ela me ama! Não me ama, *Eugênia*?

Se pudesse, Georgiana arrancaria do peito o coração e o entregaria a Luiz Fernando, mas ela mesma tinha consciência de que o casamento e, consequentemente, o seu amor eram apenas máscaras para as necessidades financeiras do fazendeiro.

— Se vocês se amam tanto, por que nunca os vi se beijando? — questionava Anabela, impassível com o fato da moça se casar antes dela, tão mais bela e bem-nascida.

— Cada um demonstra o amor de uma maneira — retrucou o pai, tentando empurrar a filha para dentro do coche antes que suas perguntas aumentassem e pudessem sugerir algo acerca da verdadeira identidade de Eugênia, a qual jurara proteger para ajudar a Luiz Fernando.

— Ainda não acredito. Não há amor por detrás desse casamento — resumiu a jovenzinha ao subir no veículo.

— Não sei se é amor, mas me esqueço de respirar só de pensar nele — explicou Georgiana com tanta emoção, que Luiz Fernando podia jurar que era verdade. — Quando estou perto dele, tenho medo dele se afastar se eu falar algo impróprio. As opiniões dele sobre o mundo, sobre mim, são mais importantes do que as minhas próprias. Não sou mais a mesma e ele fez isso comigo. Não consigo cogitar a minha vida sem ele, nem como consegui viver sem ele até hoje. Por várias vezes tive a oportunidade de ir embora, mas não consegui. Se isso não é amor, então, eu não sei o que é amar. — Ela refreou as palavras e evitou o olhar dele.

Luiz Fernando manteve-se calado, apesar de ser incapaz de parar de admirá-la.

— Você o ama, realmente — murmurou o barão, hipnotizado por aquela onda de sentimentos.

Envergonhada, a noiva abaixou a cabeça. Havia aberto o seu coração de uma maneira que nem ela mesma havia sido capaz de enxergar de tão enterrados que estavam os seus sentimentos por Luiz Fernando.

A baronesa, fechando o assunto, antecipou a despedida. Deu-lhe dois beijos no rosto — mas ainda havia uma certa frieza que a moça teve de engolir. A jovem dama tentou manter a tranquilidade, restando ao lado de Luiz Fernando. Deram adeus ao coche e ficaram na porta até sumir ao fim da alameda de palmeiras imperiais.

Georgiana havia decidido. Precisaria de mais tempo para engendrar uma boa fuga. Não poderia simplesmente se atirar no mato como um cão cego. Rapidamente eles iriam achá-la, mais conhecidos daquele terreno do que ela. Era preciso calcular.

26

Ao entrarem na casa, de braços dados, Luiz Fernando deu um beijo na mão da noiva, feito um perfeito cavalheiro, e foi para o seu gabinete. Tinha que preparar alguns papéis para o casamento. Francisco pediu licença, queria falar com ele um minuto, a sós. Restaram apenas a marquesa e Georgiana, que seguiram para a sala de estar. Mal se acomodaram na sala e a marquesa a fulminou:

— Diga-me: é verdade que vai se casar com o seu tio? Ou é apenas mais uma enganação dele para tentar se livrar dos escravos?

— Como? Se livrar dos escravos? Não sei do que a senhora está falando. — O coração dela se descontrolou, mas tentou manter a compostura, pelo bem de Luiz Fernando e dos escravizados.

Após uma rápida análise, de quem investigava a alma, a marquesa se recostou no assento, cansada de se debater sobre a união dos dois — o que afetaria seus planos por completo.

— Ninguém poderia imaginar que logo você se casaria com ele!

— Por quê?

— Ora, por quê? É um homem perverso, sem caráter, fará de tudo para desvirtuar a sua alma. Este é o jeito dele. Eu ainda acho que a melhor pessoa para si seria o Chiquinho. Um rapaz tão bom, de caráter infalível...

— O que a senhora ganha com isso?

— Não entendi, minha querida. — Apertou os olhos.

Georgiana havia se levantado e tinha a expressão feroz, de quem não seria mais joguete na mão de quem fosse, nem aceitaria aquela jogada da marquesa. Queria as cartas na mesa, todas, inclusive as que a senhora escondia nas mangas.

— O que a senhora ganha se eu me casar com o Sr. Francisco?

— Ganhar? — Abriu o leque que levava a tiracolo e balançou-o. — Eu acho que vocês combinam e que seriam muito felizes junt...

— A senhora sabe que ele dorme com as escravizadas, e sabe-se lá com que promessa que faz a elas?!

A marquesa fechou o leque abruptamente e apertou-o entre os dedos como se segurando a própria raiva para não explodir:

— Ele só faz isso porque ainda não se casou, mas garanto que quando...

— A senhora ainda não me respondeu. Claro, porque não é a senhora que ganha. É ele! Ele vai ficar com a minha fortuna. O barão não quer deixar quase nada para ele... — Franziu a testa, pensativa. —... Mas por quê? — Pausou até que, pela face aflita da marquesa, entendeu o que ali acontecia. — Francisco é o seu filho com o barão?

A inteligência da moça era irritante e perigosa.

— Ele é meu filho, sim, e logo que nasceu dei para o pai criar, como fiz com os outros. Eu não gosto de crianças. Nunca gostei. Mas Francisco é diferente. Ele é como eu: destemido, inteligente...

— Sem coração, não se importa com os outros, pensa apenas em si mesmo, ilude as pessoas com simpatia para obter o que deseja.

A marquesa não conseguia se decidir entre ficar com raiva ou receosa com aquelas acusações. Voltou a se abanar, nervosa:

— Exijo respeito.

— Respeito? A senhora? É como o Diabo pedir que não pequem.

A marquesa ergueu-se em si e deu um passo para frente — fazendo com que Georgiana recuasse, certa de que lhe daria um tapa:

— Sua ingrata! Depois de tudo o que fiz por você! Verá do que sou capaz!

Ah, aquela senhora havia pego Georgiana num péssimo dia e não admitiria ameaças bobas vindo dela. Havia muito a lidar entre a cabeça e o coração e não se deixaria com tal tolice.

— A senhora não tem ideia do que *EU* sou capaz. Com a sua licença. — E saiu da sala.

※

Bento Ajani não era um homem de se surpreender — talvez pelo que havia visto em sua vida —, porém, foi inevitável quando Luiz Fernando lhe contou que estava apaixonado por Eugênia. A surpresa não era pela paixão em si — naquela região era comum entre familiares e o próprio Luiz Fernando havia mandado buscar a sobrinha para se casar com ela —, mas o fato de estar contando isso para ele. Luiz Fernando era conhecido pela sua frieza e malícia, deixando extrapolar apenas quando com muita raiva — o que não era o caso. Sem qualquer reação — ele mesmo não sendo uma pessoa de comunicar seus sentimentos e pensamentos —, Bento mudou o assunto para algo que sentia mais confortável em conversar sobre:

— E quanto ao ataque ao porto ilegal em Macaé?

— Viajamos dentro dos próximos dias.

— A sua noiva vai esperar? É uma situação muito arriscada e você pode vir a sofrer alguma coisa.

Luiz Fernando, que estava sentado em sua escrivaninha, colocou o punho fechado na frente da boca, numa pose pensativa.

— Bem pensado... Talvez... — Levantou-se e foi até a janela. — Talvez fosse melhor se casássemos antes da minha partida. — Voltou-se para ele.

— Sim, é melhor. Se algo me acontecer, ao menos, estará protegida.

— Protegida?

— Sim, financeiramente falando.

— Financeiramente? — Bento, sentado numa cadeira, recostou-se ainda mais. — A fazenda está em maus termos, você quer engendrar uma fuga escrava e montar um quilombo e, para isso, precisará se casar com ela para obter o dinheiro do dote e ser capaz de preparar a fuga?! De que maneira ela estaria financeiramente protegida?

— Se algo me acontecer, ela vai herdar tudo isso. E terá o dinheiro do dote liberado para administrar da maneira que lhe aprouver.

Bento fez uma careta de quem ironizava aquela situação inusitada:

— Você já pensou em tudo, pelo visto.

— Tenho pensado nisso há muito tempo — murmurou o outro para consigo mesmo.

Fez-se um silêncio incomum. Cada um num canto, vertido nos próprios pensamentos, tão misteriosos quanto as expressões ilegíveis.

— Deu certo? — Bento perguntou, desistindo de aguardar que Luiz Fernando lhe pedisse ou falasse mais alguma coisa sobre o seu casamento.

— Aquele menino escravizado que eu achei na Fazenda Santa Clara?

— A esta altura, se tudo deu certo, ele deve estar em boas mãos — resumiu, sem entrar em detalhes a respeito daquela história que não era a dele, e somente dez anos depois chegava a um final feliz.

— Melhor eu me ir... — Bento suspirou. — Tenho que preparar a nossa viagem.

Estava na porta do escritório quando escutou de Luiz Fernando:

— Você não irá. Quero que fique aqui e proteja a fazenda e Eugênia.

Evitando se mostrar incomodado com aquela ordem, Bento assentiu, mas não sem antes querer confirmar se realmente não era necessário no ataque ao porto ilegal.

— Está certo disso?

— Sim.

Era a vez de Luiz Fernando Duarte atrapalhar os seus planos.

27

Ao ver Bento saindo do gabinete de Luiz Fernando, Georgiana — este era o seu verdadeiro nome e, a partir de agora, ela se identificaria com ele — se perguntou se seria capaz de ajudá-la como havia dito. Pouco ou quase nada sabia a seu respeito, apenas que resolvia os negócios do fazendeiro. A baronesa não parecia gostar dele — mas ao que tudo indicava, nem dela gostava mais, o que era compreensível. Havia muito mistério em torno de Bento e, por experiência própria, isso poderia ser um mau sinal.

Evitou-o, escondendo-se dentro do oratório, onde se ajoelhou e fechou os olhos, fingindo que rezava. Ao escutar os passos pesados se dirigindo para a saída, ela pôde respirar mais devagar. Era preciso ter certeza de quem era ele antes de poder lhe confiar segredos. *Ninguém é o que aparenta ser.*

Diante da imagem de Nossa Senhora da Conceição se viu em prece, pedindo que a ajudasse a apaziguar o seu coração. Amava Luiz Fernando, mas temia o que poderia acontecer caso se casasse com ele e Padilha aparecesse exigindo dinheiro. Por mais que achasse que ir com o barão e a baronesa para a Corte fosse uma boa solução, tinha certeza que tanto Luiz Fernando quanto Padilha a encontrariam lá. O melhor era fugir inesperadamente, de todos, mas não dos seus sentimentos — estes ela seria obrigada a carregar para sempre.

Havia visto um mapa da região sobre a escrivaninha do gabinete. Precisava dele para se guiar e se manter longe das estradas. O melhor seria tentar achar um dos quilombos que havia escutado existirem por ali. Francisco falava deles com algum temor. Não parecia confiar nos quilombolas, quase os tratando como marginais à causa dos corpos de capitães do mato e de pequenos fazendeiros que eram largados pelas várzeas. Luiz Fernando não via da mesma maneira, dizia entender que qualquer ser humano que fosse submetido à escravidão agiria da mesma maneira agressiva contra os seus captores: "Que escravo nunca teve parente atirado no sumidouro ou morto no tronco? Que escravo nunca sentiu o peso do chicote?".

Tudo se arranjava de acordo como se Nossa Senhora a tivesse escutado. Luiz Fernando saiu do gabinete para conversar com Francisco na frente do casarão e Georgiana achou que era o momento propício para pegar o mapa.

Aguardou alguns segundos. Observava-os pela janela da varanda. Tinha que se assegurar que teria tempo de procurar pelo mapa. Ao vê-los indo para a tulha, se sentiu confortável em entrar no gabinete. Não esperava, no entanto, encontrar duas escravizadas faxinando. Nenhuma se importou dela estar ali, era como se não a vissem. Sem precisar dar grandes explicações — apesar de tê-las na ponta da língua —, a moça foi à caça do mapa. Passou os olhos por cima da escrivaninha e não o viu. O estômago se retorceu e a respiração foi engolida. Se perguntasse para as escravizadas se haviam visto um mapa, elas poderiam desconfiar e contar ao fazendeiro. Mexeu num livro, num papel, e achou debaixo de uma montanha de coisas. Não era um papel muito grande, sendo possível dobrá-lo e guardar no bolso da saia.

Respirou fundo para se acalmar e abriu a porta.

Vinha Luiz Fernando pelo corredor. Parou ao vê-la saindo do seu escritório e com a expressão pálida.

— Procura por algo?

Colocando a mão dentro do bolso da saia para não aparentar o volume através do tecido, Georgiana abriu um sorriso módico para convencer que dizia a verdade:

— Sim.

Contraindo as sobrancelhas, ele estreitou os olhos sobre ela, sugando a verdade de sua alma — mais corsário seria impossível.

— E poderia saber o quê?

Sem muito — apertando o papel —, Georgiana aumentou o sorriso:
— Você.

—Eu? — Ergueu uma sobrancelha, desconfiado. — E o que você poderia querer comigo?

— Saber quando nos casaremos.

Acariciando os cachos que caíam do penteado dela, analisava as suas reações, calculando se ela gostava dele tanto quanto ele dela:

— Está com pressa?

— Não exatamente. Preciso preparar o meu enxoval. Precisarei de algum dinheiro e...

Se antes o olhar dele era cortante, agora estava lacerante quando a interrompera, afogando a respiração dela:

— O que me garante que você não irá pegar esse dinheiro e fugir? — Enrolava o cabelo dela em seus dedos.

— O que garante que não me entregará para a polícia para ficar com o dinheiro de Eugênia?

Ela mostrava uma nova face, repleta de ousadia. Luiz Fernando gostou, abrindo um sorriso malicioso.

— Você acha que eu seria capaz disso? — Se achegou dela, cheirando os cabelos dela e soltando-os.

A moça deu um passo para trás e bateu com as costas na porta fechada do gabinete. Uma mão se apoiou na porta e ele se inclinou sobre ela, impedindo-a de escapar ou, até mesmo, de lhe desviar o rosto de tão próximos que estavam.

— Como você mesmo me alertou, as pessoas não são o que parecem.

— Certamente que elas não são. — Seus olhos não se desgrudavam. — Seja como for, amanhã mesmo iremos resolver o casamento em Barra do Piraí.

— Amanhã?

A atenção dele foi descendo pelo vestido dela. Bucaneiro, ele a analisava feito um pirata diante de uma pilhagem. Georgiana contraiu-se assim como o mapa amassado entre os dedos. Por mais que gostasse que ele a observasse daquela forma, no momento seria bem inoportuno.

— Tenho que viajar dentro de alguns dias e quero me casar antes.

— Para garantir que eu não fuja?

Luiz Fernando fixou os olhos novamente no rosto dela após o passeio pelas suas curvas:

— Para garantir que não se case com outro enquanto eu estiver longe.

Georgiana se calou diante da frase que saíra tão espontânea quanto ameaçadora. Mal conseguira concatenar que a ausência dele seria ideal para a sua fuga. Estava por demais envolvida pela vontade de atirar-se nos braços dele e beijá-lo na urgência dos seus sentimentos.

Teve de se controlar.

— E quanto tempo ficará fora? — ela perguntou, sem querer parecer ansiosa, o que ele entendeu como uma maneira de se ver livre dele o quanto antes.

— O suficiente para sentir saudades. — Havia um olhar sombrio que não só perpassava as suas palavras, infiltrando-se nelas, como em toda a sua expressão.

Num gesto, Luiz Fernando abriu a porta e Georgiana teve que se reequilibrar ao perder o apoio. Não chegou a cair no chão. Havia sido enlaçada pela cintura e comprimida contra o corpo quente dele. Vieram, então, os lábios ardentes. Sem qualquer escrúpulo, tomavam a boca dela em assalto, dividindo a respiração ofegante.

Giraram contra uma parede e, num arfar, a língua de Luiz Fernando invadiu a boca de Georgiana, puxando toda a sua respiração. As mãos dele desceram para a saia e os dedos lançavam-se a uma aventura de subir o tecido. Ela atirou a cabeça para trás assim que os lábios dele pularam para o seu pescoço numa combustão de sensações. Ela toda havia ficado como se à beira da própria pele. A cabeça girou e sentiu as pontas dos dedos dele subindo pelas suas meias.

Georgiana se lembrou do mapa escondido no bolso e a possibilidade dele encontrá-lo a fez tentar se afastar. Os lábios dele desbravavam o seu pescoço e ela sentiu uma coceira que lhe subiu as pernas traiçoeiramente, fazendo-a se agarrar aos ombros largos dele. A cabeça coçava por dentro e os ouvidos zuniam quando sentiu a mão dele tentando se desfazer das suas roupas íntimas.

Teve de abrir os olhos e se concentrar em afastá-lo.

Empurrou-o num impulso.

Ao sinal de recusa, Luiz Fernando se afastou, confuso. Tinha certeza de que ela o havia aprovado. Ou havia entendido algum sinal errado?

— Não... — disse ela, ainda à cata de ar —... não na frente das escravas.

— De quem?

A moça olhou em volta. Não havia ninguém dentro do gabinete além dos dois.

※

Georgiana atravessava o pátio interno limpando a boca, mas sem querer apagar a memória daquele beijo que lhe surrupiara a alma. Restava o corpo — que latejava de desejo — e a necessidade de recompor a aparência e retomar os planos de fuga. Não sem antes se perguntar como as duas escravizadas haviam saído sem que ela tivesse percebido, se estava na porta do gabinete?

Num descuido, trombou em Dorotéia, aparecida do nada.

— Ah, Dorotéia, que bom que a encontrei! — suspirou, temendo que tivesse esbarrado em Francisco ou na marquesa. Aproveitaria para saber mais das faxineiras que cuidavam da limpeza, queria se assegurar que elas não iriam contar nada a Luiz Fernando. Poderia tudo, menos sentir que o havia decepcionado mais uma vez. — Quem são as escravas que limpam o escritório do Sr. Duarte?

A velha mucama fez uma careta de estranhamento:

— Ninguém tem permissão para entrar no escritório, nem para limpar.

— Como? — Foi a vez de Georgiana contrair o cenho. — Eu vi duas escravas faxinando o gabinete.

— Impossível. — Balançava a cabeça. — E mesmo que tivesse duas escravas para a faxina, certamente não estariam no gabinete. O sinhô não deixa ninguém entrar lá, a menos que ele esteja presente.

Ao notar a expressão de horror de Georgiana, a escravizada lhe ofereceu um copo d`água. Não era a primeira vez que a jovem se deparava com alguma espécie de assombração e, ao que tudo indicava, não seria a última. Afora as noites em que tinha que dormir com a cabeça enfiada debaixo do cobertor para afastar as impressões no ar de que havia alguém a espionando.

Trêmula, pediu licença, precisava descansar um pouco, e entender tudo o que tinha acontecido nas últimas horas — o noivado malfadado do fazendeiro, a aproximação de Francisco, a descoberta da sua verdadeira identidade e a chantagem de Padilha.

Desde a visita do Barão de Sacramento e sua família, Luiz Fernando havia mudado. De repente, ficara intenso, sensual, munido de uma paixão silenciosa e avassaladora que ela percebia no seu olhar, no seu sorriso. Tornava-se cada vez mais penoso deixá-lo, por maior que fosse a certeza que a odiaria mais ainda ao descobrir que ela havia fugido. Ficar não era mais uma alternativa por causa das ameaças constantes de Padilha.

Evitou cruzar com Luiz Fernando o resto do dia. Foram horas passeando até os limites da fazenda, analisando o terreno e o mapa e por onde seria mais seguro caminhar. Pegara uma corda aqui, um conjunto de fósforos ali, escondera um candeeiro próximo a uma pedra, por debaixo de folhagens. E deixara uma trouxa de roupas preparada debaixo da cama. Naquela noite dormiria de vestido, caso tivesse que fugir de madrugada. Também havia retirado um pino imperceptível da tranca das janelas, caso alguém a trancasse no quarto. Ela podia entrar e sair sem que notassem que ela havia sido aberta.

Só não havia calculado que a noite fosse tão cansativa e acabasse adormecendo atravessada na cama, acordando apenas com batidas insistentes na porta do quarto. Era Luiz Fernando avisando que a carruagem estava pronta e que deveriam ir falar com o padre sobre a cerimônia.

28

O percurso entre a Fazenda da Beira e Barra do Piraí era mais longo do que Georgiana se recordava. E, consequentemente, mais aflitivo. Não iria conseguir ficar tanto tempo num mesmo lugar apertado com Luiz Fernando sem querer contar toda a verdade para ele — inclusive seus arranjos para a fuga — e dizer o quanto o ama e se atirar nos braços dele como no escritório. Era preciso se controlar. Nem deu tempo dele lhe dirigir a palavra e fechou os olhos bem apertados. Deixou a cabeça pender para o lado e fingiu que adormecera no balançar do coche.

De fato havia cochilado em algum momento, acordando apenas quando o coche já estava parado na frente de uma bela capela em Barra do Piraí.

Feito pecadora arrependida, fez o sinal da cruz ao pisar na igrejinha. Não foi muito adiante. As vozes alteradas de dois homens a pararam. Eles discutiam próximos ao altar de Santa Ana. Gesticulavam. Esbravejavam.

Num olhar mais atento, reconheceu Luiz Fernando. O outro homem, pela batina negra, deveria ser o padre.

— Ninguém vai me impedir de me casar com ela! — vociferava o fazendeiro. — Nenhum santo, nenhum deus, muito menos um homem!

— Eu o proíbo! Deus o proíbe! — dizia o padre, com o dedo riste na cara de Luiz Fernando.

Luiz Fernando, fora de si, cuspiu no chão. O padre deu um passo atrás. Já havia visto aquela mesma cena num passado tão longínquo que não soube qual. Ao perceber que o outro dava as costas para ele, fazendo pouco caso, o padre Berni gritou mais alto, alvoroçando a cabeleira branca:

— O Demônio fala através de vós! O Demônio habita essa família! Nunca serão felizes! Nunca! Perdição! Perdição! Herege! Infame! Irás ao Inferno!

Nos calcanhares da irritação, Luiz Fernando se voltou para o homem e apontou:

— Vou e lhe mando buscar! — E se virou numa rapidez de quem não havia visto Georgiana diante de si, quase a trombar com a sua cara assustada. Ainda munido pela raiva contra o padre, ele foi ríspido com ela, arrependendo-se em seguida. — Eu a havia mandado esperar no coche.

Não aguentando em si, mal-humorado como ela nunca o havia visto, Luiz Fernando foi na frente, em passos largos, para logo sair dali. Esquecendo-se da educação ou do cavalheirismo, subiu no carro e só teve tempo de aguardá-la para ordenar que o cocheiro desse partida.

Ao entrar, com a ajuda do cocheiro, estava ofegante, suada e confusa com o que acabara de presenciar. Ainda ouviu Luiz Fernando murmurar:

— Malditos, antes houvesse o casamento civil! Sou mesmo amaldiçoado... — Ele se mantinha impassível, sem expressar qualquer sentimento, nem no rosto, nem na inflexão de voz.

Aguardou um pouco. Queria que ele mesmo lhe dissesse o que havia passado entre ele e o padre. Pelo pouco que viu, não estavam em melhores termos e não parecia ser algo de agora.

— O que este padre tem contra você? Contra nós?

Luiz Fernando, com os olhos grudados na paisagem, preferiu omitir os detalhes que relacionavam o padre ao seu noivado anterior. Ao bem da verdade, a relação sanguínea dele com a ex-noiva — o padre Berni era o seu tio-avô. No entanto, não deixaria Georgiana sem explicações, por mínimas que fossem:

— Se ele acha que vai nos impedir de casar, está enganado.

— Você não pode fazer isso. Não pode se casar sem a permissão da Igreja e sem a bênção de Deus.

Um olhar de irritação. Foi tudo o que bastou para Georgiana se calar pelo resto da viagem e Luiz Fernando se fechar em pensamentos soturnos e muito mais urgentes do que a vontade de beijá-la.

❁

Com que rapidez passa a vida, pensava Georgiana, analisando que em pouco estaria casada.

Em um dia Luiz Fernando conseguira um padre que os casaria, só não soube como. Tiveram de optar por uma cerimônia na pequena ermida no topo da colina. Ela não vira mal algum na simplicidade, nunca havia imaginado um casamento com pompas. Já o noivo parecia irritado. Havia ares grandiosos em Luiz Fernando Ferraz Duarte quando se tratava de festas. Prometia que daria um baile em homenagem à noiva assim que fosse possível — o que Georgiana dava pouco caso.

Eu queria apenas... Nem ela sabia mais o que ela queria. Queria, talvez, acordar e tudo ter sido um grande sonho com pitadas de pesadelo. Pegava-se querendo que aquilo fosse real; que Luiz Fernando a amasse e por isso estivesse se casando com ela.

A noiva havia se retirado para poder se preparar para a cerimônia com dois dias de antecedência. Alegava dar azar encontrar o noivo antes — o que também era desculpa para ela evitar a marquesa, que havia vindo para as bodas na companhia de uma amiga.

Luiz Fernando não se importou com o afastamento. Tinha outros assuntos mais urgentes para preparar, trancando-se em seu escritório até para as refeições. Por mais que uma parte do seu ser quisesse estar com a noiva, era preciso estudar como seria o ataque ao porto ilegal e a fuga dos próprios escravos, sem que chamasse a atenção da polícia ou de outros fazendeiros. Se estes descobrissem, poderiam se vingar dele por estar incentivando motins e quilombos, como vinham fazendo com qualquer um que alegasse ser abolicionista — fosse delegado e até juiz.

Tudo parecia seguir como deveria... se não fosse no dia da cerimônia uma visita que irrompeu o quarto de Georgiana.

Diante de um espelho estava a moça, em seu vestido de noiva, trazido da Corte por Bento, a pedido de Luiz Fernando — há algumas semanas, quando os planos de se casar ainda não haviam sido verbalizados. Era um lindíssimo vestido de seda e tafetá, repleto de rendas e vidrilhos franceses que iam do corpete ajustado até camadas rebuscadas da saia. O decote se fazia peça central no vai e vem de tecidos, colocando para fora uma ousadia que Georgiana nunca teria se permitido. Intimidada por aquele decote que deixava seu longo pescoço descoberto, assim como as saboneteiras, os ombros e atingia o sopé dos seios, cobriu-se com um lenço de renda branca como faziam as moças do século XVIII. Os cabelos foram puxados por duas escravas e, juntas, as três conseguiram copiar o penteado que haviam visto no quadro de Maria de Lurdes. Um coque alto do qual caíam dois cachos bojudos que se infiltravam pelo decote. Sobre ele foram colocados pequenos botões de flores brancas, iguais ao buquê. Também haviam botões na grinalda presa ao longo véu bordado.

Dorotéia, num canto, a observava com os olhos repletos de lágrimas. Nada dizia, demonstrando apenas as emoções. Mas quando Catarina Dornelles entrou no quarto, interrompendo a preparação, Dorotéia se contraiu e desapareceu.

Sem dar tempo para Georgiana reagir, a mulher fez um gesto de comando — tal fosse a senhora da casa — e as outras escravas se foram.

Quem é? Será a tal amiga da marquesa que está amedrontando os escravizados? Georgiana havia escutado — da própria Regina — que a hóspede era uma mulher muito bonita e muito cruel. Batia nas escravizadas se não fizessem as coisas como achava apropriado, nem dando a chance de se explicarem ou de lhes ensinar como lhe agradava. Reclamava de tudo e exigia a presença de Luiz Fernando, que se fizera ainda mais ausente com a chegada dela e da marquesa.

Todo o corpo de Georgiana se contraiu ao notar que a mulher, com as mãos na cintura, estudava cada ponto do vestido de noiva. Mordia o riso, controlava a ironia de quem queria falar algo e não escondia a desaprovação. Georgiana diminuiu ainda mais em si ao reparar o quão bela era a estranha. Os olhos claríssimos eram mais vívidos que o vestido prata que usava. Seus longos cabelos escuros estavam parcialmente presos, revelando o colo perfeito, e sobre o decote — mais profundo que as entranhas do Inferno — havia um pesado colar de diamantes em forma de flores que combinava com os brincos.

— Mais um casamento por conveniência! — acusou a outra, abrindo um sorriso de escárnio. — Não acredito que Luiz Fernando possa amar alguém como você. É insípida demais para ele. Nem chega a ser uma concorrente para mim quanto ao amor dele. Não sei por que tanto temor por parte da marquesa... — Balançava a cabeça na negativa.

Catarina! Era ela a noiva com quem tivera problemas e que o fizera se tornar uma pessoa amarga. Não era de estranhar, uma vez que, em minutos, ela deixara Georgiana na mesma condição.

Tentando se manter calma, a jovem dama ficava falando para si mesma que aquela era uma invejosa e que não poderia perder a compostura, por mais que quisesse esganá-la. E se havia os dedinhos de alguém nesta situação, era claro que eram os da marquesa.

— É um casamento por amor — Georgiana respondeu o mais educadamente que conseguia.

Feito cobra, Catarina foi se enroscando no entorno de Georgiana — impassível diante do espelho. Passando as mãos no tecido do vestido, assoprava em seus ouvidos as delícias que havia vivido com Luiz Fernando, ainda que não estivessem casados:

— Ele me contou a verdade... *na cama*. Você sabe que homens não mentem na cama. Ou não?! Uma dica importante para você: se quiser saber se algum homem esconde algo de você, leve-o para a cama. Oh, ficou corada! Será que você é...?! Não me diga! Ele nunca tentou com você? Hah, e você me dizendo que é um casamento por amor! Humph! Luiz Fernando é muito passional quando ama e muito ciumento. Ele não me deixava respirar. Controlava cada passo, cada pessoa com quem me correspondia. Eu só podia ter olhos para ele. E eu adorava isso! Ah, como amo esse homem! E na cama... Hah, nunca encontrei outro igual! Sua alcunha de devasso tem motivo de ser... e *que* motivo!

Incapaz de aguentar mais a pressão que Catarina fazia sobre ela, amassando as pétalas das flores, passando a unha no tecido fino para puxar as tramas, Georgiana soltou, sem qualquer expressão de raiva:

— Se o amava tanto, por que você o traiu?

Os olhos verdes pareceram pinçar a sua alma para fora:

— Não é tão boba como me haviam dito. — Seu sorriso cresceu. — Tem alguma garra. Mas de que comprimento será? Digamos que fui uma tola, mas eu voltei determinada a apagar os meus erros e começar de novo, e nem você, nem ninguém, vai me impedir disso. Você pode até se casar com ele, seja por que motivo for, mas ele sempre vai me amar e vai ser para a minha cama que ele vai correr todas as noites. Eu sei que ele me quer. Eu posso dar a ele um prazer que você nunca será capaz. — Voltou-se para Georgiana, rindo-se. — Você sabe o que deve fazer, não é mesmo, na noite de núpcias? Ou é dessas meninas tolinhas que acha que o beijo engravida? — Georgiana corou. — Céus, alguém lhe ensinou a evitar filhos? Posso dar uma dica do vinagre que é infalível! Verá, Luiz Fernando é um tanto insaciável e duvido que você tenha resistência para tanto vigor.

— Você quer me assustar ou fazer com que deseje ainda mais o meu marido?

A isso Catarina não esperava. A pequena e sonsa sobrinha era bem mais esperta do que ela poderia imaginar — ou do que a marquesa havia avisado. Com um sorriso morno — que mal se sustentava na boca —, Catarina saiu do quarto, batendo a porta.

Ao se ver sozinha novamente, Georgiana bufou de raiva. Atiraria o véu e todos aqueles apetrechos longe e iria embora dali agora mesmo se não fosse por Luiz Fernando. O coração apertou. Parecia que a cada dia o amava ainda mais. Queria tanto que ele a amasse também... *Que tolice, Georgiana, ele não ama você. Se conforme com isso! É tudo um arranjo para você e ele, apenas isso.* Por mais que sua mente dissesse isso, seu coração e seu corpo pareciam não concordar, obrigando-a a se lembrar dos beijos trocados. Colocou a mão na face. Estava vermelha e quente.

Bateram na porta, já a abrindo:

— Posso entrar?

Era a marquesa.

Georgiana pensou em pular pela janela enforcada no próprio véu, mas como Luiz Fernando a havia enfrentado para se casar, acreditava que pouco mal ela poderia fazer, a princípio. Aguardou para ouvir o que tinha a dizer. Com as mãos na frente do corpo, sentia-as suar por debaixo das luvas.

A senhora deu uma volta em torno dela para depois parar em sua frente. Georgiana poderia jurar que ia pular em seu pescoço. Para sua surpresa, a marquesa abriu um sorriso tão simpático quanto aquele usado no dia em que se conheceram:

— Está linda! Tenho um presente para você. — Virou a noiva pelos ombros na direção do espelho. Tirou o lenço de renda que cobria o colo e assentou um belo colar de ouro e brilhantes. — Pertenceu à Maria de Lurdes. Espero que lhe traga mais sorte do que trouxe a ela.

Deu-lhe um frio beijo nas faces e se foi, largando o peso de um passado manchado a sangue e dor. Sentindo a garganta se fechar, Georgiana olhava horrorizada aquele colar.

Ia tirá-lo quando um vento frio adentrou o quarto, erguendo alto as cortinas e invadindo a sua alma num calafrio. Sem ser capaz de compreender, teve a impressão de que recebera um beijo e um abraço. Num sopro de confiança, Georgiana soltou os olhos aos Céus e agradeceu à Eugênia. Ela precisava dessa força para ser capaz de prosseguir diante de tantos inimigos.

※

O véu que lhe cobria o rosto não a impedia de enxergar os poucos convidados que Luiz Fernando havia convidado. "Apenas os íntimos", ele diria. E de fato eram. A marquesa, Bento Ajani, Catarina e mais dois homens que não soube quem eram. Um deles, o elegantemente vestido, tinha os cabelos muito loiros e pequenos olhos azuis, e deveria ter mais ou menos a idade do noivo. O outro talvez ainda nem tivesse chegado aos trinta anos. Alto e forte, chamava a atenção não pelo porte, mas pela cor de sua pele: negra — Georgiana viria a saber que ambos os chegados da Corte estavam há algumas horas trancados com Luiz Fernando no escritório e que iriam viajar com ele dentro de um dia.

Num canto, Dorotéia e mais dois escravos debulhavam-se em lágrimas. Entre eles Jerônimo que, mesmo não vendo, estava escutando a descrição de Regina em seu ouvido. Ela não estava muito contente com a sua função, e estaria mais infeliz se Georgiana não lhe tivesse presenteado com um vestido.

Um menino de dez anos — conhecido pelo nome de Miguel — jogava flores pelo curto caminho onde Georgiana teria que pisar.

No primeiro passo, suas sapatilhas de cetim tocaram a mancha de sangue velha, arrepiando-a. Ergueu a cabeça, respirou fundo, e prosseguiu. O curto trecho tão longo lhe parecia que nunca atingiria o altar onde estavam o padre, o noivo e o padrinho.

Podia ver na face de Luiz Fernando uma consternação que ele tentava esconder ajeitando os ombros. Havia ansiedade, havia medo, havia uma confusão de sentimentos. Georgiana, estava ela mesma muito nervosa. Casava-se com o homem que amava, mas pelos motivos errados. Não sabia se ele a amava em retorno — apesar de às vezes captar um olhar, ou um gesto de carinho que poderia significar que a recíproca era verdadeira, ainda mais após o beijo que lhe tirara o chão —, e o surgimento de Catarina só aumentava essa dúvida. Preocupava-lhe também a noite de núpcias, ao que tinha uma ideia geral graças aos livros de Medicina de seu pai. Catarina fizera questão de fazê-la pensar nisso com um pouco mais de "profundidade", misturando ansiedade com medo e vontade.

Quanto mais se aproximava de Luiz Fernando — de casaca marinho e colete de brocado amarelo, o que ressaltava os olhos azuis escuros e os cabelos avermelhados —, mais ela desejava estar com ele na intimidade. Corava ao pensar. Pelo menos, o véu escondia isso.

Luiz Fernando lhe ofereceu a mão, a qual aceitou. Um diante do outro, ele suspendeu o véu. Seus olhos se encontraram.

Algo surpreendente aconteceu: ele corou.

Um sorriso se fez da parte dele, retribuído por uma timidez por parte dela.

Ajoelharam-se no genuflexório para que o padre iniciasse as bênçãos. Durante o falatório sobre amor, casamento, fidelidade, Georgiana se perdeu em si mesma ao supor que a mancha de sangue poderia ser um mau presságio, assim como o colar que lhe doía o pescoço. O outro padre havia dito que o demônio habitava aquelas terras e o próprio noivo falava disso. Por fim, escutou o nome: Eugênia. Este não era o nome dela. Não era ela quem estava se casando com Luiz Fernando, era Eugênia quem se casava. Doeu-lhe entender que não seria um casamento válido. Mas, se falasse isso, poderia ir para a cadeia, ou quiçá ser vendida como escrava, tal Padilha lhe ameaçava. *Padilha!* Não o havia visto, o que era um bom sinal. Talvez não soubesse do casamento, o que o impediria de irromper na ermida declarando algum impedimento. Seu prazo estava acabando, precisava levar o dinheiro para ele e... Reparou que todos a olhavam, aguardando que dissesse alguma coisa.

Foi repetida a pergunta: se ela aceitaria se casar com Luiz Fernando.

— Sim.

O padre, aparentemente aliviado pela sua resposta demorada, perguntou a Luiz Fernando se a aceitava, o que ele imediatamente respondeu. O sacerdote orientou que o noivo colocasse a aliança em seu dedo enquanto os abençoava com um sinal da cruz pintado no ar. A mão de Georgiana tremia quando retirou as luvas. Ao toque dos dedos quentes e firmes de Luiz Fernando, ela parou. Com cuidado, ele pôs o anel de ouro e deu-lhe um beijo no dedo.

Todo o corpo de Georgiana estremeceu no contato daqueles lábios e sua cabeça se encheu de desejos que ela nem concebia ter dentro de si.

As palmas dos convidados e Georgiana se viu de braços dados com o seu marido. Aquilo soava estranho e encantador ao mesmo tempo. Ou seria o marido de Eugênia? Não havia negado que era o tal namorado de Eugênia, apenas confessara que se encontrava com ela às escondidas.

Vieram os cumprimentos numa velocidade que Georgiana se perdeu. Dorotéia lhe abraçou e murmurou:

— Este não é o primeiro casamento de vocês. Suas almas estão interligadas. Um será a cura do outro. Tenho muitas coisas para lhe dizer, coisas de outras vidas, alertas dos espíritos.

Antes que pudesse perguntar o que, alguém indagou:

— Não vai beijar a noiva?

À porta da ermida, Luiz Fernando e Georgiana pararam. As mãos dele tomaram o seu rosto. Sentiam as peles pulsarem. Sem lhe tirar os olhos, Luiz Fernando a tomou para si feito um cálice do melhor e mais exclusivo vinho. Seu beijo era leve, porém saboroso.

Georgiana, de olhos fechados, estremeceu nas mãos dele. Ao abri-los novamente, achou tê-lo visto sorrir por segundos.

Colocando a cartola que o seu padrinho havia segurado para si, Luiz Fernando ajudou a noiva a subir no coche vestido de flores brancas e puxado por quatro belos cavalos brancos. Depois foi a vez dele subir e sentar-se frente-a-frente como marido e mulher.

— Gostou? — Ele a pegou de surpresa com a pergunta, tinha certeza de que falava do beijo. — Pergunto se gostou da cerimônia? Foi pequena. Espero que não quisesse nada muito grande. Deixaremos isso para quando voltar de viagem. Pretendo dar uma grande festa no meu retorno. A maior e a mais *inesquecível* da região.

Surpresa ao ter escutado que ele viajaria durante a lua de mel, não havia reparado na malícia da última frase.

— Vai viajar?

— Amanhã. Não se preocupe, Bento ficará aqui para ajudá-la caso *alguém* apareça para importuná-la.

Georgiana sentiu-se traída ao ter o marido afastado de si. Ou teria sido Eugênia, afinal, era ela quem havia casado com Luiz Fernando ao invés de Georgiana. Era confuso, era frustrante, era igualmente aterrador.

29

O sol se punha quando os noivos chegavam na casa-grande, sob as palmas e pétalas de flores brancas que os escravos lhes atiravam da varanda. Com a pressa que estava ao ir para a ermida, Georgiana nem notou que a casa parecia reluzir com o sol poente que ia entrando pelas janelas, dourando a madeira do chão e dos móveis, levantando uma poeira iluminada pelos raios.

O menino Miguel foi até a noiva e lhe ofereceu uma caixinha de veludo vermelha. Sem entender, ela largou um longo olhar suspeito para Luiz Fernando. Mirando-a, aguardava ansioso para que ela abrisse. O conteúdo ofuscou a jovem. Era um broche de ouro no formato de flor.

— Este é o primeiro de muitos que virão — disse o marido, pegando o broche e prendendo-o no decote do vestido.

Os dedos dele roçaram a sua pele, gerando um estalo em si. Os olhos se encontraram e dividiram um sorriso. Ofertando-lhe o braço, Luiz Fernando lhe perguntou, ao se inclinar sobre ela:

— Está feliz, Sra. Duarte? Ou devo chamá-la de *Georgiana*? — murmurou o nome dela, deixando-a arrepiada.

Não havia maldade. Havia uma malícia gostosa de quem dividia um segredo íntimo. O que ela retribuiu com um largo sorriso de felicidade.

Pela casa haviam sido espalhadas flores brancas por todos os lados, em arranjos e festões. No pátio interno haviam sido armadas tendas de flores de papel, e próximo à fonte havia uma mesa com bolo, quitutes e vinhos. Os escravizados, usando roupas claras, batiam palmas e festejavam em honra à noiva. Seguiram-se os brindes em homenagens aos noivos. Catarina rodeava Luiz Fernando, sua presa, mas nunca conseguia se aproximar dele, sempre na companhia da esposa ou de um dos dois amigos vindos da Corte. E, antes que Catarina resolvesse fazer o brinde dela, Luiz Fernando deu por encerrada a festa.

A marquesa pegou Georgiana pelas mãos e a levou ao quarto. Como o costume, a mulher casada da família, ou a mais próxima, iria lhe despir e prepará-la para a noite de núpcias.

A jovem esposa teve uma sensação estranha de *déjà vu* ao entrar no quarto de Luiz Fernando. Um doce aroma de canela tomava o ar, misturado ao dos arranjos de flores brancas sobre a escrivaninha arrumada, a cômoda e mesinhas de cabeceira. Velas haviam sido acesas em diversos cantos, derramando uma luz morna sobre os móveis arrumados e com um toque feminino para que ela se sentisse confortável. Seu baú havia sido trazido e colocado junto a uma penteadeira. Sobre ela Georgiana poderia achar vidros de perfume, um toucador novinho em prata e madrepérola, e uma caixa repleta de joias de família, trazidas pela marquesa. Em cima da cama, em meio a pétalas de flores, Georgiana achou uma linda camisola bordada e um *robe de chambre* rosa-claro e de largas mangas ao estilo medieval. Foi quando entendeu que ela deveria cumprir com os deveres de esposa.

A senhora fechou a porta e começou a lhe soltar as amarras do vestido.

— Está linda! — dizia enquanto a despia. — Pena que pouca gente pode ver! A propósito, quem são aqueles amigos do Luiz Fernando? Nunca os vi!

— O que sei dos mistérios do meu tio?

— Do seu tio, não, do seu marido, minha cara.

Quanto menos roupas Georgiana tinha, mais desprotegida ela se sentia. Estava nua diante da senhora, tentando cobrir as vergonhas. A marquesa ficou parada, imóvel, olhando-a com gosto como se quisesse vê-la humilhada daquela maneira. Ao perceber que a outra não lhe poria a camisola, a moça foi ao seu alcance. Vestiu a roupa quase transparente e, por cima, o robe.

Ajeitando os cabelos soltos do penteado, a marquesa deu como terminada a sua tarefa.

— Você sabe o que acontece agora? Eugênia, minha querida, vou lhe dar um conselho, o mesmo que daria a uma filha: relaxe. Fique tranquila e aceite as carícias de seu marido. O que você está fazendo não é pecado. É amor.

Sozinha novamente.

Georgiana se sentou na velha poltrona em que assentaram os seus pensamentos e as suas preocupações durante as diversas noites que esteve à beira da cama de Luiz Fernando. Se, antes daquele tiro, tivessem lhe dito que ela iria se casar com ele, teria achado que estavam a brincar.

A aliança que pendia em seu dedo era a prova de que aquilo não era sonho e nem piada. Era real. Ela estava casada. Ela não, Eugênia estava casada. Tentaria não pensar nisso e aceitar que estava casada e justamente com o homem que amava. Sim, Georgiana o amava a ponto de não o saber, somente quando descobriu que poderia perdê-lo e sua vida passaria a não fazer mais sentido.

E quanto à viagem misteriosa que iria fazer com aqueles dois homens, justamente na sua lua de mel? *O que é tão urgente que não pode esperar?*

Bateram à porta, ou era o seu coração que batia alto no peito? Abriram. Era Luiz Fernando. Vinha numa timidez incomum.

Ao fechar a porta e se voltar para ela, seus olhos vibravam carinho como se vissem algum milagre. Quanto mais se aproximava dela, mais Luiz Fernando crescia em si, iluminado por uma felicidade que, apesar de visível, não chegava a formar um sorriso. Os cabelos avermelhados bagunçados caíam pelos olhos pequenos e brilhantes, grudados nela. Sobre as ceroulas, usava a camisa branca desfraldada, aberta ao peito, deixando à mostra a penugem ruiva sobre os bem-formados músculos. Por dentro daquela sensualidade varonil, reluzia a devoção à Nossa Senhora da Conceição — usava uma medalhinha de ouro, a qual pertencera à avó que nunca conhecera, Maria de Lurdes.

Ao notar que tinha toda a sua atenção voltada ao tórax dele, Georgiana desviou os olhos para qualquer outro lugar.

Ele percebeu e gostou. Mordendo o sorriso, ficou a alguns centímetros dela. De leve, suas mãos tocaram o laço que amarrava o robe e, num puxão, o desfez.

— Este quarto é amaldiçoado. Ele faz surgirem desejos, coisa que só o demo conhece. O demo e eu.

Se era o demo ou não, Georgiana não teria discernimento nem experiência para saber, mas todo o seu corpo queimava ao toque dos olhos dele, arrepiava-se na respiração sobre a pele que ia se revelando pelo tecido fino, levando-a à perdição. Se era ele o demo, entregaria a sua alma e o seu corpo. Não antes de saber os reais intentos por detrás do casamento. Talvez intuísse que ele gostasse dela. Preferia, no entanto, não se precipitar com essa conclusão, temendo depois se frustrar ao descobrir a verdade.

— Por que você se casou comigo? — Ela se contraiu, nervosa, ao ver que o robe caíra aos seus pés e estava apenas de camisola. — Ao menos isso eu mereço saber. É para se vingar de Catarina? Provar a ela que não mais a ama? Pois se fez por isso, é um tolo.

Com os olhos fixos no pouco que a camisola escondia, Luiz Fernando a respondia no automático, muito distante daquele homem direto e, às vezes, cruelmente sincero.

— A única tola aqui é você por achar que me casei contigo por isso. — Foi desabotoando a camisola, botão por botão, a partir do pescoço.

Dessa vez, era Georgiana que o encarava:

— Então por que foi?

— Pelo dinheiro, já disse. — Atingiu os botões que ficavam na altura dos seios e parou para escutá-la como se querendo aguardar para abrir o seu presente no momento apropriado.

— Você poderia obter esse dinheiro sem precisar de casar comigo. Bastaria me entregar à polícia. Seria muito mais fácil. — Ela capturou a sua atenção. — Luiz Fernando, por que você quis se casar comigo?

Havia uma docilidade nos olhos do marido que Georgiana nunca havia encontrado em ninguém.

Suas mãos subiram pelos ombros dela e puxaram a camisola, fazendo-a cair aos pés da esposa.

De queixo erguido, sem se desviar de vergonha, Georgiana o aguardava se explicar — e estar despida não a faria aceitar qualquer resposta.

— Por que você acha? Eu a quero. Eu desejo você. — A mão dele tocou o seu seio e a sentiu estremecer. — Sei que não me aceitaria como um caso. — Amaciava-a com tanto cuidado quanto desejo. — Só me aceitaria se nos casássemos. — A outra mão pegou-a pelo pescoço. Ela estava toda arrepiada debaixo dos dedos que lhe acariciavam a nuca. — Por isso a obriguei a se casar comigo. — Puxou-a contra si, fazendo-a senti-lo por inteiro. — Não se preocupe, serei um bom marido, se você confiar em mim.

Ele buscou a boca dela, abrindo-a com a língua, entrelaçando os corpos. Georgiana, puxada para aquele beijo, sentindo cada músculo que a envolvia e o quanto ele crescia diante dela, atirou os braços em volta dele. As mãos do marido foram descendo por suas costas, afagando os cabelos, terminando em carícias no contorno das nádegas. Deitando a cabeça para trás, ela gemeu, o que o encheu de mais vigor.

Levantando-a do chão pela cintura, Luiz Fernando a guiou até a cama.

Ao bater com a traseira do joelho no móvel, Georgiana estava confusa. Diante do beijo dele, não soube como foi parar ali. Nem se deu a perguntar, ocupando a boca com ele. Um repuxão percorreu o seu corpo e ela soltou um gemido alto. A mão dele estava entre as suas pernas. Podia sentir o dedilhar gostoso que ia amaciando todos os seus músculos e relaxando-a sob um mar de seda. Não conteve um novo gemido, este mais alto, o qual ele abocanhou com outro beijo, este mais sensual, com uma leve mordida nos lábios.

Ele não é seu marido, vocês não são casados. Eugênia é a verdadeira esposa dele. Como você se deixa pecar assim? Ele ama outra e se casou com outra. Sua mente não silenciava, pesando sobre o seu peito e fazendo com que uma lágrima escorresse por seu rosto.

Luiz Fernando desceu os beijos aos seios e os subiu pelo pescoço até contornar a face. Ao notar que estava úmida, continuou. E aguardou ela estremecer sobre a sua mão. Foi então que reparou que ela chorava.

Afastou-se dela, mais preocupado do que aturdido com o calor que lhe queimava as roupas:

— O que foi? Machuquei você? Talvez tenha ido rápido demais. É o demo em mim.

Na garganta estava presa a resposta e Georgiana não era capaz de responder o que fosse. Ela o amava por demais, mas estava tudo errado.

Luiz Fernando sentou-a na cama. Pegou o seu robe caído no chão e a cobriu. Depois foi direto para a porta.

Georgiana levantou a cabeça ao ver que ele saía do quarto. Não esperava por aquela reação. Talvez ela nem soubesse o que esperar de tão confusa que estava.

— Aonde você vai? — Ela enxugava as lágrimas.

— Estou muito cansado. Bebi demais. — Ela o olhava, confusa, sem entender o que aquilo queria dizer. Luiz Fernando gostou de enxergar essa "inocência", o que o fez abrir um sorriso e ter paciência para explicar.

— Quando um homem está muito cansado ou bêbado, ele não consegue "se levantar".

Ao entender o que ele queria dizer, Georgiana corou e desviou os olhos para o chão. Luiz Fernando soltou uma gargalhada gostosa — de quem não ria há muito tempo. Era liberto por aquilo. Deu boa noite e fechou a porta.

Sozinha no quarto, a jovem pulou da cama e foi à caça da sua camisola, jogada no chão. Vestiu-a e voltou para a cama, cobrindo-se até o pescoço. E ficou à sua espera.

A noite e seus prazeres a ninaram e, quando despertou, as velas estavam baixas e algumas haviam se apagado. Deveria ser tarde, pois a casa estava em silêncio, senão por uma doce viola. O som vinha de longe, pelas entranhas do casarão. Era a viola de Luiz Fernando, dessa vez acompanhada da voz dele. Cantava as saudades da amada que havia partido para terras estrangeiras e deixara com ele uma fita de cabelo como recordação.

Sem conhecer a música, arrepiou-se ao ouvi-la, entendendo que era um chamado para ir até ele. Devagar, saiu da cama, vestiu o robe e abriu a porta com cuidado para evitar ruídos.

A melodia vinha do seu antigo quarto, a qual seguiu tal marinheiro encantado pela sereia a lhe afogar os tormentos. Passos delataram a aproximação de alguém. Enfiando-se por detrás de um móvel, observou. As formas de uma mulher foram se fazendo no meio da escuridão e, ao abrir a porta do cômodo onde Luiz Fernando estava, a luz revelou o corpo nu de Catarina. A porta se fechou atrás dela e a música parou.

O resto, Georgiana imaginou.

30

Georgiana não havia vindo se despedir. Talvez estivesse furiosa por estar abandonando-a, ou por tê-la deixado a sós na noite de núpcias. Luiz Fernando queria estar com ela. Seu coração estava embebido no seu nome, sua alma havia se embriagado com o cheiro dela, seu corpo pulsava por ela. Havia pensado em ir até ela, na alta madrugada, inspirado pela própria viola, mas Catarina surgira no seu caminho feito pedra a impedir a passagem. Chutaria aquela pedra, se não fosse ainda um homem de respeito.

Queria que tivesse sido Georgiana a lhe procurar, não a Catarina. Por mais delicioso que fosse o seu corpo, sua alma era perversa na mesma medida. Ele relutava: "O que vão falar da sua honra?" E ela insistia, usando de toda a sua malícia: "O que vão falar da sua reputação de devasso? Mais manchada que a minha honra não há. Deixei de me importar há muito tempo com ela. Desde o dia que *um certo alguém* fez questão de dizer a todos que eu não valia um vintém." "Já me desculpei por isso." "Ah, Luiz Fernando, não na sua integralidade. Só aceitarei outro tipo de desculpas." E mesmo tê-la nua, diante de si, jogando-se nos braços dele, exigindo carícias, não foram o suficiente para ele aceitar. Havia mudado. Nem sob as ameaças de gritar que estava sendo violada. Não. Era um homem casado. Amava a sua esposa. Não destruiria a sua chance de ser feliz por causa de Catarina, ou de qualquer outra mulher. Ansiava apenas por Georgiana, ainda que a tivesse que chamar de Eugênia na frente de todos. Era a sua Georgiana, a quem conhecia mais a cada dia, apaixonando-se quando acreditava que nada e nem ninguém faria sua alma reviver um amor.

Era certo que a marquesa havia trazido Catarina consigo para desestabilizar Luiz Fernando e impedir o casamento. O porquê ainda lhe era mistério, mas suspeitava que ela precisava igualmente do dinheiro de Eugênia para Francisco — cujo grau de parentesco ele conhecia.

Infelizmente teria que se afastar, sabe-se lá por quanto tempo, para ajudar o Clube dos Devassos. Havia combinado que o Marquês lhe ajudaria a encontrar os registros da alforria da mãe de Georgiana, e assim libertá-la do jugo de Padilha, e, em troca, capitanearia, junto a Kambami e a Estevão, o ataque à fazenda do tal Caetano Feitosa. Mesmo que fosse perigoso, mesmo que pudesse morrer. Ao menos, teria a certeza de que o clube protegeria Georgiana e ele poderia descansar em paz, ainda que no Inferno.

Tinha as malas prontas e atreladas ao coche que levaria ele, o Marquês, Kambami e o pequeno Miguel para a Corte. Os outros companheiros de viagem o aguardavam dentro do veículo quando Luiz Fernando avistou Georgiana, no alto da escadaria da frente. Subindo de dois em dois degraus, ele foi ao alcance da cintura da esposa e, com um beijo inesperado, se despediu. Os corpos, tão vivazes como na noite anterior — ainda que vestidos —, galvanizaram-se ao toque. Foi preciso se afastar, por uma questão de decência.

Ainda tentando se refazer daquele arroubo apaixonado, Georgiana quis saber quanto tempo ele demoraria.

— Trate de não fugir enquanto não estou. Aguarde. Trarei boas notícias — o marido lhe assegurou, apertando a sua cintura. — Posso contar que você estará aqui me esperando? — Ela balançou a cabeça na positiva. — Diga-me. Não quero gestos. Quero a sua palavra.

Desviando os olhos da face esperançosa dele — afinal, ela ter vindo se despedir era um bom sinal —, Georgiana respondeu sem muita animação:

— Tem a minha palavra: não vou fugir de você.

Não consigo olhar em seus olhos. Estão carinhosos e, ao mesmo tempo, ansiosos. Meu Deus, eu menti para ele novamente.

Um novo beijo a tomou. Tão forte quanto o anterior. Tão alucinante que achou que não se sustentaria e cairia escadaria abaixo. Descobriu-se, então, segura nas mãos dele, até vê-lo desaparecer no final da alameda de coqueiros imperiais e ela retornar para dentro da casa grande e fria, assombrada pelas dores do passado que insistia em não morrer.

❦

Enquanto era fácil livrar-se de Francisco — atolado com o excesso de trabalho que Luiz Fernando havia deixado para ele propositadamente, e que o fazia passar dias em Barra do Piraí — e aguentar a belicosidade da marquesa disfarçada de ironia, de Catarina não havia como Georgiana fugir. Por toda uma semana a bela senhora a perseguia, soltando risadas nas suas costas, falando mal de tudo o que fazia ou falava, sussurrando baixarias em seus ouvidos sobre as posições preferidas de Luiz Fernando na cama. Não havia mais o que fazer senão desaparecer o quanto antes.

Tanto Francisco quanto Regina haviam comentado do mascate que rondava a fazenda — descrição que seria perfeita para enquadrar Padilha. Ele se acercava e isso era perigoso, ainda mais estando com pessoas de caráter duvidoso e sem a proteção de Luiz Fernando ou de Bento Ajani — que aparecia em raras ocasiões para conferir se estava tudo bem consigo, ele mesmo afastado pela presença da marquesa.

Não havia notícias de Luiz Fernando, não o sabia vivo ou morto. E a sua única e verdadeira companhia, Dorotéia, andava estranha, sumindo sempre quando precisava dela, e dizendo coisas sem sentido a respeito de Luiz Fernando: "A balança da vida. Está equilibrando. Paga todo o Mal que sua família criou através de ações do Bem. Não quer mal a você, nem ao que virá".

Acostumada a ignorar Catarina e a desviar das conversas capciosas da marquesa, Georgiana aproveitava as manhãs para passear pela alameda de coqueiros. Ia até o portão que delimitava a propriedade até a estrada de Barra do Piraí e voltava demarcando o tempo e a coragem para a sua fuga.

Numa dessas caminhadas, deparou-se com Regina recebendo a correspondência de um escravo de recados. Enquanto a escrava flertava com o cocheiro, aproveitou para pedir para olhar as cartas e ver se havia algo para si — quiçá notícias de que estava tudo bem. Regina, agarrada aos papéis, negou-se.

— Não! São do sinhozinho!
— Como sabe? Leu todas?
— Eu não sei ler. Mas sei que só ele recebe cartas. Além do mais, quem ia querer se corresponder com você? E o sinhozinho deixou bem claro que eu pegasse toda a correspondência e trancasse no escritório dele para quando ele retornasse.
— E se houver algo para mim?
— Ele dá para você, se quiser.
— E se for importante ou urgente?
— Pode esperar.

Regina se despediu do cocheiro e foi rebolando de volta para a casa-grande.

Rapidamente Georgiana assomou uma ideia. Perguntou ao cocheiro quanto tempo seria a pé entre a Fazenda da Beira e Barra do Piraí. O homem coçou a cabeça debaixo da cartola velha ao calcular.

— Toma um dia todo, dependendo do passo. É longe. E muito perigoso para uma mulher sozinha. Precisa ir para lá?

— Sim. Tenho que resolver uma coisa urgente.

— Posso levá-la, se quiser.

Talvez fosse a sua chance. Não queria fugir, não sem se despedir de Luiz Fernando. Sentia que seria uma traição e não estava disposta a decepcioná-lo mais ainda. Precisava conversar com Padilha. Dizer-lhe que ia demorar a levantar o dinheiro e que tivesse paciência. Sim, iria a Barra do Piraí.

— Pode me aguardar? Vou apenas pegar uma coisa.

O escravo assentiu e Georgiana foi correndo para dentro. Passou por Dorotéia, sem ouvir o que ela lhe falava, correu ao quarto e recolheu a bolsa, o xale e o chapéu. Teve uma ideia. Sobre a penteadeira estava a caixa das joias de família que pertenceram a Maria de Lurdes; em especial, o pesado colar de diamantes que usara no casamento. Sem pensar duas vezes, pegou o colar e enfiou-o na bolsa. Quiçá fosse o suficiente para Padilha desaparecer.

Quase a atropelar Regina — que saía do escritório ajeitando as roupas após um encontro furtivo com Francisco —, ignorou a pergunta da mucama:

— Aonde vai com tanta pressa? O sinhozinho não vai ficar feliz em saber disso! Escutou?!

O cocheiro saltou da boleia para ajudá-la a subir na parte de trás, coberta de sacos vazios. Acomodada, Georgiana cruzou o xale sobre o corpo e ficou a ver a imensa sede da Fazenda da Beira desaparecer da paisagem. Abraçada a si mesma, preferiu se deitar no carro. Se alguém a visse, poderia atrapalhar os seus planos.

Apoiou a cabeça na pequena bolsa e ficou. O balançar cadenciado do veículo e as nuvens passantes, pintadas do vermelho da tarde, foram lhe ninando. Só abriu os olhos ao ser cutucada pelo cocheiro.

Estavam em Barra do Piraí.

Georgiana estava na frente da estalagem. Inspirou. Ao fundo, o apito do trem. Expirou. Um passo e uma névoa se fez ao seu redor, cobrindo-a como a fumaça de charuto. Não sentia o cheiro do tabaco, apesar de ver um homem no canto, fumando. Era estranho como poderia ter tanta fumaça vindo só de uma pessoa. Deveria haver mais de um. Quanto mais entrava na estalagem, mais a névoa se adensava. Georgiana tossiu. Com a mão na frente do rosto, tentou voltar, mas não conseguia mais achar a porta de saída. Um apito de trem, bem forte, soou ao seu ouvido. Era como se ela estivesse no meio das brumas de uma maria-fumaça. Trombou em algo. Pediu desculpas e se viu diante de uma mesa de carteado. Um homem fez um sinal para que se sentasse.

Desconfiada, Georgiana não queria, mas sentia que não poderia recusar. Colocou a bolsa sobre a mesa. O tilintar de moedas foi perceptível para ela e para o homem. Ao abrir a bolsa, viu que estava repleta de moedas de ouro. Será que havia se enganado ao saltar do veículo e trocado a sua bolsa por uma de dinheiro? Era preciso devolver, mas o homem não a deixou se levantar. Queria apostar um pedaço de terra por aquele ouro. Reparou que as roupas do jogador eram de outra época e tinha uma peruca empoada branca que lhe caía mal sobre os cabelos sebosos compridos. Suas vestes estavam amarrotadas e a renda de suas mangas amareladas. Por que aquele homem estaria vestido com roupas do século XVIII?

Ao seu redor foi havendo um ajuntamento de pessoas. Todas elas com perucas brancas e trajes da mesma época. Seria alguma festa que estava havendo? Foi quando notou, por entre os rostos, o de uma bela jovem loira de olhos azuis, que muito se assemelhava a Luiz Fernando. Num segundo olhar, Georgiana enxergou as semelhanças entre a mulher e a Maria de Lurdes retratada na galeria da família Ferraz Duarte. Assustada, voltou-se para o homem. Seu rosto estava sendo corroído pelas névoas, desfazendo numa nova feição.

Georgiana tremia ao ver que havia se transformado em Padilha:

— Então, não vai me dizer nada?

Ela ia lhe empurrar o ouro, mas ao afastar a bolsa de si, viu que havia apenas itens pessoais. O ouro havia sumido. Estava enlouquecendo? Padilha lhe falava, falava, falava, e seu rosto se tornava o do homem do século XVIII e depois voltava ao seu.

— *Cuidado, Georgiana.* — A névoa assoprou em seus ouvidos.

Procurou quem havia dito aquilo. Por entre os rostos espantados do século XVIII, próxima a Maria de Lurdes, havia uma moça muito parecida consigo. Cabelos e olhos escuros e uma beleza tímida, para a qual não se fazia alvoroço. *Eugênia!* Em relação àquelas outras pessoas, a amiga estava translúcida, apesar de enxergar o seu rosto em detalhes. A voz assoprou novamente dentro da sua cabeça: *Cuidado!*

Ao se voltar para o homem do século passado, encontrara Padilha. Ao invés de um deck de cartas nas mãos, ele segurava um copo de bebida.

— Aceita a minha proposta? Veio aqui para quê? — Ele se inclinou sobre a mesa para poder lhe sussurrar. — Troco sua dívida por uma noite com você. Aceite agora ou terá que me pagar dentro de um dia. Oferta final. — E recostou no assento com um sorriso ansioso, mostrando dos dentes podres que tanto a enojavam.

— Como vou confiar em você e saber que não vai me entregar para a polícia?

— O amigo do *seu tio* me encontrou vagando pela propriedade atrás de você e me levou até a casa-grande quando aleguei que estava perdido na região. Sou mais fiel a você do que você a mim. Não acredita em mim? Pergunte a ele! Ah, mas você não pode. Ele vai desconfiar de algo... Espertinha! — Ele deu um gole final na bebida e se levantou da mesa. — Estou sem muita paciência. Vai ou não aceitar a minha proposta? Ou veio aqui para me matar, como fez com a outra? Não imagina o trabalho que me deu fingir para a polícia que era você quem havia morrido e enterrá-la numa vala comum.

Eugênia, sinto muito. Você não merecia um enterro destes, minha amiga.

— Eu não matei ninguém! — Ela controlou a voz ao ver que havia falado alto demais. — Não fiz nada de errado.

— Nada? Se passar por outra pessoa para obter dinheiro não é nada?!

— Sei exatamente quais os meus pecados. — Abaixou os olhos.

Ele pressionou os lábios e respirou fundo:

— É. Você não tem jeito. Uma pena! Um desperdício de mulher que vai parar nas mãos de algum senhor que... sabe-se lá o que ele vai fazer consigo...

Padilha deu as costas para subir de volta ao seu quarto.

— Está bem! — Ela se levantou, indo atrás dele. Tocou o seu ombro para pará-lo, incapaz de notar o sorriso dele.

Guardando o sorriso para si, virou-se para ela como se cansado daquela discussão:

— O que está bem?

— Vou subir para o seu quarto — ela murmurou, olhando no entorno para ter certeza de que não a seguiam.

Tomando cuidado, Padilha se aproximou dela, aproveitando para sentir o seu perfume mais de perto e se eriçando todo:

— Aceita a minha proposta? Uma noite pela sua liberdade? — Georgiana balançou a cabeça na positiva. — Vou na frente. Venha daqui cinco minutos. Se você não aparecer, amanhã mesmo vou na fazenda e conto toda a verdade.

Padilha desapareceu no topo da escada.

Guardando o choro, Georgiana aceitou que precisava se deitar com Padilha se quisesse fugir. O que garantiria que ele iria parar de importuná-la? Nada. Ela tinha consciência disso. Teria que confiar na palavra de um homem vil. O coração apertou. A imagem de Luiz Fernando se fez forte. Os lábios dele, juntos aos seus, arrepiando todo o seu corpo. Teria de imaginar que era Luiz Fernando ali e não aquele homem horroroso.

Os cinco minutos se arrastaram por horas até que ela tivesse bebido um copo de cerveja e estivesse zonza o suficiente para aceitá-lo. Como tinha ainda a joia na bolsa, havia a esperança de que ele mudasse de ideia.

Agarrada à bolsa, foi tateando os degraus da escada, um por um, mais nervosa do que tonta. E teria caído para trás se uma pessoa não a tivesse segurado pela cintura e a firmado até o andar superior. Apoiada na forte extensão do seu peitoral, poderia ter vislumbrado ser Bento a lhe ajudar. Não chegou a ter tempo para agradecer. Ao se voltar para trás, não havia mais ninguém.

❦

Padilha a aguardava numa alcova — um quarto sem janelas. A única saída era a própria porta por onde Georgiana entrava. Duas velas iluminavam o pequeno cômodo, aquecendo-o da friagem da noite. Uma delas estava sobre uma cômoda, ao lado de uma tina com água. Outra estava na mesa de cabeceira, ao lado de uma cama de solteiro, onde ele estava deitado.

Se aquela não era a visão do Inferno, estava muito próxima. Padilha estava apenas de apertadas ceroulas, deixando à mostra o corpo pálido de quem nunca tomara sol. Faltava sol, faltava banho também. Havia algumas crostas estranhas por debaixo da pelugem que cobria o seu tórax. Exalava um estranho odor: a mistura de suor com alho e laranja. Será que tinha esfregado laranja no corpo para esconder o cheiro? Tentando não demonstrar nojo, Georgiana fechou a porta atrás de si, a pedido dele. E ficou parada.

— Meu amor, venha se deitar ao meu lado. — Batia no colchão.

Georgiana não se mexia. Achava-se incapaz de perder a virgindade com aquele homem. Ainda mais após os beijos trocados com Luiz Fernando que, só de lembrar, ardiam-lhe a alma. Era ela dele não só de alma, mas de corpo também.

Deu um passo atrás. Seria melhor se entregar à Polícia. Perderia o marido mas, sem dúvida, nunca mais veria Padilha. Ainda que contar a verdade seria trair Luiz Fernando, mais uma vez, era a melhor maneira. Ele receberia o dinheiro de Eugênia, como seu único herdeiro, e poderia usar da maneira que lhe aprouvesse. E quanto a ela? Aceitaria o seu Destino sem questionar, já havia feito o seu mal ao enganar as pessoas se passando por quem não era.

Ela havia mudado de ideia e todo o corpo disse isso. Voltou-se para a porta. Precisava ir embora.

Foi a tempo, antes que ela alcançasse a porta, que Padilha pulou sobre ela, barrando-a. Não iria fugir dele, não após tantas fantasias, tantos desejos, tanto querer. Ela ia ser sua.

Ao ouvir que ele virara a chave, Georgiana largou duas lágrimas.

— Não há mais como voltar atrás — sussurrou ele. Ela estava paralisada, não conseguia ter um pensamento coerente para sair dali. — Venha, meu benzinho. — Puxou-a pelas mãos, sentando-a na cama.

Georgiana tremia. Ele a abraçou e o seu odor ácido a envolveu. Queria vomitar, mas não sabia se conseguiria. Estava agarrada à sua bolsa e era isso tudo o que conseguia fazer. Ter bebido a havia deixado mais fraca até para fugir dele.

— Garanto que não se arrependerá — dizia ele, de joelhos diante dela. As saias eram levantadas com impaciência. Havia a falta de habilidade junto à pressa do que ali deveria ocorrer. — Que maçada! — resmungava com as mãos tateando as pernas debaixo dos tecidos. — Odeio essas saias. Só atrapalham o que temos que fazer.

Os dedos quentes e pegajosos dele encontraram um pedaço de pele. Os olhos de Padilha brilharam. Georgiana fechou os seus. Rezava para que aquilo acabasse logo. Ao que tudo indicava, ele iria fazer devagar, para poder saborear cada momento da sua conquista.

Os dedos subiram sem grandes empecilhos. Pararam ao se deparar com as calçolas. Padilha estranhou. Não estava acostumado a mulheres que usavam roupas íntimas e que não precisasse pagar. Ah, aquilo estava o deixando nervoso. Iria arrancar toda aquela roupa e resolver a situação. Levantou-se, já de ceroulas mais murchas, e empurrou Georgiana na cama. Ao cair, o vestido dela se levantou. A moça não pôde ver o sorriso afoito que ele ganhara diante da visão. Escutou o baque surdo de quando ele se jogou de joelhos no chão. E sentiu que levantava as suas anáguas.

As lágrimas dela não paravam, uma atrás da outra.

Ao se deparar com as calçolas novamente, Padilha bufou. Procurou por botões. Não enxergava. Iria rasgar mesmo. Era um tecido leve, não seria um problema.

Um baque e depois outro, o segundo mais forte. Padilha estava caído no chão. Para ter certeza que não se ergueria, Georgiana bateu de novo com a sua bolsa — o colar de diamantes era realmente pesado. Imóvel, um filete de sangue saía da boca do homem. Estava morto?

Não era hora de pensar nisso. Georgiana tinha que achar os papéis de sua mãe no meio das coisas dele para não associarem os dois. Onde ele esconderia? Abriu as gavetas da cômoda e ia arrancando a meia dúzia de peças que ali tinha — a maioria mais suja do que limpa, com mais remendos do que tecido. Nada.

Ao lado da vela, sobre o criado-mudo, havia um livro. Revirou as páginas e nenhum papel. Será que ele estava blefando? Arrancou os travesseiros das fronhas, virou o colchão de palha. Ali também não estava! Reparou que a sua única casaca estava cuidadosamente pendurada num cabideiro atrás da porta. Investigou se havia bolso e achou, num interno, um papel. Abriu e viu os garranchos que completavam o seu nome e o de seus pais. Também havia a carta de alforria de sua mãe.

Mentiroso! Foi até ele e deu um chute com vontade. Ao perceber que ele permanecia na mesma posição fetal, Georgiana se preocupou. Com a pouca luz não podia enxergá-lo exatamente, mas era certo que deveria estar morto. Ele não se mexia. Ele não gemia.

A cerveja pulou do seu estômago para o assoalho. Havia vomitado, o que só a deixou ainda mais fraca. Arrancada de si mesma, Georgiana procurou pela chave com que ele havia trancado o quarto. De quatro, tateava perto da porta. Estava próxima à bolsa com que o havia acertado. A cabeça girou e ia vomitar de novo. Fechou os olhos, respirou fundo. Tinha que se controlar se quisesse sair dali. Odiava lugares apertados e escuros, ainda mais no estado que estava. De joelhos, ergueu-se até a fechadura e tentou acertar o buraco. Diversas tentativas e abriu.

Não conseguia se firmar sobre as pernas. Tudo girava, ela mesma estava mais enjoada. Com os braços, foi se arrastando para fora da alcova.

O que seria dela agora? Nem mais ela sabia. Além de impostora, havia se tornado uma assassina.

E desmaiou.

31

Assassina! Assassina! Assassina!, reverberava em sua mente. Caída em si, abraçada ao próprio corpo, Georgiana vagava à beira da estrada. Envergada, o seu passo era vago, incerto para onde ia. Deixava-se caminhar e ver para onde era levada, desde que para longe de Padilha.

A noite já ia ganhando contornos de amanhecer. Os bichos noturnos calaram-se, dando lugar ao piar dos pássaros da alvorada. O orvalho ainda estava sobre as pastagens, tingindo de prata os raios da manhã que iam despertando. Seria um lindo dia se não fosse pela tensão que tomava seus passos cansados. Cruzara a noite naquela estrada, sem rumo. Não temia animais selvagens, não temia homens mal-intencionados. Temia apenas a si mesma e o que acabara de fazer. Encarou as mãos. Nem havia tido tempo de tirar as luvas. Elas tremiam. Ela toda tremia. Ou era a terra debaixo dos seus pés? Um galope distante foi se aproximando. Os cascos do cavalo pareciam metal contra a terra, soltavam estalidos e faíscas.

Dona Eugênia? Não reconhecia mais aquele nome.

D. Eugênia Duarte? Georgiana virou-se para trás para ver quem era. Os cabelos caindo no rosto a impediam de enxergar quem parava o cavalo e saltava. Segurando as rédeas do animal, alguém vinha em sua direção. Por estar contra o sol, ela não conseguia enxergar além de uma sombra negra. Colocou a mão na frente dos olhos e espremeu. Era um homem. Vestia apenas uma máscara. Evitou olhar para o corpo desnudo, mas não havia forças para concatenar as ideias. Não tinha qualquer força sobre o próprio corpo. *Assassina! Assassina!* O homem a tomou no colo e a pôs sobre o cavalo negro. Era um dos seguidores do demo, iria levá-la às labaredas do Inferno.

Fuja, Georgiana! Fuja!, dizia uma voz, advinda do fundo do seu cérebro. Não tinha forças. Era uma assassina e aceitaria o seu desfecho, qual fosse.

Diante do cavalo apareceu uma sombra branca. A princípio uma névoa que foi tomando a forma humana e as características de Eugênia. *Fuja, Georgiana! Fuja!*

O cavalo relinchou. As patas dianteiras socaram o ar e a névoa se dispersou. Fora do transe, Georgiana estava desperta tanto em forças quanto em raciocínio. Ergueu um pouco a cabeça para ver se conseguia descobrir a identidade do seu captor. Ao se voltar para trás, deparou-se com a expressão consternada de Bento Ajani. Não usava máscara e nem estava nu.

Havia sido mais um sonho daqueles reais que a perseguiam quando estava muito tensa com alguma situação.

Segurando-a pela cintura para não tombar do cavalo, Bento podia notar a exaustão à flor da pele. Ela tremia. Abraçou-a para tentar aquecê-la e, em seu ouvido, murmurou:

— Sua tola! Se seu tio sabe que você tentava fugir, será o seu fim. Sorte que resolvi vir na frente para preparar tudo para o retorno dele.

A única boa notícia que Bento trazia era a de que Luiz Fernando chegaria em breve. Ali continha as duas informações mais preciosas para ela: estava perto o seu retorno e que ele estava bem.

Agora, poderia fechar os olhos e tentar descansar um pouco.

— Como me achou? — Ele não lhe respondeu. — Onde me achou? — Bento era somente silêncio. — Por que você sempre me salva? — ela lhe perguntou, por fim.

— Porque você adora estar em perigo quando estou por perto.

Por perto? Georgiana não se lembrava de nada desde que tentara sair do quarto de Padilha. E como teria chegado até Bento? Estaria ele a seguindo a pedido de Luiz Fernando? Teria visto o corpo de Padilha? Arrepiou-se. E se tudo não tivesse sido um sonho, tão intenso feito os outros? Procurou pela sua bolsa e não estava com ela. E se Padilha acordou e levou a bolsa consigo? Respirou fundo. Talvez não fosse uma assassina. Era preciso ter notícias da estalagem. Seria melhor não perguntar, teria que aguardar alguém comentar. Quem não comentaria um assassinato?

— Você gosta dele? Digo, de Luiz Fernando?!

Ao ouvir Bento, lembrou-se que ele ainda estava ali.

— Sim, é o meu marido.

— Não falo desse tipo de gostar. Você o ama?

— Muito. — Pausou diante do silêncio dele. — E quanto a você? Quem *você* ama?

— Importa quem eu amo?

— Se você tiver que vir a fazer escolhas importantes, sim. Pois suas escolhas podem estar baseadas no amor.

— Assim sendo, não amo a ninguém. As minhas escolhas são todas baseadas no ódio.

Ao abrir os olhos, Georgiana viu um teto branco. Seu corpo estava deitado em algo macio. Ergueu um pouco a cabeça. O sol entrava parcamente pelas venezianas das janelas, permitindo que enxergasse um mínimo e identificasse os móveis que seriam do quarto de Luiz Fernando. Estava na Beira. Até mesmo as gavetas reviradas, tudo estava como havia deixado. Ninguém teria notado o seu sumiço? Havia avisado que não iria comer e pedira que não fosse perturbada porque sentia-se mal.

Nem Regina aparentemente esteve lá. Reparou que estava na cama, mas com as roupas com que havia saído.

Ouviu passos no corredor e um cochicho. Com cuidado, foi até a fechadura. Agachou-se e viu Regina. Vestia uma de suas camisolas. Estava na ponta dos pés, descendo pelas escadas que levavam para a senzala. Notou um homem, próximo à desembocadura da escada, de dorso nu. Era Francisco.

Ninguém é o que aparenta ser.

Georgiana retornou para a cama e tirou as botinas de salto com alguma dificuldade. Seu corpo doía, a sua cabeça latejava e seus pés e pernas estavam inchados, pareciam que iriam se despregar do corpo.

Não sabe o que aconteceu, como chegou à Beira. O seu corpo, o seu inconsciente, tudo a levava de volta. Não se recordava de ter entrado na sede.

Relampejou a imagem de Bento a carregando. Ele a havia trazido à cavalo.

Será que algum escravo a teria visto chegando dessa maneira? Contariam para Luiz Fernando? *Catarina!* Sim, ela contaria a Luiz Fernando assim que pisasse na fazenda. *Céus!* Uma impostora e uma assassina. Qual outro pecado lhe faltava? *Uma traidora!* Luiz Fernando iria achar que é amante de Bento! Tudo se assomava sobre a sua cabeça, pesando-a sobre os ombros, mas era importante não perder a cabeça. Era preciso se acalmar e pensar.

Não teve muito tempo. O suficiente para retirar as roupas e, de *chemise*, espartilho e calçolas, lavar as axilas, braços, colo, pescoço e rosto. Com uma toalhinha, água e sabão, ia esfregando a pele até ficar bem vermelha de tanta força que fazia para se limpar. Ao atingir o rosto, segurou-o com as duas mãos, e encarou-se no espelho. Quem era ela? Impostora? Assassina? Eugênia? Georgiana? Ela era ninguém.

Lágrimas rolaram pela sua face. Estava sozinha. Não tinha a quem recorrer. Caiu de joelhos no chão. Com a mão no estômago, contraiu-se num choro mudo. Não queria que a escutassem.

Um alvoroço. Passos corridos. Vozes de que o sinhô Duarte estava de volta.

Luiz Fernando? Já? Há quantos dias dormia? Havia perdido a contagem do tempo e isso era desesperador.

Georgiana levantou a cabeça, limpou as lágrimas e procurou por roupas limpas para vestir. Tinha que recepcioná-lo como se nada tivesse acontecido. O que foi mais difícil do que poderia imaginar.

Ao vê-lo subindo as escadas da frente do casarão, sorriso para ela, passou mal. Ele todo estava iluminado, contente feito um cordeirinho a ser sacrificado por ela, a verdadeira amaldiçoada.

※

Finalmente havia retornado e esse pensamento era irônico, uma vez que estar longe da Beira havia sido sempre a maior alegria de Luiz Fernando Duarte. Mas havia motivo para isso, um motivo em particular: Georgiana. Vê-la era sentir-se em casa — o que era tão novo e aterrorizante ao mesmo tempo. A Beira nunca havia sido um lar senão de memórias perturbadoras e de muita dor.

Entendeu as lágrimas de sua esposa como de saudades e preocupação. Alguém chorava por ele e isso era, de uma forma estranha, tranquilizador. Demonstrava que havia sentimentos por ele — quiçá poderia amá-lo. Havia sofrido muito com as atitudes daqueles que deveriam se preocupar com ele. Ter alguém se importando genuinamente era mais do que confortador.

Desconcertado, enxugou o rosto dela e tomou as suas mãos:

— Estou de volta. — Beijou cada palma.

Saudades, era o nome que o perseguira por toda viagem. Estava cansado das travessuras de Estevão, da frieza matemática do Marquês, dos mistérios de Montenegro e da despreocupação de Canto e Melo. O único que lhe parecia mais sensato, e com quem havia gostado de conversar, era Kambami. Ambos tinham experiências de vida interessantes para serem divididas e uma filosofia que se assemelhava diante da vastidão do mundo disforme.

Luiz Fernando tomou o rosto de sua esposa e a beijou na testa num gesto carinhoso que encheu o coração dela de calmaria — *Tudo ficará bem agora.*

Bento pediu licença e se retirou.

A marquesa e Francisco nem tiveram tempo de saudá-lo. Ao pisar na varanda, Catarina atirou-se sobre Luiz Fernando. Ele, imóvel, sem recusas e sem aceites, havia ficado pasmo com a audácia daquela mulher. Com os braços em volta do pescoço dele, Catarina fazia questão de se lembrar da época em que era noiva dele e deixava-a sozinha na fazenda, sem ter o que fazer. Teria beijado-o se o próprio não a tivesse segurado pela cintura e a afastado de si.

Tentando não demonstrar desconcerto, ela tomou o braço dele e começou a citar amigos em comum, momentos engraçados e outros muito românticos. Fazia com os olhos para cima de Georgiana, caçando nela uma reação que nunca encontrava. Por fim, sorriu faceira:

— O seu quarto deve estar pronto. Pedi às escravas que preparassem um com uma bela vista para que pudesse descansar e que seu jantar estivesse posto lá. Como nos velhos tempos. Deve estar bem cansado. E eu sei como niná-lo.

Georgiana se retraiu dentro das vestes. Alguma das escravas — talvez Regina — deve ter contado que o casamento não havia sido consumado, o que teria dado esperanças para aquela sirigaita. Decidiu aguardar e ver como o marido agiria, afinal, somente ele poderia dar um basta na situação e mandar aquela mulher embora.

Luiz Fernando segurou Catarina pelo pulso e a encarou:

— Você não irá a menos que eu a acompanhe?!
— Preciso de ajuda para me despir.

Os olhos claros de Catarina brilharam e ela abriu um sorriso para Georgiana, o que fez a moça estremecer de raiva. Nunca conseguira odiar tanto uma pessoa em sua vida. Toda a culpa, o medo de ser uma assassina, haviam desaparecido e, certamente, não se sentiria nem um pouco culpada se esganasse aquela mulher.

32

Havia apenas uma luz tíbia no quarto, em cima da escrivaninha, perto o suficiente de um espelho de pé, na frente do qual Catarina havia se postado. Ela se desfez das anquinhas e depois pôs as mãos na cintura, e pediu que Luiz Fernando tirasse o cadarço do corpete. Observando-o na sua tarefa, mordia os lábios vermelhos e ria-se internamente. Ele sempre seria dela, seguindo as suas ordens.

— Aquela sua esposa...
— O que tem ela? — Não parava de afrouxar.
— Sabe se há algo entre ela e Bento?
— Por que diz isso? — Ele parou o movimento.
— Porque é evidente a maneira como ele olha para ela. Se ele não está interessado nela, então, nada mais sei sobre os homens.
— Não reparei. — Continuou a desvencilhar-se dos cadarços.
— Também chegaram juntos, ontem, após um dia inteiro fora. Os dois.

Conhecendo Catarina e as suas artimanhas, Luiz Fernando não deu atenção a ela, terminando a tirar as suas roupas.

Ao se sentir solta, Catarina tirou as mangas e passou o vestido pelos quadris, pisoteando-os. Luiz Fernando notou que usava uma transparente *chemise* que ia até o meio das coxas e espartilho, apenas, sem calçolas ou meias. Porém, o que mais lhe chamava a atenção no conjunto eram os antebraços enfaixados da sua tentativa de se matar. Lembrando-se do que ela havia ido fazer lá, Luiz Fernando terminou de ajudá-la, soltando o espartilho.

A *chemise* era mais transparente do que ele tinha achado num primeiro momento. Todo o corpo dela poderia ser visto por debaixo, marcando os fartos seios e entre as pernas.

Havia esquecido do quanto era bela.

Catarina sorriu-lhe:
— Estava com saudades de mim?
Luiz Fernando aproximou-se dela. Seus dedos se entremearam aos cabelos sedosos. Ela, arrepiada, atirou a cabeça para trás e aguardou o beijo.
Ele estalou os lábios na sua testa:
— Boa noite — disse ele, indo para a porta do quarto.
— O quê? Você não vai ficar?
Luiz Fernando abriu a porta e um sorriso:
— Faça um bom proveito do quarto e do jantar. — E fechou aquela história da sua vida.
Se havia resistido a Catarina, era sinal de que estava pronto para se entregar ao amor de Georgiana.

※

Não houve noite bem-dormida que não fosse virada e revirada na larga cama. Georgiana sentou-se na poltrona, enrolada num cobertor, para aguardar Luiz Fernando. Queria vê-lo entrar no quarto e poder perguntar diretamente sobre Catarina. Diversas vezes repassou em sua cabeça como iria abordá-lo e mais de uma delas foi irrompendo no quarto onde ele se encontrava com a sua amante.

Queria chorar de raiva, mas caíam apenas lágrimas de mágoa, aquelas de coração partido. Catarina estava certa ao falar que seria dela, que ele iria procurá-la quando a cama deles esfriasse. E nem começou a esquentar! As mãos dele sobre o seu corpo, os lábios quentes que a tocavam, os olhos que sugavam a sua alma. Georgiana tinha certeza que era ela quem ele desejava, quem amava. Foi estúpida em deixá-lo fugir para a cama da outra. Deveria ter lutado, brigado, feito uma confusão, atirado ela pela escada. *Maldição!* Respirou fundo. Teria que se contentar em aceitar a perda da batalha e hastear a bandeira branca, ou em tentar mudar os rumos daquela guerra contra Catarina.

Por completo havia se esquecido de Padilha e assim seria até adormecer. As pálpebras pesaram e um bocejo se fez. Fechara os olhos ao raiar do sol. Não mais do que duas horas antes de Regina entrar no seu quarto lhe trazendo o café da manhã numa bandeja.

Ao encontrá-la adormecida na poltrona, a escravizada se assustou. Colocou a bandeja caprichada em quitutes sobre a cama e foi cutucá-la. Demorou um pouco até que Georgiana conseguisse despertar. Espreguiçou-se e, por fim, ao abrir os olhos deparou-se no quarto de Luiz Fernando e com uma aliança no dedo. Não havia sido um sonho. Ela estava casada com ele, ou melhor, Eugênia estava casada com ele.

Ao ver a expressão pouco amigável de Regina, que havia pegado a bandeja e a colocava sobre a escrivaninha, perguntou pelo marido.

— Está tomando o café da manhã com todos na sala. Pediu que eu trouxesse o seu aqui no quarto, para que não precisasse se levantar e se juntar a eles.

A princípio Georgiana pensou que poderia ser um gesto de delicadeza, depois teve certeza que era uma tentativa de afastá-la das pessoas, ao menos de uma pessoa em particular: Catarina. Queria ter coragem de perguntar onde ele havia passado a noite, no entanto, tinha consciência que poderia ser uma chispa para a fofoca, do jeito que Catarina e a marquesa gostariam.

— Estão todos os convidados aí?

— Os de sempre continuam. — Fez uma careta como se alguém a incomodasse também. — E estamos esperando a chegada do Barão e da Baronesa de Sacramento. Estão vindo para o baile.

— O baile! Havia me esquecido! Sabe onde está o meu vestido de noiva? A baronesa havia me dito que era uma tradição usar o mesmo na primeira festa que tivesse.

Regina arregalou os olhos e deu um passo atrás:

— Sei não, sinhá. Uma das escravas deve ter pego para passar e preparar para a festa. Sinhá, posso ousar? — Abaixou os olhos. — Cuidado com essa Catarina. Ela não desgruda do sinhô Luiz Fernando.

Uma coisa que se desvelara tão certa quanto antes: Regina havia mudado. Talvez fosse realmente o seu medo de perder Francisco para a sinhazinha que causasse os maus-tratos e irritações. Como Georgiana estava casada, Regina havia perdido o receio de que Francisco a abandonasse pela outra. A menos que se separasse, o que Regina garantiria que nunca acontecesse, ainda que fizesse uma inimiga como Catarina. Para dar mais ênfase a essa conclusão, a escravizada a alertou:

— Se fosse a sinhá, ficaria de olhos bem atentos, para não perder os dois de vista.

Se havia uma dúvida quanto a Luiz Fernando e a Catarina, agora era uma certeza.

Com a desculpa de descansar para a festa, Georgiana se trancou no quarto e de lá preferiu não sair e ruminar o que Regina havia dito. Poderia facilmente questionar e colocar interesses por detrás das palavras dela, contudo, os olhos da escravizada diziam o mesmo das suas palavras: verdade.

Teria apenas um jeito de saber.

Quando Regina foi lhe trazer o almoço no quarto, aproveitou para perguntar sobre o que estava fazendo cada hóspede. Haviam chegado dois amigos de Luiz Fernando. Logo saíram e, dessa vez, o sinhô foi junto. Francisco acompanhou a marquesa e Catarina num passeio pela propriedade antes da refeição. A baronesa e sua filha estavam na sala bordando. E o barão estava dormindo sentado numa poltrona enquanto o Sr. Bento avisou que não iria almoçar, permanecendo em seu quarto.

— E quanto ao meu vestido? Encontrou? — Regina, de olhos arregalados, balançou a cabeça. — Não importa. Usarei outro. Pode ir, não vou precisar mais de você.

— Nem para se arrumar para a festa?

— Não. Dorotéia me ajudará.

A mucama estranhou o nome. Não havia nenhuma Dorotéia entre as escravas de dentro. Ela deveria ter se confundido. Mas também não comentou nada. Queria sair logo dali antes que perguntasse mais sobre o que tinha acontecido ao seu vestido.

Incapaz de ignorar a situação que se fazia — Catarina e Luiz Fernando enamorados e a morte de Padilha —, Georgiana limpou o rosto, alinhou as roupas e saiu do quarto. Era preciso enfrentar a situação — ou fugir de uma vez por todas.

Pisou no pátio interno e avistou Catarina. Marchava até ela quando uma mão a enlaçou pela cintura. Queria que fosse Luiz Fernando, mas era a baronesa. Apressada para tomar o seu braço, a baronesa a dirigiu para o jardim lateral, onde poderiam conversar mais agradavelmente, aproveitando a sombra das árvores:

— Parabéns pelo casamento. Não pudemos vir para a cerimônia, mas não faltaríamos à festa. Está ansiosa? Lembro-me da primeira festa que dei como baronesa. Estava tão nervosa que não consegui comer e nem beber nada até que todos os convidados tivessem partido.

As duas mantinham a voz baixa para que a marquesa e Catarina, que passeavam pelo pátio, não tivessem a mesma ideia. Quando afastadas o suficiente para não serem escutadas, a baronesa se sentou num banco de pedra, sob uma fresca mangueira, e gesticulou para que Georgiana fizesse o mesmo.

A moça nem sabia por onde começar a explicar que havia roubado a identidade da amiga. Queria dar detalhes, ainda assim, estava confusa, sem a certeza de como a baronesa reagiria.

— Eu...

— Tome cuidado — sussurrava a baronesa. — Catarina vai fazer de tudo para tomar Luiz de você.

— Eu lhe devo uma explicação.

— Você não deve nada. Não a mim. Eu sei o que aconteceu. Os espíritos me avisaram. Ouça, antes que elas venham até aqui: vocês já tiveram os caminhos cruzados em mais de uma vida passada. E sempre terminou mal. Alguém sempre morreu *assassinado*.

Georgiana arrepiou-se.

— Assassinado? Hah, se tivesse que alguém ser aqui assassinado seria Catarina. — Ao reparar que havia dito isto em voz alta, Georgiana se arrependeu e tentou emendar, explicando para a baronesa a situação. — A marquesa a trouxe aqui com o intuito de se pôr entre nós. Deve desconfiar que ele ainda a ama.

— De onde você ouviu isso? De Luiz Fernando?

— Não, de Catarina.

— Se ele a amasse, não teria se casado com você. Luiz é muito fiel ao seus sentimentos e ao que acredita. Ele se casou consigo porque a ama de verdade. Mesmo sabendo quem você é, ele quis continuar com essa história toda.

— Ele precisava casar comigo para obter o dinheiro do dote.

Como se escutando algo na brisa, a baronesa se calou. Em seguida, balançou a cabeça e continuou:

— O que você sabe sobre essa fazenda? Os escravizados? Luiz Fernando herdou esta fazenda do seu pai, o barão, uma pessoa extremamente cruel. E não só com os escravos. Luiz teve uma juventude difícil, lutando contra o pai, contra os ideais escravocratas. E, como por ironia, perdeu a guerra quando o pai lhe fez herdar estas terras e os escravos e sem a possibilidade de libertá-los a menos que vendesse tudo junto. Todos deverão morrer escravos desta terra, inclusive Luiz Fernando. Quanto ao dinheiro... Conhecendo-o há algum tempo, imagino o que possa estar planejando. — Novamente parou para escutar algo no ar e abriu um sorriso. — Não posso falar ainda. Não agora. No momento certo, você entenderá. Tenha! — Tomou a sua mão e a apertou. — Não se preocupe, ele é uma pessoa boa e honesta. Pode ter um temperamento um pouco arredio, mas é por causa da sua criação. Enquanto era maltratado pelos pais, era extremamente mimado pela ama de leite. Ela o amava muito, boa mulher. A morte de Dorotéia o marcou profundamente.

Georgiana paralisou, estancando no lugar. Ela havia dito Dorotéia? Dorotéia estava morta? *Quando? Como?* O seu cérebro nublou. Do que a baronesa estava falando?

— Não pode ser. Quando foi isso? Eu a vi...

— Você a viu?!

A moça sentiu-se maluca. Será que toda a tensão que vivia na fazenda a estava fazendo alucinar?

A baronesa abriu um microssorriso e explicou que deveria ter sido o espírito da escravizada que ela deve ter visto vagando pelo casarão. Num lugar daqueles, em que a força das emoções — boas ou ruins — dominam, é bem provável que ela estivesse ainda apegada ao local e ao "seu menino".

— Muita gente quer o mal de Luiz Fernando... — comentou a baronesa num tom que não parecia ser o dela. Tinha os olhos pregados no horizonte e o corpo inerte como num sonho. — Ele corre perigo. *Você* corre perigo. Maria de Lurdes está aqui mas não está morta. Ela e Nuno estão encarnados. O amor dos dois é tão forte, que eles sempre acabam se atraindo entre uma vida e outra.

— Como eu e Luiz Fernando?!

A baronesa soltou um sorriso enigmático. Um tremelique de arrepio e propôs que as duas entrassem. A marquesa e Catarina vinham em sua direção — sem desgrudarem os olhos de ambas —, possivelmente armando algum novo plano, e a baronesa não se sentia confortável em estar no mesmo ambiente que elas, ainda mais quando vinham junto às sombras que as perseguiam.

Mal haviam cruzado a porta do pátio interno, dirigindo-se para a sala de jantar — onde via os escravizados pondo a mesa do almoço — quando Georgiana parou ao escutar o nome:

— Eugênia!

Estremeceu. Não poderia haver pior suplício do que encontrar o nome de outra na voz de Luiz Fernando. Georgiana se sentiu tola, engolindo a frustração ao se lembrar que o seu casamento era apenas fachada.

Pedindo licença à baronesa, Luiz Fernando perguntou se poderia ter um minuto a sós com a esposa. A senhora não foi impedimento, abrindo caminho para eles.

Observando-os se afastarem, marcados como numa foto em sépia, a baronesa virou a cabeça para o ombro e comentou baixinho:

— Viu, Eugênia? Eu disse que daria certo. Você poderá descansar em paz.

Uma corrente de ar a transpassou, erguendo a barra de suas saias.

Abrindo um sorriso, a baronesa retornou ao seu bordado e à filha.

33

Georgiana parou na porta quando viu que Luiz Fernando a havia conduzido à sala das senhoras. Pela primeira vez enxergou o cômodo. À luz do dia via que nas paredes vermelhas havia pequenos desenhos de flores e que os grandes quadros de nus eram no estilo clássico, com as vergonhas escondidas pelas poses ou pelos cabelos, numa sensualidade querubínica — devia admitir que eram belas imagens que remetiam aos gregos. Finalmente pôde entender que tudo poderia ser visto de outra maneira, desde que predisposta a ver. E assim foi quando olhou para Luiz Fernando.

Ele reluzia num contentamento que o preenchia com uma serenidade e uma segurança que a acalmava. Os cabelos avermelhados penteados para trás, os pequenos olhos azuis plácidos. Não era mais um bucaneiro e sim, um oficial da marinha prestes a lhe prestar honras.

— Queria muito lhe falar a sós. Explicar o que aconteceu. Acabar com as mentiras e as máscaras entre nós. Imagino que esteja se perguntando quanto a Catarina. Acho que é hora de explicar sobre ela. — Apontou uma cadeira para que a esposa se sentasse e acomodou-se ao seu lado. — Como já deve saber, tive uma infância ruim, sempre acusado de ser um demônio que merecia ser castigado. Na primeira oportunidade, me afastei daqui e da minha família e fui estudar em São Paulo. — Abriu um mínimo sorriso ao ver a expressão condoída dela, a pôr a mão sobre a dele. — Lá tive a infelicidade de conhecer uma mulher. Ela me sugou a vida e todo o meu dinheiro e, vendo que poderia obter mais, ameaçou se matar se não nos casássemos. — Ao sentir que ela ia retirar a mão da dele, a segurou. Queria que a esposa soubesse que era verdade o que estava falando e não uma explicação modorrenta do que ela poderia ainda escutar. — Ficamos noivos, o que foi do agrado do meu pai. Em pouco tempo, descobri que ela tinha um amante, com quem desfilava dizendo ser um primo. Peguei-os em flagrante. Diante de um acesso de ciúmes, bati no tal. Se Bento não tivesse me segurado, eu teria sido capaz de matá-lo. Foi o demônio que se apossou de mim. Estava com raiva, muita raiva de ter sido feito de bobo, enganado por ela. O demo em mim exigia uma reparação maior ainda. Furioso, premeditei uma festa de noivado para desmascará-la e humilhá-la o tanto que me fez sentir humilhado. Prefiro não entrar em detalhes do que aconteceu, apenas resumir que ela foi obrigada a se esconder por um bom tempo na Bahia, voltando apenas depois de ficar viúva de um velho com quem havia se casado. Juro que não sabia dela até minha tia trazê-la aqui para o nosso casamento.

— Ela veio com o intuito de reconquistá-lo. Talvez para pedir desculpas pelos seus erros.

— Uma coisa é certa, ela nunca se arrependeu do que fez. Não se preocupa com os sentimentos de ninguém. Da última vez que estive na Corte, cruzei com o ex-amante dela. Ele veio me pedir desculpas pelo que havia acontecido e que ela dizia que era infeliz ao meu lado e que eu não deixava ela terminar o noivado. Quando ele descobriu a verdade, quis se separar dela. Inconformada, ela arrumou o flagra deles e me fez bater nele de propósito. Só não esperava que eu ia me livrar do seu feitiço sedutor e acabar com o noivado. Ela está aqui para tentar me seduzir por puro orgulho. Provar a si mesma que ainda tem algum poder sobre mim. Catarina é incapaz de saber o que é o amor e que ele deve ser feito na base da sinceridade e da confiança.

— É por isso que você me tratou mal no início. Achava que eu era que nem ela, que estaria aprontando algo parecido?!

— Sim. — Ele abaixou a cabeça, envergonhado, e apertou os dedos dela. — Estava muito frustrado porque você não me contava a verdade e mantinha a personagem. Até levar o tiro. — Elevou a mão dela junto aos lábios. — Você ficou e cuidou de mim. Poderia ter ido embora. Ou poderia ter me matado. Mas não, você ficou ao meu lado todo o tempo e não me abandonou por nada.

Um calafrio perpassou Georgiana e ela apertou a mão dele quando a beijou.

— Você sabe quem atirou em você?

A face de Luiz Fernando mudara por completo. De sensível e amistoso para a de tenso e misterioso:

— Não foi um quilombola, isso eu sei. Como sei que estão me preservando da verdade. Desconfio que tenha sido a mando do antigo feitor, o que despedi depois do que ele fez com os escravizados. Ele conhecia a minha rotina, meus caminhos, é certo que tenha sido ele.

Não foi o feitor. O inimigo está mais próximo, disse uma voz no fundo do cérebro de Georgiana — ou teria sido algo no ar? O fantasma de Dorotéia?

— Não pretende entregá-lo ao delegado?

— Com que provas? Não há testemunhas e, se houver, devem estar longe ou mortas a essa hora. — Ao vê-la abaixar a cabeça, pensativa quanto ao que havia escutado da conversa da marquesa e de Francisco, questionando-se se não deveria mencionar a ele, Luiz Fernando foi rápido. Colocou a mão dela sobre o seu peito, o suficiente para ela se arrepiar. Um olhar, já incandescente, a fez perder a fala. — Georgiana, sinta o meu coração quando digo que eu amo você. Somente você. Muito. Seria capaz de cometer qualquer loucura por você.

O assassino se esconde sob o seu teto. Desvencilhando-se dele, a jovem dama afastou-se. Um sentimento ruim se apossou dela e não teve tempo de explicar a Luiz Fernando. Regina havia chegado avisando-os que o almoço estava servido na sala de jantar.

※

As vozes se faziam fortes quanto mais se aproximavam da sala de jantar. Georgiana pôde ver Francisco rindo e conversando com o barão — numa cabeceira — e com a baronesa, ao seu lado. Num lugar de destaque, próxima ao barão, estava Catarina, com ares de anfitriã. Oferecia pedaço de carne, mandava o escravo servir mais vinho, contava para Anabela como havia organizado o baile. Georgiana quis ir embora, fugir dali, correndo, e nunca mais voltar. Ao captar o olhar de vencedora que Catarina lançara sobre ela, contudo, algo em si fez com que fervesse por dentro.

Luiz Fernando, notando o seu desconforto, apertou a mão da esposa como se reafirmando que era com ela que ele estava. Respirando fundo para sugar toda a paciência, a moça abriu um sorriso determinado. Não deixaria Catarina e suas chantagens passarem por cima da sua relação com Luiz Fernando. Principalmente agora que conhecia um pouco mais das suas artimanhas. Ademais, pressentia que algo iria acontecer e era preciso estar atenta.

— Minha querida, não deveria estar descansando? — Chamou a atenção a marquesa ao vê-la ali. — Preparando-se para o baile em sua homenagem? Queremos vê-la linda.

— Não há motivos para descansar — retrucou Georgiana, num falso sorriso, tentando esconder a raiva com as suposições que ia fazendo em sua cabeça. Tinha a impressão de que não era bem-vinda, o que era ainda mais confirmado pelo sorrisinho de Catarina.

O marido puxou a cadeira da cabeceira e tomou Georgiana pela mão, guiando-a até a própria — o qual seria o seu lugar, o de maior honra na mesa. Sem dar caso aos olhares assombrados da marquesa, Anabela e Catarina, enviando um sorriso para o barão e a baronesa, fez questão de explicar:

— Meu amor, sente-se aqui. A casa é sua.

O ar de estupefação se fez com tal peso que o barão, inquieto com a situação, resolveu perguntar a primeira coisa que havia vindo em sua cabeça — e a pior delas:

— Têm dormido bem? — Foi imediatamente cortado pela esposa, o que o deixou atordoado. Não havia entendido que mal teria feito a sua pergunta até que, lívido, gaguejou desculpas e mudou o assunto para o clima que se esperava. — Dizem que fará lua cheia. É bom, pois iluminará o jardim e não precisará usar tantas tochas. Não gosto de fogo. Pode haver um incêndio. Maravilha tecnológica o gás! Beatriz diz que sou avesso ao fogo porque morri queimado numa fogueira da Inquisição! Aonde foi mesmo? Espanha?

— Catalunha — respondeu a baronesa, com os olhos enfiados no próprio prato, tentando controlar o riso pela indiscrição cometida por ele.

— Ah, sim. Eu era um herege. Já a minha bruxinha se salvou... — Estendeu a mão e o sorriso para a mulher.

— Eu era uma curandeira.

Talvez por timidez, a baronesa não tivesse retribuído o gesto de carinho, mas Georgiana a viu embaraçada, até mesmo corada, com aquela prova de amor.

— Fazia magia — continuou o barão, divertindo-se com o assunto.

— Fazia poções com ervas para ajudar as pessoas — adicionou a baronesa. — Mas o que importa a vida passada quando estamos na presente?! — E mirou Georgiana como lhe querendo dizer algo.

— Para nos explicar algumas coisas, talvez — pronunciou-se a jovem anfitriã. — Por que gostamos ou tememos alguma coisa? Por que passamos por determinadas situações? Por que conhecemos certas pessoas? — Transpassou um olhar para Luiz Fernando que, sentado ao seu lado, aguardava que os escravizados lhe servissem de vinho.

— Eu mesmo devo ter muitos pecados a redimir nesta vida — zombava o marido. — Como devo ter feito algo de bom para ter uma esposa tão amorosa ao meu lado. — Tomou a mão dela e a beijou com tanto gosto, que os convidados desviaram os olhos.

Apenas Catarina os observava — visivelmente irritada. Luiz Fernando não havia reparado, pouco se importando com qualquer outra coisa para além de Georgiana. Já a moça não era tão cega assim. Repassou um sorriso de desdém para Catarina — esta ficaria o resto do almoço amuada, alegando estar sem apetite e ter uma forte enxaqueca.

A chateação e os temores de Georgiana foram sumindo com o beijo e as atenções que Luiz Fernando lhe dava.

— Regina havia me dito de dois amigos que estariam aqui — comentava casualmente.

— Sim. — Luiz Fernando tentou não aparentar nervosismo. — Um deles você conheceu no casamento: Kambami. O outro é o Estevão Castro. — E enfiou uma garfada na boca para acabar com o assunto ali.

— Ainda me pergunto como pode ser amigo desses devassos... — resmungava a marquesa.

— Devassos? — Georgiana nunca havia escutado o termo e, menos ainda, sabia da associação de Luiz Fernando com algo do tipo de "devassidão".

Com uma paciência que era incomum nele, Luiz Fernando explicou o termo, sem explanar muito, pois havia algumas pessoas na mesa que não eram de qualquer confiança:

— Fazemos parte de um clube que se reúne algumas vezes para conversar, jogar cartas, bilhar, beber, nada que não seja apropriado.

— Nem o nome é apropriado — opinou a marquesa uma última vez antes de se distrair mastigando um pedaço de vitela.

O Barão de Sacramento não tinha muito conhecimento do clube. Porém, por saber quem era Luiz Fernando, e pelos nomes de alguns outros integrantes — como o de Eduardo Montenegro, sobrinho do Barão de Mauá, seu amigo — imaginava qual o teor da conversa que se fazia entre eles no tal clube. Preferindo não provocar o tema, dadas as circunstâncias, resolveu abordar o que havia escutado do estalajadeiro assim que chegaram em Barra do Piraí e aguardavam o coche que os levaria à Fazenda da Beira.

— Que horror foi o nosso ao saber que mataram um homem em Barra do Piraí. Achei que estes casos só se dessem na Corte.

Da cabeceira, Georgiana se engasgou. Com a mão na frente da boca, tentava controlar a tosse. Uma taça de vinho foi dada a ela. Bebeu o conteúdo até acalmar a garganta e, então, se deparou com os olhos fixos e frios de Luiz Fernando nela.

— Um homem? Que homem? — quis saber Francisco.

— Morrer assim, que nem um cachorro — continuava o barão. — Era mascate. Ao menos, foi o que o rapaz da estalagem nos contou.

— Que horror! Não temos mais segurança em lugar algum... — foi a vez da marquesa falar, ao finalizar um pedaço de carne e antes de pôr outro na boca.

— Qual era o nome do homem? — Francisco continuou o inquérito com uma curiosidade incomum.

— Ah, já não me lembro — bufou o barão, arrependido de ter mencionado o caso, ainda mais ao ver o olhar denso de Luiz Fernando e a palidez no rosto de "Eugênia". — Dizem que foi uma tentativa de roubo. Eu não acredito. Quem roubaria um mascate? E pelo quê? Miniaturas de móveis, amostras de tecidos e quinquilharias?

— Dizem que ele bebia muito e contava a todos que estava lá para ficar rico, que tinha um negócio a resolver — adendou a baronesa, tomando parte daquilo sem se dar conta do incômodo que se ia fazendo nos anfitriões. — Eu, pessoalmente, acho que foi por uma mulher.

— Uma mulher? — Georgiana aumentou o tom, sem querer. Ao reparar a indiscrição, através da surpresa dos convidados, tentou segurar a apreensão e controlar a própria voz. — E por que seria uma mulher?

— Ele morreu por causa de uma mulher — continuou a baronesa. — Digo, foi pelo amor de alguma mulher. O estalajadeiro mencionou que viu uma visitando ele...

Ao ler a expressão de terror no rosto de Georgiana, a baronesa se calou. Ali havia mais do que ela, com todo o seu poder, poderia ter imaginado.

— Não vejo o porquê disso — retrucou Anabela, cansada daquela história macabra justo durante o almoço. Havia perdido a fome. Se soubesse que seria assim, teria ido acompanhar Bento e os dois amigos de Luiz Fernando. Um deles, em especial, havia chamado a sua atenção: Estevão. Suas amigas já haviam mencionado o tal "lobo do império", que não deixava uma moça passar por perto dele sem a abocanhar.

Luiz Fernando, sem desviar o rabicho de olho de Georgiana, resolveu finalmente se envolver na conversa:

— Esse homem se chamava Padilha?
— Sim, pode ser. — Meneou o barão. — Conhece?
— Esteve aqui, vendendo suas *quinquilharias* — explicou com algum aborrecimento enquanto cortava um pedaço de carne com dificuldade.

A marquesa finalmente se lembrou dele:
— Era muito simpático! Como morreu?
— Tiro na cabeça — finalizou o barão, cruzando os talheres sobre o prato e dando por encerrada a sua caminhada gastronômica. O assunto era de tirar o gosto.

Ao escutar a causa da morte, Georgiana achou que havia entendido errado. Pediu que confirmassem:

— Tiro? Ele não morreu com uma paulada?
— Com uma paulada? — estranhou o barão. — Não! Tiro. Acharam o corpo dele num matagal.

Uma confusão de sentimentos quase a fez chorar. Pondo a mão na frente da boca, ela fingiu uma tosse para explicar as lágrimas de alívio. Não havia sido ela quem havia matado Padilha. *Graças a Deus!* Não era uma assassina! Era a prova de que não era uma assassina.

Luiz Fernando lhe esticou um copo d'água. Ao pegá-lo, reparou que o marido a mirava com interesse. Tentou sorrir em agradecimento e tomou o conteúdo de uma só vez, soltando um sorriso de alívio para ele. Foi então que se perguntou: se não havia sido ela quem o matara, quem poderia ter sido?

— Meu Deus, quem será que o matou? — questionou Catarina, atirando um longo olhar para o anfitrião.

Georgiana captou algo ali, entre Catarina e Luiz Fernando. Estaria a mulher insinuando que teria sido o seu marido, apenas porque ele estava viajando?

— Vai saber quantos inimigos um homem tem — resmungou Luiz Fernando, num tom sombrio que deixou a esposa arrepiada.

Será que... Georgiana não queria completar aquela frase... *Será que foi Luiz Fernando?!* Ele havia ouvido Padilha, sabia quem era, disse que viera lhe pedir dinheiro em troca de seu silêncio. Mas o que Padilha não sabia era que Luiz Fernando conhecia a sua verdadeira identidade e que precisava se casar com Eugênia para obter o dinheiro. Se Padilha contasse a verdade a todos, ele perderia a oportunidade... Ou não...

"Eu mesmo devo ter muitos pecados a redimir nesta vida." "O demo em mim exigia uma reparação maior ainda." "(...) eu teria sido capaz de matá-lo." "Seria capaz de cometer qualquer loucura por você". Ao se recordar das palavras de Luiz Fernando, Georgiana deixou o garfo cair no prato e pediu licença. Não estava se sentindo bem.

Luiz Fernando se levantou e propôs ficar com ela, mas ela negou, incisivamente. Precisava descansar so-zi-nha. Tinha que estar bem para o baile no dia seguinte. Mais tarde avisou que não jantaria e que não queria ser perturbada de forma alguma, o que ele aceitou com alguma relutância.

34

A casa-grande ficava para trás, a sombra de um gigante encurvado em dor, impressa contra o horizonte acinzentado. Nuvens e trovoadas se assomam na sua voz tempestuosa que gritava por ela.

Não quero, não devo olhar para trás.

Mantendo os passos altos e firmes, apesar do lamaçal que dificultava a caminhada, ela continuava. Não podia parar, por mais difícil que fosse seguir em frente. Os pés enfiados até os tornozelos naquela lama mole pela chuva da noite. Esforçava-se para passar. Encolhida sobre o próprio peso, enfiada para dentro da capa, tremia de frio.

Era uma manhã incomum.

A cabeça girava com os gritos **dele** — ou seria a tempestade que se anuncia novamente? Estava à procura dela. Deveria ter notado que havia fugido no meio da madrugada, antes que ele tivesse ido se deitar. Havia passado a noite reunido com os dois amigos, a portas fechadas, no gabinete. Dizia apenas estar preparando uma surpresa para todos; não dava maiores explicações.

Ela não queria virar para trás. Tinha medo de retornar. De querer estar nos braços dele e aceitar a sua própria morte. *Nada mais importa, desde que não precise olhar para trás novamente, desde que nunca mais tenha que voltar para a Fazenda da Beira, lugar onde morri. Ou melhor, onde me querem morta.*

Tomou o caminho da ermida. Conhecia aquele trecho de tanto que o havia feito. Mesmo com a densidade da névoa, era capaz de percorrê-lo. Logo depois de chegar à igrejinha, se subisse mais um pouco, atingiria a entrada para a mata da serra. Lá, ninguém mais seria capaz de a encontrar.

Estava tortuoso, mais que o comum, por causa do molhado e da névoa que a impedia de enxergar onde colocava os pés. Estava escorregadio e suas botinas não ajudavam. Ia devagar, tateando, apalpando. Tinha que segurar as saias e ainda ir ao alcance de pedra ou de planta que fosse para não cair. Fizera questão de usar um vestido simples, para facilitar a fuga, e nem espartilho havia posto, dificultaria os seus movimentos.

Perdeu o prumo duas vezes, por sorte não o suficiente para rolar estrada abaixo. Teria de ir mais devagar. Prendeu as saias no cinto para ter as mãos livres. Demorou o dobro, talvez o triplo, quando atingiu a ermida.

Fazia dia, mas a névoa não dispersava, enrolando-a num cobertor de nuvens úmido e quente. O sol estava fraco, quase não se via entre as nuvens carregadas. O calor deveria vir do próprio esforço. Seus cabelos, caindo pela cara, haviam se soltado do arranjo, e as roupas pesavam por causa da lama. Seria árduo, mas deveria continuar. Não era nem metade do caminho.

Um barulho. Um cavalo relinchando. Seria algum espírito a lhe perseguir? A impedir a sua partida? Sob os pés sentia o galope, cada vez mais forte. *Está próximo.* Correu para trás de uma pedra e aguardou o cavaleiro passar.

Segurava a própria boca para evitar dar um grito de susto. Ao seu lado, havia pequenas pedras. Pegou uma e a segurou firme. Poderia não ser uma arma muito útil, porém, era melhor do que nada.

O cavaleiro de negro saltou do animal e foi na direção da ermida. Georgiana estremeceu ao reparar que ele tinha uma arma na mão. Andava devagar, procurava algo ou alguém.

Eu!

Um pássaro voou sobre suas cabeças. Grasnava forte. Anunciava morte.

Georgiana aguardava, atrás da grande pedra, que o homem fosse embora. Poderia ele ser qualquer um, até mesmo o assassino de Padilha! Lembrava muito o homem de negro dos seus sonhos. *Teria sido um aviso? O demônio que habita aquela terra?* Ele deu uma volta na ermida, sem muito se distanciar. E entrou na igrejinha. Poderia ser a chance dela correr. Havia a questão do tempo e, caso o cavalo relinchasse avisando a sua presença, ele poderia ser mais rápido. Melhor seria continuar à espreita.

Havia sido a melhor decisão. O cavaleiro não demorou muito lá dentro. Colocou a arma na cintura e montou o cavalo, partindo na direção contrária à dela.

Sentada atrás da pedra, Georgiana aguardava o coração parar de correr e as pernas se fortalecerem para poder continuar.

Seria quem tentou matar Luiz Fernando? Ou o próprio?

Percebeu que a pedra que ainda segurava era oca. Estranhou-a como era lisa e clara, diferente das outras. Aproximou-a para analisar e largou de imediato. Dessa vez o seu grito saiu, espantando os pássaros.

Era um crânio, pequeno, talvez de bebê.

Pôde escutar o trotar do cavalo atrás de si. Havia sido descoberta. Teria de dar tudo de si. Puxou as saias acima dos joelhos e correu. Não sabia para onde ia. Apenas queria ir-se. Foi quando notou que ia colina abaixo.

O trote se aproximava.

Seus pés se embolaram na saia e caiu de bruços na lama. Levantou-se o mais rápido que podia. Não escutava mais o trote, tragado pela terra, em meio à névoa que se dispersava vagarosamente, recuando para os confins dos próprios mistérios.

Georgiana virou-se para trás. Não o enxergava mais. O cavaleiro negro teria sumido. Deu alguns passos e trombou com algo duro. Caiu sentada no chão, confusa do que seria aquilo. Ao erguer os olhos, viu, contra o céu, impresso feito sombra, o rosto de Luiz Fernando. Tinha a face séria por debaixo do chapéu negro, mas sem as curvas tortuosas de quem escondia a alma assassina:

— Venha! — Ele lhe estendia a mão.

Sem esperar qualquer reação por parte dela, Luiz Fernando pegou-a pela cintura para que conseguisse se firmar em pé. Nervosa e confusa, Georgiana misturava choro com relutância, dava tapinhas nos seus braços, fracos o suficiente para que não se desfizessem dela:

— Não posso! Não aguento mais as mentiras, as brigas, o descaso, as máscaras... — Derretia-se num choro que há muito deveria ter saído e inflava o peito de sofrimento. — Não é quem eu sou. Nunca foi... E você também não!

Tomando o rosto molhado dela por entre as mãos, impedindo que ela evitasse olhar para ele, Luiz Fernando a encarou:

— Eu fui o culpado. Deveria ter aberto tudo e feito-a contar a verdade de início. Sem jogos, sem artimanhas. Tive medo de perdê-la, de que fosse embora se eu mostrasse que sabia de tudo. Ah, Georgiana, como eu a amo. — Ele a abraçou. — Somos almas amaldiçoadas a se buscarem e a se amarem para sempre. Uma vida não basta para tanto amor.

Por mais que quisesse aceitar aquele carinho que ia enxugando o seu choro e enxergasse sinceridade em seus olhos claros, Georgiana estava emocionalmente e mentalmente cansada. *Um homem morreu, céus!*

— Você o... matou? Matou... Padilha? — balbuciava. — Mentiu... e matou...?

Pressionando-a contra o próprio peito, acariciando a sua cabeça, Luiz Fernando tentava lhe acalmar enquanto explicava:

— Escute-me, Georgiana, eu não matei este homem, ou homem algum. Não fui eu. Por mais que quisesse, não fui eu.

Seu coração não havia alterado a batida, permanecendo sereno.

O cheiro da casaca foi penetrando por ela, fazendo com que Georgiana relaxasse cada músculo do seu corpo. Era um aroma tão agradável quanto dos lençóis que ainda não haviam conseguido compartir.

— E quanto à sua viagem? O álibi perfeito?

Dessa vez, ele a afastou um pouco de si. Segurando-a pelos ombros, fez questão de ter olhos nos olhos para poder mostrar que não mentia para ela:

— Não posso falar da viagem no momento, mas prometo que, na hora certa, você saberá de tudo. — Apertou-lhe. — Ouça, Georgiana, eu posso ter escondido de você várias coisas, mas nunca menti. Se digo que não matei esse homem, é porque não o matei.

Ele dizia a verdade, ela o sabia no fundo da sua alma. Sempre soube, da mesma maneira que sempre soube que o amava.

— Se não foi você, nem eu, quem o matou?

Os olhos dele se estreitaram sobre ela, apesar de estarem vendo algo além:

— Quem teria interesse em matá-lo?

Os dois se calaram, pensando as possibilidades que ambos ainda não haviam conseguido enxergar.

35

A lua estava alta quando iniciaram os primeiros acordes dos músicos, reverberando pelo jardim da frente, onde se assomavam os coches e os convidados que iam chegando para o baile em seus trajes coloridos, marcando diversas décadas. Tochas abrilhantavam o jardim e alguns lampiões haviam sido colocados por toda a estrada para mostrar o caminho. Não havia brisa, mas o tempo era agradável o suficiente para que as fantasias e máscaras não esquentassem demais, nem as velas que ocupavam grande parte das mesas — dividindo espaço com copos de bebida vazios, docinhos e salgadinhos. A sala de jantar era um espetáculo à parte, com pilhas de comidas sobre arranjos de flores e cascatas de gelo.

Os escravos também estavam fantasiados. Usavam calças, camisas, gravatas, luvas, meias, perucas e máscaras brancas que encobriam todo o corpo. Era impossível identificá-los, homens ou mulheres, nessas roupas, se não fosse pelas bandejas que carregavam.

Já tinha sido dada a abertura da festa, com algumas pessoas dançando na "sala das senhoras" — transformada em salão de baile. Eram poucos pares que se aventuravam, os mais jovens, na sua maioria. Anabela, com o rosto semicoberto por uma máscara prateada, era a mais animada na pista de dança, incapaz de recusar um convite. Num leve vestido de baile branco à moda Napoleônica, dançava o quanto podia, tendo feito a sua preferência: um cossaco de máscara chinesa.

A baronesa e o barão pareciam saídos da corte de Luis XIV, em ricos trajes dourado e vermelho e perucas escuras que contrastavam com as máscaras vermelhas. A marquesa, não muito longe da tentativa de descobrir quem era quem, podia ser reconhecida apenas pelo leque que sempre tinha à mão, pois suas roupas e máscara a identificavam como alguma romana ávida para encontrar um gladiador solto por ali.

Bento Ajani, de cabelos soltos caindo pelos ombros, estava de fraque, restringindo a fantasia a uma máscara negra que cobria somente os olhos. Catarina era outra pessoa fácil de identificar — bastava procurar o vestido mais vulgar e decotado e lá estaria ela, sem máscaras, melindrada, a verter um vinho atrás do outro, furiosa que "haviam perdido" a sua fantasia.

Parada no corredor, diante de um retrato, havia uma certa dama. Tinha uma máscara rendada dourada cobrindo os olhos e o nariz, com apenas a sua boca rubra de fora, chamando a atenção. Usava uma peruca cacheada de fios dourados debaixo de um chapéu de pontas do século XVIII, negro com floreios dourados. Os mesmos detalhes sobre o veludo negro seguiam pelo vestido que marcava a época, enfatizando as rendas douradas nas mangas e os laçarotes de cetim dourado debaixo do imenso decote que ressaltava os seios. Usava ainda uma gargantilha de veludo e brincos de pedraria negra que balançavam a cada movimento.

Dela se aproximou um Pierrô de roupas largas e brancas, touca preta escondendo os cabelos e uma máscara branca que cobria todo o rosto, impossibilitando que sua identidade fosse revelada. Tinha a marca da melancolia registrada numa lágrima negra e uma viola presa nas costas.

O Pierrô tomou a mão da bela dama de negro e dourado e beijou-lhe os dedos nus:

— A que vem, venerada madame?

— Encontrar o Amor, caro Pierrô.

Tomando a viola, o Pierrô soou uma nota:

— Pois hei de tocar uma melodia em homenagem a esse amado tão afortunado por ter o seu coração.

— Não só o meu coração como a minha mente e o meu corpo.

Ele rapidamente tocou o trecho de uma canção. Aproveitando estarem a sós no corredor em penumbra, inclinou-se sobre ela:

— E onde está tão sortudo homem?

— O que sei? — Deu os ombros, fingindo procurá-lo nos arredores. — Talvez eu ainda esteja à espera de encontrá-lo.

O Pierrô colocou a viola de volta nas costas e puxou a senhora para si, encaixando os seus corpos com perfeição. Com uma mão em sua cintura e outra segurando a sua, feito numa valsa, ele deu um rodopio:

— Pois ei-lo aqui! Dá-me um beijo e provarei ser o seu amado.

Levantou a máscara branca, o suficiente para que sua boca ficasse de fora e pudessem se beijar. Pressionando-a contra os quadros de Maria de Lurdes e Nuno Duarte, o Pierrô buscou a sua língua. O beijo não se satisfazia somente. Virou-a contra a parede e levantou as suas saias numa habilidade que poucos teriam com tanto tecido. Suas mãos tocaram as coxas dela, sem encontrar qualquer espécie de restrição. Subiu-as um pouco mais, nas pontas dos dedos, e ela arfou ao atingir seus contornos.

— Podem... nos... ver... afh... — ela tentava falar, sem emitir sons de prazer.

— Não podem. Estamos na escuridão completa aqui — murmurou em seu ouvido, beijando-a no pescoço, completando o êxtase.

Com o canto dos olhos, o Pierrô havia visto que as pessoas que dançavam não tinham ideia do que acontecia no fundo do corredor escuro. A senhora podia sentir que o Pierrô havia se animado ao encaixar as suas nádegas nuas no quadril dele, a acariciá-la com mais vontade.

— Pois se não sou de sorte! — o Pierrô sussurrou, crescendo atrás dela.

— Ou azarado! — ela retrucou.

Abaixou as saias e se desvencilhou dele.

— O que é o amor senão prova do azar que temos? Amar é sofrer pelo e com o outro. — Tomou a sua mão e cantarolou uma das melodias mais doces que a dama havia escutado.

Ele parou. Um segundo. Seus olhos sérios foram se adocicando e ele abriu um sorriso de sarcasmo:

— Por acaso, você roubou as roupas da Catarina?! — Num movimento de cabeça dela, entendeu o "sim" envergonhado, tal uma criança levada. Soltou uma risada. — Deve ser por isso que ela está tão furiosa, andando de um lado para o outro, bebendo e xingando as escravas que "perderam a roupa dela".

Com o pouco de luz que havia, Georgiana não conseguia enxergar fúria na voz de Luiz Fernando, apenas divertimento. Ainda assim, questionou-se se ele realmente a havia reconhecido, ou estava usando uma desculpa. Afinal, sabia que aquelas roupas eram de Catarina.

— Como você me reconheceu? Era para usar o meu vestido de noiva.

— Como não vou reconhecer a mulher que amo? — Ela pressionou os lábios, em dúvida. — Está bem, eu vi a sua marca. Não dá para escondê-la com essa fita fina. Espere! E como você me reconheceu?

— Seus olhos...

— Na penumbra?

— Minha marca?

— Regina me contou que viu você entrando no quarto de Catarina.

— A viola e a sua voz.

Inclinando-se sobre ela, Luiz Fernando pressionou Georgiana contra a parede, de novo. Seus corpos se tocaram e os olhos dele não saíam dos dela:

— Por que está sem roupas de baixo?

— Porque Catarina não as usa.

— E se fugíssemos por alguns minutos? Hoje podemos tudo. Ninguém vai perceber. Além do mais, não tivemos tempo de comemorar as nossas bodas. — As mãos foram subindo as saias do vestido de novo. — Pena que não posso vê-la corar debaixo dessa máscara, apenas sentir a sua pele arrepiada. — As pontas dos dedos tiraram dela um gemido profundo.

A boca de Luiz Fernando tocou o pescoço de Georgiana e as suas mãos a beijavam debaixo das saias. Ela soltou outro gemido, o que ele tentou abocanhar. Grudaram-se num abraço que encaixava os corpos e a vontade de ambos, desequilibrando-os para dentro de uma alcova. Imersos no breu, tatearam a cama, desfazendo-se de máscaras, perucas, chapéus, o que mais estivesse impedindo-os de estarem um junto ao outro. Nada se interporia entre eles. Nem a viola, que tocou uma nota solitária ao cair no chão.

— É você a minha salvação? Ou sou eu a sua perdição? — perguntou Luiz Fernando, sem querer soltá-la, tendo dificuldades em se desfazer do vestido por causa da escuridão que o impedia de encontrar os cadarços.

Impaciente, ele arrancou a própria camisa e levantou as saias dela, enfiando-se debaixo. Georgiana quase caiu para trás. Todo o seu corpo repuxou num prazer pendular. As mãos quentes de Luiz Fernando a seguravam pelas nádegas, impedindo-a de fugir do seu beijo cálido. Era incontrolável aquele prazer, acima de tudo o que ela conhecia. Contorcia-se, atirando a cabeça para trás, arfando por mais daquelas cócegas que iam se entranhando na alma. Quanto mais ele a apertava, mais alto ela gemia e mais perto dos Céus se aproximava.

— Luiz Fernando! — chamaram.

O coração de Georgiana foi para a boca e ela se atirou para longe dele, pondo as saias no lugar.

Ele, ainda de joelhos no chão, tentava se acalmar e mostrar compostura.

Foi o tempo de Georgiana tatear pelo seu chapéu, peruca e máscara, e entregar a camisa e a touca de Pierrô ao marido. Francisco entrou pelo quarto com um candeeiro à sua procura. O cossaco, sem a sua máscara chinesa, pareceu entender que havia interrompido alguma coisa, mas não se preocupou com desculpas. Era urgente.

— O delegado está aí.

— O delegado? — o anfitrião estranhou, recolocando a touca negra e ajeitando as vestes.

— Sim, ele veio com um homem. — Com o canto dos olhos, Francisco reparou que Georgiana ajeitava a peruca e o chapéu sobre a cabeça, ainda sentada na cama. — Diz que precisa falar com você, que não pode esperar até amanhã.

Dando uma volta em si, Luiz Fernando xingou o homem, assustando Georgiana. Foi até ela, pegou as suas mãos e implorou que o aguardasse ali. Ele voltaria o quanto antes para terminarem "a conversa".

— O que foi? O que ele quer? — perguntava ela, preocupada com a presença do delegado e a possibilidade de que seria desmascarada, afinal, não havia encontrado os papéis de sua mãe, o que levava a crer que a polícia poderia estar com eles.

— Saberei em breve.

Pelos olhos perdidos do marido, de quem estava tramando algo, ela temeu que poderia ser demais para que o amor deles suportasse:

— Luiz Fernando, o que está acontecendo? Você está escondendo algo de mim? O que você fez?

Ele deu um sorrisinho de lado — que em nada a convencera —, segurou o seu queixo e deu-lhe um beijo de leve sobre os lábios borrados pelo ímpeto dele.

— Não posso dizer nada agora. Prometa-me que vai ficar aqui e me esperar. Eu venho logo que falar com ele. Confie em mim. Eu vou voltar para você. Prometo.

Ela assentiu.

Ao largar o candeeiro com Georgiana, Francisco lhe enviou um olhar gélido, o que lhe arrepiou a alma. Algo tinha ali, contudo, não havia mais tempo para avisar a Luiz Fernando. Ele já havia desaparecido no corredor.

36

O delegado aguardava o fazendeiro no seu gabinete, ao final da varanda, distante dos convidados e perto o suficiente dos músicos para que outros não conseguissem ouvir a conversa.
Ao ver que não só entrava Luiz Fernando como uma comitiva de convidados — Francisco, o barão e, até mesmo, a marquesa, que havia escutado avisarem que o delegado queria falar com o seu sobrinho —, o delegado soltou um muxoxo de incômodo. Baixinho, crescido nos bigodes e na cabeça maior do que a quantidade de cabelos, não gostava do tom daquele cortejo. De imediato, anunciou que precisava falar com o fazendeiro a sós.

— O que meu sobrinho pode ter feito para ser interrogado pela polícia no dia do seu baile de casamento? — quis saber a marquesa, pondo-se na frente de todos, empurrando os dois guardas em seu caminho. — O que não poderia esperar até amanhã?

— Um assassinato, minha senhora, não pode esperar.

— Assassinato? Bobagem! — Abriu o seu leque, atirando um longo olhar para o alto e moreno guarda que acompanhava o delegado. — Se já está morto, qual a pressa? Falar hoje ou amanhã não fará o defunto voltar à vida. — Abanava-se.

Evitando comentar a ironia da senhora, mais por educação do que por vontade, o delegado deparou-se com a pergunta incisiva de Francisco:

— E quem morreu?

Respirando fundo, o velho delegado tentou manter a serenidade. Deveria ter se afastado daquele trabalho há muito tempo. Se não fossem os pequenos benefícios do emprego, já o teria feito. Mantendo a pose de sabedoria, apontou a porta:

— Peço licença, mas isso é entre eu e o Sr. Duarte. Por favor, se retirem.

— Não, eu vou ficar! — O barão ergueu o queixo. — Serei o seu advogado.

Tirando a toca de Pierrô, Luiz Fernando enxugou o suor da testa e tentou se mostrar à vontade. A tensão havia se dissipado assim que escutou que iriam falar de um assassinato e não da fuga do porto ilegal de Feitosa. O que seria também bom, pois quanto mais ficassem ali, melhor seria o seu álibi. A esta altura, Estevão e Kambami deveriam estar longe e tudo corria como o planejado.

— Ninguém o está acusando formalmente. — O delegado descobriu que sua paciência havia encurtado com a idade. — Preciso apenas de algumas explicações.

— Darei todas que quiser — respondeu Luiz Fernando, tomando assento numa calma que surpreendia ao próprio.

Num gesto, o guarda garboso foi acompanhando o resto das pessoas para fora da sala. A marquesa fez questão de se posicionar de modo que tocasse em seu seio, o que o fez corar e pedir desculpas. Fecharam a porta e os guardas ficaram de prontidão, tendo de ouvir a marquesa enumerar os seus belos atributos e reclamar das frias noites na sua imensa cama, sozinha.

No escritório, o delegado respirou fundo, soltando um comentário de alívio para Luiz Fernando e o barão:

— Oh, que gente pesada! Bem, Sr. Duarte, não pretendo tomar o seu tempo, nem estragar as suas bodas. Quero apenas que o senhor me diga onde estava na penúltima quarta-feira. — Sentou-se na cadeira atrás da escrivaninha e puxou um bloquinho de notas da casaca surrada. — Posso? — Apontou para a pena sobre a mesa.

Luiz Fernando assentiu e o senhor molhou a pena no tinteiro para anotar as informações que passaria.

— Estava viajando.

O delegado parou e levantou os olhos, surpreso:

— Para onde, posso saber?

O barão, de pé, apoiado no espaldar da cadeira de Luiz Fernando, se empertigou:

— Uma viagem a trabalho, ora essas.

Esses "nobres" eram presunçosos demais para o delegado. Suspirou. Tinha de lidar com um punhado deles e todos achavam que fazer perguntas era um acinte à sua "nobre alma". Tentando manter a paciência, repetiu a questão, olhando diretamente para Luiz Fernando — calado tal estátua. Coisa aí tinha.

— Para onde?

— Para a Corte. Poderá confirmar que ficou em minha casa — alegou o Barão de Sacramento, estufando o peito.

Se não soubesse que o barão era amigo pessoal do Imperador, o delegado o teria expulsado daquela sala há muito tempo.

— Hum... A Corte. E que espécie de trabalho?

— A que vem ao caso saber o motivo da viagem? — reclamou o barão, mais incomodado com as perguntas do que o próprio interrogado. — Se estava viajando, estava viajando e não pode estar envolvido com nada, muito menos um assassinato em Barra do Piraí.

— Como o senhor sabe de qual assassinato estou falando?

Enrugou o cenho, estudando as reações do barão, o que não o intimidou:

— Não é preciso somar um mais um para saber que estamos falando da única morte que todos comentam aqui.

— Preciso corroborar a viagem com os dados que tenho. Por favor, diga-me, *Sr. Duarte*, qual o motivo da sua viagem?

— Negócios.

Finalmente Luiz Fernando respondia, perpassado por um mau humor que ia aumentando segundo o interrogatório. Não só não suportava questionamentos como também não poderia dar a entender sobre a sua ação em Macaé. Poderia prejudicar não só aos devassos, mas todos os envolvidos na ação. E aquele tolo do Estevão ainda havia roubado o navio negreiro para esfregá-lo na cara das autoridades brasileiras! Por sorte, o Marquês conseguira abafar as investigações junto a um almirante da Marinha.

— Que espécie de negócios? — insistia o delegado, cavoucando a tensão do fazendeiro e do barão.

— Da espécie que acho que o senhor não tem o direito de saber. — Os olhos frios de Luiz Fernando o pregaram contra a parede invisível da aflição.

— Tenho e devo, Sr. Duarte. — Abaixou a pena e cruzou as mãos sobre a mesa. — Se o senhor se recusar a falar comigo, posso levá-lo preso. E terá de ir diante do juiz.

Não tinha tempo e nem interesse de chamar a atenção sobre si. Tentando controlar a sua ira, Luiz Fernando respondeu:

— Eu estava resolvendo o problema de uma senhora.

O delegado molhou a pena no tinteiro e voltou ao caderno e às suas perguntas:

— Da sua senhora?

— Não.

— Hum... de outra senhora?
— Sim.
— Que senhora?
— D. Catarina Barcellos.
— Ela está aqui para confirmar isso?
— Sim.
— E que tipo de "problemas" eram estes que ela precisava que o senhor resolvesse?
— Seria indiscreto da minha parte falar sobre os problemas alheios. Se quiser, pode perguntar ao Sr. Lúcio Gouveia. Ele garantirá o nosso encontro na Corte.

O delegado ignorou o sorriso irônico de Luiz Fernando. O fazendeiro havia sabido criar seus álibis muito bem, reencontrando com o antigo amante de Catarina e resolvendo algumas dívidas dela enquanto se reunia com Estevão, Montenegro e os outros devassos para armar o plano contra Feitosa. Alguns poderiam achar que Catarina não merecia a sua "boa ação", mas ele também a havia destruído na frente de todos. Era a maneira que tinha para pagar por seus erros e começar como um novo homem ao lado de Georgiana.

O velho delegado puxou de um saco sobre a mesa um pequeno embrulho e o colocou diante do investigado. Revelou-se um pesado colar de ouro e brilhantes. O interrogado reconheceu, sinalizando com um olhar longo e preocupado.

— E quanto a este colar? Pertence à D. Catarina? O senhor parece reconhecê-lo. É dela?
— Não. Não sei de quem é. — Não tirava os olhos da joia que havia pertencido à sua família, empalidecendo.

O barão, impaciente tanto quanto o delegado, soltou um muxoxo:
— Do que estamos falando aqui? O que este colar pode ter a ver com a morte?
— Um senhor que chegou há pouco tempo da Corte, Humberto Padilha, foi encontrado morto. Há uma testemunha que jura que, horas antes, viu uma mulher saindo do quarto da vítima e encontramos esta joia no bolso do morto. Suspeito que a senhora seja o motivo do assassinato. Basta descobrirmos quem era ela para chegarmos à identidade do assassino. — Dardejou Luiz Fernando, ainda mudo com aquela revelação.
— Além dessa testemunha, há mais alguma prova?
— O colar.
— O que garante que esse colar é de uma conhecida? — questionava o barão. — Pode pertencer a qualquer mulher!

Luiz Fernando levantou os olhos do colar para o delegado:
— Façamos uma acareação com a testemunha. Onde ele está?
O velho se levantou da cadeira, bufando, e foi até a porta:
— Gastão, traga o taberneiro!

Não demorou muito para que entrasse o guarda com o dono da estalagem. O senhor, de roupas simples e jeito tímido, tirou o chapéu e ficou segurando-o na frente do corpo. De cabeça baixa, evitava Luiz Fernando, mais tímido do que intimidado.

— Sr. Reis, diga-me, conhece este senhor? — quis saber o delegado.
— Sim. É o Sr. Duarte. Ele frequenta a minha estalagem.
— Por acaso, era o Sr. Duarte que o senhor viu saindo do quarto da vítima?
— Não. Eu vi uma mulher. Já disse ao senhor.
— O que o senhor pode nos dizer dessa misteriosa mulher? — Transpassou um olhar analítico para o fazendeiro enquanto a testemunha ia revelando o que havia visto. Queria pegar todas as suas reações e confirmar o seu palpite.
— Eu a vi chegar, falar com o Sr. Padilha e subir. Estava muito nervosa.
— Sabe me dizer quem era?
— A luz não ajuda muito na estalagem. É para manter a discrição dos hóspedes. Há aqueles que gostam de se encontrar às escondidas. — Perpassou um olhar para Luiz Fernando, ao se deparar com a mirada fixa dele de quem seria o próximo assassinado, desviou para o delegado.
— Então, era uma mulher casada e a vítima seria o seu amante?
— Não sei.
— Como era que eles falavam? Próximos? Com intimidade? Trocaram alguma carícia? Ele estava bruto?
— Tenho muitas pessoas para atender, não posso ficar prestando a atenção. Só posso dizer que ela parecia desconfortável.
— Desconfortável? Isso você ainda não havia me dito... — O delegado anotou. — Desconfortável com o quê?
— Ela não queria estar lá. Ele tentava se aproximar e ela se afastava. Tentava tocar nas mãos dela e ela recuava. Era estranho. Dava para ver que estava incomodada com alguma coisa.
— Para quem disse que teve dificuldades de enxergar, viu bastante. Então, saberia me dizer quem é? Era a D. Catarina?
— Não sei o nome. Sei que era a sobrinha dele. — Apontou Luiz Fernando.

Mais anotações e o delegado voltou-se ao fazendeiro, tentando esconder o sorriso:

— A sua sobrinha? — Ergueu as sobrancelhas. Não estava surpreso, estava satisfeito, como se comprovando a sua tese.

— Sim, atual esposa, se preferir. — Luiz Fernando trincou os dentes e a voz foi saindo dura tal cada palavra fosse uma pedra atirada. — Não sei aonde quer chegar com isso, só sei que não será nada bom para o senhor. — Teria se erguido da cadeira se não fosse o barão apertar o seu ombro.

— Está me ameaçando, Sr. Duarte?

— Não — explicou o barão, mais comedido. — O que ele quer dizer é que tem muitas coisas para resolver e sua testemunha só viu a senhora e não quem o matou.

O taberneiro deu um passo à frente:

— Eu vi... mais ou menos... Acho ter visto... Ela não saiu sozinha. Tinha um homem junto.

Todo o corpo de Luiz Fernando se retesou, ele cerrou os punhos e trincou o maxilar. Poderia entender que ela deveria ter ido a Padilha dar o colar em troca dos papéis de sua mãe, mas não compreendia o porquê de ela estar acompanhada de um homem. — E quem seria esse homem?

— E quem o senhor viu? Ele está aqui nessa sala? — continuava o delegado.

— Não.

— Como pode?! — O delegado se levantou. — O senhor viu ou não viu o mesmo homem que acompanhava a senhora empunhando um revólver e atirando na vítima?

— Não sei mais, ao certo. Olhando bem assim, *tava* escuro, de noite, eu *tava* meio longe... Não sei, não... — O homem evitou os olhares de Luiz Fernando, do delegado e do barão, e balançou a cabeça na negativa.

— Já que a sua testemunha alega não ter visto quem foi, não há provas — aproveitou o barão.

— Isso não quer dizer que o Sr. Duarte deixou de ser o meu principal suspeito. Quero falar com a senhora sua esposa, por favor.

Luiz Fernando se levantou da cadeira, furioso. Seu impulso havia sido tão forte, que o móvel caiu no chão, causando um estrondo:

— Ela não tem nada a dizer!

— O senhor está me impedindo de falar com a sua esposa? Posso prendê-lo por isso.

O fazendeiro não era tolo. Era possível que Georgiana acabasse contando toda a verdade para o delegado e fosse presa por se passar por outra pessoa. Ademais, seria certamente a principal suspeita da morte do maldito Padilha. Quanto a estar lá e ter saído acompanhada, era algo que teria que perguntar diretamente a ela. Desta vez, ela não iria escapar de lhe contar a verdade.

Uma gritaria chamou a atenção.

Ouvia-se uma correria pelas tábuas do salão.

Havia o som de tiros e cavalos relinchando.

O delegado foi para a janela. Seu rosto assustado era alumiado por uma imensa fogueira na frente da casa, diante da estátua da mulher empunhando o anel. Pressionou os olhos. Queimavam palha e chicotes, paus de sebo, um pelourinho, correntes e tudo o mais que fizesse parte do suplício escravo.

Um feitor irrompeu o escritório, gritando:

— Uma fuga! Os escravos fugiram! Todos os escravos!

— Todos os escravos daqui? — questionou o barão, boquiaberto. — Mas como?

— Não só daqui! Das fazendas vizinhas também!

O delegado mirou Luiz Fernando e percebeu em seu rosto, iluminado pelas labaredas, a máscara do alívio. Tinha acabado. Finalmente. Tinha acabado e havia vencido o seu pai.

37

Por mais que Luiz Fernando tivesse problemas com a maneira — nem um pouco usual — com que Estevão agia, uma coisa — talvez duas — ele não poderia negar: a de que ele era corajoso — e maluco. Possivelmente, ambas andavam de mãos dadas. Havia sido Estevão quem dera a ideia de, durante o baile em comemoração ao seu casamento, quando todos os fazendeiros e autoridades importantes estivessem presentes e distraídos, causar a imensa fuga. E eis que o álibi estaria montado: sendo o anfitrião e também tendo os seus escravos "roubados", ninguém imaginaria que Luiz Fernando articularia o plano.

O neto de Nuno Duarte e Maria de Lurdes não podia negar, havia sido uma excelente ideia. Ainda aproveitariam que os escravizados estariam usando máscaras e trocariam eles por pessoas livres. Ninguém notaria falta dos que serviam na casa-grande. Essa solução era a melhor em relação a todas as que ele e Bento haviam calculado — convencer alguém de comprar as terras e os escravos e alforriá-los, ou uma fuga à noite, ou incentivar algum escravo a fazer um levante; todas elas perigosas e incertas.

Com muito cuidado, Luiz Fernando e Estevão planejaram todo o trajeto e obtiveram a ajuda de Kambami para convencer os escravizados que não estavam indo para alguma emboscada. Os dois devassos se propuseram, eles mesmos, a guiar os fugitivos pelo caminho que haviam traçado e que os levaria a um quilombo. Dessa maneira, Luiz Fernando também pouparia o dote de Eugênia para ajudar Georgiana a obter a sua identidade de volta e a se casarem propriamente. Mas esta segunda parte do plano, por enquanto, era apenas rascunho na mente do fazendeiro. Era preciso resolver a questão escrava e, agora, a morte de Padilha.

Ao saírem do gabinete, a festa acabava. A música havia cessado. Alguns senhores, avisados por seus capatazes, arrancavam os cabelos ao tentarem entender como os seus escravos haviam fugido. Algumas senhoras haviam desmaiado ao imaginar que não teriam mucamas para lhes servirem. Poucos riam-se da situação, achando graça daquele pandemônio que se instalara. Um grupo de senhores rodeou o delegado e pediu providências imediatas. Outro exigiu que Luiz Fernando fizesse algo. Um terceiro se ajoelhou e implorou que lhe emprestasse os poucos escravos que serviam na festa.

Diante do caos, o fazendeiro mantinha o semblante sereno, sem qualquer sinal de compadecimento, desespero ou raiva — o que não passou desapercebido pelo delegado. Se não fosse por tantas reclamações e vozes deixando-o surdo, teria questionado Luiz Fernando sobre seu provável envolvimento — ainda que fosse difícil crer que estaria envolvido, uma vez que não parecia ter nenhum benefício.

No meio do abafamento que tomava a varanda, das exigências dos senhores, dos gritinhos das senhoras, todos em torno do delegado, Luiz Fernando aproveitou para se afastar e retornar à alcova onde havia deixado Georgiana. Precisavam conversar sobre a visita dela a Padilha e quem estava com ela.

Ao abrir a porta, deparou-se com a esposa, ainda pálida, sentada na cama.

Ao vê-lo foi como despertar de um sono profundo. Toda uma gama de possibilidades havia passado pela cabeça dela: desde o ressurgimento de Padilha — afinal, fantasmas pareciam estar lhe querendo dizer algo — à possibilidade de terem descoberto que ela não dizia ser quem era. Havia também lhe cruzado a ideia mais aterradora de todas: que tivessem matado Luiz Fernando. Algo, no fundo do seu cérebro, lhe dizia que o perigo os rondava e, por mais impossível que parecesse, havia um cisco de chance de que a tentativa de assassinato de Luiz Fernando pudesse estar atrelada a de Padilha. No entanto, de que maneira o assassino se beneficiaria disso era o que a confundia.

Fechando a porta atrás de si, o barulho da balbúrdia se desfez. Vê-lo bem, diante de si, preencheu de alívio o sorriso de Georgiana. Nada havia lhe passado. Restava, então, saber o que acontecia.

— Que confusão é esta? O barulho que escutei? Os gritos?

— Os escravizados das fazendas fugiram — Luiz Fernando resumiu, interessado em outros assuntos mais urgentes.

Então era esse o motivo de ele estar tão preocupado nos últimos dias?! O baile não era em sua homenagem, era para camuflar a fuga dos escravos. Ao reparar que ele estava sério — apesar de não haver sinal de estar bravo —, achou que havia mais alguma coisa.

— Georgiana, por favor, seja sincera comigo. Quem era o homem que saiu com você da estalagem? Sei que foi tentar convencer Padilha a nos deixar em paz e entregar a alforria de sua mãe em troca do colar de diamantes. Como sei que você saiu do quarto dele acompanhada. Quem era? — Ela arregalou os olhos, confirmando o que o estalajadeiro havia dito. — Conte-me a verdade, por favor, nossas vidas poderão depender disso.

Ao esquadrinhar a expressão no rosto de Luiz Fernando e no seu tom de voz, Georgiana notou apreensão, preocupação com algo que, infelizmente, ela mesma não teria como ajudar.

— Eu não me lembro como saí de lá. Na verdade, era algo que queria lhe... — A garganta fechou, a voz ficou por um fio e os olhos marearam. —... falar... eu... tentei... mas ele me agarrou e...

Georgiana estava tão nervosa em poder contar aquilo para Luiz Fernando que não reparou quando ele se pôs de joelhos diante dela e tomou suas mãos. Seus olhos claros eram de aflição, tal fosse ele mesmo quem houvesse sofrido algum ataque. Porém, por mais que não quisesse escutar o que havia acontecido, assim preservando-a da vergonha e a dor em ter que relembrar daquilo, era importante para fechar os pontos sobre quem havia matado Padilha e o porquê.

— O que aconteceu na estalagem?

— Não, fui eu quem acertou ele com o colar e ele caiu desmaiado. Logo em seguida, eu desmaiei e não me lembro de mais nada. Nem sei, ao certo, como cheguei aqui. — Ela tremia.

Tomando-a em seus braços, Luiz Fernando a apertava, tentando reconfortá-la com as promessas de que tudo terminaria bem e ela poderia ficar tranquila, pois ele havia conseguido a cópia do registro de alforria de sua mãe. Um choro — daqueles que são empurrados pela pressão no peito — saiu. Eram lágrimas de que, finalmente, seus temores haviam se desfeito à luz da manhã.

Luiz Fernando beijou o topo da cabeça da esposa. Ao menos, Estevão havia servido para mais alguma coisa — achar o registro e conseguir uma nova cópia.

Por mais agradável que fosse estar naqueles braços e que neles pudesse permanecer por algum tempo, ainda havia algo a mais a ser resolvido e, dependendo da maneira, poderia ser prejudicial a todos.

— E quanto ao fato de ter roubado o nome de Eugênia? — Ela voltou para ele o rosto moído de lágrimas. — De ter me passado por ela! E se descobrirem? Certamente chegarão a essa conclusão quando investigarem mais a fundo o Padilha.

Segurando-a pelos ombros, Luiz Fernando reforçou:

— Não se preocupe, meu amor, Estevão e eu já temos tudo pensado. Preciso apenas que se esforce e se lembre quem foi que trouxe você de volta para a fazenda. É muito importante para nós.

Ela fechou os olhos. Um relincho. Os cascos de um cavalo. Um caminho. Uma respiração forte em seu ouvido. Georgiana se lembrava disso, mas não conseguia definir em sua cabeça quem era o cavaleiro. Por mais que tentasse, mentalmente, voltar a cabeça para trás e enxergar o seu semblante, seu rosto parecia coberto pela sombra da falta de memória.

UM GRITO!

Georgiana abriu os olhos, assustada. Luiz Fernando, ao seu lado, soltou as suas mãos e se levantou procurando de onde poderia ter vindo aquele grito. Sem tempo para discussões, tomou a mão da esposa e a puxou para fora da alcova. Precisava verificar o que era e não poderia deixá-la sozinha. O assassino de Padilha poderia estar planejando um ataque contra eles. Era preciso estar alerta.

Uma comoção se fazia perto dali, em frente à porta do quarto do casal. O delegado ainda não havia chegado — atrasado pelas reclamações —, mesmo assim, com a autoridade de anfitrião e dono do quarto, Luiz Fernando se apertou entre os curiosos — amontoados — para conseguir passar.

No meio do cômodo, abraçados, estavam Anabela e Francisco. Tinham as roupas viradas e um quê de intimidade que teria deixado outras pessoas desconfiadas do que faziam lá, a sós. No entanto, estavam todos pasmados diante da cena que se tinha.

Próximo ao casal — aparentemente flagrado — sobre a cama, havia uma mulher. Pelo sangue que saía de um ferimento em seu abdômen, deduzia-se que ela estava morta.

Georgiana tentou se aproximar para ver o que acontecia e o motivo de tantas exclamações de horror. Luiz Fernando pôs as mãos na frente para impedi-la de avançar quarto adentro, mas ela se desfez do agarre dele e viu. As pernas tremeram e um espasmo a fez pôr as mãos na frente da boca para evitar gritar.

Era ela quem estava morta! Ao menos, talvez assim tivesse pensado quem havia matado aquela mulher, pois a morta usava o seu vestido de noiva — aquele que teria vestido se não tivesse desaparecido um dia antes.

A morta tinha o traje completo, das luvas aos sapatos e meias, e usava uma máscara branca cobrindo todo o rosto, o que impedia uma identificação imediata. Um calafrio subiu pela coluna de Georgiana. Reconhecia a máscara, mas só teria certeza de quem era quando Bento, num gesto destemido, aproximou-se do corpo e retirou o apetrecho.

Era Regina!

Georgiana não conseguiu segurar o horror e deu um grito, caindo no vácuo do próprio medo.

A ordem era de que todos permanecessem na casa-grande, pois o assassino ainda poderia estar entre os convidados. Alguns acharam um absurdo. Outros reclamavam que tinham que ir atrás dos escravos fugidos antes que se perdessem na mata. Poucos aguardariam pacientes as investigações do delegado, obrigando-o a pôr os dois guardas nas portas da frente e de trás e com armas empunhadas. Ninguém iria passar.

O delegado estava trancado no quarto com a vítima e três testemunhas — o Barão de Sacramento, um fazendeiro e Luiz Fernando. Este se manteve boa parte do tempo ao lado da morta, pajeando, observando o delegado examinar o corpo e a ferida. Era de bala. Provavelmente havia sido o tiro dado no instante da balbúrdia em torno da fuga dos escravizados. Não havia uma arma perto, o que dava a entender que o assassino ainda poderia estar com ela.

Luiz Fernando, ao menos, sentia-se mais tranquilo ao saber que Georgiana estava protegida, trancada num quarto, e sob a supervisão de Bento Ajani.

38

O som de uma trovoada.
Uma brisa fresca com cheiro de chuva apagou as velas. Uma tempestade se achegava, sorrateira, encobrindo a lua cheia.
Não seria a escuridão que a amedrontaria. Tinha muito a pensar, a analisar.

Georgiana, trancada num dos quartos, andava de um lado ao outro, desfazendo-se da fantasia e tremendo a cada trovoada. Tentava imaginar quem poderia ter matado Regina. A mucama estava com o seu vestido de noiva. Alguém a queria morta. Quem? A lista não era muito extensa: Catarina era uma possibilidade, mas duvidava que teria a coragem. Ademais, quando acharam o corpo de Regina, ela teve uma compulsão de choro e tiveram que lhe servir água com açúcar. Francisco e Anabela estavam ocupados demais um com o outro, e havia sido eles quem encontraram o corpo. A menos que fossem ótimos atores e geniais assassinos, não acreditava na capacidade de a matarem e depois inventarem de tê-la encontrado — por mais que ainda se perguntasse por que ambos estavam se aventurando no quarto dela. A marquesa tinha todos os indícios. Não gostava de "Eugênia", era contra o casamento com Luiz Fernando e a queria para Francisco. Uma mulher ardilosa e cheia de estratagemas e armadilhas. Trouxera até mesmo Catarina para tentar impedir o matrimônio. Claro, deveria achar que, sensibilizada pelo fim do enlace, ela se deixaria enredar por Francisco. Não a conhecia. Será que a marquesa seria capaz? Não se lembrava de tê-la visto.

Até que lhe pendeu na ponta das ideias. E se o seu assassino fosse o mesmo de Padilha? Poderia ser alguém que acreditava que ela e o maldito estavam armando um plano contra Luiz Fernando e, para impedir isso, queria se livrar de ambos. O Barão de Sacramento? Ou Jerônimo? Ele era cego, faria sentido ter confundido ela com Regina. *Céus!* Ia enlouquecer de tanto pensar!

Estremeceu junto a um raio que teria caído ali perto, clareando o quarto.

Alguém bateu à porta.

Um susto. Estava descomposta, apenas com uma *chemise* que ia até metade das coxas. Seus cabelos se esparramavam pela falta de roupa, cobrindo pouco do corpo. Antes que pudesse ir ao alcance de qualquer coisa para lhe cobrir a nudez, Bento entrou no quarto.

Com as mãos na frente do corpo, tentando se esconder, ela respirou aliviada. Tinha medo que fosse o assassino. Ao notar que os olhos dele estavam fixos em sua silhueta, Georgiana corou. Num sorriso tenso, ela puxou o cobertor da cama para se enrolar nele. Era mais apropriado.

Não sabia o que Bento queria lhe falar, mas ela precisava de sua ajuda para pensar em quem poderia ter tentado matá-la. De todos na festa, somente Luiz Fernando tinha conhecimento de que não era ela quem usava o vestido de noiva aquela noite. Ou seja, qualquer um era suspeito. Como conhecia todos e estava na fazenda há muito mais tempo do que ela — dizem que desde a época do falecido barão —, seria a pessoa mais indicada.

Atravessando o quarto, Bento abriu uma janela.

A chuva que caía forte respingava para dentro do cômodo, molhando o chão. Por mais gostoso que fosse sair do abafamento dos próprios pensamentos, Georgiana não entendeu o porquê.

Na verdade, não entendia o porquê de Bento ter entrado no quarto. Havia dito que iria dormir, que precisava descansar. Estava muito nervosa, muito preocupada.

Diante dela ele se pôs. Havia algo em seu rosto, alguma coisa escondida nas entranhas dos seus mistérios, revelada pela tíbia luz do único candeeiro que o vento não havia conseguido apagar.

Estava tenso, fechado, revelando pelos seus olhos escuros mais do que por palavras.

— Prometi ajudá-la e vou continuar ajudando — disse, colocando as mãos sobre os ombros da jovem dama.

Ela se assustou com o toque pesado e deu um passo atrás. Ele não a liberou. Tanto suas mãos ásperas quanto seus olhos a queriam perto.

— Do que está falando? — questionou, desconfiada. Uma voz, assoprada pelo vento, lhe arrepiou: *"Fuja! Fuja dele!"* Mais um passo atrás e ela teve a firmeza de perguntar o que seu coração começava a afirmar.

— Foi você que... Padilha?! Você que me trouxe de Barra do Piraí?

— Eu a segui até Barra do Piraí. Luiz Fernando havia pedido que eu prestasse atenção em você. Deveria estar desconfiado que você iria, eventualmente, se encontrar com o mascate. Aguardei fora da estalagem você sair. As horas passavam e eu me preocupei em ir até você. Algo me dizia que estava em apuros. Quando os encontrei caídos no quarto, deduzi o que havia acontecido. Ajudei você a sair de lá o quanto antes, sem que ele ou outro visse.

Bento falava sem vida. Não havia uma comichão em sua face, nada que indicasse que ele sentia alguma coisa, por ela ou pela situação.

Todo o corpo de Georgiana se arrepiou diante de tamanha frieza.

— Obrigada, não sei o que teria sido de mim se tivesse despertado com ele sobre mim... Eu... Você não o...?! — Ia agradecendo a ele quando se deparou com os olhos escuros e fixos nela. Não teve coragem de terminar a frase com o verbo *matar*.

Sentiu os ombros apertados.

— Eu disse que a ajudaria. Havia prometido a você. Não a Luiz Fernando, não a ninguém. Apenas a você. Depois de deixá-la na fazenda, voltei. Encontrei-o ainda no quarto, com um pano sobre o ferimento, e com o seu colar nas mãos. Ele ria-se, se vangloriava de que a tinha possuído e que iria continuar e que nada e nem ninguém o impediria. Contou-me da sua verdadeira identidade, *Georgiana*. — Pela primeira vez, seu rosto havia ganhado nuances de carinho. — Contou que era uma escrava foragida e que ele tinha que levá-la de volta à Corte e vendê-la a um bom preço, mas só depois de experimentá-la mais algumas vezes. Eu não poderia permitir. Ofereci ajudá-lo a ir dar um depoimento ao juiz, para que oficializasse que você estava se passando por outra pessoa e que, o quanto antes, pudesse levá-la. Pedi, em troca da ajuda e do testemunho de que você não era Eugênia Ferraz Duarte, o colar. Ele aceitou. No caminho para o juiz, aproveitei um matagal próximo e o matei. Nem vi como, ou de que maneira. Estava com tanta raiva pelo que fez e queria fazer a você... — A voz dele enfraqueceu; era incomum ver um homem tão imponente sensibilizado com algo. — Foi quando tive a ideia de deixar o colar com ele para que deduzissem que havia sido Luiz Fernando quem o havia matado. Seu álibi seria fraco. Estava viajando e mantinha segredo sobre o que faria na viagem, o que contava a meu favor.

Tentando concatenar tudo o que havia escutado, Georgiana só conseguiu se interessar pela parte da acusação contra Luiz Fernando.

— Por quê? O que ele fez a você? Era seu amigo...

— Ele, o pai, todos os Duarte, são o demônio! Eles merecem o que há de pior. Sempre me tratando como capacho. O pai dele, aquele velho, mereceu morrer pelo que fez à minha mãe. Minha mãe era uma escrava, não podia dizer não, e ele usou disso para se satisfazer. Ela morreu aos treze anos, grávida do terceiro filho dele. De todos os bebês, somente eu sobrevivi e fui criado por um casal de fazendeiros que não podia ter filhos.

Aquela história era mais aterradora do que Georgiana poderia ter esperado escutar. Violência em cima de violência.

— O que o barão fez foi horrível! Terrível demais! Mas isso não faz com que Luiz Fernando deva assumir os erros do pai — suplicava, pressentindo que aquelas mortes não terminariam em Padilha.

Enquanto isso, escutava que os convidados minguavam e, pela janela aberta, alguns coches iam embora. O delegado deveria ter liberado os fazendeiros. Era possível que Luiz Fernando viesse falar com ela em breve. Precisava ganhar tempo e manter Bento ali até que o marido aparecesse e, com sorte, traria o delegado junto para conversarem sobre o vestido de noiva.

O vestido de noiva!

— Eu precisava afastá-lo de você como precisava afastar Regina. — O ar prendeu na garganta da moça. — Eu sabia que ela estava a chantageando. Observava a maneira como ela a tratava. Regina não valia o ar que respirava, tentando seduzir a todos. Aproveitei a fuga que Luiz Fernando havia planejado e, prevendo a confusão que seria com os fazendeiros, eu a matei.

— Ela... — balbuciou, sem forças para continuar a conversa sem soltar uma lágrima. — Por que no meu quarto? Era para eu achar que queriam me matar? Ou que Luiz Fernando iria tentar me matar?

— Não sei qual era o intuito. Sabia que ela havia se negado fugir com os outros e a vi entrando no seu quarto e vestindo as suas roupas e a máscara. Se aguardava alguém, pouco sei. — Os dedos dele a apertaram ainda mais e ele se aproximou o suficiente para seus corpos se tocarem. — Atente, Georgiana, nós fugiremos. Esta noite. Luiz Fernando estará ocupado cuidando da fuga dos escravos e do assassinato. Não virá atrás de você. E se vier, estou preparado... — Abriu um pouco a casaca para que visse que estava armado.

A arma do crime!

— Seja sincero. — Ela o mirava, entorpecida. — Não foi um quilombola, nem o tal feitor que tentaram matar Luiz Fernando. Foi você? — Diante do silêncio dele, ela teve a sua confirmação. — Meu Deus!

— Ele estava atrapalhando o nosso caminho. Estava tão obcecado com a fuga que nem questionava a sua opinião sobre o casamento ou o que fosse, e nunca a teria deixado ir embora. Ele nunca será capaz de entendê-la como eu a entendo. Somos iguais.

Ela queria dar um passo atrás, escapulir dele e de toda aquela loucura que havia acabado de escutar. No entanto, não conseguia, presa pelo seu olhar denso.

Bateram à porta.

Tanto Georgiana quanto Bento se afastaram um do outro.

— Você está ai? Eugênia? Abra a porta! Eugênia! — Batia Luiz Fernando, virando a maçaneta de um lado ao outro, notando-a trancada.

A qualquer momento ele conseguirá entrar.

A cada instante, prevendo que havia algo errado, Luiz Fernando forçava mais a porta. Tentava arrombá-la com os ombros, com chutes, com o que tivesse à mão.

Ao reconhecer quem era e que a madeira ia cedendo, Bento apontou a arma para a porta:

— Você decide.

— Não o mate! — Georgiana se desesperou. — Eu o amo! Por favor!

A moça contraía-se de dor, de medo, de tudo o que poderia vir acontecer se Luiz Fernando conseguisse arrombar aquela porta. Ela não poderia viver sem ele. Isso não cabia na sua mente e nem no seu coração.

— Não a forçou a se casar com ele?

— Eu o amo! Isso não basta?!

O rosto dela era lágrimas, o que fez Bento parar por um segundo, e analisar o que ela realmente estava sentindo. No entanto, apenas a cicatriz da chicotada parecia ressaltar na sua testa, pulsando dentro dele como um sinal de que era hora de acabar com os Duarte de uma vez.

— Eugênia! Quem está aí com você? — disse uma última vez o marido antes da porta se partir.

— NÃO! — gritou ela, tentando impedi-lo.

Foi rápido.

O dedo no gatilho.

O disparo num relâmpejo.

O corpo caindo no chão numa trovoada.

Não sentia o ar entrando pelos meus pulmões, por mais que tentasse. A cabeça ia pesando e minhas pernas foram ficando leves como se não tocassem o chão. Um zumbido e minha cabeça estalava.

Estava no chão. O sangue esvaía do ferimento e uma coisa era certa: eu havia morrido.

Vejo Luiz Fernando no quarto. Está fora de si.

Outros entram. Muitos outros. Outros do passado. Fantasmas. Dorotéia, a cozinheira, a menina, e muitos outros rostos que não sei quem são.

Por entre vivos e mortos, vejo Maria de Lurdes. Aos meus pés, caída de joelhos, ela chora a minha morte. Cobrindo o meu corpo com o seu, posso ainda sentir o seu calor, mas não consigo me mexer, falar, entrando num sono frio e profundo.

A última coisa que escuto são as suas palavras:

— Não me deixe! Não me deixe! — gritava Luiz Fernando.

39

Corte, dois meses depois...

Na lápide fria estava escrito "Eugênia Ferraz Duarte", a data de nascimento, a de morte e nada mais. Simples. O próprio túmulo não possuía as pretensões dos Duarte. Ao invés de um mausoléu, uma caixa de pedra, sem anjos, sem esculturas. O único enfeite era o buquê de flores que Luiz Fernando havia deixado. Algum colorido, alguma delicada beleza àquela que lhe foi tão amiga, tão querida.

Ao sair do Cemitério São João Batista, o viúvo retirou a cartola negra e subiu num coche que o esperava à porta.

Dentro do veículo lhe aguardava um homem magro e pálido, cujos cabelos loiros e pequenos olhos azuis davam a sensação de ser estrangeiro. Tinha as mãos apoiadas numa bengala de castão de prata e a expressão limpa de interpretações.

Ao ter Luiz Fernando acomodado ao seu lado, o Marquês acionou o cocheiro para que seguissem caminho.

Retirou da casaca escura dois bilhetes de paquete e os entregou ao viúvo:

— Aqui está.

— Obrigado.

Não só as roupas como até mesmo o semblante de Luiz Fernando era de luto. Todo ele se sentia pesado, mas, ao menos, havia conseguido se despedir de Eugênia da maneira que a sua sobrinha mereceria. Soltou um longo suspiro e fechou os olhos por alguns segundos. Finalmente o pesadelo estava no fim e ele poderia ser livre e, quiçá, feliz.

— Ao chegar em Pelotas, procure por Leon Alarcón — avisou o Marquês. — Ele é quem lhe ajudará.

Luiz Fernando guardou-se em silêncio.

Haviam sido meses de tensão, de dor, de preocupação, de omissões e mentiras, porém, tudo havia ficado para trás e o que lhe tinha a vista eram as possibilidades de um horizonte multicolorido. De alguma forma estranha, deveria agradecer a Bento Ajani pela "sua ajuda". Se não tivesse atirado e Georgiana não tivesse se colocado diante da arma, não teria como dar por encerrada aquela epopeia e um novo desfecho teriam que desenvolver.

— E quanto a Bento? — perguntou o descendente de Nuno Duarte ao Marquês, que lia um bilhete que lhe havia sido entregue por um moleque quando pararam num cruzamento.

Sem muita atenção, o atual chefe dos devassos respondeu que estava na Casa de Detenção e aguardava julgamento.

— Não se preocupe, faremos de tudo para ajudá-lo — garantiu.

— O barão destruiu muitas vidas, não posso permitir que continue — comentava Luiz Fernando.

Tinha pena de Bento Ajani que, como ele, havia sofrido as intempéries da mente tempestuosa e da alma nublada do falecido barão.

O Marquês dobrou o bilhete, apertou um botão na bengala e o castão se abriu — revelando-se um compartimento secreto onde guardaria o recado. Luiz Fernando não perguntou sobre o conteúdo e nem o Marquês falou a respeito. Havia uma espécie de hierarquia no clube e, dependendo do que você fizesse, poderia ter acesso a determinadas informações ou não. Era uma questão de segurança para todos os envolvidos, alegava o Marquês, caso algum membro fosse capturado e, eventualmente, torturado.

— Diga-me, como Estevão conseguiu recuperar o corpo da sua sobrinha? — O Marquês desviou-se por completo do assunto do bilhete, apesar de ainda lhe pulsar no fundo do cérebro sobre o que era.

— Estevão tem contatos que nos impressionaria a todos. É como se tivesse espias por todos os lados. Sabe tudo o que acontece e com quem acontece.

Luiz Fernando achou ter visto um mínimo sorriso na face do Marquês — algo raro para quem o conhecia.

— Tem dinheiro para a viagem e recomeçar a vida?

Uma preocupação incomum, se tratando de quem perguntava. Estaria enxergando um novo Marquês por debaixo das milhares de camadas sob as quais ele se escondia? Aquele homem possuía tantos mistérios quanto os de um personagem shakespeariano.

— Pagaram-me uma boa quantia pela fazenda — retrucou Luiz Fernando.

Com a ajuda do Barão de Sacramento, conseguira burlar o testamento e vender as terras, alegando que os empecilhos do pai eram apenas em cima dos escravos e que, como estes haviam fugido, não teria como — e nem dinheiro — para manter a fazenda. Ademais, havia surgido um interessado em adquiri-las para transformá-la numa colônia de parceria: Eduardo Montenegro. Acordado o negócio, Luiz Fernando se despediu da Beira com alguma saudade — mais pelos bons momentos com a esposa do que por qualquer outro motivo. Chegou a se imaginar feliz lá, mas, como a baronesa ressaltara, às vezes era preciso mudar para deixar os fantasmas descansarem.

O coche parou diante da Praça Mauá. O Marquês, não afoito a despedidas, abriu a porta para que Luiz Fernando descesse e se despediu com o mesmo tom e pose de quem divagava sobre o movimento das ondas no mar:

— Desejo toda sorte para vocês.

O ex-fazendeiro agradeceu e lhe estendeu a mão para um aperto:

— Espero reencontrá-lo em breve.

O Marquês assentiu e, assim que Luiz Fernando saltou, ordenou que o cocheiro seguisse. Tinha coisas urgentes a resolver na Prainha. Aparentemente, o seu informante tinha notícias que seriam fundamentais contra Feitosa. Se num jogo de xadrez, o Marquês teria sentido a pressão do calor do *xeque* no pescoço. Não esperava deparar-se com Mesquita — o informante — morto, e uma inscrição misteriosa na areia, junto ao corpo: SPQR.

※

Havia um movimento de carros, pessoas, mercadorias próximo ao porto. O cheiro da maresia subia ao fim do dia e não parecia dispersar a gente que ia e vinha, o barulho dos gritos, dos chamados, a conversa miúda. Não seria fácil encontrá-la. Gaivotas cortavam pelas vozes e o horizonte, marcado pelos altos mastros dos barcos do mundo, entardecia. Teria ela subido no barco? Na mensagem pela manhã, havia dito que estaria o aguardando para juntos tomarem a catraia até o paquete.

A brisa salgada assoprou mais forte, a empurrar o chapéu da cabeça de Luiz Fernando. No susto, teve de correr até ele antes que fosse pisoteado.

A cartola rolava no calçamento disforme, passando por pés e malas até trombar num vestido negro.

Os sinos da igreja próxima badalaram anunciando as horas.

A senhora de negro voltou-se para ele. Mesmo com um véu espesso a lhe cobrir o rosto — escondendo a sua identidade —, Luiz Fernando soube que era **ela**. Era mais uma daquelas intuições que se sabe — como soube que ela não havia morrido após o tiro de Bento — e não há explicações. Porém, era preciso ter certeza.

A dama pegou a cartola e a ofereceu a ele. Agradecido, perguntou:
— Senhorita Rominger?
— Sim, sou eu mesma.
— Deixe-me apresentar. — Fez uma mesura. — Sou Luiz Fernando Duarte, o tio de Eugênia Duarte. Ela me escreveu pedindo que eu estivesse à disposição da senhorita. Pois me ponho a seu favor. — Tomou a sua mão enluvada e curvou-se sobre ela.

Levantando o véu, Georgiana revelou a sua face iluminada por um sorriso sincero. Seria a primeira vez que se conheciam.

Os pesadelos, os fantasmas, tudo havia desaparecido. Restava apenas o amor de Georgiana por Luiz Fernando, reforçado a cada dia que ele esteve ao seu lado na recuperação. Se havia sido Destino, Sorte, ou alguém tivera se posto na sua frente para protegê-la — pois tinha a sensação de um escudo na forma de Dorotéia —, levara um tiro no braço e não demorara muito para ficar bem. Foi cuidando dela — com a ajuda da baronesa —, que veio a ideia de enviuvá-lo para poder se casar com ela novamente e sob a identidade correta.

Georgiana teve medo desse novo plano, mas tanto o amado quanto a senhora lhe explicaram que ninguém mais poderia chantageá-los se assim fosse. De alguma forma inexplicável, ela havia criado apego à identidade de Eugênia, talvez porque sentia saudades da amiga e, assim, a teria mais perto de si.

Acordado, o casal foi passar um tempo na casa do Barão de Sacramento, na Corte. Uma espécie de lua de mel. Durante essa estadia ela "viria a falecer" e ser imediatamente enterrada no Cemitério São João Batista.

Estevão, junto ao jovem Raimundo Aragão, havia conseguido um coveiro que desenterrara a verdadeira Eugênia da vala comum em que havia sido colocada como indigente por Padilha. Uma missa em seu nome foi feita para que a sua alma pudesse descansar em paz.

Quando a marquesa e Francisco receberam a notícia fatídica da "morte de Eugênia", algumas semanas depois do enterro, houve lamentação. Não por parte da marquesa, que não via mais qualquer chance de ter algum ganho com ela. Concentrava novas forças para atrair Anabela para as suas artimanhas, tendo Catarina como comparsa. Foi Francisco que, apesar do caráter duvidoso, havia gostado de Eugênia o suficiente para não concluir os planos de sedução da marquesa e resolvido deixá-la em paz.

FINALE

Pelotas, 1875

Não haveria a chance de se imaginar mais contente do que estava, ria-se Georgiana, apreciando a aliança em seu dedo.

— Está feliz, Sra. Duarte? — sorria Luiz Fernando, sentado ao seu lado no coche que os levaria para a casa nova.

— Sim. Muito! — Ela se voltou para ele, esfuziante, dentro do belo vestido de noiva, escolhido por ela mesma e comprado com o dinheiro que havia conseguido juntar dando aulas de francês para algumas filhas dos barões das charqueadas.

Não haveria mulher mais linda e amada do que ela naquele instante — e em nenhum outro. Tudo saía como o pretendido. Luiz Fernando havia conseguido comprar uma casa numa boa rua, próxima à antiga praça D. Pedro II, e ambos faziam parte do círculo pessoal de Leon Alarcón e sua esposa Alba.

Havia sido importante para Luiz Fernando conseguir um emprego público na área administrativa e Georgiana o de professora particular. Apesar dele não achar necessário que a sua noiva trabalhasse, ela insistia que precisava se sustentar até estarem casados — o que falariam se ela fosse sustentada por ele! Ademais, adorava ensinar crianças. Luiz Fernando não foi empecilho, satisfazendo-se em vê-la em pequenos encontros furtivos, fugidos da companhia das senhoras de sociedade.

Talvez isso — e as doces e ardentes lembranças da época de casados — o tivesse feito correr com a papelada do casamento junto ao pároco. Em pouco, estavam trocando votos em frente a Nosso Senhor e diante de testemunhas que nunca veriam casal mais apaixonado do que eles.

Não houve festa, por maior que fosse a insistência das senhoras em convencer à Georgiana e ao esposo. Ambos já não podiam mais aguentar as saudades de terem seus corpos entrelaçados na intimidade do Amor.

E da igreja foram direto para a casa.

Nem mesmo as flores que Luiz Fernando havia mandado espalhar pelos ambientes, em homenagem à sua esposa, Georgiana tivera tempo de ver. Em alguns passos, estavam nos braços um do outro, bulindo na ardência de um beijo que fazia a respiração fraquejar, lutando para seus corpos ocuparem o mesmo espaço, vibrando ao toque incandescente. Luiz Fernando deslizava os lábios úmidos pelo pescoço da esposa, contornando-o numa linha que o conduziria ao lóbulo da sua orelha. A esposa escutava-o ofegante, pressionando-a contra si.

Envolta pelas sensações que viravam o corpo do avesso, Georgiana apertou os ombros dele e abriu as pernas, levemente, para se esfregar nele.

Luiz Fernando sabia, não iriam conseguir chegar ao quarto. Melhor seria aproveitarem aquele mar de flores que inundava a sala com o seu perfume e ali mesmo concretizarem seu Amor.

Georgiana soltou um longo suspiro de quem havia acabado de despertar para a vida. E nem dera tempo do marido propor o que fosse. Agarrou-se ao seu pescoço e pediu que lhe desamarrasse as roupas. Ela precisava dele naquele momento, juntos como um só. Virou-se de costas e pôs as mãos na cintura, aguardando que a libertasse das pesadas vestes. Eram muitos ilhoses. A abertura de cada um atiçava a respiração dela e mexia com as expectativas dele.

A pele ia se mostrando por debaixo do vestido, sem *chemise*, sem espartilho. Entrever as costas nuas, chegando até a altura das nádegas, era ter diante de si uma bela pintura que lhe enchia a alma de êxtase. Um quadro perfeito da mulher que amava.

Com as pontas dos dedos, Luiz Fernando pincelou a sua coluna, sentindo-a estremecer. Se continuasse assim, Georgiana iria acabar com ele antes de fazerem de fato algo.

— Não foi para causar ciúmes à Catarina que se casou novamente comigo? — perguntou ela assim que ele foi destramente soltando a parte das saias do vestido.

— Como ela veio parar nessa história? — Estava mais interessado em despi-la do que em conversar sobre Catarina.

Há muito esperava por aquela conclusão — e ela também.

— Queria testá-lo. — Ela se voltou para ele ao sentir as roupas mais frouxas.

Luiz Fernando ainda estava vestido, mas seus olhos já se despiam de qualquer senso de moralidade, fixos nos lábios dela. Crescia em si, desejoso por saboreá-la toda. Cada recanto do corpo dela seria desfrutado, conheceria cada gosto da sua pele.

A casaca dele caiu aos seus pés, assim como o colete. A gravata quase foi arrancada por ele enquanto Georgiana se ocupava dos botões da camisa. Ansioso, Luiz Fernando puxou a camisa pela cabeça e a atirou no ar. O seu corpo tinha porte e firmeza, os músculos eram bem-feitos e uma penugem ruiva adicionava um diferencial e ressaltava a pequena medalha de ouro de Nossa Senhora. A esposa nem havia reparado nas marcas de charuto e as pequenas cicatrizes, aquilo era passado e eles se faziam num presente futuro.

— Amo você, Georgiana Rominger Duarte. — Pôs as mãos na cintura dela e a puxou, apertando-a contra o seu quadril firme. Queria senti-la por todo o corpo.

Seus lábios foram para o pescoço dela, livre para ser conquistado pela sua língua quente. Beijou-lhe a pinta de nascença e foi descendo pelo decote, agora solto, atingindo a nascente dos seios. Georgiana jogou a cabeça para trás, tentando manter em ordem as ideias que as correntes de beijos levavam para longe. Nem sentia mais o vestido, habilmente retirado pelas mãos dele enquanto apreciava os seios enrijecidos pela dança dos corpos.

— Você sempre me manipulará desse jeito... — sussurrava, apertando a cabeça dele contra seu corpo, estremecendo ao toque dos seus dedos, a subir pela sua perna desembaraçada de tecidos.

— Você é quem me manipula. — Ele alcançava o calor úmido dela. — Você é a minha salvação.

— E você é a minha perdição — murmurava ela, arrepiada.

Ela soltou um gemido profundo, apertando-o ainda mais.

Os lábios dele foram sobrevoando o corpo dela e atingiram a cicatriz, ainda vermelha, no braço — no lugar em que havia levado o tiro.

Tudo se misturava, dos cheiros aos beijos, do calor enlouquecedor de duas almas que queriam se incorporar uma na outra.

Georgiana envolveu as pernas nos quadris dele e Luiz Fernando, segurando-a pelas nádegas, puxou-a até um sofá, onde a deitou.

O tom dos olhos dele haviam mudado do carinhoso para o faminto. Ter aqueles olhos subindo por seu corpo desnudo fazia com que Georgiana quisesse se revirar de prazer, descendo as mãos pelo interior das coxas, vibrando com o próprio toque como se os dedos fossem os dele.

Luiz Fernando poderia apreciá-la o quanto quisesse, a mais bela das mulheres, corada pelo prazer, o corpo lânguido diante do pulsar venal. Sem muito resistir longe dela, ele abriu as calças e as tirou, revelando que também estava sem roupas íntimas. Georgiana não desviava os olhos dele, perfeito em todos os sentidos, adorável e caloroso. As mãos delicadas dela o tocaram. Luiz Fernando estremeceu, mas não se afastou dela. Ao contrário. Murmurou para que ela não parasse. Com as pontas das unhas, a esposa foi percorrendo a pele dele, sentindo-o sobre o seu poder, crescendo em si, irradiando calor.

Ajoelhada no sofá — sem que ele notasse, distraído com aquelas delícias inesperadas —, Georgiana enlaçou-o pelo pescoço e beijou-lhe os lábios. Seus corpos se encaixaram. Sentiam-se na extensão úmida da sua nudez. As mãos dela desceram pelas costas dele numa audácia que o surpreendeu, acarinhando as suas cicatrizes. Sem qualquer sinal de repulsa diante daqueles remendos de pele, Georgiana virou-o e beijou ponto por ponto, percorrendo as imensas marcas com a sua língua, fazendo-o quase implodir diante de tanto prazer.

Sem conseguir se segurar mais, Luiz Fernando voltou a posicioná-la sobre o sofá, ainda de joelhos, e devorou-a. Georgiana soltou um grito de deleite e quase parou de respirar, envolvida por aquela quentura que lhe acariciava o cerne. Agarrada ao estofado, fazendo força para não se perder no ritmo das suas carícias, ela foi se abrindo para ele, tal flor a desabrochar, preparada para que se derramasse sobre ela. A sua cabeça girava na proporção dos seus beijos e das suas mãos, avidamente percorrendo cada pedaço dela, encontrando-a em pontos desconhecidos. Levantando um pouco o quadril, se deixou navegar naquelas maravilhas do Amor até que, quando pronto, ele mergulhou nela.

Ambos espatifaram-se numa onda que percorreu seus corpos e virou as suas cabeças. Veio-lhes então uma doce sensação de que aquela não seria a primeira vez e sim, a primeira de muitas mais.

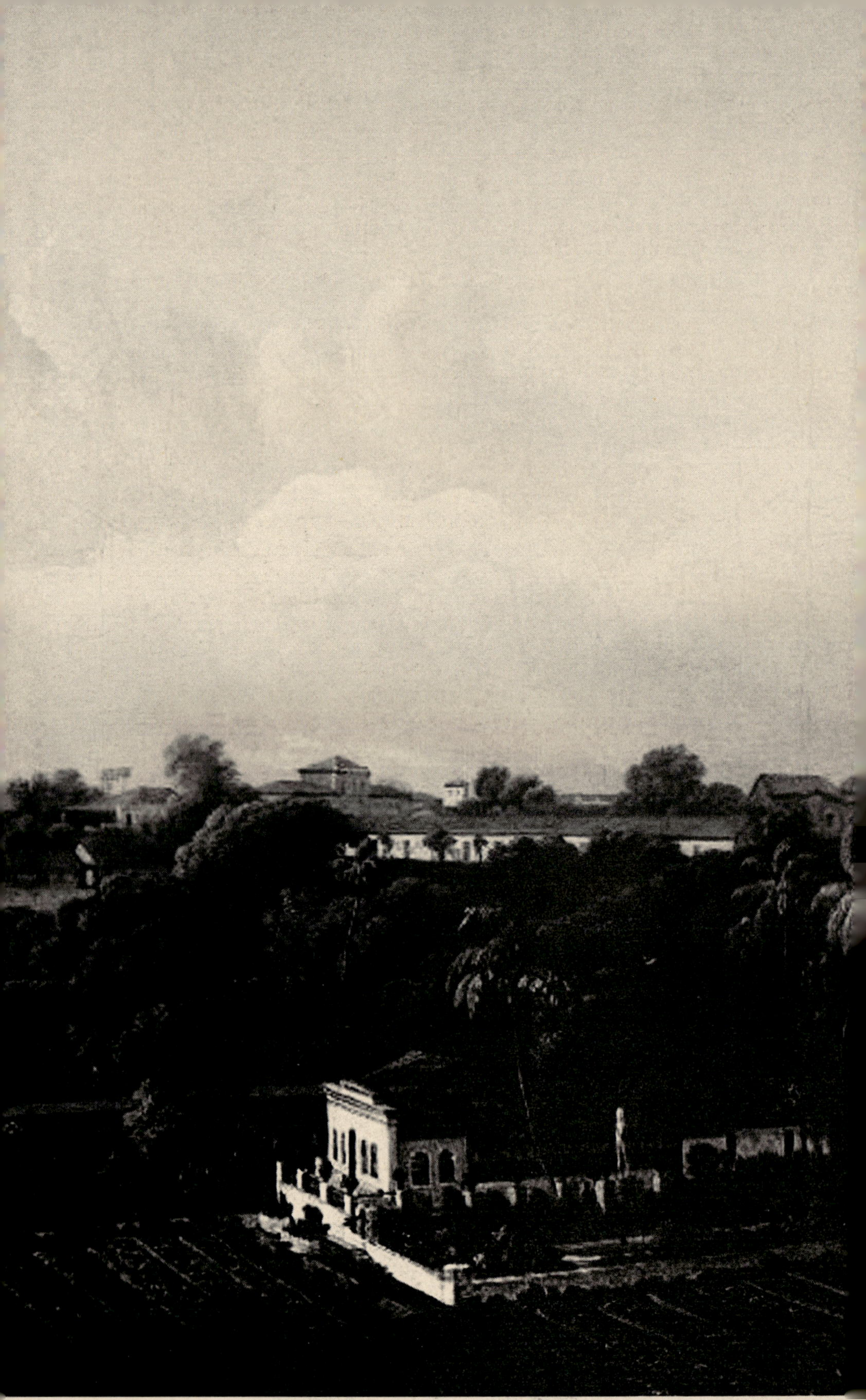

PRÓXIMO
LIVRO DA COLEÇÃO:

O lobo do Império

O Clube dos Devassos

CHIARA CIODAROT

CONHEÇA OS TÍTULOS DA SÉRIE
O CLUBE DOS DEVASSOS

A BARONESA DESCALÇA

AS INCONVENIÊNCIAS DE UM CASAMENTO

UMA CERTA DAMA

O LOBO DO IMPÉRIO

O BEIJO DA RAPOSA

MÃES, FILHAS E ESPOSAS

O ÚLTIMO DOS DEVASSOS

Freya
EDITORA

Para saber mais sobre os títulos e autores da FREYA, visite o site www.freyaeditora.com.br e curta as nossas redes sociais.

facebook.com/freyaeditora

instagram.com/freyaeditora